Wer sich in Gefahr begibt

Ann Granger war früher im diplomatischen Dienst tätig. Sie hat zwei Söhne und lebt heute mit ihrem Mann in der Nähe von Oxford. Sie schreibt in der Tradition von Agatha Christie und Martha Grimes und hat sich mit ihren fesselnden Krimis zahlreiche Freunde geschaffen. Bestsellerruhm erlangte sie mit den beliebten Mitchell-und-Markby-Romanen, von denen 15 Bände vorliegen. Mit der Fran-Varady-Krimireihe eroberte sie sich auch ein jüngeres Publikum. *Wer sich in Gefahr begibt* ist der Auftakt zu einer Krimireihe, die im viktorianischen England spielt.

Ann Granger

Wer sich in Gefahr begibt

Kriminalroman

Aus dem Englischen von Axel Merz

Weltbild

Die englische Originalausgabe erschien 2006 unter dem Titel
A Rare Interest in Corpses
bei Headline Publishing, London.

Besuchen Sie uns im Internet:
www.weltbild.de

Genehmigte Lizenzausgabe für Verlagsgruppe Weltbild GmbH,
Steinerne Furt, 86167 Augsburg

Übersetzung: Axel Merz
Umschlaggestaltung: Atelier Seidel, Teising
Umschlagmotiv: © The Bridgeman Art Library, London
(© John Sutton)
Gesamtherstellung: Freiburger Graphische
Betriebe GmbH & Co. KG, Freiburg i. Brsg.
Printed in the EU
ISBN 978-3-8289-9100-2

2011 2010 2009 2008
Die letzte Jahreszahl gibt die aktuelle Lizenzausgabe an.

KAPITEL EINS

Elizabeth Martin

Die Maschine stieß einen langgezogenen Seufzer aus wie eine ältere Lady, die ihr Korsett löste, und hüllte alles und jeden in eine Wolke aus schwefeligem Rauch und Dampf. Er wirbelte den Bahnsteig entlang und in die Höhe, wo er sich unter dem Dach des Bahnhofs fing. Der Geruch erinnerte mich an Mary Newlings Küche, wo ich als kleines Mädchen die Aufgabe gehabt hatte, hart gekochte Eier zu schälen.

In unerwarteten Abständen teilte sich der Rauch, und eine Gestalt erschien kurz darin, nur um gleich wieder zu verschwinden und von einer anderen ersetzt zu werden wie in einer flimmernden Laterna-magica-Vorstellung. Hier eine Frau mit einer großen Tasche in der einen und einem Jungen in einem Matrosenanzug an der anderen Hand. Als sie verschwanden, tauchte an einer anderen Stelle ein Mann in Jacke und Hose aus grellem Karomuster mit einem verwegen auf dem Kopf sitzenden Hut auf. Ich muss so unerwartet für ihn in Sicht gekommen sein wie er für mich. Er bedachte mich mit einem scharfen Raubtierblick, und ich fand gerade genügend Zeit zu sehen, wie er einen abfälligen Blick aufsetzte, bevor der Rauchvorhang sich wieder über ihm schloss.

»Nun aber, Lizzie Martin!«, schalt ich mich forsch. »Du bist weder hübsch genug noch gut genug gekleidet, als dass du dich sorgen müsstest, belästigt zu werden.«

Trotzdem verletzte es meine Eitelkeit, so schnell abgetan zu werden.

Der Rauch wurde rasch dünner, und die nächste Gestalt, die vor mir erschien, trug zu meiner großen Erleichterung die

Uniform eines Kofferträgers. Ein kleiner, drahtiger Mann unbestimmbaren Alters, der mich angrinste und sich in einer Geste an die Mütze tippte, die seinen Respekt signalisieren sollte, doch unglücklicherweise stark an das konspirative An-die-Stirn-Tippen erinnerte, welches die Einfältigkeit einer anderen Person signalisierte.

»Darf ich Ihre Koffer nehmen, Miss?«

»Ich habe nur diesen einen«, sagte ich entschuldigend. »Und eine Hutschachtel.«

Doch er griff bereits nach beidem, und ehe ich mich versah, stapfte ich munteren Schrittes hinter ihm her in Richtung Bahnsteigsperre. Mein Fahrschein wurde von dem wichtig aussehenden Beamten dort beiseitegewischt, und ich betrat die Haupthalle.

»Werden Sie abgeholt, Miss? Oder brauchen Sie eine Droschke?« Der Kofferträger schaute erwartungsvoll zu mir hinauf.

»Oh, ja, eine Droschke, aber …«

Zu spät. »Dann folgen Sie mir bitte, Miss. Ich bringe Sie zum Stand.«

Mrs Parry hatte mir ausführlich geschrieben und bedauert, dass es nicht möglich sei, mich von irgendjemandem abholen zu lassen, und mir gleichzeitig ausführliche Anweisungen gegeben, wie ich mich bei meiner Ankunft in der Hauptstadt verhalten sollte. Ich sollte meine Habseligkeiten nur einem Kofferträger anvertrauen, der (die nächsten Worte waren dick unterstrichen) ein Angestellter der Eisenbahngesellschaft war, und niemand anderem! Wenn ich jemand anderem meine Koffer gäbe, sollte ich nicht überrascht sein, falls ich sie niemals wiedersähe. Wenigstens diese Anweisung hatte ich befolgt.

Ich war auf dem besten Weg, auch der zweiten Folge zu leisten: eine Droschke zu nehmen – und zwar eine, die von einem Pferd in gutem Zustand gezogen wurde – und mich zuerst beim Kutscher nach dem Fahrpreis zu erkundigen. Ich sollte mich von ihm auf dem kürzesten Weg zu Mrs Parrys Adresse fahren lassen. Droschkenfahrer seien zuzeiten höchst impertinent, hatte sie geschrieben, wenn sie mit allein reisenden Damen zu tun hätten, und ich dürfte sie unter keinen Umständen zu diesem Verhalten ermutigen.

Eine kleine Bande abgerissener Kinder tauchte wie aus dem Nichts auf und rannte neben mir her, um mich hartnäckig um Pennys anzubetteln.

»Los, machtdasserwegkommt, Lumpenpack!«, donnerte mein Kofferträger sie mit unerwarteter Heftigkeit an. Während sich die Bande unter Spottrufen an seine Adresse zerstreute, fügte er an mich gewandt hinzu: »Passen Sie bloß gut auf diese Gören auf, Miss! Und nehmen Sie niemals vor ihren Augen Ihre Geldbörse hervor.«

»Nein, gewiss nicht!«, stimmte ich ihm atemlos zu. Ich war neu in der Stadt, und ich kam eindeutig aus der Provinz, doch ich war nicht dumm, und dort, wo ich herkam, gab es ebenfalls Banden kindlicher Diebe.

Ein neuer Geruch gesellte sich zu dem des Qualms, der Asche und der ungewaschenen Menschen: der Geruch nach Pferden. Wir hatten einen Stand mit vierrädrigen Gespannen von der Sorte erreicht, die ›Growler‹ genannt werden wegen des Lärms, den ihre Räder machen.

»Das ist angemessener für eine allein reisende Lady«, vertraute mir mein Träger an. »Sie würden sicher keine zweirädrige Kutsche mieten wollen. Wo wollen Sie überhaupt hin, Miss?« Und bevor ich antworten konnte, rief er: »Aufgepasst, Wally! Hier ist eine Lady, die eine Kutsche benötigt!«

Der fragliche Droschkenlenker hatte gegen sein Pferd gelehnt gestanden und sich gemächlich ein Stück Kuchen genehmigt. Nun schob er sich den Rest des krümelnden Gebäcks in den Mund und richtete sich aufmerksam auf. Das machte ihn bei weitem nicht vertrauenerweckender. Er war stämmig und kräftig, und seine Gesichtszüge waren so zerschlagen, dass es den Eindruck erweckte, er sei irgendwann einmal im Leben mit einem massiven Gegenstand kollidiert. Allein auf mich gestellt, hätte ich sicherlich gezögert, mich diesem Fahrer zu nähern, geschweige denn ihn anzusprechen.

Er bemerkte meinen verblüfften Gesichtsausdruck und sagte: »Angst wegen meiner verbeulten Visage, Miss?« Mit einem dicken kurzen Finger deutete er auf seine schiefe Nase. »Das kommt von meiner glänzenden Karriere im Boxring, ja-ja. Glänzend, aber kurz, wenn ich das sagen darf. Es war eine Frau, die mich dazu bewogen hat, damit aufzuhören. ›Wally Slater!‹, hat sie geschimpft. ›Entweder der Boxring oder ich!‹, und weil ich damals jung und dumm war«, fügte er in vertraulichem Ton hinzu, »habe ich sie genommen, und heute ist sie meine liebende Ehefrau, und ich fahre diese Droschke, um unseren Lebensunterhalt zu verdienen!« Er kicherte ausdauernd und schlug sich auf den Schenkel. Das Pferd stieß ein boshaftes Schnauben aus.

»Das interessiert die Lady nicht«, tadelte mein Kofferträger den Fahrer. Wie das Pferd, so hatte auch er diese Geschichte wohl schon unzählige Male gehört. Er wandte sich an mich. »Wohin möchten Sie, Miss?«

Ich nannte die Adresse, Dorset Square, und fügte hinzu: »Das ist in Marylebone.«

»Und eine sehr hübsche Gegend außerdem«, bemerkte der Droschkenfahrer und nahm meinem Kofferträger das Gepäck ab.

»Wie viel macht das?«, beeilte ich mich, Mrs Parrys Instruktionen zu gehorchen.

Der Mann blinzelte mich an, was ihn noch furchteinflößender aussehen ließ, und nannte seinen Fahrpreis. Ich bemerkte den Blick des Trägers, und er nickte mir ermutigend zu, was ich in dem Sinne auffasste, dass der Preis angemessen sei. Oder vielleicht steckte er auch nur mit dem Droschkenfahrer unter einer Decke. Sie waren offensichtlich alte Bekannte. Die nächsten Worte des Fahrers schürten mein Misstrauen nur umso mehr.

»Es könnten noch Sixpence zusätzlich werden, Miss – für den Fall, dass wir außen herum fahren müssen wegen all der Baukarren.«

»Ich möchte, dass Sie den kürzesten Weg fahren«, sagte ich in strengem Ton.

»Hören Sie, Miss, Sie haben das wohl falsch verstanden«, erklärte Mr Slater ernst. »Sie machen Platz für den neuen Bahnhof, sehen Sie, reißen Häuser ein und fahren den ganzen Abraum weg. Die Straßen ringsum sind völlig verstopft, und wir Droschkenfahrer müssen es ausbaden und haben ohne Ende Scherereien. Stimmt's etwa nicht?«, fragte er an meinen Träger gewandt.

Der Kopf des Letzteren tanzte auf und ab wie bei einem Nick-Automaten. »Das ist richtig, Miss. Die Midland Railway baut ihren eigenen Bahnhof, verstehen Sie, anstatt mit anderen zu teilen. St. Pancras soll er heißen, wenn er fertig ist. Die Eisenbahngesellschaft hat sämtliche Häuser gekauft und die Leute vertrieben, die dort gewohnt haben, und jetzt wird alles abgerissen und hübsch plattgemacht. Stellen Sie sich vor, selbst die Kirche muss weichen.«

»Sie wird an irgendeiner anderen Stelle wieder aufgebaut – jedenfalls habe ich das so gehört«, sagte der Droschkenfahrer.

»Bauen sie auch die Häuser für die Menschen irgendwo anders wieder auf? Das würde mich nämlich mehr interessieren«, konterte der Träger.

»Es ist der Friedhof«, vertraute uns der Droschkenfahrer traurig an. »Sie schätzen, dass der ihnen Probleme machen wird. Sie haben versucht, drunter zu graben, als *Hexperiement* quasi, aber sie finden ständig irgendwelche menschlichen *Skeldette*, wie ich gehört habe.«

Beide richteten ihre erwartungsvollen Blicke auf mich, wie um sicherzustellen, dass ich diese gruslige Tatsache angemessen zu würdigen wusste. Es war, wie ich durchaus erkannte, ein Versuch, mich von meinen Einwänden abzubringen.

»Also schön«, räumte ich schließlich ein und bemühte mich, geschäftsmäßig zu klingen. Ich drückte dem Träger eine Münze in die Hand. Er bedachte mich mit einem weiteren von seinen merkwürdigen Grüßen und eilte davon.

Bevor ich mir in die Droschke helfen (oder besser, mich hineinbugsieren) ließ, hatte ich gerade noch genug Zeit, um einen Blick auf das Pferd zu werfen. Es erschien meinem unerfahrenen Auge einigermaßen gesund, obwohl mir, wäre es der erbärmlichste, überarbeitetste, unterernährteste Klepper in den Straßen Londons gewesen, keine Gelegenheit geblieben wäre, deswegen Einwände zu erheben. Wir fuhren los.

Ich muss zugeben, dass ich neugierig war auf die große Stadt, und so spähte ich nach draußen, während wir durch die Straßen rumpelten. Ich hoffte außerdem auf ein wenig frischere Luft, denn der Growler roch in seinem Innern verschwitzt und muffig, auch wenn er einigermaßen sauber wirkte. Doch schon bald entschied ich mich dagegen, weiter den Kopf aus dem offenen Fenster zu stecken. Der Lärm auf den Straßen war ohrenbetäubend, und rings um uns herum war eine erschreckende Zahl anderer Fuhrwerke in diese oder jene Richtung unterwegs, und die Fahrer brüllten einander unablässig an, den Weg frei zu geben und gefälligst aufzupassen. Das Gebot, sich möglichst links zu halten, schien für sie eher theoretischer Natur zu sein, und die meisten zogen es vor, mitten auf der Straße zu fahren, sobald sich die Gelegenheit dazu bot, häufig genug, um langsame Omnibusse zu überholen, die von müden, schwitzenden Pferden gezogen wurden. Was das andere Gebot betraf – dass Droschken privaten Fuhrwerken auszuweichen hatten –, so schien auch dies mehr übertreten als beachtet zu werden.

Als wäre dies nicht genug, riskierten Fußgänger Leib und Leben, während sie zwischen unbarmherzigen Rädern hindurchrannten, die sie mit Schmutz und Schlimmerem bespritzten und mich, wäre ich dumm genug gewesen, weiter den Kopf nach draußen zu strecken, sicher ebenfalls besudelt hätten. Hier und da bemühten sich Straßenkehrer nach besten Kräften, einen Pfad für die besser Gekleideten von Unrat zu befreien; doch die meisten Passanten schienen resigniert zu haben, was den Dreck anging. Also begnügte ich mich damit, hinter dem Fenster zu bleiben und eine verwirrende Parade von Bildern an mir vorbeiziehen zu lassen, die, kaum dass sie auftauchten, auch schon wieder verschwunden waren.

Unter die Fußgänger mischten sich Menschen, die aus Bauchläden alles mögliche Zeugs feilboten, von Zeitungsblättchen für wenige Pennys bis hin zu Bändern und Streichhölzern, während andere Straßenhändler Obst und Gemüse in Ständen oder aus Handkarren verkauften. Ein strenger

Geruch nach Fisch, der für kurze Zeit in den Innenraum der Droschke drang, ließ mich vermuten, dass eine Frau, die neben einem großen Fass saß, Heringe feilbot. Ein weit angenehmerer Duft erreichte meine Nase von einem Stand mit zwei großen Kupferkesseln, aus denen heißer Kaffee ausgeschenkt wurde.

Wir passierten die Stelle, wo allem Anschein nach der neue Bahnhof errichtet werden sollte. Ich konnte erst wenig davon erkennen bis auf die zahllosen Karren mit Schutt, die sich in den übrigen Verkehr mischten. Eine Staubwolke lag über der Gegend und drang bis in meine Droschke vor, was mich zum Husten reizte. Man hatte mich gewarnt, welches Ärgernis diese Karren darstellten, doch selbst wenn dem nicht so gewesen wäre, war ihr Mangel an Beliebtheit nicht zu übersehen. Fußgänger verliehen vehement ihrer Frustration Ausdruck, und Droschkenfahrer stießen lästerliche Flüche aus, während die knarrenden Vehikel langsam ihres Weges rumpelten und sich lange Schlangen anderer Fuhrwerke hinter ihnen stauten. Ich für meinen Teil fand diese Karren und ihre Ladungen höchst mitleiderregend. Stofffetzen, die einst ein billiger Vorhang oder Teppich gewesen waren, klebten an Klumpen von zerschlagenem Mauerwerk und Fliesen, und gelegentlich thronte ein zertrümmerter Stuhl unsicher auf dem Haufen oder eine verbogene eiserne Bettstatt. Die Überreste eines dürren Rosenbusches waren Zeugnis für den Wunsch einiger ehemaliger Bewohner nach einem kleinen Gärtchen. Geborstene Dielen, Tür- und Fensterrahmen ragten aus dem Schutt wie knochige Finger, als wollten sie sich jeden Moment aus ihren Schuttgräbern ins Freie wühlen. Unvermittelt blieben wir holpernd stehen, und ich fragte mich bereits, ob wir angekommen waren.

Sicher war eine Form von Gedankenübertragung am Werk, denn auf der mir gegenüberliegenden Seite der Droschke flog eine kleine Klappe an der Decke auf. Wally Slater spähte zu mir herunter. »Nur ein Karren, Miss. Ein Bobby steht auf der Kreuzung und hat uns angehalten, damit der Karren passieren kann.«

»Ein Bobby?«

»Ein Bulle, Miss. Ein Vertreter des Gesetzes, der es auf sich genommen hat, die Sache in die Hand zu nehmen. Sie sind sehr gut darin, diese Bobbys, irgendwelche Sachen in die Hände zu nehmen und sich in die tagtäglichen Angelegenheiten ehrlicher Bürger einzumischen, Miss«, schloss der Droschkenfahrer grollend.

Nun wagte ich es doch, meinen Kopf aus dem Fenster zu strecken und zu betrachten, was an diesem Karren so anders war, dass das Gesetz sich genötigt gesehen hatte einzuschreiten, um sein Vorankommen zu fördern. Eine Wolke frischen Staubs drang in meine Nüstern und brachte mich zum Niesen. Ich wollte soeben meinen Kopf wieder nach drinnen ziehen, als das neue Fahrzeug aus einer Straße zu unserer Rechten kam. Es war ein weiterer Karren, ganz ähnlich denen, die den Schutt transportierten, doch auf diesem stand nur ein einzelnes mysteriöses Objekt, verhüllt von einer Abdeckplane. Im Gegensatz zu den Pfiffen und Buhrufen, welche die anderen Karren begrüßten, senkte sich ein neugieriges, beunruhigtes Schweigen über die Menge, als das Fuhrwerk in Sicht kam. In der Nähe nahm ein älterer Mann die Mütze ab.

Die Droschke schaukelte unvermittelt, und ich sah, dass mein Fahrer von seinem Kutschbock gestiegen war und sich zu einem stämmigen Mann in Arbeiterkleidung begab, den er zu kennen schien. Die beiden unterhielten sich gedämpft miteinander.

»Ist das ein Unfall?«, rief ich nach draußen.

Beide drehten sich zu mir um. Der Arbeiter öffnete den Mund zu einer Antwort, doch mein Fahrer kam ihm rasch zuvor. »Es ist nichts, weswegen Sie sich sorgen müssten, Miss.«

»Aber das ist ein Leichnam auf diesem Karren, oder etwa nicht?«, beharrte ich. »Hat es vielleicht irgendwo einen tödlichen Unfall auf dieser Baustelle für den neuen Bahnhof gegeben?« Ich erinnerte mich daran, dass einige der Grabungsarbeiten einen Friedhof betrafen. »Oder ist es ein Sarg vom Kirchhof?«

Walter Slater, Expreisboxer, betrachtete mich auf eine

Weise, die schockiert und missbilligend zugleich war. Ob er mich als eine einfach praktische oder vom Morbiden faszinierte Person betrachtete, es war beides nicht das Benehmen, das sich für respektable junge Damen im Angesicht des Todes geziemte. Ein wenig mehr Betrübtheit war angebracht. Doch ich war niemand, der schnell jammerte oder in Ohnmacht fiel. Trotzdem hatte er möglicherweise eine Erklärung verdient.

»Ich bin die Tochter eines Arztes«, sagte ich zu ihm, »und mein Vater wurde häufig zu schweren Unfällen gerufen in den …«

An dieser Stelle brach ich ab. Ich wollte ›in den Minen‹ sagen, doch das hier war London und nicht Derbyshire, und was wussten diese Menschen schon von Kohlenminen?

Also vervollständigte ich meinen Satz: »… auf Bitten der Behörden.«

»Ja, Miss, das sieht man«, entgegnete mein Kutscher, doch er ließ mich merken, dass mein Mangel an Takt nicht übersehen worden war.

Also wirklich, Lizzie!, schalt ich mich einmal mehr. *Du musst deine Zunge besser im Zaum halten! Das hier ist London, und provinzielle Unverblümtheit gilt wahrscheinlich nicht als anständiges Benehmen! Wenn du selbst diesen Kutscher so weit bringst, dass er Anstoß an dir nimmt, was für grauenvolle Fehler mögen dir dann erst in Gesellschaft gebildeterer Menschen unterlaufen?*

Den Arbeiter schien dieser Wortwechsel indes zu amüsieren. »Wo denken Sie hin, Miss?«, sagte er munter. »Das ist kein alter Leichnam, sondern ein junger, ganz frisch.«

Slater knurrte ihn an, seine Zunge im Zaum zu halten, doch ich stand bei meinem Kutscher ohnehin schon im Ruf, jemand zu sein, der sich unangemessen für derart grausige Dinge interessierte. Also konnte ich meine Neugier genauso gut befriedigen.

»Was meinen Sie mit ›ganz frisch‹«, erkundigte ich mich bei dem braven Arbeiter. »Dann war das also ein Unfall?«

»Sie haben die Leiche einer Frau gefunden«, antwortete er mit sichtlichem Vergnügen. »Grausig ermordet. Sie war in einem der Abrisshäuser. Sie haben ihren Leichnam unter einem alten Bett entdeckt. Sie hat seit Wochen dort gelegen, schätzen sie. Sie war so grün wie ein Salat, und die Ratten haben schon an ihr ...«

Ich spürte, wie ich erbleichte, während der Kutscher fauchte, »Das reicht jetzt wirklich!«, und damit jedes weitere unwillkommene Detail unterband.

Aber ich denke, er war höchst zufrieden damit, dass die wenigen enthüllten Fakten sich selbst für eine Person meines Schlages als zu viel erwiesen hatten. Er musterte mich mit einem Blick, der höchst deutlich »Das geschieht Ihnen ganz recht, Miss« sagte. »Warum zeigen Sie auch ein so undamenhaftes Interesse an Dingen, die Sie überhaupt nichts angehen?«

Der Constable, der den Verkehr aufgehalten hatte, ersparte mir einen weiteren Gesichtsverlust, indem er sich uns zuwandte. »Los, weiter!«, rief er ungeduldig.

Die Verzögerung war vorbei. Mr Slater kletterte auf seinen Kutschbock zurück, stieß einen Pfiff aus, und das Pferd trottete los. Wir fuhren unseres Weges.

Ich lehnte mich zurück, nachdem ich die Hutschachtel, die bei der unvermittelten Bremsung heruntergefallen war, wieder neben mir auf den Sitz gestellt hatte, und versuchte angestrengt, die grausige Beschreibung aus meinen Gedanken zu verdrängen. Doch kaum waren meine Bemühungen von Erfolg gekrönt, da erschien das Bild einer anderen Leiche vor meinem geistigen Auge, die vor vielen, vielen Jahren ebenfalls in einem Karren weggefahren worden war. Doch das war kein Mord gewesen ... oder vielleicht doch, je nachdem, von welcher Warte aus man die Sache betrachtete. Mein Vater hatte damals stets gemeint, dass es durchaus einer hätte gewesen sein können.

Ich verdrängte diese Erinnerungen, auch wenn ich nicht anders konnte, als zu sinnieren, welch einen gewalttätigen Empfang London mir bei meinem ersten Besuch bereitete. Erneut musste ich an die Vorhangfetzen denken, die auf den Ziegeln und dem zerbrochenen Mauerwerk geflattert hatten. *Wohin sind all diese Menschen gezogen?*, fragte ich mich. *Die*

Leute, die in den abgerissenen Häusern gewohnt haben? Hatte man sie vor ihrem Rauswurf lange genug vorgewarnt? Wahrscheinlich nicht. Sie waren im Namen des unaufhaltsamen Fortschritts des Eisenbahnzeitalters vor die Tür gesetzt worden, und sie hatten ein furchtbares Erbe hinterlassen, so viel stand fest.

Das Pferd war unterdessen in einen forschen Trab gefallen. Der Verkehr hatte deutlich abgenommen, und wir befanden uns in einem weit hübscheren Teil der Stadt. Wir passierten Wohnstraßen mit eleganten Gebäuden und bogen zu guter Letzt auf einen rechteckigen Platz, der von herrschaftlichen Stadthäusern inmitten großer Rasenflächen gesäumt war. Es war, als wären wir aus dem hektischen Betrieb der einen Welt in eine andere übergetreten, wo das Leben in einer sehr viel besser zu kontrollierenden Weise verlief. Vor einem dieser Herrenhäuser hielten wir an.

Mr Slater machte Anstalten, zu meiner Tür zu kommen und mir beim Aussteigen behilflich zu sein. »Dies ist die Adresse, nicht wahr?«, erkundigte er sich, als könnte ich ihm falsche Anweisungen gegeben haben. »Sehr schick. Wenn ich je an ein Vermögen gelangen sollte, werde ich mir auch ein Haus wie dieses leisten. Aber wie heißt es doch so schön? Die Wahrscheinlichkeit ist nicht sonderlich hoch.«

Sein Tonfall war philosophisch. Das Pferd stieß ein arrogantes Wiehern aus.

»Und was ist der Grund für Ihren Besuch in diesem Haus, Miss?«, erkundigte sich Mr Slater.

Wie es schien, hatte Mrs Parry gut daran getan, mich davor zu warnen, dass Londoner Kutscher bei allein reisenden Ladys zuweilen impertinent sein konnten. Ich öffnete den Mund, um ihm zu sagen, dass ihn das überhaupt nichts angehe, doch ich bemerkte einen so unendlich neugierigen Blick in seinen Augen, dass ich stattdessen laut lachen musste.

»Ich arbeite als Gesellschaftsdame für die Herrin des Hauses, Mr Slater.«

Er saugte die Luft zwischen den gelben Zähnen hindurch, und das Pferd stampfte ungeduldig mit den Hufen auf dem Pflaster, sodass gelbe Funken von seinen Hufeisen stieben.

»Ich hoffe, dass es Ihnen dort gefällt«, sagte Mr Slater ernst.

»Danke sehr, Mr Slater. Wenn Sie jetzt noch so gütig sein würden, mir meine Tasche und meine Hutschachtel zu bringen?«

»Sehr hübsch gesagt«, entgegnete er. »Sie sind eine junge Dame, die sich die Mühe macht, höflich zu einem Kutscher zu sein. Das verrät ein angenehmes Wesen – auch wenn Sie ein merkwürdiges Interesse für kürzlich Verstorbene an den Tag legen. Wissen Sie was? So eine Person wie Sie ist selten«, schloss er. »So was wie Sie ist wirklich ganz selten.«

Er nahm meine Tasche und stapfte zur Vordertür, um laut den Klopfer zu betätigen.

Als sich von drinnen Schritte auf dem gefliesten Boden des Flurs näherten, fügte der Kutscher in heiserem Flüstern hinzu: »Mir will scheinen, Sie sind ganz allein in London, Miss. Falls Sie jemals Hilfe benötigen, gehen Sie zum Droschkenstand am King's Cross und geben dort eine Nachricht für Wally Slater ab. Wer auch immer sie erhält, er gibt sie bei nächster Gelegenheit an mich weiter.«

Ich war so überrascht angesichts dieses Angebots, dass ich um eine Antwort verlegen war. Ich fand jedoch nicht die Zeit, mir zu überlegen, womit ich mir dieses großzügige Angebot verdient hatte, denn in diesem Moment öffnete sich auch schon die Tür.

KAPITEL ZWEI

Der Hüter der Tür war ein Butler von beängstigendem Gleichmut. Er empfing die Nachricht, wer ich denn sei, ohne jeden Kommentar und warf kaum einen Blick auf meine einfache Reisekleidung und die robusten Balmoral-Schnürstiefel, bevor er mich in die Halle führte, wo ich einen Moment warten sollte, während er den Droschkenfahrer entlohnte.

Ich konnte die beiden nicht sehen, während ich wartete, doch ich hörte Wally Slaters vergnügtes »Danke sehr!«, und als die Tür sich wieder schloss, seinen Pfiff an die Adresse des Pferdes und das Klappern und Rumpeln, als der Growler davonfuhr. Obwohl ich erst kurze Zeit in London weilte, hatte ich das Gefühl, einen Freund gefunden zu haben und wieder von ihm getrennt worden zu sein.

Ich hatte die wenigen Minuten genutzt, um mich mit lebhafter Neugier umzusehen. Soweit ich das beurteilen konnte, schien das Haus kostspielig und gemäß der neuesten Mode möbliert zu sein. Mein Wissen über derartige Dinge war beschränkt. Es gab eine Menge türkischer Teppiche, von denen ich wusste, dass sie eine Stange Pennys kosteten. Ich hatte schon Mühe gehabt, genug Geld zusammenzukratzen, um meinen durchgewetzten Wohnzimmerteppich zu Hause zu ersetzen, und ich war gezwungen gewesen, etwas sehr viel Bescheideneres zu nehmen. Außerdem gab es eine Vielzahl von Pflanzen in kunstvollen Jardinieren. Die Wände waren behängt mit einer Reihe von – meiner Meinung nach – fehl am Platz wirkenden Gemälden von Highland-Rindern und Aquarellen von italienischen Seen. In der Luft hing der Geruch nach Bienenwachs vermischt mit etwas, das ich erst zu identifizieren vermochte, als ich den Gasanschluss entdeckte, der aus der Wand ragte. Das war wirklich äußerst modern. Wir hatten zu Hause nur Öllampen und Kerzen. In einer Ecke tickte leise eine Standuhr vor sich hin.

»Wenn Sie mir bitte folgen würden, Miss?« Der Butler war zurück und starrte mich ohne jede Gefühlsregung an. »Mrs Parry wird Sie in ihrem Privatsalon empfangen.«

Das klang immens eindrucksvoll. Ich war inzwischen zutiefst beeindruckt und außerdem müde von meiner langen Reise.

Ich würde diese Treppe später viele Male auf und ab steigen und wusste, dass es kein weiter Weg war, doch als ich am Nachmittag meiner Ankunft in Dorset Square dem Butler nach oben folgte, schienen die Stufen kein Ende nehmen zu wollen. Er ließ sich Zeit, und ich war gezwungen, meine Schritte den seinen anzupassen. Ich fragte mich, ob er sich immer in diesem Schneckentempo bewegte und ob es allein an seiner gehobenen Stellung unter dem Personal lag oder ob er mir wohl absichtlich Zeit lassen wollte, meine Umgebung in mich aufzunehmen und gebührend beeindruckt zu sein. Wir ließen mein Gepäck in der Halle zurück, und wie erbärmlich und abgewetzt meine Tasche und meine Hutschachtel von hier oben aussahen! Verlegen wendete ich den Blick ab.

Ich hatte Zeit genug, eine Galerie weiterer Gemälde an den Wänden zu betrachten. Ein oder zwei waren hübsche Skizzen italienischer Landschaften, doch wie unten in der Halle waren sie auch hier unangemessen eingestreut in düstere Highland-Szenen mit Vieh und blauen Bergen im Dunst. Es gab keine Familienporträts. Vielleicht hingen sie woanders. Weitere Jardinieren übersäten den Treppenabsatz mit grünen Blattpflanzen und langen Wedeln. Auf einem Podest thronte eine Statue bis in meine Augenhöhe. Es war ein junger Mann mit einem Turban, der elegant einen Kerzenleuchter hielt. Die blicklosen Augen des Kerzenträgers waren auf mich gerichtet und seine vollen Lippen zu einem Lächeln verzogen. Ich empfand echte Dankbarkeit für dieses Bronzelächeln.

Die Masche des Butlers zeigte Wirkung, und als wir die Tür des Salons im ersten Stock erreichten, war in mir zwar nicht gerade der Wunsch zu flüchten erwacht – schließlich gab es nichts, wohin ich hätte flüchten können –, doch ich war nervös und ängstlich gespannt auf das, was ich dort drinnen vorfinden würde. Doch sobald ich den Raum betreten hatte, gab es ein Rascheln von Seide, und eine kleine, stämmige und äußerst lebhafte Frau eilte mir entgegen und umarmte mich herzlich.

»Da bist du ja, meine liebe Elizabeth! Hattest du eine gute Reise? War der Eisenbahnwaggon sauber? Es kommt ja immer so viel Schmutz von der Lokomotive, ganz zu schweigen von der Gefahr, dass fliegende Funken einem Löcher in die Garderobe brennen!«

Sie blickte mich von oben bis unten an auf der Suche nach Ruß oder Schäden an meiner Kleidung.

Mrs Parry war ein gutes Stück jünger, als ich sie mir vorgestellt hatte, kaum drei- oder vierundvierzig. Da ich wusste, dass ihr Ehemann gleich alt gewesen war wie mein Vater, hatte ich sie mir ebenfalls in diesem Alter vorgestellt. Ihre Haut war sehr glatt, ohne Falten und von jener milchigen Qualität, die man hin und wieder bei jungen Frauen auf dem Lande findet. Ihr Haar zu beiden Seiten des Mittelscheitels war glatt und größtenteils unter einer Spitzenhaube verborgen; nur im Nacken waren kastanienrote Löckchen zu erkennen. Auch wenn ihre Gestalt alles andere als modisch war, so entstammte ihre Garderobe der Hand eines exzellenten Schneiders, und der Gesamteindruck war der einer attraktiven Dame in gesetztem Alter.

»Mir geht es gut, Ma'am, danke für Ihre freundliche Nachfrage.«

Meine Nervosität von der Treppe war verflogen. Trotzdem fühlte ich mich, als würde ich von allen Seiten zugleich bestürmt. Der Salon war übersät mit Nippes und Bildern, genau wie die Halle und das Treppenhaus. Es war ein heller Tag Ende Mai und zwar kühl, jedoch nicht kalt; trotzdem brannte ein Kohlenfeuer im Kamin, das den Raum meiner Meinung nach überheizte. Ich kam aus einem Haushalt, wo die Entscheidung, ein Feuer zu entfachen, erst nach Überprüfung der Außentemperaturen getroffen wurde und ich innerlich häufig bis auf die Knochen durchgefroren war, und so erschien mir diese Hitze als Verschwendung. Doch der Anblick der brennenden Kohlen beschwingte mich, und ich fragte mich, wo sie wohl gefördert worden waren und ob sie durch irgendeinen Zufall genau wie ich die Reise von Derbyshire nach London gemacht hatten.

»Als Erstes trinken wir eine Tasse Tee«, sagte Mrs Parry, während sie mich zu einem Sessel führte. »Ich habe Simms bereits gebeten, das Tablett vorzubereiten, sobald du an die Tür geklopft hast. Du musst sehr durstig sein und hungrig obendrein. Wir essen um acht. Kannst du noch so lange warten?« Sie musterte mich aufmerksam. »Oder soll ich Simms bitten, zusätzlich zum Gebäck eine leichte Mahlzeit zu bringen? Vielleicht ein paar pochierte Eier?«

Ich versicherte ihr, dass ich bis acht Uhr warten könne und ein Stück Gebäck völlig ausreichend sei.

Mrs Parry schien ihre diesbezüglichen Zweifel zu hegen, doch ihre Stimmung hellte sich auf, als der Butler erschien. Sie begrüßte das Tee-Tablett mit entzückten Rufen und klatschte in die molligen Hände. Obwohl das Tablett ein wahres Monster seiner Art war, beladen mit zwei verschiedenen Sorten Gebäck und einer Schale mit einem Silberdeckel, handhabte Simms es ohne eine Miene zu verziehen und mit großem Geschick. Nachdem er es abgestellt hatte, nahm er den Deckel von der Schale und enthüllte einen Stapel heißer Muffins mit tropfender Butter.

»Es ist nur ein einfacher Tee«, vertraute Mrs Parry mir an, »aber nach deiner beschwerlichen Reise wage ich zu behaupten, dass du für fast alles bereit bist.«

Ich fing allmählich an zu glauben, dass ich in diesem Haushalt tatsächlich für fast alles würde bereit sein müssen und dass Nahrungsmittel und die damit in Verbindung stehenden Mahlzeiten eine gewichtige Rolle im Alltag von Mrs Parry spielten. Sie aß jedenfalls wesentlich mehr Muffins und Gebäck, als ich es tat, während sie mich gleichzeitig unablässig drängte, mich nicht zu zieren, und sich dabei das Kinn mit einer Serviette betupfte, um die herunterlaufende geschmolzene Butter aufzufangen.

Endlich lehnte sie sich mit einem zufriedenen Seufzer zurück, und ich sah, dass sie nun zum Geschäftlichen kommen wollte.

»Nun, Elizabeth, als Patentochter meines verstorbenen Ehemannes bist du ja mehr oder weniger ein Familienmitglied und nicht nur eine bezahlte Gesellschafterin wie ...« Sie stockte für den Bruchteil einer Sekunde, bevor sie weitersprach, als wäre nichts geschehen. »... eine beliebige andere junge Frau.«

Ich war sicher, dass sie etwas anderes hatte sagen wollen, und ich fragte mich, was es wohl war, das Besonnenheit ihr verboten hatte zu erwähnen, zumindest zum gegenwärtigen Zeitpunkt. Doch ich erkannte auch, dass dies der Augenblick war, sie meiner aufrichtigen Dankbarkeit dafür zu versichern, dass sie mir, als meine Situation verzweifelt geworden war, ein Heim angeboten hatte.

»Nun aber wirklich, meine Liebe!«, sagte Mrs Parry und tätschelte meine Hand. »Das war doch wirklich das Mindeste. Mr Parry hat stets in den höchsten Tönen über deinen verstorbenen Vater gesprochen – auch wenn er immer seinen mangelnden Sinn für das Finanzielle bedauert hat. Es tat ihm leid, weißt du, dass sich dein Vater als Arzt in einer so abgelegenen Gegend niedergelassen hatte, dass er ihn nicht einmal mehr besuchen konnte.«

Ich war nicht ganz sicher, ob sie mir damit sagen wollte, dass mein Vater Mr Parry oder dass der verstorbene Mr Parry meinen Vater hätte besuchen sollen. Wie dem auch sei, meiner Meinung nach lag Derbyshire nicht ganz so abgelegen; doch Mr Parrys Beruf hatte ihm nicht die Zeit zum Reisen gelassen, und der Beruf meines Vaters hatte meinem Vater überhaupt keine Zeit gelassen. Mr Parry – so viel wusste ich, weil mein Vater es mir erzählt hatte – hatte viel Geld mit dem Import von exotischen Tüchern und Stoffen aus allen Ecken der Welt verdient sowie mit einer Reihe von scharfsinnigen, nicht näher spezifizierten Investitionen. Er hatte seine Witwe jedenfalls begütert zurückgelassen.

»Ich habe darüber nachgedacht«, sagte Mrs Parry nun, »wie wir uns anreden sollen. Unter den gegebenen Umständen habe ich beschlossen, dass du mich Tante Parry nennen darfst. Unter vier Augen darfst du mich selbstverständlich auch duzen. Nur in Gesellschaft erwarte ich ein wenig mehr Formalität.« Sie strahlte mich an. Ich war verlegen, doch ich dankte ihr.

»Du wirst selbstverständlich als Mitglied der Familie hier leben. Aber weil du zugleich den Schein wirst wahren wollen, ist mir durchaus bewusst, dass du ein Taschengeld benötigst; außerdem bekleidest du die Stellung meiner Gesellschafterin. Du hast kein eigenes Geld, oder, meine Liebe?«, fragte sie mitfühlend.

Ich konnte nur elend den Kopf schütteln.

»Dann, was würdest du sagen zu …«, sie musterte mich mit erfahrenem Blick, »… vierzig Pfund im Jahr?«

Das war kein Vermögen, doch ich musste nichts für mein Essen und meine Unterkunft bezahlen, und so sollte es möglich sein zurechtzukommen, wenn ich mich ein wenig in Sparsamkeit übte. Obwohl, wenn ich ›den Schein wahren‹ sollte, dann bedeutete das wahrscheinlich eine Menge Sparsamkeit.

Ich dankte ihr erneut und fragte sie ein wenig nervös, worin denn meine Pflichten bestanden.

»Nun, meine Liebe«, antwortete Tante Parry vage, »du musst mir vorlesen und als Partnerin Whist mit mir spielen. Du spielst doch Whist, oder?« Sie beugte sich in Erwartung meiner Antwort vor.

»Ich weiß, wie das Spiel geht«, antwortete ich vorsichtig.

»Gut, gut! Aus deinen Briefen entnehme ich, dass du eine geschickte Hand besitzt. Ich brauche jemanden, der mir meine Briefe schreibt, eine Sekretärin. Ich finde es sehr ermüdend, mit meiner Korrespondenz auf dem Laufenden zu bleiben. Du wirst mich begleiten, wohin auch immer nötig, und in diesem Haus sein, wenn ich Besuch empfange, und vielleicht die ein oder andere Besorgung erledigen. Dergleichen Dinge eben.«

Mrs Parry hielt inne, betrachtete die Überreste des Biskuitkuchens und schien einen inneren Kampf auszufechten.

In mir reifte allmählich die Überzeugung heran, dass ich meine vierzig Pfund im Jahr verdienen würde. Es klang, als würde ich wenig Zeit für mich selbst haben.

»Und du wirst mich unterhalten«, sagte Mrs Parry unvermittelt. »Ich hoffe doch, du bist eine gute Gesellschafterin.«

Ich war sprachlos, doch ich nickte – überzeugend, wie ich hoffte.

»Und nun denke ich, willst du dich sicher erst einmal ein wenig ausruhen. Sind deine Kleider in den Koffern arg zerdrückt? Gibt es eins, das Nugent vor dem Abendessen für dich bügeln kann? Ich werde Nugent sagen, dass sie zu deinem Zimmer gehen und es abholen soll.«

»Kommt Besuch zum Abendessen, Mrs – äh, Tante Parry?« Ich fing an, mich ernstlich ob des mageren Inhalts meiner Reisetasche zu sorgen.

»Heute ist Dienstag«, antwortete Mrs Parry. »Also wird Dr. Tibbett zum Essen kommen. Dienstags und donnerstags sind die Abende, an denen der gute Doktor bei uns speist. Er ist kein medizinischer Doktor, wie dein Vater einer war, sondern ein Geistlicher und ein höchst vornehmer Mann obendrein. Frank ist noch in London; also wird er ebenfalls kommen. Er weiß, dass ich es nicht mag, wenn er dienstags oder donnerstags mit seinen Freunden isst. Der arme Junge, er ist beim Foreign Office, weißt du?«

»Ich wusste nicht … ich meine, ist Frank dein Sohn, Tante Parry? Verzeih meine Unwissenheit.«

»Nein, Liebes, Frank ist mein Neffe, der Junge meiner unglücklichen Schwester Lucy. Sie hat einen Major Carterton geheiratet, der leider an Spielsucht litt. Frank wurde, genau wie du, ohne einen Penny zurückgelassen; doch wie ich bereits sagte, ist er beim Foreign Office und auf dem Weg nach oben, und es heißt, dass er in Kürze ins Ausland gehen wird. Wenn es so weit ist, hoffe ich, dass er nicht in ein zu kaltes oder zu heißes Land kommt oder irgendwohin, wo es gefährlich ist. Außerdem ist das Essen in diesen abgelegenen Ecken der Welt manchmal äußerst eigenartig. Die Menschen dort essen widerliche Dinge und würzen sie mit allen möglichen Merkwürdigkeiten. Wenn er in London ist, kommt er häufig hier essen, wo er zumindest ein ordentliches englisches Mahl genießen kann.«

Tante Parry stieß einen Seufzer aus und gab der Versuchung nach, indem sie sich ein letztes Stück vom Biskuitkuchen genehmigte.

Simms, der Butler, war irgendwann im Laufe des letzten Teils unserer Unterhaltung lautlos aufgetaucht.

»Wenn Sie mir bitte folgen würden, Miss?«, sagte er nun an mich gewandt.

Er führte mich ins nächste Stockwerk hinauf und über einen Gang; dann deutete er auf eine Tür. »Ihr Zimmer, Miss.«

Das war alles. Er ließ mich dort stehen, und ich öffnete die Tür. Irgendjemand war bereits vor mir eingetreten: eine scharfgesichtige Frau in dunkelgrauer Garderobe, die umgeben war von einer einschüchternden Aura der Respektabilität. Sie hatte meine Garderobe aus der Reisetasche genommen und alles flach auf dem Bett ausgebreitet. Als ich eintrat, unterbrach sie ihre Arbeit und wandte sich zu mir um.

»Ich bin Nugent, Miss. Mrs Parrys Kammerzofe.«

»Danke sehr, Nugent«, sagte ich, »dass Sie meine Sachen ausgepackt haben. Das ist wirklich sehr freundlich von Ihnen.«

Es war nicht nur freundlich, sondern darüber hinaus auch äußerst peinlich. Nugent konnte kaum die Stopfflecken in meinen Strümpfen übersehen haben oder die verbrannte Stelle an einem meiner Hausmäntel, Resultat eines Augenblicks der Unbesonnenheit, als eine hastige Bewegung das Steifleinen, welches den Stoff stützte, zu nah ans Feuer geschwungen hatte, ganz zu schweigen von dem in einem Schottenmuster karierten Kleid, das sorgfältig aufgetrennt und auf links gedreht wieder zusammengenäht worden war, um noch eine Weile getragen zu werden. Doch wenn Nugent meine Garderobe als abgerissen und abgetragen befand, so sagte sie zumindest nichts dergleichen.

»Soll ich dieses hier bügeln, Miss?« Sie hielt mein bestes Kleid in die Höhe, das ich eigentlich für besondere Gelegenheiten hatte aufbewahren wollen.

»Ja, bitte tun Sie das«, antwortete ich schwach.

Nugent huschte mit meinem Kleid über dem Arm davon. Sie hatte meine persönlichen Sachen unten in der Tasche gelassen. Ich nahm meine Haarbürste und meinen Kamm hervor sowie einen kleinen, in Elfenbein gefassten Handspiegel und legte alles auf die Frisierkommode. Die Kommode war bereits älteren Datums – aus der Mitte des vergangenen Jahrhunderts in etwa, schätzte ich. Ursprünglich ein sehr hübsches Stück mit Intarsienarbeiten, doch von den Holzscheibchen eines Füllhorns fehlten inzwischen einige. Ich vermutete, dass dieser Mangel und der verwohnte Zustand dazu geführt hatten, dass sie in dieses Zimmer verbannt worden war, um von der Gesellschafterin benutzt zu werden.

Als Nächstes holte ich die kleine mit Japanlack überzogene Schachtel hervor, die meinen wenigen Tand enthielt; Schmuck konnte ich es wohl kaum nennen. Ich besaß lediglich eine Bernsteinhalskette und einen Ring mit einem winzigen Rubin, und beides hatte meiner Mutter gehört.

Meine Mutter war dann das Letzte, was ich aus der Tasche nahm, oder besser, ihr Porträt. Ich hielt es in der Hand und betrachtete es eine Weile. Es war ein kleines Aquarell von ovaler Form und etwa fünfzehn Zentimeter hoch und zehn breit. Es war in einen schwarzen Samtrahmen gefasst, und ich vermutete, dass es nach ihrem Tod in diesen Rahmen gekommen war. Es hatte über dem Bett meines Vaters gehangen. Ich besaß nur wenige Erinnerungen an meine Mutter, und nicht zum ersten Mal fragte ich mich, ob ich ihr wohl ähnlich sah. Der Maler hatte ihre Augen grau-blau dargestellt. Meine waren grau. Ihr Haar hatte einen leichten Rotton, doch meines war dunkelbraun. Mary Newling, unsere Haushälterin, hatte mir erzählt, dass mein Vater nie über den Tod seiner geliebten Frau hinweggekommen sei. Ich glaubte ihr gerne. Auch wenn er ein ausgeglichener, freundlicher Mann gewesen war, hatte ich stets eine tiefe Traurigkeit hinter jedem Lächeln gespürt. Ich legte das Porträt flach auf die Frisierkommode, bis ich Zeit fand, es an der Wand aufzuhängen.

Auch in diesem Zimmer hingen zahlreiche Bilder an den

Wänden, genau wie sonst überall im Haus. Wenigstens blieben mir hier langhaarige Highland-Rinder erspart, die mich aus blauem Dunst heraus anstarrten. Stattdessen gab es mehr italienische Landschaften und eine ganz besonders hässliche Darstellung in Öl von einer weinenden Gestalt in schwerem Flor, umgeben von dunklen Bäumen und etwas, das aussah wie Grabsteine. Ich nahm mir vor, dieses Bild bei der ersten sich bietenden Gelegenheit abzuhängen und zu verstecken.

Ich öffnete die lackierte Schachtel und sah inmitten meines Schmucks ein kleines Stück aus grauem Schiefer. Es war mein Talisman, der mir vor langer Zeit geschenkt worden war und mir Glück bringen sollte. Es war auf seine Weise ein höchst ungewöhnliches Stück, mit dem Abdruck eines winzigen Farns auf der Vorderseite. Ich nahm es hervor und drehte es so, dass sich das Licht darin fing; dann legte ich es behutsam wieder zurück. Von nun an würde ich mir mein Glück selbst erschaffen müssen, sollten sich mir in Zukunft weitere Hindernisse in den Weg stellen. Das erste davon war gleich an diesem Abend zu erwarten, wenn ich dem Rest des Haushalts vorgestellt wurde.

Ich seufzte. Ich war so voll mit Kuchen und Muffins, dass ich mir nicht vorstellen konnte, an diesem Tag noch etwas herunterzubringen. Zu Hause hatten wir unsere tägliche Hauptmahlzeit auf altmodische Weise mittags eingenommen. Dies war meinem Vater zupassgekommen, der morgens Patienten in seiner Praxis empfangen hatte und nachmittags zu seinen bettlägerigen Patienten gefahren und häufig erst spät in der Nacht wieder nach Hause gekommen war. Wir pflegten dann ein einfaches Abendessen vor dem Kamin einzunehmen, meistens Toast und vielleicht, wenn es Winter war, eine von Mary Newlings deftigen Suppen aus Wurzelgemüse in Fleischbrühe. Der Gedanke an die ›gute englische Küche‹, die mich an diesem Abend erwartete, erfüllte mich mit Furcht.

Auch fürchtete ich, dass ich als Bauerntölpel erscheinen könnte, selbst in meinem besten Kleid. Doch ich trug noch immer Halbtrauer wegen meines Vaters, und deswegen konnte niemand von mir erwarten, dass ich mich herausputzte wie eine Modepuppe.

Kurz nach sieben ging ich hinunter. Ich hatte mein Haar zu einem einfachen Knoten zusammengesteckt und mir einen Schal aus Nottingham-Spitze über das Miederoberteil meines Kleids gelegt, das Nugent wunderbar gebügelt zurückgebracht hatte. Ob es reichte oder nicht, ich hatte nichts anderes. So früh ich auch war, die übrige Gesellschaft hatte sich bereits eingefunden.

Ich fand sie im großen Salon vor, der noch größer war als der Privatsalon, den ich bereits kannte, und noch kostbarer möbliert. Erneut brannte ein prächtiges Feuer in dem mit Marmor eingefassten Kamin. Tante Parry begrüßte mich überschwänglich. Sie war, was Mary Newling als einen Anblick für müde Augen beschrieben hätte. Ihr seidenes Kleid war in einer der noch immer neuen Farben gehalten: Magenta. Ihre Spitzenhaube war verschwunden und ihr kastanienbraunes Haar dank Nugents Geschick auf außergewöhnliche Weise frisiert. Es war zu beiden Seiten des Kopfes über ihren Schläfen in je eine dicke Locke gelegt, und hinten hingen zahlreiche falsche Löckchen herunter. Von den Ohrläppchen baumelten Ringe mit großen grünen Edelsteinen darin. Eine dazu passende Halskette und mehrere Armreifen vervollkommneten ihren Putz. Ich hoffte, dass alles nur Tand war, und glaubte es auch – selbst ein indischer Radscha hätte Mühe gehabt, derart viele echte Smaragde zu finden.

Vor dem Kamin standen zwei fremde Gentlemen. Sie waren in eine angeregte Unterhaltung vertieft, als ich eintrat, doch sie wandten sich unverzüglich um und starrten mich an. Der ältere von beiden, zur Rechten, hatte den Fuß auf die Messingstange vor dem Kamin gestellt, und sein rechter Arm ruhte auf dem Sims mit seiner Dekoration aus Samt und Spitzen. Der jüngere der beiden, zur Linken, hatte eine dazu spiegelbildliche Pose eingenommen. Es war unmöglich, die beiden nicht mit den King-Charles-Spaniels aus Porzellan zu vergleichen, die auf dem Kaminsims hinter ihnen thronten. Der zur Rechten hatte irgendein Argument unterbreitet, und der andere hatte aufmerksam gelauscht. Doch nun verstummten sie, während mich Tante Parry mit den Worten vorstellte: »Das hier ist Elizabeth Martin, die als Gesellschafterin zu mir gekommen ist. Sie war die Patentochter des verstorbenen Mr Parry. Ihr ebenfalls verstorbener Vater und Josiah waren Jugendfreunde.«

Die beiden Männer besaßen keinerlei Ähnlichkeit mehr, nun, da sie ihre Posen am Kamin aufgegeben hatten. Der ältere Mann war, so schätzte ich, um die sechzig und musste Dr. Tibbett sein. Sein dichtes silbergraues Haar lockte sich auf dem Kragen, und mit den üppigen Koteletten war er eine imposante, löwenhafte Gestalt. Seine Kleidung war pechschwarz, und ich erinnerte mich daran, dass er ein Geistlicher war.

Der andere musste demzufolge Tante Parrys Neffe sein, Frank Carterton, der aufgehende Stern des Foreign Office. Ich sinnierte ironisch, dass Frank zwar laut Mrs Parrys Aussage genau wie ich mit nichts zurückgelassen worden war, doch unsere jeweilige Lebenssituation hatte sich völlig unterschiedlich entwickelt. Ich war abhängig von Mrs Parrys Mildtätigkeit und davon, dass sie mich angestellt hatte. Frank hatte eine Karriere angefangen. Ich vermutete, dass seine Tante ihm außerdem großzügige Zuwendungen machte. Er war in einen gut sitzenden schwarzen Cutaway-Mantel gekleidet mit Schwalbenschwänzen und eine Brokatweste von exotischem Schnitt. Sein schwarzes Seidenhalstuch wurde von einem großen böhmischen Knoten gehalten. Sein Haar war lockig, vermutlich durch Zuhilfenahme einer Brennschere, und er war unzweifelhaft ein gut aussehender junger Mann. Er ließ den Blick über mich gleiten, und ich fühlte mich unangenehm an jenen Mann auf dem Bahnsteig erinnert, der so kurz im Qualm aufgetaucht war und mich so abfällig gemustert hatte. Ich war sofort gegen ihn eingenommen. Außerdem hatte ich Dandys noch nie ausstehen können.

Dr. Tibbett, der geistliche Gentleman, hatte mich ebenfalls von Kopf bis Fuß gemustert und meldete sich nun zu Wort. »Ich hoffe doch, dass Sie eine gute christliche junge Lady sind, Miss Martin.«

»Jawohl, Sir, das bin ich, nach bestem Wissen und besten Kräften.«

Frank Carterton legte die Hand auf den Mund und wandte sich zur Seite.

»Starke Prinzipien, Miss Martin, starke Prinzipien sind das, was uns in Zeiten der Not stützt. Sie haben Ihren Vater verloren, wenn ich richtig informiert bin. Ich hoffe, Sie wissen Mrs Parrys Freundlichkeit zu schätzen, die Ihnen ein so behagliches Zuhause bietet.«

Ja, ich wusste es zu schätzen, und das hatte ich Tante Parry bereits gesagt; deswegen erwiderte ich lediglich: »Selbstverständlich!«

Es kam ein wenig harscher heraus, als ich beabsichtigt hatte, und Frank Carterton hob die Augenbrauen und bedachte mich mit einem zweiten, eingehenderen Blick.

»Und eine demütige Haltung!«, mahnte Dr. Tibbett streng.

»Nun denn, Frank!«, unterbrach Mrs Parry ein wenig nervös, »erzähl uns doch bitte, was du heute so gemacht hast.«

»Ich habe an meinem Schreibtisch gesessen, Tante Julia. Ich war verantwortlich für die Verschwendung einer großen Menge Papier und Tinte.«

»Ich bin sicher, du arbeitest sehr hart, Frank. Du darfst nicht zulassen, dass sie deine Gutmütigkeit ausnutzen.«

»Die Arbeit ist kaum anstrengend, Tante. Ich schreibe ein Memo und schicke es zur nächsten Abteilung, die ein weiteres Memo verfasst und es an mich zurücksendet. So geht es hin und her, den größten Teil des Tages, wie bei einem Pfänderspiel auf einer Party. Das Amüsante daran ist, die beiden Abteilungen liegen Tür an Tür, und jeder der Schreiber muss nur seinen Schreibtisch verlassen und den Kopf durch die Tür des nächsten Zimmers stecken, um seine Erkundigungen einzuziehen. Doch so arbeitet die Regierung nicht! Ich habe übrigens ein paar Neuigkeiten«, fügte Frank ein wenig zu sorglos hinzu.

Aha!, dachte ich. *Was auch immer diese Neuigkeiten sein mögen, seine Tante wird sie nicht gerne hören.*

»Wie ich Dr. Tibbett hier bereits erzählt habe, wurde mir

heute mitgeteilt, dass man mich in Kürze als Verstärkung nach St. Petersburg zu unserer dortigen Botschaft entsenden möchte.«

»Nach Russland!«, kreischte Mrs Parry entsetzt. Magentafarbene Seide raschelte; grüne Ohrringe tanzten aufgeregt, und das Licht glitzerte und funkelte auf sämtlichen Anhängern und Armreifen, als sie die plumpen weißen Arme hob. Die Geste mochte theatralisch ausgesehen haben, wäre ihr Entsetzen nicht so offensichtlich real gewesen.

»Das ist unmöglich! Das Klima dort ist grauenvoll! Monatelang nichts als Schnee; das Land ist voller Wölfe und Bären und verzweifelter Kosaken wie jene, die unsere Soldaten auf der Krim niedergemetzelt haben. Die Bauern sind ungeschlacht und ständig betrunken; Krankheiten herrschen allerorten, und wie willst du dich dort überhaupt unterhalten?«

Carterton beugte sich beruhigend über sie herab. »Ich werde mein Bestes tun, um mich von alldem fernzuhalten, Tante. Keine Sorge, ich denke, meine Anstellung dort wird ganz angenehm werden. St. Petersburg ist eine feine Stadt mit Theatern und Bällen. Ich werde bestimmt keinen ungeschlachten Bauern begegnen. Die russische Oberschicht ist äußerst kultiviert und gleich ob Mann oder Frau, alle sprechen ein exzellentes Französisch – jedenfalls hat man mir das erzählt.«

Doch Mrs Parry war nicht zu besänftigen, und obwohl Dr. Tibbett ihrem Neffen Frank zu Hilfe kam, beklagte sie noch immer sein Schicksal, als Simms erschien und verkündete, dass das Dinner angerichtet sei. Dr. Tibbett bot Mrs Parry seinen Arm, und das bedeutete, dass ich notgedrungen den Arm akzeptieren musste, den Frank mir reichte.

»Eigenartiger alter Knochen, nicht wahr?«, flüsterte Frank mir mit einem Nicken auf Tibbetts Rücken zu, als der Geistliche und Mrs Parry vor uns her in den Speiseraum gingen. »Kommt zweimal die Woche zum Essen hierher, spielt an zwei weiteren Tagen Whist mit Tante Parry und findet ständig eine neue Entschuldigung, um an den verbleibenden Tagen auch noch vorbeizukommen. Sie wissen sicher, was das bedeutet, oder?«

»Dass er ein Freund von Mrs Parry ist«, murmelte ich und wünschte mir, er würde nicht auf diese Weise reden, insbesondere, weil die nicht geringe Möglichkeit bestand, dass man ihn hörte.

»Keine Sorge«, sagte er, als hätte er geraten, was mir durch den Kopf ging. »Der alte Tibbett hört keine Stimme außer seiner eigenen. Meiner Meinung nach macht er Tante Julia den Hof. Na ja, viel Glück wünsche ich ihm.« Und Frank kicherte, obwohl ich nicht wusste, was daran so lustig sein mochte.

»Wann fahren Sie nach Russland, Mr Carterton?«, erkundigte ich mich.

»Autsch! Das dauert noch eine Weile. Entschuldigung, bin ich Ihnen etwa zu nahe getreten? Ich hatte gehofft, Sie wären nicht so eine Spielverderberin wie Maddie. Als Sie Tibbett vorhin fast den Kopf abgebissen haben, hatte ich die größten Hoffnungen. Enttäuschen Sie mich jetzt nicht, Miss Martin, bitte nicht.«

Er verdrehte die Augen. Das sollte wohl komisch sein.

Ich war jedoch nicht amüsiert; stattdessen erwachte meine Neugier. Wer war Maddie? Ärgerlicherweise erreichten wir just in dem Augenblick, als ich endlich eine Frage hatte, die ich ihm stellen konnte, den Speiseraum, und ich musste mich zunächst in Geduld üben.

Bald wurde offensichtlich, dass Dr. Tibbetts dröhnende Stimme den Esstisch dominierte, als er anfing, uns mit seiner Meinung über jedes Thema des Tages zu beglücken. Frank hatte großes Geschick darin, gerade ausreichend viel zu sagen, um Tibbett in Fahrt zu halten, und Mrs Parry akzeptierte jedes von Tibbetts Worten mit verzücktem Respekt. Ich musste daran denken, was Frank mir erzählt hatte, dass der alte Gentleman zweimal in der Woche zum Essen herkam und auch sonst regelmäßig zu Besuch war, und meine Stimmung sank. Da Mrs Parry ihrer Hoffnung Ausdruck verliehen hatte, ich wäre eine gute Gesellschafterin, nutzte ich die erste sich bietende Gelegenheit, um selbst das Wort zu ergreifen und Dr. Tibbett zu fragen, ob er vielleicht zufällig Pfründe in der Gegend besaß.

Ich musste erfahren, dass der gute Doktor nach seiner Priesterweihe abgesehen von einer kurzen Amtszeit als Assistenzkurator nie ein Gemeindepfarrer gewesen war. Er hatte fast sein ganzes Leben als Lehrer verbracht, in der Tat sogar als bedeutender Schulmeister. Wenn er keinen einflussreichen Gönner gehabt hatte, um seine Karriere als Pfarrer zu fördern, war es wahrscheinlich klüger gewesen, sich einem anderen Beruf zuzuwenden. Ein schlecht bezahlter Kurator ohne Hoffnung auf eine Pfründe war wenig mehr als eine arme Verwandte wie ich. Doch ein Schulmeister einer guten Schule ist eine angesehene Persönlichkeit, der man Respekt entgegenbringt. Es erklärte zumindest eine Sache, nämlich die, woher er seine überheblichen Manieren hatte. Er redete mit uns wie mit einer Klasse faszinierter kleiner Buben.

Nun machte er sich daran, mich in meine Schranken zu weisen, weil ich es gewagt hatte, ihn in seinem Redefluss zu unterbrechen. »Ich hoffe sehr, Miss Martin, dass Sie sich in die Gewohnheiten dieses Haushalts einfinden und all das sein werden, was Mrs Parry von Ihnen erwartet.«

»Ich werde mein Bestes tun«, versprach ich ihm.

»Sie wissen sicherlich«, fuhr er fort und richtete den Blick grimmig auf mich, »dass unsere gütige Lady bereits eine große Enttäuschung erlebt hat.«

Ich erschrak, weil mir beim besten Willen nicht einfallen wollte, womit ich meine Wohltäterin in der kurzen Zeit enttäuscht hatte, die ich im Haus weilte.

Doch Frank meldete sich zu Wort und erlöste mich. »Dr. Tibbett meint damit nicht Sie, Miss Martin.«

Mrs Parry blickte verwirrt drein. Sie ließ die Gabel fallen, mit der sie ein Stück Steinbutt seziert hatte, und tupfte sich mit einer Serviette den Mund. »Ich habe Miss Martin diese elende Geschichte bisher noch gar nicht erzählt, fürchte ich. Ich dachte, dass ich es vielleicht morgen …«

»Ah«, sagte Dr. Tibbett, nicht im Mindesten verlegen, dass er ins, wie es so schön heißt, Fettnäpfchen getreten war. »Peinliche Erklärungen werden nicht dadurch einfacher, dass man sie hinauszögert.«

»Nein … nein, in der Tat nicht«, stammelte die arme Mrs Parry.

Frank beeilte sich, die Unterhaltung weiterzuführen. Seinem Blick nach zu urteilen, war er ungehalten wegen Dr. Tibbetts tadelndem Ton gegenüber seiner Tante.

»Hören Sie«, sagte er. »Es ist kein Geheimnis und, na ja, es ist eigentlich auch kein Skandal. Es ist nämlich so, Miss Martin: Vor Ihnen gab es schon einmal jemanden, der die Stellung der Gesellschafterin von Tante Julia innehatte. Ihr Name war Maddie Hexham.«

»Miss Madeleine Hexham«, korrigierte ihn Dr. Tibbett gereizt. Es gefiel ihm ganz und gar nicht, dass man ihm so den Wind aus den Segeln nahm. »Eine junge Person aus der Provinz, aus dem Norden, genau wie Sie, Miss Martin.«

»Sie hatte exzellente Referenzen«, sagte Mrs Parry ziemlich kleinlaut für meinen Geschmack. »Sie kam auf eine Empfehlung von einer Freundin von Mrs Belling.«

»Das Leben in London …«, sagte Dr. Tibbett und fixierte mich streng, »… das Leben in London war nichts, woran sie gewohnt war. Zu ihrer Unerfahrenheit in Bezug auf diese große Stadt und ihre Versuchungen kam ihr eigener beklagenswert schwacher Charakter und, wie wir leider feststellen mussten, ein gewisses Talent, andere zu täuschen. Ganz ohne Zweifel hat sie ihre exzellenten Referenzen auch auf diese Weise erhalten. Durch Heuchelei, Ma'am! Durch Heuchelei!«

»Tatsache ist«, sagte Frank laut, »dass Miss Hexham ohne Vorankündigung aus diesem Haus verschwunden ist, und niemand hat sie seither gesehen! Sie hat nichts mitgenommen, und wir alle dachten zuerst, sie hätte einen Unfall gehabt. Wir informierten die zuständige Polizei. Genutzt hat es nichts. Wie sich dann herausgestellt hat, hätten wir uns die Mühe sparen können.«

»Sie hat geschrieben«, erklärte Mrs Parry. »Ungefähr zehn Tage später, Elizabeth, erhielt ich einen Brief von ihr. Keinen langen Brief, doch ausreichend, um uns, nein, ich kann nicht sagen zu beruhigen, aber doch genug, um uns zu berichten, was sich ereignet hatte. Ich muss sagen, ich war äußerst überrascht. Wenigstens hat sie es für nötig befunden, uns über ihre Handlungen zu informieren.«

»Und was für Handlungen waren das, Ma'am?«, grollte Dr. Tibbett, und seine Augen leuchteten triumphierend. »Sie war in Sünde und Unzucht gefallen. Das hat sie uns in ihrem Brief berichtet.«

»Sie ist mit einem Mann durchgebrannt«, übersetzte Frank für mich.

»Sie schrieb, dass es ihr leid täte, wenn ich ihretwegen Unannehmlichkeiten hätte«, sagte Mrs Parry traurig. »Sie hätte ihre Sachen nicht mitgenommen, weil es Fragen nach sich gezogen hätte, wäre sie mit einer Tasche beim Verlassen des Hauses gesehen worden. Sie bat mich, mit den Sachen zu machen, was ich für richtig hielt.«

»Keinerlei Gefühl für Verantwortung!«, schimpfte Dr. Tibbett. »Moralische Schwäche, Ma'am, moralische Schwäche ist leider, leider heutzutage bei jungen Leuten weit verbreitet!«

»Wann war das?«, wagte ich zu fragen.

»Oh, warten Sie ... vor sechs bis acht Wochen, schätze ich«, antwortete Frank. »Eher vor zwei Monaten. Ich muss sagen, ich war ebenfalls ziemlich überrascht. Sie kam mir immer wie so eine kleine graue Maus vor, wissen Sie? Wer hätte so etwas von ihr gedacht?«

»Eine Heuchlerin!«, schimpfte Dr. Tibbett einmal mehr.

Die Unterhaltung wurde durch das Abräumen der Reste vom Steinbutt und der Ankunft eines gegrillten Kalbsschenkels unterbrochen. Als sie wieder anfing, war das Thema meiner verschwundenen Vorgängerin wie durch stummes Einverständnis vom Tisch.

Nach dem Essen gingen Dr. Tibbett und Frank in die Bibliothek, um dort Zigarren zu rauchen, und Mrs Parry und ich kehrten in den Salon zurück. Ich war inzwischen sehr müde nach einem langen, anstrengenden Tag, und es kostete mich viel Anstrengung, wach zu bleiben, geschweige denn, Konversation zu betreiben.

Mrs Parry nutzte die Gelegenheit, um noch einmal auf das Thema von Franks Versetzung nach St. Petersburg zurückzukommen.

»Ich wusste natürlich, dass Frank irgendwohin geschickt

werden würde, keine Frage. Allerdings hatte ich sehr gehofft, dass es ein angenehmes, zivilisiertes Land sein würde, beispielsweise Italien. Mr Parry und ich waren auf unserer Hochzeitsreise in Italien. Das Klima war so angenehm mild und die Landschaft so wunderbar, dass ich mich sogleich in dieses Land verliebt habe. Wir wohnten in einer entzückenden Villa am Ufer eines herrlichen Sees, umgeben von Bergen. Von Zeit zu Zeit gab es spektakuläre Gewitterstürme, und die Blitze zuckten von Gipfel zu Gipfel. Aber Russland ... Was um alles in der Welt will er denn in Russland? Allein der Gedanke, dass es gerade mal zehn Jahre her ist, seit wir diesen schrecklichen Krieg am Schwarzen Meer mit ihnen ausgefochten haben! Franks Vater war ein Offizier der Kavallerie und hätte vielleicht ebenfalls an diesem Krieg teilgenommen, wenn er sich nicht ein paar Jahre zuvor das Gehirn aus dem Schädel geschossen hätte!«

Ich wusste nicht, was ich sagen sollte, um sie zu trösten, doch es dauerte nicht lange, bis die Gentlemen zurückkehrten und ich von der Notwendigkeit erlöst wurde, es zu versuchen. Als sie das Zimmer betraten, hatte ich den Eindruck, dass Frank ein wenig errötet wirkte und die Contenance verloren zu haben schien. Ich fragte mich, ob es vielleicht einen Streit gegeben hatte. Falls ja, hatte er Dr. Tibbett jedenfalls kaltgelassen, der mit geübter Bewegung seine Schwalbenschwänze beiseitewischte, als er sich setzte und mühelos die Konversation an sich riss wie schon zuvor.

Wir wurden nun mit seinen Ansichten bezüglich der gegenwärtigen Situation der Kirche von England vertraut gemacht, die – wenn man seinen Worten Glauben schenken durfte – von allen Seiten belagert wurde. Die Mächte, welche die Trennung von Staat und Kirche betrieben, hatten ihre Truppen in Bewegung gesetzt und unterwanderten das Parlament. Mehr noch, informierte Dr. Tibbett uns, die Kirche wurde von außen unterminiert durch den wachsenden Einfluss der Methodisten und von innen durch die unheilvollen Intrigen der Traktarianer, von den Angriffen der Darwinisten und ihren verderbten Theorien gar nicht erst zu reden.

»Ich habe Darwins Buch über den Ursprung der Arten gelesen«, sagte ich unbekümmert, da ich hier eine Gelegenheit sah, mich als gute Unterhalterin zu profilieren und Dr. Tibbetts nahtlose Hetztiraden für ein, zwei Augenblicke zu unterbrechen. Seine dröhnende Stimme verursachte mir Kopfschmerzen. Mrs Parry saß dort und nickte wie eine Puppe, und Frank starrte zur Decke hinauf und murmelte von Zeit zu Zeit seine Zustimmung, obwohl er offensichtlich keine Idee hatte wozu. Ich vermutete, dass er mit den Gedanken ganz woanders war.

Eine betäubte Stille folgte meinen Worten.

Mrs Parry sah verwirrt aus. Frank nahm den Blick von der Decke, hob die Augenbrauen und grinste. Dr. Tibbett legte die Fingerspitzen zusammen.

»Das ist kein angemessenes Werk, um es in die Hände einer Lady zu legen«, bemerkte er.

»Mein Vater hat es kurz vor seinem Tod erworben. Er las tatsächlich noch an seinem letzten Abend darin.«

»Ah!«, rief Dr. Tibbett aus, als würde das alles erklären.

»Nun ja«, warf Frank ein. Sein Interesse an der Konversation war offenbar wieder geweckt, und ein spitzbübisches Leuchten trat in seine Augen. »Ich habe es nicht gelesen wie Miss Martin hier, aber wenn ich recht informiert bin, haben Darwin und seine Naturforscherkollegen herausgefunden, dass die Schöpfung, wie die Bibel sie lehrt, nichts als Humbug ist. Die Welt wurde nicht in sechs Tagen erschaffen, und es hat alle möglichen Arten eigentümlicher und wundervoller Tiere gegeben, bevor Wesen wie Sie und ich den Fuß auf diese Erde gesetzt haben. Ist das nicht so, Miss Martin?«

Dr. Tibbett räusperte sich. »Ich für meinen Teil stimme zu, dass wir nicht wortwörtlich nehmen dürfen, was das Alte Testament uns erzählt. Es spricht von sechs Tagen, wo möglicherweise sechs Epochen gemeint sind. Doch was Monster angeht, die über die Erde gestreift sind ... Wir müssen die Mehrzahl davon genauso einordnen wie die Meerjungfrauen und Riesenreptilien aus der Phantasie unwissender Seeleute.«

»Selbst wenn dem so wäre, muss die Welt früher anders

ausgesehen haben«, sagte ich. »Es heißt, wo sich heute Kohlenflöze unter der Oberfläche befinden, waren einst große Wälder, und ich habe ein Stück Schiefer …«

Ich durfte nicht zu Ende sprechen.

»Meine Liebe!«, unterbrach mich Dr. Tibbett. »Derartige Dinge lassen sich durch die Sintflut erklären, in deren Verlauf die Welt zerstört wurde und danach neu geschaffen. Sie leiden eindeutig unter der Verwirrung, die so leicht entsteht, wenn man ein Werk wie das dieses Darwin in die Hand so junger Menschen legt. Mein Rat an Sie, Miss Martin, lautet, geeignete Werke zur Erbauung zu lesen, wenn Sie mit Ihrer täglichen Bibelstunde fertig sind. Davon gibt es eine ganze Reihe, sollte ich meinen.«

»James Belling besitzt eine Fossiliensammlung«, sagte Frank. »Er fährt regelmäßig nach Dorset und zu ähnlichen Orten und gräbt sie dort aus. Es gibt ein paar ziemlich eigenartige Kreaturen darunter, von denen heutzutage keine mehr lebt. Darwin kann sich nicht völlig irren.«

»Ich bestreite nicht die Existenz dieser Knochen«, räumte Dr. Tibbett ein. »Ich habe selbst einige davon gesehen. Sie sind wirklich äußerst eigenartig. Doch ich bezweifle, dass sie so alt sind, wie behauptet wird. Selbst die extravagantesten Berechnungen vermögen es nicht, die Welt mehr als ein paar Tausend Jahre alt zu machen. Ich bezweifle auch, dass so viele verschiedene Spezies aus so wenigen gemeinsamen Vorfahren entspringen können. Der junge Belling mag durchaus ein paar interessante Spezimen gefunden haben, und ich bestreite nicht, dass manche Spezies bereits vor der Sintflut ausgestorben sein könnten …«

»Man fragt sich, wie unsere eigenen Vorfahren …«, setzte Frank an.

Er durfte ebenfalls nicht ausreden. Dr. Tibbett, der bis zu diesem Augenblick in ganz vernünftigem Ton seinen Standpunkt vertreten hatte, wurde knallrot im Gesicht und setzte zu einer Tirade an.

»Ich werde nicht zulassen, dass Dinge wie diese gesagt werden! Der Mensch ist der restlichen Schöpfung überlegen! Es ist unvorstellbar, dass der Mensch ein Tier sein soll, wie ein … ein … ein *Affe*! Wenn er es tatsächlich wäre, würde er nicht zur Kreativität fähig sein! Was ist mit Musik, Kunst, Literatur und Philosophie? Glauben Sie im Ernst, dass all die Zivilisationen, die die Welt bisher gesehen hat, nichts als Zufall sind? Hat etwa ein Affe die Pyramiden erbaut? Hat ein Affe Rom zum Glanz geführt? Wurden die unsterblichen Worte Homers von einem Schimpansen niedergeschrieben? Unterschiedliche Spezies von Tieren und Fischen mögen gekommen und wieder verschwunden sein, aber der Mensch selbst war stets ein Wesen von überlegenem Intellekt und überlegenen Fähigkeiten! Der Mensch allein hat einen Sinn für das Spirituelle. Der Mensch allein kann sich Dinge jenseits seiner unmittelbaren Erfahrung vorstellen, wozu kein gewöhnliches Tier je imstande wäre!«

»Nun ja, Sir, ich gestehe, dass ich es selbst nicht wirklich verstehe«, ging Frank vor dem Feuer in Dr. Tibbetts Augen und der Art und Weise seiner Erregung in Deckung. »Die Vermutung, dass unsere Vorfahren in kaum aufrechtem Gang herumgerannt sind, von oben bis unten behaart, ohne Sprache und, verzeihen Sie mir, meine Damen, ohne auch nur ein Mindestmaß an Kleidung, erscheint auch mir ein wenig weit hergeholt.«

»Weit hergeholt?«, polterte Dr. Tibbett. »Das ist mehr als das! Das ist, wenn überhaupt irgendetwas, Sir, der reinste Humbug!«

»Haben wir nicht vielleicht Zeit«, warf unsere Gastgeberin ein, »für eine Partie Whist, bevor Sie gehen müssen, lieber Doktor?« Während wir gestritten hatten, war sie zunehmend nervös geworden. Der Darwinismus war ohne jegliches Interesse für sie, und wir verloren kostbare Zeit, die wir viel besser mit ihrer Lieblingsbeschäftigung ausfüllen konnten.

Aber wie es schien, blieb noch genug Zeit. Frank stellte den Kartentisch auf, und obwohl ich keine Expertin war im Kartenspiel, war meine anfängliche Müdigkeit verflogen, und ich hatte meine ›zweite Luft‹ bekommen. Ich schlug mich einigermaßen wacker. Der Rest des Abends verging auf recht angenehme Weise. Selbst Dr. Tibbetts förmliche Art ließ ein wenig nach, obgleich ich ihn das ein oder andere Mal dabei überraschte, wie er mich nachdenklich studierte, wenn er glaubte, ich wäre ganz bei meinen Karten. Sein Blick war weder antagonistisch noch freundlich, sondern völlig neutral. Scharfsinnig, ja. Ich spürte, dass ich in eine Kategorie einsortiert wurde. Dr. Tibbett mochte ja die Theorien Darwins ablehnen, doch er hatte seine eigenen Theorien über Männer und Frauen, so viel stand fest.

Der Besucher verließ das Haus gegen elf. Frank ging mit ihm nach unten, doch er kehrte sofort wieder zurück. Übellaunig warf er sich in einen der Sessel beim Kartentisch, nahm willkürlich einige Karten zur Hand und begann, sie in peinlich genauen Reihen auszulegen, deren Sinn ich nicht zu erkennen vermochte. Mrs Parry war nach oben in ihr Schlafzimmer gegangen, wo Nugent geduldig gewartet hatte, um ihre Herrin auszuziehen und ihr den bemerkenswerten Kopfputz abzunehmen. Was bedeutete, dass ich mich ebenfalls zurückziehen konnte. Ich öffnete den Mund, um Frank eine gute Nacht zu wünschen, doch er blickte nicht auf und schien überhaupt nicht zu bemerken, dass ich noch im Raum war. Ich beschloss, wortlos zu gehen.

»Warten Sie«, sagte Carterton zu meiner Überraschung. »Sie brauchen eine Kerze.« Er erhob sich, nahm einen Kerzenhalter von einem kleinen Nebentisch, hob ihn an die Gaslaterne, um die Kerze zu entzünden, und reichte ihn mir.

Ich dankte ihm, doch er nickte nur. »Gute Nacht«, fügte ich hinzu.

Das brachte mir wenigstens eine gemurmelte Antwort ein. »Gute Nacht«, sagte auch er.

Als ich den oberen Treppenabsatz erreicht hatte, spürte ich einen kalten Lufthauch, und meine Kerze flackerte bedenklich. Mir wurde bewusst, dass die Vordertür wohl immer noch offen stand. Ich beugte mich über das Geländer, um nach dem Grund dafür zu sehen. Dr. Tibbett stand dort und sprach leise mit Simms. Die Unterhaltung endete in diesem Augenblick, und Simms reichte ihm seinen Gehstock und seinen Hut. Ich dachte, Dr. Tibbett hätte mich nicht bemerkt, doch er musste etwas gespürt haben, denn in diesem Moment blickte er nach oben und entdeckte mich.

Automatisch zog ich mich in den Schutz der turbantragenden Knabenstatue mit den Kerzen zurück. Ich war verlegen. Er musste glauben, dass ich gelauscht hatte. Ich ging nach oben in mein Zimmer, verärgert über den kleinen Zwischenfall. Ich fragte mich, was er mit Simms zu bereden gehabt hatte.

Ich war nun todmüde. Trotzdem surrten einige Gedanken durch meinen Kopf und weigerten sich zu verschwinden, während ich ohne Hilfe aus meinen Kleidern stieg, mein Nachthemd anzog und den Knoten in meinem Haar löste.

Auf dieser Etage gab es keine Gaslaternen. Die kostspieligen Armaturen waren auf die Empfangsräume beschränkt. Ich saß vor der Rokoko-Kommode und begann, mein Haar in gleichmäßigen, langen Zügen zu bürsten, wie eine meiner früheren Gouvernanten, Madame Leblanc, es mich gelehrt hatte. Das gelbe Leuchten meiner Kerze schuf eine behagliche und viel hübschere Atmosphäre als das zischende Gas und das unbarmherzige weiße grelle Leuchten, dachte ich.

In den Ecken des Zimmers tanzten samtene Schatten. Es war nicht schwierig, sich einzubilden, dass jemand dort stand und mich beobachtete. Ich dachte an Madeleine Hexham, deren Name beim Abendessen aufgekommen war, nicht zu jedermanns Behagen. Ich schaute mich um. Es war wahrscheinlich, dass ich das Zimmer meiner Vorgängerin erhalten hatte und dass es hier in diesem Zimmer gewesen war, wo sie ihre Flucht in die Arme ihres mysteriösen Geliebten geplant hatte. Wo war er gewesen, und wo hatte sie sich mit ihm getroffen? Wie lange war sie in diesem Haus angestellt gewesen, bevor sie so abrupt verschwunden war?

Hatten Tibbett und Carterton sich später in der Bibliothek weiter über sie unterhalten? Hatte Frank eine Zurechtweisung einstecken müssen und war deswegen so schnell wieder nach oben gekommen, nachdem er Tibbett bis zur Haustür gebracht und dort an Simms übergeben hatte? Es war beunruhigend zu erfahren, dass die Erinnerung an Miss Hexham so starke Emotionen hervorrief. Sie war allem Anschein nach genauso dankbar in dieses Haus gekommen wie ich, weil man ihr die Position der Gesellschafterin angeboten hatte. Sie hatte ihr bescheidenes Gepäck unten in der Halle gelassen wie ich und war Simms die Treppe hinauf gefolgt, voller Fragen wegen ihrer Zukunft. War sie in diesem Haus nicht glücklich gewesen? Meine Arbeitgeberin machte einen sehr freundlichen Eindruck, doch Madeleine hatte sich ihr nicht anvertraut. Ich beschloss, Frank zu fragen, der, wie ich vermutete, einen Hang zum Schwatzen besaß, wenn er nicht gerade schmollte.

Wenigstens hatte die Abfolge der Ereignisse ein praktisches Resultat für mich gehabt. Wegen Madeleines plötzlichem Verschwinden hatte Mrs Parry unerwartet ohne Gesellschafterin dagestanden, und als sie von mir hörte, dass ich nach einer solchen Anstellung suchte, musste es ihr wie ein Geschenk des Himmels vorgekommen sein. Deswegen war es natürlich nicht weniger freundlich von ihr, mich bei sich aufzunehmen. Andererseits nahm es mir ein wenig von der Bürde der Dankbarkeit. Ein fairer Tausch, von dem beide profitierten, war mehr nach meinem Geschmack.

Schließlich kehrten meine Gedanken zu Frank Carterton zurück, von dem ich einen gemischten Eindruck gewonnen hatte. Wenn er sich die Mühe gab, konnte er recht charmant und unterhaltsam sein. Und er war – wenigstens hin und wieder – zu Dummheiten aufgelegt.

Um die Dinge einen Schritt weiter zu bringen … Hatte Frank Recht mit seiner geflüsterten Vermutung, dass Dr. Tibbett meiner Arbeitgeberin den Hof machte? Ich konnte es mir durchaus vorstellen. Mrs Parry war eine attraktive und wohlhabende Witwe. Der geistliche Schulmeister genoss bei ihr hohes Ansehen, wie es schien. War das der Grund, warum Frank es kaum abwarten konnte, nach Russland zu gehen? Wollte er an dem Tag nicht mehr hier sein, an dem er ›Onkel‹ zu Dr. Tibbett würde sagen müssen?

Erleichtert legte ich die Haarbürste weg und erhob mich, um zu Bett zu gehen. Ich löschte die Kerze, und Dunkelheit fiel herab, doch sie war ganz anders als die nächtliche Dunkelheit, an die ich gewöhnt war. Meine Augen passten sich rasch an das Dämmerlicht an, und ich konnte deutlich die Schatten der verschiedenen Möbel voneinander unterscheiden, wenngleich keine Einzelheiten erkennen. Das Licht kam durch die Fenster von den Gaslaternen draußen, die in regelmäßigen Abständen um den Platz herum standen. Mrs Parrys Zimmer lag, so hatte ich gesehen, auf der anderen Seite des Hauses über dem kleinen privaten Fleck eines handtuchgroßen Gärtchens. Für mich, die Gesellschafterin, blieb nur der Lärm der Großstadt vom frühen Morgen an und ein Ausblick auf Gras und Bäume in der Mitte des Platzes, der vom frühen Morgen an von kommenden und gehenden Fuhrwerken und Fußgängern verdeckt sein würde. Ich zog den Vorhang ein wenig beiseite und spähte hinaus und nach unten. Im Augenblick lag der Platz verlassen, und das gelbliche Leuchten der Gaslaternen glänzte auf den Pflastersteinen. Dann vernahm ich das Klicken von einer Haustür, und eine Gestalt erschien unter mir, warf sich mit lässig eleganter Bewegung einen Umhang über die Schultern und ging munteren Schrittes davon, einen kräftigen Stock unter dem Arm.

Frank Carterton hatte seine Pflicht bei der Tante am Abend erfüllt und seinen Anfall von Verärgerung offensichtlich abgeschüttelt. Er war auf dem Weg in die Stadt, um seinen eigenen Vergnügungen nachzugehen.

KAPITEL DREI

Inspector Benjamin Ross

»Da wären wir, Sir«, sagte Sergeant Morris mit rauer Stimme.

Wir hatten uns einen Weg zwischen Müllhaufen hindurch gebahnt, die an manchen Stellen so hoch waren wie Schlackehalden. Diese Straßen waren nie gepflastert gewesen, und im Laufe der Zeit hatten sich tiefe Furchen und Schlaglöcher gebildet. Die Ränder der Furchen waren hart wie Stein, auch schon vor den gegenwärtigen Aktivitäten, die Agar Town leer und verlassen daliegen ließen, als hätte hier eine biblische Plage gewütet.

Geborstene Ziegel bedeckten unseren Weg und machten jeden Schritt gefährlich. Zwischen Brocken von Mauerwerk und herabgefallenen Balken, die in die Höhe ragten wie die zerschmetterten Spanten eines Schiffswracks, war das Erdreich aufgewühlt von Karrenrädern und übersät mit widerlich stinkenden Löchern, welche die Stellen abgerissener Aborte und offener Kanalisation markierten. Ich trat den mumifizierten Kadaver einer Ratte aus dem Weg. Eine weitere nahebei war immer noch in Verwesung begriffen. Es wimmelte nur so von Maden auf ihrem toten Leib.

Obgleich das Wetter kühl war, hatte es seit mehreren Tagen nicht mehr geregnet, und es herrschte ein unregelmäßiger Wind. Die Luft war voller Staub, der unsere Nasenlöcher und Kehlen belegte und uns zum Husten brachte, sodass wir gezwungen waren, unsere Gesichter mit Taschentüchern zu bedecken. Selbst die knochigen Flanken der vernachlässigten Klepper, die vor die Karren gespannt warteten, waren von grau-rosa Staub überzogen. In dieser Umgebung erinnerten die armen Tiere an die geisterhaften Pferde aus einem apokalyptischen Alptraum.

Ich sah, dass an verschiedenen Stellen weitab von dem Fleck, dem wir uns näherten, sporadisch die Arbeiten wieder einsetzten. Männer bearbeiteten die Überreste eines Hauses. Dach, Fenster und Türen waren zusammen mit einem Teil der oberen Wände bereits verschwunden. Mein Blick fiel auf zwei oder drei Burschen, die unsicher im ersten Stock standen. Sie bearbeiteten die Wand mit gleichmäßigen Schwüngen ihrer Vorschlaghämmer, sodass große Brocken Mauerwerk herausbrachen und zu Boden krachten. Jedes Mal erhob sich eine Wolke aus Mörtel und Staub, der nach oben stieg und die Abbrucharbeiter mit einer dicken Schicht bedeckte. Sie erinnerten mich an die Minenarbeiter aus meiner Jugend, die stets von Kohlenstaub bedeckt gewesen waren. Ich fragte mich, ob diese Männer hier in späteren Jahren ebenfalls an Lungenkrankheiten leiden würden, wie es schon so vielen Minenarbeitern einschließlich meinem armen Vater ergangen war.

Sobald die Arbeiter in ihrer luftigen Position Morris und mich erspähten, ertönte ein Warnruf, und alle Arbeit kam erneut zum Erliegen. Die Männer auf der halb eingerissenen Fassade standen da wie graue Statuen, die Werkzeuge noch in den Händen. Diejenigen, die unten gearbeitet und die heruntergefallenen Trümmer auf Karren verladen hatten, standen auf ihre Schaufeln und Spitzhacken gelehnt und beobachteten uns mit mürrischen Gesichtern. Ein Mann mit einer Wollmütze, der von oben bis unten in grauen Staub gehüllt war, wandte den Kopf zur Seite und spie aus. Ich war überrascht, dass er noch genügend Flüssigkeit dazu in sich hatte.

»Sie hätten sie nicht anrühren dürfen!«, murmelte ich mehr zu mir selbst als an die Adresse des armen Morris gewandt. Er hatte bereits die Hauptlast meiner Frustration ertragen müssen, genauso wie die dumpfe Ablehnung der Arbeiter und die unverhohlene Feindseligkeit ihrer Vorgesetzten.

»Ja, Sir, das ist mir durchaus bewusst, Sir. Doch der

Vorarbeiter – ein ausgekochter Bursche, wenn ich je einen gesehen habe – und der Mann von der Eisenbahngesellschaft haben einen höllischen Tanz veranstaltet … verzeihen Sie meine Ausdrucksweise. Die Arbeiter selbst waren ebenfalls höchst übellaunig. Es war nicht zu erwarten, dass zwei Constables damit zurechtkommen würden.«

Noch während er sprach, tauchte die Gestalt eines Constables auf. Er war ein junger Bursche, unübersehbar nervös, der erleichtert wirkte, als er Morris erblickte; doch als er mich in seiner Begleitung erkannte, verspannte er sich sofort wieder.

»Das ist Biddle, Sir«, informierte mich Morris. »Er ist ein guter Mann, aber er ist noch nicht lange bei uns.«

Ich dachte bei mir, dass Morris noch sehr jung wirkte, kaum achtzehn, was das Mindestalter war, um bei uns anzufangen. Mehr noch, er trug einen von jenen hohen Helmen, die erst vor Kurzem die vertrauten glänzenden Hüte abgelöst hatten, die ich noch getragen hatte, als ich zur Polizei gegangen war. Die neuen Helme provozierten nach wie vor die unterschiedlichsten Kommentare. Um ehrlich zu sein, der Art und Weise nach zu urteilen, wie Biddle den Helm auf dem runden Schädel trug, fürchtete ich, dass er ein natürliches Ziel für kleine Jungen mit Steinschleudern abgab.

Morris schien ebenfalls von dem Anblick erschüttert. »Ich weiß nicht, Sir, aber diese Helme …«, murmelte er an mich gewandt. »Die alten Mützen sind immer bei der kleinsten schnellen Bewegung runtergefallen, und wenn es heiß war, hat der Schädel förmlich darunter gekocht. Aber sie haben einem Constable wenigstens einen Rest von Würde gelassen.« Mit lauterer Stimme fuhr er an Biddle gewandt fort: »Wo ist Jenkins, Constable?«

»Hinten, Sergeant. Er streitet mit einem Vorarbeiter. Ich glaube, der Gentleman von der Eisenbahngesellschaft ist auch wieder zurück. Sie sind nicht gerade glücklich darüber, dass die Arbeit noch nicht wieder angefangen hat, nachdem die tote Frau weggebracht wurde.«

»Ach? Sind sie nicht?«, ließ ich mich zu einer sarkastischen Bemerkung hinreißen und fügte dann in dem Bemühen hinzu, sachlicher zu klingen: »Also ist das hier die Stelle, wo man das Opfer gefunden hat, korrekt?«

Es war genauso wenig die Schuld des unglückseligen Biddle wie die von Morris. Biddle, rosig und verschwitzt in seiner hochgeknöpften Uniform und mit dem albernen neuen Helm auf dem Kopf, der noch unsicherer aussah als die alten Mützen, antwortete ernst: »Es ist niemand hineingegangen, Sir. Entweder ich oder Jenkins waren die ganze Zeit über hier, und wir haben beide aufgepasst.«

Die restlichen Häuser in der Reihe waren abgerissen, doch diese drei hier am Ende standen noch aneinandergelehnt wie ein Trio Betrunkener. Wenn einer sich bewegte, würden alle fallen. Die Leiche war von Arbeitern gefunden worden, die in das erste der drei Häuser gegangen waren, um den Abriss vorzubereiten.

Es waren schmale Häuser, billig, schnell und aus minderwertigen Materialien errichtet, die als passend für die Armen betrachtet wurden und deren hauptsächlicher Zweck darin bestanden hatte, den Bauherrn schnell reich zu machen. Ich hatte gerade erst mit eigenen Augen gesehen, wie sie unter den Vorschlaghämmern zerbröckelten wie ein Kinderhaus aus Holzklötzen. Dies war Agar Town – oder besser, die Überreste davon –, ein berüchtigtes Viertel, sogar in einer Stadt, in der es mehr als genügend Elendsviertel gab. Hier hatte eine ganze Familie in einem Raum gelebt, und in den schlimmsten Fällen hatte sie diesen Raum auch noch mit anderen Mietern geteilt. Sämtliche Bewohner hatten die Gemeinschaftsaborte in den Hinterhöfen benutzt, wo manche auch Schweine gehalten hatten. Die Kanalisation war ständig übergelaufen, und die Schweine hatten sich über die Fäkalien hergemacht. Schweine fressen alles. Es sind nützliche Tiere. Der Brunnen, aus dem alle ihr Wasser geholt hatten, stand ganz in der Nähe und war noch nicht abgerissen. Hoffentlich kamen die Arbeiter nicht auf den Gedanken, davon zu trinken. Die Cholera war ein regelmäßiger Gast in Agar Town gewesen. In den Zeitungen stand, dass Mr Bazalgettes geniales neues Kanalisationssystem London von dieser Plage erlösen würde, auch wenn in den gleichen

Blättern zu lesen war, dass gerade in diesem Augenblick im Londoner East End zahlreiche neue Fälle von Cholera aufgetreten waren.

Wie dem auch sei, es gab weitere Seuchen. Typhus, Diphtherie, Schwindsucht und jene Krankheiten, die nur die Armen betreffen und aus der Verzweiflung herrühren. Niemand lebt unter diesen Bedingungen lange. Männer haben Glück, wenn sie vierzig werden; Frauen sterben häufig noch früher. Kinder sterben wie die Fliegen, und die wenigen, die überleben, kommen bleich wie Geister aus den Löchern, in denen sie aufgewachsen sind: kleine, alte Männer und Frauen von kaum zehn Jahren. Ich kenne solche Viertel, und ich kannte Agar Town. Wenn ein Mann oder eine Frau am Verhungern ist und nichts mehr zu verlieren hat, was sollte ihn oder sie daran hindern, kriminell zu werden? Vielleicht erwies sich ja der Abriss des ganzen Viertels für den neuen Bahnhof als Segen, wie behauptet wurde, doch ich für meinen Teil vermutete, dass die Probleme sich einfach woandershin verlagern würden.

»Passen Sie auf, wohin Sie treten, Sir«, riet Morris, der voranging. »Die Außenwand ist nicht mehr sicher. Lehnen Sie sich nirgendwo an, bitte; sonst könnte alles zusammenstürzen. Das ist übrigens einer der Gründe, mit denen der Vorarbeiter erklärt, warum man die Leiche nach draußen gebracht hat. ›Machen Sie mir keine Vorwürfe, wenn die Mauern einstürzen und die tote Frau unter Trümmern begraben ist, wenn Ihr Inspector hier eintrifft!‹, waren seine Worte, nur dass er sich nicht so gewählt ausgedrückt hat. Trotzdem, er hatte nicht Unrecht, Sir, wie ich sehen kann. Besser, wenn wir uns beeilen.«

»Schon gut, schon gut«, erwiderte ich gereizt. Ich sah selbst, wie wacklig die Reste des Gebäudes waren. »Haben Sie bereits mit den Männern geredet, die die Tote gefunden haben?«

»Jawohl, Sir. Ich habe ihre Aussagen aufgenommen und von ihnen unterzeichnen lassen. Es sind zwei Iren, die sich unablässig bekreuzigt haben und hoffen, dass die arme Frau in Frieden ruhen möge.«

Wir waren durch einen schmalen Flur gegangen, der nach Moder stank und nach Generationen ungewaschener Leiber. Ein weiteres heimtückisches Miasma rann von den Wänden: Armut. Es hatte seinen eigenen, charakteristischen Geruch. Ich spürte, wie er mir in die Nüstern kroch, und zückte mein Taschentuch, um es auf meine Nase zu drücken.

»Es stinkt ein wenig, nicht wahr?«, bemerkte Morris freundlich, als er mein Unbehagen bemerkte.

Ich schämte mich ob meiner Schwäche und steckte das Taschentuch wieder ein.

Wir waren in einem der hinteren Räume angekommen. Hier wartete ein neuer Geruch auf uns: der süßliche Gestank nach verrottendem Fleisch. Die Tote war nach draußen gebracht worden, doch nichts außer dem Abriss vermochte diesen Gestank zu entfernen. Ich schaute mich in dem Versuch um, mir diesen Raum als ein Zuhause vorzustellen. Irgendjemand, vermutlich in dem Bestreben, die Kälte nach draußen zu verbannen, hatte die Wände mit alten Zeitungen beklebt. Anzeigen für eine Ausstellung von Aquarellen, gute importierte französische Seife und antiquarische Bücher bildeten einen merkwürdig unpassenden Hintergrund für ein Leben, in dem diese Dinge völlig ohne Bedeutung gewesen waren. Die Dielenbretter waren nackt, stellenweise verrottet, und sämtliches Mobiliar war entfernt worden, bis auf eine zerbrochene Bettstatt an der Wand.

»Sie lag dort«, erklärte Morris und deutete auf das Bett. »Halb unter dem Bett, allerdings nicht versteckt, auch wenn derjenige, der sie dorthin gelegt hat, einen alten Teppich über sie geworfen hat. Ihre Füße ragten hervor. Man konnte sofort sehen, was es war, sobald man den Raum betrat, selbst wenn der Geruch nicht gewesen wäre. Die Männer, die sie gefunden haben, wussten gleich, dass es sich um eine Leiche handelte, und haben nach dem Vorarbeiter gerufen. Dann haben sie – laut den Worten des Vorarbeiters – die Arbeiten sofort eingestellt. Niemand hat noch einen Stein angerührt, nirgendwo auf der ganzen Baustelle, nicht, solange sie hier lag. Der Vorarbeiter geriet in Panik, weil die Eisenbahngesellschaft ihn für die Verzögerung verantwortlich machen würde. Er hat entschieden, dass die Tote entfernt wurde. Ich sagte zu ihm, dass der Inspector sie zuerst sehen müsse, doch er schickte jemanden zu dem Gentleman von der Eisenbahngesellschaft, und der wiederum hat jemanden woanders hingeschickt. Am Ende kam der Befehl vom Superintendent, dass wir sie zum nächsten Leichenhaus bringen sollten. Aber ich habe ein Stück Kreide genommen und markiert, wo sie gelegen hat ... sehen Sie, Sir?«

Morris deutete stolz auf einen menschlichen Umriss auf den Dielen halb unter dem alten Bett.

»Ich habe mich gründlich umgesehen, genau wie Biddle und Jenkins, Sir. Wir waren oben und alles. Wir konnten nichts von Interesse entdecken.«

Morris hatte sein Bestes getan, um zu verhindern, dass die Leiche weggeschafft wurde, doch am Ende hatte die Eisenbahngesellschaft ihre Beziehungen spielen lassen. Da die Männer auf der Baustelle nicht arbeiten wollten, solange die Leiche *in situ* lag, musste sie *ergo* entfernt werden. Jetzt wartete sie in dem Leichenhaus, zu dem wir fahren würden, sobald ich gesehen hatte, was es hier noch zu sehen gab. Wie Sie sehen, habe ich meine lateinischen Sätze gelernt. Ich bin ein ehrgeiziger Mann, und ich habe hart gearbeitet. Ich habe lange Stunden bei Kerzenlicht verbracht, um die Mängel in meiner Bildung zu beseitigen, und heute bin ich Inspector bei der Metropolitan Police Force in der Abteilung Scotland Yard. Doch wenn ich morgens beim Rasieren in den Spiegel sehe, sage ich oftmals laut zu mir selbst: »Du täuschst niemanden, Ben Ross. Du bist der Sohn eines Bergmanns, und das wirst du auch immer bleiben.«

Ich schaute auf den staubigen Dielenboden und Morris' Bemühungen hinunter, die Beweise zu sichern, und seufzte. Die Arbeiter, welche die Tote gefunden hatten, waren überall herumgetrampelt, gefolgt von dem ersten Constable, der herbeigerufen worden war, und schließlich Morris und seinen Helfern. Falls es je einen kleinen Hinweis gegeben hatte, dann war er längst verschwunden oder zerstört.

Draußen ertönte ein Ruf. Schwere Schritte hallten durch den Flur, und Biddle steckte sein rosig glänzendes Gesicht unter der wackeligen Kopfbedeckung durch den leeren Türrahmen. »Der Gentleman von der Eisenbahngesellschaft ist da, Sir, zusammen mit dem Vorarbeiter.«

Es tat mir keineswegs leid, dass ich diesen klaustrophobischen Ort verlassen konnte. Trotzdem vergaß ich nicht, Morris zu loben. »Gut gemacht, Sergeant.« Er hatte unter den gegebenen Umständen wirklich sein Bestes versucht.

Morris sah erleichtert aus. Während wir durch den düsteren Flur nach draußen gingen, murmelte er mit seiner rauen Stimme: »Ihre Kleidung war sehr gut, Sir. Kein alter Kram. Wer auch immer die Tote war, sie hat nicht in dieser Gegend gelebt.«

Aus dem finsteren Flur nach draußen in das staubige Sonnenlicht zu treten war, als wäre ich aus einer Gruft gekommen. Zwei Männer warteten auf mich. Einer war unübersehbar der Vorarbeiter, ein stämmiger Bursche mit einer Trinkernase und einem nichtssagenden Gesichtsausdruck. Ich kannte diesen Ausdruck gut genug. Er hatte nicht die Absicht, der Polizei zu helfen. Wahrscheinlich lag das jedoch nicht daran, dass er etwas zu verbergen hatte, sondern vielmehr daran, dass er, genau wie jeder andere auf dieser Baustelle auch, uns nicht mochte – und das schon, bevor wir hergekommen waren und – in seinen Augen – dieses Problem verursacht hatten. Es stellt mich manchmal vor ein Rätsel, wenn ich mir die Mühe mache, darüber nachzudenken, dass die Bevölkerung im Allgemeinen so wenig für uns übrighat. Die Armen behaupten, wir würden sie schikanieren. Die Reichen behaupten, wir täten nicht genug zu ihrem Schutz. Und die große Mehrheit dazwischen sieht uns als eine weitere Bürde für den ehrlichen Bürger, die die öffentlichen Kassen nur Geld kostet.

Wo wir gerade von ehrlichen Bürgern reden … ich richtete meine Aufmerksamkeit auf den Mann von der Eisenbahngesellschaft, der dies wohl nicht anders erwartet hatte. Er war ein blassgesichtiger junger Mann in einem Gehrock und trug eine Brille mit ovalen Gläsern. Sein Verhalten zeugte von Dünkel, und er war sichtlich irritiert. Er hielt seinen Seidenhut in der einen Hand und wischte sich mit einem großen gepunkteten Taschentuch in der anderen über das Gesicht. Als er mich erblickte, steckte er das Taschentuch sofort wieder weg.

»Fletcher«, sagte er kurz angebunden. »Ich bin der Bauleiter hier und repräsentiere als solcher die Eisenbahngesellschaft.«

»Inspector Ross«, erwiderte ich. »Ich repräsentiere Scotland Yard.«

Das Sonnenlicht glänzte auf den ovalen Gläsern, als er mich scharf ansah, um festzustellen, ob ich mich möglicherweise erdreistet hatte, witzig zu sein. Doch er sah mir am Gesicht an, dass ich ihm mit meinen Worten zu verstehen hatte geben wollen, dass seine Referenzen die meinen keineswegs übertrafen.

»Sehr schön«, sagte er. »Ich hoffe, Inspector, dass wir nun, nachdem Sie die Stelle besichtigt haben, wo die unglückliche Tote gefunden wurde, unsere Arbeit wieder aufnehmen dürfen. Zeit ist Geld.«

»Und Tote sind unbequem«, ergänzte ich.

Diesmal machte er sich nicht die Mühe, mich scharf anzusehen. Er schürzte lediglich die Lippen, bevor er konterte: »Sie sehen ja selbst, wie instabil diese Gebäude hinter Ihnen inzwischen sind. Wir müssen uns beeilen, um sie auf fachmännische Art niederzureißen. Tun wir das nicht, stürzen sie möglicherweise von alleine ein, und es besteht die Gefahr von Verletzten, wenn nicht gar weiteren Toten!«

Das entsprach den Tatsachen, doch ich ignorierte Fletcher fürs Erste und wandte mich an den Vorarbeiter. »Wie heißen Sie?«

»Adams, Sir.« Er kaute auf irgendetwas, während er redete, wahrscheinlich auf einem Stück Tabak. Er wälzte es in die andere Backe und starrte mich weiter mit diesem schwerfälligen Rinderblick an. »Bevor die Arbeiter heute Morgen das Haus betreten und die tote Frau gefunden haben … wer war der Letzte, der dort drin war und wann?«

»Woher soll ich das wissen?«, antwortete er. »Niemand war hier, bevor wir angefangen haben, diese Häuserreihe abzureißen. Warum hätte auch jemand herkommen sollen? Alles von Wert wurde schon vor Wochen entfernt.«

»Und wann haben Sie mit dem Abreißen dieser Häuserreihe begonnen?«

»Vor zwei Tagen. Sie lassen sich leicht abreißen. Wir hatten keinerlei Probleme, bevor wir mit diesem Haus angefangen und die Tote gefunden haben.«

»Die Männer sind abergläubisch«, warf Fletcher gereizt ein. »Als sich die Nachricht verbreitete, dass eine Tote gefunden wurde, haben sie überall auf dem Baugelände die Arbeit eingestellt.«

Adams tat unerwartet eine andere Ansicht kund. »Sie haben der Toten ihren Respekt erwiesen, Gentlemen, das ist alles. Es war nicht schicklich, weiterzuarbeiten, solange sie hier lag.«

Und sie hatten wahrscheinlich Angst, dachte ich, *man könnte einen von ihnen beschuldigen, die Tat begangen zu haben.* Angesichts dieser Gefahr waren sie zusammengerückt.

»Also haben die Arbeiter sie gefunden. Sie haben nach Ihnen geschickt, und Sie haben die Polizei gerufen, ist das richtig?« Ich sprach in sachlichem Ton. Es ging nicht an, dass ich Adams spüren ließ, wie sehr mir die Atmosphäre zu schaffen machte.

»Genau so«, entgegnete Adams. »Und seitdem hat einer von Ihren Leuten vor dem Haus gestanden und hat es bewacht – meistens der dort, mit der Puddingschale auf dem Kopf.« Er nickte in Richtung des armen Biddle. Trotz seiner zur Schau gestellten Geringschätzung hatte sich so etwas wie Misstrauen in seine ansonsten gleichmütigen Gesichtszüge geschlichen. Wir fochten ein lautloses Duell aus. Wir waren wie Schachspieler.

»Und dann erhielt ich die Nachricht«, warf Fletcher ein, entschlossen, seine Version der Ereignisse zu Gehör zu bringen, und ohne etwas von meinem wortlosen Gefecht mit seinem Vorarbeiter zu bemerken. »Ich bin augenblicklich hierhergeeilt. Kein Stein wurde mehr bewegt, kein Karren weggefahren. Ich habe sogleich gesehen, dass die Leiche entfernt werden musste; also habe ich meine Vorgesetzten informiert. Abgesehen davon«, fügte er hinzu, als ihm klar wurde, dass mir seine Termine völlig gleichgültig waren, »war es nötig, sie nach draußen zu bringen, damit Sie den Leichnam in Augenschein nehmen können. Das Haus ist äußerst baufällig und gefährlich …«

»Das weiß ich alles!«, unterbrach ich ihn ungehalten. Ich war es leid, dass mir immer und immer wieder die gleiche Geschichte aufgetischt wurde. Morris, Adams, Fletcher und wer weiß welcher Tom, Dick oder Hank sonst noch irgendetwas zu sagen hatte, sie alle erzählten dasselbe. Tatsache war, die Leiche war bewegt worden. Ich konnte nichts daran ändern, und alle wussten das. »Nun, soweit es mich betrifft, dürfen Sie die Arbeiten jetzt wieder aufnehmen«, sagte ich.

Fletcher schaute erleichtert drein und holte seine Taschenuhr hervor, um zu überschlagen, wie viel Zeit verloren gegangen war. Adams wandte sich ab und trottete davon – um seine Arbeiter zurückzurufen, wie ich annahm. Ich spürte, dass er froh war, mich los zu sein.

»Was ist mit Biddle und Jenkins, Sir?«, fragte Sergeant Morris.

»Sie können damit anfangen, jeden zu befragen, der hier arbeitet. Angefangen bei Mr Fletcher und dem Vorarbeiter, Adams. Ich will wissen, nach welchem Muster die Arbeit hier erfolgt.«

»Aber Sir! Es sind Hunderte von Arbeitern!«, platzte Biddle hervor und deutete auf die Männer ringsum.

»Ich werde jeden verfügbaren Constable herschicken lassen, damit er Ihnen hilft.«

Biddle und Jenkins schauten resigniert und düster drein.

»Sie und ich, Sergeant, wir haben eine Verabredung im Leichenschauhaus. Der Leichenbeschauer hat angeordnet, dass der Leichnam von einem Chirurgen untersucht wird.«

Biddles und Jenkins' Stimmung hob sich augenblicklich. Sie wechselten befriedigte Blicke. Besser die im Leichenschauhaus arbeiteten länger als wir.

Ich habe schon viele Tote gesehen, doch nur wenige Male hatten sie in mir ein solches Mitleid hervorgerufen. Es gab eine Gelegenheit, vor vielen Jahren, die genauso schlimm gewesen war, doch damals war ich noch ein Junge gewesen. Inzwischen war ich Polizeibeamter, und wir alle reden uns ein, dass wir abgehärtet sind gegen das, wozu unsere Mitmenschen in der Lage sind. Sergeant Morris neben mir, ein erfahrener Mann, schien genauso bewegt zu sein von diesem Anblick, denn traurig schüttelte er den grauhaarigen Kopf.

Dr. Carmichael stand geduldig an der Seite und wartete auf uns, damit er mit seiner grausigen Arbeit anfangen konnte. Wenigstens er zeigte eine angemessene medizinische Distanz. Er war ein großer, kantiger Mann mit verblasstem rotem Haar und kleinen, scharf blickenden blauen Augen. Wie jeder Chirurg, der an Lebenden arbeitete, trug er einen schmutzigen Kittel, besudelt von altem Blut und dem verschmierten Inhalt von Eingeweiden. Dies war sein Sezierkittel, den er anzog, wenn er sich an seine beruflichen Pflichten machte. Er würde sich vor dem Gehen umziehen und blitzsauber das Haus verlassen, und niemand auf der Straße würde erraten, was er kurze Zeit zuvor getan hatte.

Ich habe gelesen, dass es irgendwo in Glasgow einen Arzt geben soll, der bei seinen Operationen erfolgreicher ist als der Rest, weil er alles und jedes in seinem Saal einschließlich den Unglücklichen auf seinem Tisch mit Karbolsäure besprüht. Der Grund dafür ist, dass er glaubt, irgendwelche für das bloße Auge unsichtbare Organismen wären an der Ausbreitung von Infektionen schuld. Die Vorstellung von diesen winzigen Organismen rührt aus den Arbeiten irgendeines Franzosen, wenn ich mich recht entsinne. Doch der tapfere Carmichael war vom alten Schlag, und ich vermochte mir nicht vorzustellen, dass er Karbolsäure versprühend an die Arbeit ging. Andererseits waren seine Patienten samt und sonders bereits tot.

Die Leichenhalle, zu der man die Tote gebracht hatte, war die dem Fundort am nächsten gelegene und befand sich im beengten Anbau eines Bestattungsunternehmers. Die sterblichen Überreste der respektableren Kundschaft dieses Bestatters lagen in einer angemesseneren Umgebung eine Tür weiter.

Unsere unbekannte Frau lag auf dem abgeplatzten Porzellantisch, weit abseits und außer Sicht der Trauernden, die jene anderen Toten besuchten. Sie war nackt ausgezogen worden und erwies sich als winzig kleine Person, obwohl eine ausgewachsene Frau, kaum mehr als eins fünfzig groß und schlank gebaut. Ihre Haut erinnerte an Marmor von jener vielfarbenen Sorte, in der sich Rot, Rosa und Violett ineinander vermischten, bis auf eine Stelle über ihrem Bauch, die gleichmäßig grau-grün aussah. An ihrer linken Schläfe befand sich eine tiefe Wunde, und ihre Gesichtszüge waren so verzerrt, dass es unmöglich war zu sagen, ob sie hübsch gewesen war. Doch ihr langes hellblondes Haar lag rings um ihren Kopf herum ausgebreitet wie ein leuchtender Heiligenschein, unberührt von den Verheerungen der Zersetzung. Die kleinen, ebenmäßigen Zähne, die zwischen ihren geteilten Lippen hervorlugten, sahen nahezu perfekt aus. Ich betrachtete ihre Hände. Sie trug keinen Ehering, doch der konnte auch gestohlen oder entfernt worden sein, um eine Identifikation zu verhindern. Eheringe trugen nämlich nicht selten persönliche Gravuren. Die Finger selbst zeigten bereits deutliche Spuren von Zersetzung, doch die Nägel waren sauber. Meiner Meinung nach war sie keine Arbeiterin gewesen, sonst hätte sie rauere Hände gehabt und verfaulte oder gar fehlende Zähne, trotz ihres jugendlichen Alters.

»Wie alt?«, fragte ich Carmichael.

»Ich würde sagen Mitte zwanzig«, antwortete der Pathologe.

Wir alle redeten leise, als befänden wir uns in einer Kirche.

»Und wie lange ist sie schon tot?«

Er zuckte mit den Schultern. »Das ist unter den gegebenen Umständen schwierig zu sagen. Länger als eine Woche, aber weniger als zwei vielleicht. Sagen wir, allerhöchstens zwei Wochen.«

Ich deutete auf die Kopfwunde, in der Fragmente des Schädelknochens durch die sich schälende Haut ragten. »Ist das die Todesursache? Was sagen Sie?«

»Dazu brauchen Sie mich wohl kaum«, entgegnete

Carmichael auf seine trockene, präzise Art. »Ich bezweifle, dass die inneren Organe noch gut genug erhalten sind, um uns viel zu verraten. Selbstverständlich werde ich trotzdem eine sorgfältige Untersuchung durchführen, doch die Kopfwunde ist ohne Zweifel ernst genug, um als Todesursache in Frage zu kommen. Sie wurde mit einem schweren Gegenstand schlimm zugerichtet.«

»Wir haben am Fundort keine Waffe entdeckt, Sir«, meldete sich Morris zu Wort. »Ich habe eine sorgfältige Suche in der Umgebung durchführen lassen.«

Morris hatte sich in eine Ecke zurückgezogen, doch er war für seinen Geschmack noch immer zu nah bei der Toten. Morris legte manchmal eine Prüderie an den Tag, die man bei einem Beamten mit seinen Dienstjahren und seiner Erfahrung nicht erwartet hätte. Das war mir schon früher aufgefallen. Er war ehrlich schockiert, nicht nur vom Anblick der Toten, sondern auch von dem Gedanken an die Schändung, die männliche Hände nun ihrem Leichnam zufügen würden. Jede Falte in seinem Gesicht und seine ganze Haltung verrieten, wie unwohl er sich fühlte.

»Die Baustelle ist voll mit möglichen Waffen«, sagte ich. »Jeder, der dort arbeitet, besitzt eine Schaufel oder eine Spitzhacke.«

Carmichael räusperte sich. »Meiner Meinung nach war die Waffe kein solches Werkzeug. Nach einer Untersuchung der Wunden durch ein Vergrößerungsglas würde ich sagen, dass die Wunde von einem langen, ziemlich schmalen Gegenstand verursacht wurde.« Er zog das Vergrößerungsglas aus der Tasche und reichte es mir. »Sehen Sie selbst.«

Morris riss sich zusammen, überwand seine natürlichen Instinkte und beugte sich vor, um mir bei der genaueren Untersuchung behilflich zu sein. Wenn man ihm eine spezifische Aufgabe übertrug, vermochte er die menschlichen Überreste als reines Puzzle zu betrachten.

»Ein Schürhaken vielleicht?«, schlug er vor, nachdem wir beide durch Carmichaels Glas die Wunde betrachtet hatten.

»Zu schmal. Eher ein Gehstock oder eine Krücke mit einem metallenen Griffstück«, war meine Meinung.

»Die Waffe wurde jedenfalls mit beträchtlicher Kraft geschwungen«, sagte Carmichael hinter uns. »Der Angreifer wollte sie töten. Wir haben Spuren von mindestens fünf derartigen Schlägen.«

»Er war wütend«, murmelte ich. »Vielleicht war er eifersüchtig.«

»Zu dem Motiv des Angreifers kann ich Ihnen nichts sagen«, entgegnete Carmichael, »lediglich zu den Resultaten.«

»Ganz recht, Doktor. Was meinen Sie, Morris? Er stand vor ihr, ungefähr so ...« Ich hob den Arm. »Und er hat sie geschlagen, so ...« Ich brachte den Arm herab, hielt aber unmittelbar über dem Leichnam inne. »Er ist Rechtshänder, genau wie die Mehrzahl der Bevölkerung. Wo sind die Kleider der Toten?«

Carmichael, der ungerührt meine Aufführung verfolgt hatte, nickte in Richtung der anderen Seite des Raums. »Auf dem Tisch dort.«

Die Kleidung der Frau war sorgsam entfernt worden und lag gefaltet auf einem Untersuchungstisch. Morris hatte Recht gehabt mit seiner Einschätzung. Ein Kleid aus lavendelfarbenem Popeline von guter Qualität. Unterrock, Korsett, ein Baumwollhemdchen und -schlüpfer, Strümpfe, Kinderstiefel, alles ohne Ausnahme von guter Qualität und alles rätselhaft für mich. Die Sachen waren schmutzig, doch es war ein oberflächlicher Schmutz, nichts, was nur selten oder gar nicht gewaschen wurde und worin sich der Schmutz festgesetzt hatte. Die äußere Garderobe, also das Popelinekleid, war am schmutzigsten, verschmiert mit Schlamm und irgendetwas Grünlichem. Ich warf einen genaueren Blick darauf. Es war eine Art Schimmel und dorthin gekommen, als das Kleid über etwas Modriges gescheuert hatte. Das Material selbst war nicht modrig. Die Unterwäsche war sauberer: Nur das Baumwollhemdchen hatte Schweißflecken. Ich nahm an, dass die Unterwäsche der Unglücklichen erst nach dem Tod beschmutzt worden war.

Ich nahm die kleinen Stiefel zur Hand und drehte sie um. Die Sohlen waren nicht geflickt, doch das Leder hatte sich ihrem Fuß angepasst; also waren sie nicht neu. Ein Paar guter Stiefel hatte ihr lange Zeit gedient. Das, zusammen mit der züchtigen Garderobe, legte die Vermutung nahe, dass sie nicht zu jener Sorte junger Frauen gehört hatte, die auf der Suche nach Kunden auf den Straßen herumliefen. Außerdem war sie nicht häufig über Kopfsteinpflaster gelaufen, nur hin und wieder zur Kirche oder zum Einkaufen oder um den ein oder anderen Besuch in der Nachbarschaft zu tätigen.

»Keine Haube und kein Hut«, sagte ich an Morris gewandt. »Und kein Schal, kein Umhängetuch. Und doch sind es nicht die Sachen einer armen Person. Zwar auch nicht die einer reichen Frau, aber die einer respektablen. Keine Straßendirne jedenfalls.«

»Wer hat sie gefunden?«, fragte Carmichael. Ich sagte ihm, dass es Arbeiter auf der Baustelle gewesen waren, und er meinte nur: »Wahrscheinlich haben sie zuerst die Haube oder den Hut oder Schal und überhaupt alles, was sich verkaufen lässt, weggenommen, bevor sie Alarm geschlagen haben.«

Morris beeilte sich, Carmichaels voreingenommener Sicht der Arbeiterschaft zu widersprechen. »Die beiden Männer waren meiner Meinung nach viel zu schockiert, um auch nur an so etwas zu denken, Sir«, erklärte er.

»Wie auch immer«, sagte ich, »wir haben nur das, was wir hier sehen, und diese Sachen verraten uns, dass die Tote eine junge Frau war, die unter normalen Umständen auf ihr Aussehen geachtet hat. Die Strümpfe sind sorgfältig gestopft, auch wenn ein Zeh ein kleines Loch aufweist. Ich denke, Sergeant, dass sie nicht in diesem Zimmer gestorben ist. Sie starb woanders, möglicherweise in der Nähe, und ihre Leiche wurde dorthin geschafft. Sie ist klein und zierlich. Es gibt überall Handkarren und Schubkarren auf diesem Baugelände. Es wäre nicht weiter schwierig gewesen, sich eine davon zu nehmen, sie hineinzulegen und etwas über sie zu werfen.«

»Bestimmt hätte irgendjemand etwas gesehen, Sir.«

»Des Nachts? Ich bezweifle, dass das Gelände bewacht wird. Es gibt nichts Stehlenswertes dort, es sei denn, irgendjemand wollte ein paar alte Türen oder Fensterrahmen entwenden, und ich nehme nicht an, dass die Eisenbahngesellschaft sich deswegen den Kopf zerbrechen würde. Würden nicht Sie oder ich, kämen wir nach Einbruch der Dunkelheit selbst dort vorbei und sähen jemanden mit einer Schubkarre, der sich sichtlich unauffällig verhält, würden wir nicht genau das glauben? Dass er sich mit ein paar Türschlössern oder einem Stück von einem Kamin aus dem Staub macht, um sie anderswo zu verkaufen?«

»Zugegeben, Sir. Aber wer ist die Tote dann? Eine anständige junge Frau, nun ja, sie würde sicherlich vermisst werden.«

»Ganz genau, und irgendjemand vermisst sie auch, ganz bestimmt. Wir müssen sämtliche Meldungen über vermisste Frauen überprüfen, die in den letzten sechs Monaten bei der Polizei eingegangen sind. Wir fangen mit Central London an und arbeiten uns von dort nach außen vor, wenn es sein muss.«

»So lange ist sie bestimmt noch nicht tot!«, erinnerte uns Carmichael von seinem Obduktionstisch aus.

»Das ist absolut richtig, Doktor! Doch sie wurde vielleicht nicht sogleich ermordet. Die Kleidung gibt mir zu denken. Warum hat sie die Unterwäsche so lange getragen, dass sie fleckig wurde vom Schweiß? Und sehen Sie, die Füße der Strümpfe sind ebenfalls steif von Schweiß und Schmutz. Warum hat sie das Loch im Zeh nicht gestopft? Ich bin sicher, dass es sich um eine normalerweise ordentliche und saubere Person handelt, die regelmäßig ihre Socken gestopft hat, und sie würde auch verschmutzte Unterwäsche gewechselt haben. Ich frage mich, ob sie vielleicht vor ihrem Tod eine Zeitlang irgendwo gefangen gehalten wurde.«

»Die arme kleine Frau!«, sagte Morris und sah sichtlich schockiert aus.

»Immer schön der Reihe nach«, sagte ich forsch an seine Adresse gewandt. Jetzt war nicht der Zeitpunkt für Sentimentalitäten. »Vielleicht hat ihr Kleid Taschen. Suchen Sie auf dieser Seite, ich probiere es auf der anderen.«

Ich tastete mich an der Naht entlang, und tatsächlich, da war eine Tasche. Zuerst glaubte ich, sie wäre leer, doch als ich die Finger hineinschob, ertastete ich etwas. Ich zog ein kleines weißes Taschentuch hervor, unbenutzt, sauber gefaltet und gebügelt. »Was sagt man dazu, Sergeant? Sehen Sie sich das an. Ich schätze, wir haben Glück.«

Ich breitete das kleine Batist-Quadrat aus. Es trug die in blauer Seide eingestickten Initialen M. H.

»Nun, Miss M. H.«, sagte ich. »Sie haben aus dem Jenseits zu uns gesprochen.«

Carmichael hustete missbilligend. Er war Presbyterianer und nahm Anstoß an leichtfertigen Bemerkungen religiöser Natur.

Morris hatte das Taschentuch stirnrunzelnd betrachtet. »Ich habe eine Frage, Inspector, Sir«, sagte er unvermittelt. »Warum hat er sie nicht zum Fluss hinunter gelockt und dann ertränkt? Es wäre sehr wahrscheinlich als Selbstmord durchgegangen. In diesem Haus musste sie doch irgendwann gefunden werden!«

»Das ist eine gute Frage, Sergeant, und ich vermute, die Antwort lautet, dass das Baugelände von Agar Town dem Täter gelegen kam. Er hat vielleicht nicht damit gerechnet, dass jemand das Haus betreten würde, bevor es abgerissen wird. Die Häuser waren längst geräumt und leer. Vielleicht hat er geglaubt, dass man eine Abrissbirne benutzen und alles kurz und klein schlagen würde, bevor der Schutt beiseitegeräumt wurde, ähnlich wie Samson, der den Tempel seiner Folterknechte zum Einsturz brachte.«

Diesen Satz sagte ich nur, um Carmichael zu necken. Unwürdig von mir, ich weiß, aber so war es.

»Er rechnete damit, dass der Leichnam zerschmettert werden würde, und dass man sie erst finden würde, wenn der Schutt abgeräumt und weggefahren wird. Nun ja, man würde sie finden, doch in einem solchen Zustand, dass es nicht mehr möglich gewesen wäre festzustellen, woran sie gestorben ist.«

Ich trat zurück, und Morris, die Fleisch gewordene Erleichterung, schob sich zur Tür.

»Wir lassen Sie jetzt mit Ihrer Arbeit allein, Doktor«, sagte ich zu Carmichael.

Hinter mir war eine Bewegung, und ein junger Mann mit wächserner Gesichtsfarbe und glattem dunklem Haar in etwas, das ganz nach einer Schlachterschürze aussah, gesellte sich zu uns. Ich war Carmichaels Assistenten schon früher begegnet. Damals hatte ich ihn nicht gemocht, und ich mochte ihn noch immer nicht. Dieser Bursche hatte ein merkwürdiges Leuchten in den Augen, als diese auf dem Körper der Toten ruhten, das mir einen Schauder über den Rücken jagte. Doch es war keine Arbeit, vermutete ich, für die sich viele Freiwillige einfanden.

Anderthalb Stunden später in meinem Büro, nachdem ich meinen Mantel ausgezogen und meine Hemdsärmel hochgekrempelt hatte und mit dem Kopf über einer Wasserschüssel hing, um den Staub und den Geruch von diesem Morgen abzuwaschen, erhielt ich Carmichaels vorläufigen Bericht. Ich hob mein tropfendes Gesicht und wischte es mit einem Handtuch trocken, bevor ich die Blätter nahm, die mir ein Constable hinhielt.

Carmichaels Meinung bezüglich der Todesursache hatte sich nicht geändert. Er stand vor einem Rätsel, weil der Körper der Toten keine Spuren von Mangelernährung aufwies, andererseits jedoch ihr Magen und Darmtrakt vollkommen frei von Nahrung in jedwedem Stadium der Verdauung waren. Sie hatte seit mehr als achtundvierzig Stunden vor ihrem Tod keinerlei Essen mehr zu sich genommen. Doch eine weit bedeutendere Entdeckung hielt Carmichael bis zum letzten Satz seines Berichts zurück. Es konnte sich durchaus als ein Motiv für den Mord an der Unbekannten erweisen.

KAPITEL VIER

Elizabeth Martin

Nicht weiter überraschend schlief ich nach einem langen und anstrengenden Tag tief und fest. Ich hörte nicht, wie Frank nach Hause kam. Allerdings war ich immer eine Frühaufsteherin gewesen, und ich erwachte wie üblich gegen sechs Uhr morgens.

Mein Instinkt war, aus dem Bett zu springen und mich an meine Hausarbeit zu begeben. Es war ein eigenartiges Gefühl, das nicht zu müssen, weil jemand anders sich darum kümmerte. Ich drehte mich also um und versuchte, noch einmal einzuschlafen, doch es war vergeblich. Nicht nur die Gewohnheit drängte mich zum Aufstehen, sondern auch der Lärm, der durch das Fenster drang, welches ich unten einen Spaltbreit offen stehen lassen hatte. Ich hörte die Geräusche der Großstadt, die zum Leben erwachte. Karren und Fuhrwerke rollten lärmend vorüber, und Arbeiter auf dem Weg zu ihren Arbeitsstätten riefen sich Grüße zu. Es bemühte sich noch nicht einmal jemand, leise zu sein. Dann hörte ich einen lauten Ruf: »Miii-hilch! Frische Miii-hilch direkt von der Kuuu-huh!«

Zu meinem Erstaunen folgte dem Ruf ein klagendes Muhen. Eine Kuh, mitten im modernen London? Ich wickelte mich aus den Laken, rannte zum Fenster, schob es nach oben so weit es ging und beugte mich hinaus.

Und tatsächlich, unten auf der Straße stand eine Kuh, gehalten an derbem Zaumzeug von einem Jungen. Es war ein niedergedrücktes Tier mit stumpfem Fell und Rippen, die hervorstanden wie die Drähte eines Toasthalters. Ich beobachtete, wie ein junges Mädchen mit einer übergroßen

Morgenhaube und Schürze und einem bauchigen Krug in den Händen die Kellertreppe unseres Hauses hinaufeilte. Sie sprach zu einer Frau, die neben der Kuh stand und einen kleinen dreibeinigen Hocker in der Hand hielt. Die Frau stellte den Hocker neben die Kuh, setzte sich darauf und begann, das Tier zu melken. Die Milch spritzte in ein Metallgefäß, das eine Art Messbecher zu sein schien. Als er voll war, erhob sich die Frau wieder und goss den Inhalt des Messbechers in den Krug, den das Mädchen ihr hinhielt. Eine Münze wechselte den Besitzer. Die Dienerin trug den Krug vorsichtig wieder hinunter in das Souterrain, und die Kuh mitsamt ihrer Begleitung trottete weiter. Einige Minuten darauf ertönte der Ruf »Miii-hilch! Frische Miii-hilch!« aus der nächsten Straße, gefolgt von dem schwermütigen Muhen des armen Tiers, das auf diese Weise herumgeführt wurde.

Ich wandte mich vom Fenster ab und schaute mich im Zimmer um. In einer Ecke war ein Toilettentisch, und ich schätzte, dass irgendwann heißes Wasser nach oben gebracht werden würde, doch ich hatte keine Ahnung wann. Jetzt noch einmal ins Bett zu gehen kam überhaupt nicht in Frage. Ich beschloss, dass ich wenigstens nach unten gehen und das Haus erkunden könnte. Rasch zog ich mich an und trat leise hinaus in den Gang.

Niemand war hier oben bereits unterwegs oder, soweit ich sehen konnte, im Erdgeschoss. Die Diener mussten alle im Souterrain sein, aus dem ich die Dienerin mit dem Krug hatte kommen sehen. Sie frühstückten wahrscheinlich gerade. Salon und Speiseraum waren leer. Ein weiteres kleines Zimmer im hinteren Teil des Hauses ließ mich vermuten, dass dort später am Vormittag das Frühstück serviert wurde. Fleischtabletts, Untersetzer für heiße Schüsseln und ein Heißwasserbad standen auf einem langen Sideboard aus Eiche. Das letzte Zimmer im Erdgeschoss befand sich unmittelbar hinter der Eingangstür auf der rechten Seite, und ich hatte es noch nicht gesehen. Ich drehte den Knopf und drückte die Tür auf.

Zwei augenblicklich vertraute Gerüche stiegen mir in die

Nase: Buchleder und kalter Zigarrenrauch. Dies musste die Bibliothek sein, in die sich Frank und Dr. Tibbett nach dem Abendessen zurückgezogen hatten. Der Raum lag im Dunkeln; also nahm ich mir die Freiheit, die schweren Vorhänge beiseitezuziehen und das morgendliche Sonnenlicht hereinzulassen. Es war ein kleines Zimmer mit Bücherregalen auf allen Seiten und einem schweren, mit Leder überzogenen Schreibtisch in der Mitte, vor dem ein Sessel stand. Zwei bequemere Ohrensessel, ebenfalls lederbezogen, standen zu beiden Seiten des Kamins. Mich gelüstete danach, einen genaueren Blick auf die Bücher zu werfen, und ich stellte mir vor, wie ich mich in einen der Ohrensessel zurückzog, um zu lesen – falls Mrs Parry mir lange genug frei gab dazu.

Über dem Kamin hing das Porträt eines attraktiven Mannes mit dichtem dunklem Haar und einer Aura des Wohlstands. Irgendetwas an seinem Gesicht kam mir vertraut vor, und ich erinnerte mich vage an einen Besucher in unserem Haus, als ich noch sehr jung gewesen war, vielleicht sechs Jahre oder so.

Ich wusste, dass ein Besucher kommen würde, lange bevor er eintraf, weil Mary Newling ununterbrochen in ihrer Küche stand und Speisen vorbereitete. Kessel mit Suppe wurden täglich neu aufgekocht, um zu verhindern, dass sie sauer wurde. Es gab einen wunderbaren Kuchen, ein Monster seiner Art, dicht gespickt mit Trockenfrüchten und verziert mit gerösteten Nüssen. Ich durfte nicht von ihm naschen unter Androhung der Strafe, kein einziges Stück davon zu bekommen, wenn er später angeschnitten wurde. Fliegen surrten über dem Fleischtresor, in dem eine große rosige Schweinskeule in ihrem eigenen Blut auf den Tag der Ankunft des Besuches wartete, um zum Bäcker geschickt zu werden, der sie in seinem Ofen garen würde, sobald er mit seinen Broten fertig war. Es war eine Stimmung wie Weihnachten, selbst wenn dieser Feiertag noch Monate in der Zukunft lag.

Ich war während der Ankunft des Besuchers in meine Kinderstube verbannt, und alles, was ich von ihm sehen konnte, war sein Kopf, als er aus dem zweisitzigen Ponywagen stieg, der geschickt worden war, um ihn abzuholen. Molly Darby, mein Kindermädchen, lehnte neben mir aus dem Fenster und sah zu ihrer großen Enttäuschung nicht mehr von ihm als ich. Später wurde ich nach unten gerufen in unser kleines Wohnzimmer, um dem Fremden vorgestellt zu werden. Molly straffte meine Kleider, glättete mein Haar und instruierte mich: »Benimm dich wie eine Lady, Miss!«

Es war ein guter Rat, den ich leider unmöglich befolgen konnte, weil ich nicht die geringste Ahnung hatte, wie sich eine Lady in Gesellschaft benahm. Niemand hatte es mir je beigebracht.

Ich sprang unter großem Lärm die Holztreppe hinunter und platzte brennend vor Neugier ins Zimmer. Doch dann blieb ich wie angewurzelt stehen, als ich vor mir den großen Mann mit dem traurigen Gesicht erblickte, der ganz in Schwarz gekleidet war. Für einen Augenblick war ich völlig verwirrt. Doch seine Augen sahen mich freundlich an, und mein Anflug von Schüchternheit legte sich wieder.

»Wen haben wir denn da?«, fragte er. »Du bist also die kleine Miss Martin. Es ist mir eine Ehre, deine Bekanntschaft zu machen.«

»Ich bin Miss Martin«, informierte ich ihn, indem ich die mir dargebotene Hand ergriff und fest schüttelte. »Aber meistens werde ich nur Lizzie genannt, wissen Sie? Wenn ich älter bin, werde ich Miss Martin sein und eine Haube mit Kirschen darauf tragen, wenn ich in die Kirche gehe.«

Mein Vater, der am Kamin saß, gab ein leises Stöhnen von sich, doch der Besucher kicherte.

»Du musst ihr und mir vergeben, Josh«, sagte mein Vater. »Sie ist ein wildes, kleines Ding und eine komplette Ignorantin; doch das ist meine Schuld.«

Ich sah eine Karaffe aus geschliffenem Glas mit Gläsern auf einem kleinen Beistelltisch. Ich wusste, dass sie einen teuren Wein enthielt und nur bei ganz besonderen Gelegenheiten hervorgenommen wurde. Ich dachte, dass die Gesichtsfarbe meines Vaters rosiger war als für gewöhnlich, doch das kam vielleicht daher, dass er am Feuer saß.

»Was ist daran zu vergeben?«, entgegnete Josh. »Sie scheint mir ein aufgewecktes Kind zu sein und sieht Charlotte sehr ähnlich.«

»Ja«, sagte mein Vater knapp. Ich dachte, dass er die Bemerkung lieber nicht gehört hätte, selbst wenn er mit dem Besucher einer Meinung war. Ich bemerkte einen Anflug von Schmerz, der über sein Gesicht huschte, und ich begriff, dass er an meine tote Mutter dachte. Ich ging zu ihm und ergriff seine Hand, und er küsste mich auf die Stirn.

Ich musste an die Worte des Besuchers von damals denken, während ich hier stand, weil ich meiner Meinung nach und dem Bild von meiner Mutter oben in meiner Kammer nach zu urteilen, ihr nicht gerade besonders ähnlich sah. Andererseits hatte ich sie nie kennen gelernt, und unser Besucher hatte sie allem Anschein nach gekannt.

Er musste mein Pate gewesen sein, Josiah Parry, der hier in Öl an der Wand hing. Ich nehme an, dass man mir damals seinen Namen gesagt hat, doch ich hatte ihn nicht behalten. Woran ich mich bis heute erinnerte, war, dass er mir bei seiner Abreise einen Shilling geschenkt und mir zugeflüstert hatte: »Versteck ihn gut, Lizzie, und spar dein Geld für die Haube mit den Kirschen.«

Der Shilling war ein kleines Vermögen für mich. Leider wurde er ausgegeben und nicht gespart, und ich habe nie eine Haube mit Kirschen besessen. Ich stand vor dem Porträt des Besuchers von damals und runzelte die Stirn. Mrs Parry hatte erzählt, dass ihr Mann uns nie in Derbyshire besucht hätte. Doch Josiah Parry war zumindest einmal dort gewesen. Hatte sie das etwa vergessen – oder wusste sie überhaupt nichts davon?

Auf dem Kaminsims stand eine kleine Uhr aus Elfenbein und Goldbronze, und daneben lag eine Schachtel mit Sicherheitsstreichhölzern. Zu Hause hatte Mary Newling immer die altmodischen Lucifers gekauft, und ich hatte diese Tradition fortgesetzt, als ich groß genug geworden war, um diesen Einkauf zu erledigen. Sie waren ein wenig preiswerter als die anderen.

Ohne Vorwarnung hörte ich, wie die Tür hinter mir klickte und jemand erschrocken ächzte. Ich drehte mich um und erblickte eine überraschte Dienerin mit einem Kehrblech und einem Handfeger.

»Verzeihung, Miss!«, sagte sie. »Ich habe nicht damit gerechnet, bereits jemandem zu begegnen.«

»Ich wollte sowieso gerade gehen«, sagte ich verlegen. »Ich bin nur nach unten gekommen, weil ich dachte, ich finde vielleicht jemanden, der mir heißes Wasser aufs Zimmer schicken kann.«

»Jawohl, Miss, ich werde dafür sorgen, dass es sogleich aufgesetzt wird.« Sie starrte mich noch immer völlig perplex an.

»Ich bin Miss Martin, die neue Gesellschafterin von Mrs Parry«, sagte ich zu ihr.

»Ja, Miss, das habe ich mir bereits gedacht.«

Einem Impuls folgend fragte ich: »Waren Sie schon hier angestellt, als Miss Hexham die Gesellschafterin von Mrs Parry war?«

»Ja, Miss.«

»Sie alle müssen sehr überrascht gewesen sein, als Miss Hexham so unerwartet das Haus verließ.«

»Ja, Miss. Aber Mrs Parry hat uns die Sachen gegeben, die Miss Hexham zurückgelassen hat.«

Mit ›uns‹ meinte sie wohl sämtliche Diener. Mir ging ein Bild durch den Kopf, wie sie sich über die Sachen meiner Vorgängerin hermachten. Es war kein freundlicher Anblick.

»Soll ich dann jetzt weitermachen?«, fragte die Dienerin und hielt ihr Kehrblech und den Handfeger hoch.

Ich hätte der jungen Frau keine Fragen stellen dürfen. Ohne Zweifel würde sie mein Interesse unten bei den anderen Dienstboten verkünden. Außerdem hielt ich sie von der Arbeit ab. Also fragte ich einfach, wie ihr Name lautete. Sie antwortete, sie hieße Wilkins. Ich dankte ihr und ließ sie mit ihrer Arbeit allein, während ich in mein Zimmer zurückkehrte. Bewohner, die früh am Morgen durch das Haus geisterten und dem Personal auf die Füße traten, waren offensichtlich ein richtiges Ärgernis. Ich musste lernen, länger zu schlafen.

Wilkins hatte ihr Versprechen nicht vergessen, wie mir rasch klar wurde. Ich war noch keine zehn Minuten wieder in meinem Zimmer, als ein Klopfen das Eintreffen des Mädchens mit der Haube ankündigte, das ich bereits früher gesehen hatte. Es mühte sich mit einer Kanne heißen Wassers ab. Aus der Nähe betrachtet war sie nicht älter als zwölf Jahre, höchstenfalls dreizehn. Sie war knochig gebaut und besaß das verkniffene Gesicht von Kindern, die schlecht ernährt aufwachsen und wahrscheinlich von Müttern auf die Welt gebracht worden waren, die selbst halb verhungert waren. Das Alter eines solchen Mädchens zu schätzen, fällt stets schwer.

»Hallo, wie lautet dein Name?«, fragte ich sie.

»Bessie, Miss«, antwortete sie und schob sich die Haube nach hinten, die beim Arbeiten tief in die Stirn gerutscht war.

»Oh«, sagte ich und nahm ihr die Milchkanne ab, bevor sie etwas davon verschütten konnte. Es war schwer, sich vorzustellen, wie ihre kleinen, dünnen Ärmchen den Eimer aus dem Souterrain die drei Stockwerke hinauf bis in mein Zimmer hatten tragen können. »Du heißt also Elizabeth, genau wie ich.«

Bei diesen Worten bekam ich einen genauso sprachlosen Blick zur Antwort wie bereits zuvor von Wilkins. Bessie runzelte die Stirn und verkündete, sie hätte nicht die geringste Ahnung, wer jemals Lizzie zu ihr gesagt hätte. Soweit sie wüsste, war ihr Name stets Bessie gewesen. Auf diesen Namen hatte man sie im Waisenhaus getauft.

Aha, also ein Kind von der Wohlfahrt. Wenigstens war es der Institution gelungen, sie von der Straße fernzuhalten, und sie war gründlich genug ausgebildet worden, um in die Dienste eines fremden Hauses zu treten.

»Ich habe dich schon einmal gesehen, Bessie«, sagte ich zu ihr, »von meinem Fenster aus. Du hattest gerade Milch gekauft.«

Bessie schniefte abfällig. »Ich halte nicht viel von Milch. Mrs Simms kauft sie immer, weil sie sehen kann, dass sie von einer Kuh stammt, und weil sie nicht gepanscht wurde. Es gibt auch noch einen Mann, der mit einem Karren und

Milchkannen vorbeikommt, aber Mrs Simms sagt, dass sie ihm nicht vertraut.«

»Und warum magst du die Kuhmilch nicht, Bessie?«

»Sie stinkt«, antwortete Bessie. »Das kommt von dem, was sie den armen Tieren zu fressen geben. Salatstiele und Abfall von den Märkten meistenteils. Ich trinke diese Milch nie.«

Ich konnte mir gerade noch so ein Lachen verkneifen – ich wollte sie nicht verletzen. Trotz ihres verwahrlosten Äußeren schien sie mir eine sehr robuste und unabhängige kleine Person zu sein.

»Kannst du dich an deine Eltern erinnern, Bessie? An die Zeit vor dem Waisenhaus?«

»Nein«, antwortete Bessie einsilbig.

»Das tut mir leid«, sagte ich.

Bessies Miene hellte sich auf. »Ich wurde in einer Kirche gefunden. In einer Schachtel von *Newman Pork Pies*. Deswegen haben sie mir den Namen Newman gegeben. Ich hatte keinen anderen. Aber ich weiß nicht, warum sie mich Bessie genannt haben. Es könnte schlimmer sein, oder?«

Mit dieser philosophischen Feststellung verschwand sie durch die Tür.

Als ich schließlich zum zweiten Mal nach unten ging, war es bereits nach acht Uhr. Das Frühstück war in dem kleineren Speiseraum vorbereitet, genau wie ich angenommen hatte. Frank Carterton war bereits dort und aß mit großem Appetit und offensichtlich ohne jede Nachwehen von seinen nächtlichen Aktivitäten. Seine Stimmung hatte sich in der Tat bemerkenswert verbessert, seit ich ihn am vergangenen Abend zum letzten Mal gesehen hatte, und sein Anfall von Missmut war völlig vergessen.

»Guten Morgen!«, begrüßte er mich beinahe überschwänglich. »Sie sind eine Frühaufsteherin, wie ich sehe. Tante Julia werden Sie allerdings nicht vor Mittag hier unten sehen, glauben Sie mir.« Er deutete auf die Fleischtabletts, die inzwischen mit ein paar kalten Keulen beladen waren. »Ich fürchte, ich habe das beste Fleisch bereits gegessen, und

Sie werden feststellen, dass der Rest ziemlich dürftig ist. Aber an diesem Knochen dort ist noch jede Menge gekochter Schinken. Andernfalls kann ich auch Mrs Simms' ausgezeichnete Omeletts empfehlen.«

»Der Schinken reicht sicher«, sagte ich.

»Ich schneide Ihnen ein paar Scheiben ab«, bot er mir an, sprang auf, packte das Fleischmesser und begann, große Mengen Fleisch vom Knochen zu schneiden, bis ich ihn bat aufzuhören.

»Ich versuche, mir über die Haushaltsführung klar zu werden«, sagte ich zu ihm, als wir beide saßen und er erneut anfing zu essen. »Also die Simms, Mann und Frau, sind in der Stellung von Butler und Köchin …«

»Mrs Simms ist die Haushälterin«, sagte Frank undeutlich. »Sie besteht darauf, so genannt zu werden. Sie führt den Haushalt, und sie kommandiert den armen alten Simms herum. Ein richtiger Drache, unsere gute Mrs Simms.«

Die Vorstellung amüsierte mich nicht wenig, dass der leidenschaftslose und unglaublich würdevolle Butler von einem Drachen von Frau herumkommandiert wurde. Ich war neugierig, Mrs Simms kennen zu lernen, und fragte mich, ob sie je ihre Küche verließ.

»Es gibt außerdem zwei Dienstmägde«, fuhr Frank mit vollem Mund fort. »Die Namen weiß ich leider nicht.«

»Ich bin einer von ihnen bereits begegnet. Sie heißt Wilkins.«

»Dann wissen Sie bereits mehr als ich. Wilkins also, hm? Ich wette ein Pfund gegen einen Penny, dass die andere Perkins heißt. Das sind meiner Erfahrung nach typische Namen für Dienstmägde.«

»Und ein Küchenmädchen, ein Waisenkind namens Bessie.«

»Der kleine Pilz!«, rief Frank aus und legte Messer und Gabel nieder. »Sie meinen sicher das dürre Balg, das ich hin und wieder aus dem Souterrain flitzen sehe. Sie trägt eine zu große Haube und eine weiße Schürze und sieht aus wie ein Pilz, dem Beine gewachsen sind – das ist etwas, woran nicht einmal Mr Darwin gedacht hätte. Also heißt sie Bessie der Pilz.«

»Nicht Pilz. Bessie Newman«, verbesserte ich ihn. »Sind das alle?«

»Alle bis auf Nugent, eine weitere furchterregende Frauensperson. Aber kein schlechter Mensch, beileibe nicht.«

Ich war ein wenig verärgert ob Franks arroganter Art, über das Personal zu sprechen, das sich um das Wohlergehen seiner Tante und seiner eigenen Person kümmerte. Doch ich hielt ihm zugute, dass er es nicht besser wusste und seine Worte nicht unfreundlich gemeint waren.

Die Tür öffnete sich, und ein bezauberndes Aroma von Kaffee eilte Simms voraus, der sich, nachdem er die silberne Kanne hingestellt hatte, bei mir erkundigte, ob ich eine heiße Mahlzeit aus der Küche wünsche.

»Danke, nein«, sagte ich. »Der Schinken reicht für heute Morgen vollkommen aus.«

Er reichte mehr als aus. Ich hatte alle Mühe, meinen Teller leer zu essen. Frank hatte mir eine großzügige Portion aufgelegt, und ich hatte das Abendessen von gestern noch nicht ganz verdaut. Frank hingegen aß, als hätte er seit einer ganzen Woche nichts mehr bekommen.

»Es gibt keine Nieren, Simms, wie ich annehme, oder doch?«, fragte er den Butler sehnsüchtig.

»Ich werde Mrs Simms sogleich danach fragen, Sir.«

Nachdem der Butler gegangen war, warf ich einen Blick auf die große Standuhr in der Ecke des Zimmers. »Um wie viel Uhr müssen Sie im Foreign Office an Ihrem Schreibtisch sein, Mr Carterton?«, fragte ich.

»Oh, ich denke, wir sollten uns mit Vornamen anreden«, sagte er. »Du nennst mich Frank, einverstanden? Du bist das Patenkind meines Onkels Josiah, und damit sind wir immerhin so etwas wie Cousin und Cousine, oder nicht?«

»Einverstanden«, sagte ich.

»Was meinen Schreibtisch angeht, so habe ich heute Morgen frei, damit ich meinen Schneider besuchen kann.«

»Den Schneider besuchen?«, fragte ich und konnte meine Verblüffung nicht verbergen.

»Ja. Ich brauche einen Satz Garderobe für Russland, weißt

du? Anschließend muss ich zu meinem Schuhmacher. Man hat mir geraten zu warten, bis ich dort bin, bevor ich Winterstiefel kaufe. Wenn man im Winter auf die Jagd geht, benötigt man offensichtlich Filzstiefel. Klingt eigenartig, nicht wahr? Aber Ledersohlen bleiben am Eis kleben. Jedenfalls erzählen mir das alle.«

»Ich schätze, ich würde Sie zu gerne in Ihren Filzstiefeln im russischen Schnee auf der Jagd sehen, Mr ... äh, Frank«, sagte ich trocken. Ich konnte nicht anders. Das Bild wollte so ganz und gar nicht zu dem jungen, verwöhnten Mann passen, der mir gegenüber am Frühstückstisch saß.

»Man kann auf die Bärenjagd gehen«, informierte er mich. »Ich freue mich schon jetzt darauf.«

»Bären? Was willst du denn mit einem Bären anfangen, solltest du einen erlegen?«

»Essen, wieso? Es heißt, Bärensteaks würden ganz ausgezeichnet schmecken. Genauso wie Bärensuppe, aber das kann ich mir nicht vorstellen. Bärensteaks schon viel eher.«

Ich legte Messer und Gabel nieder, zum einen Teil, weil ich beim besten Willen nichts mehr hinunterbekam, und zum anderen, weil ich mir diesen Unsinn nicht länger anhören wollte.

»Frank?«, fragte ich ihn. »Dürfte ich eine Bitte äußern?«

»Selbstverständlich, zu deinen Diensten.« Ich glaubte zu erkennen, wie sein Blick trotz seiner höflich-gefälligen Art ein wenig misstrauisch wurde.

»Danke sehr. Es ist Folgendes ... Mir ist durchaus bewusst, dass es dich amüsiert, Dr. Tibbett und manchmal auch deine Tante Julia zu necken, aber lass bitte diese albernen Versuche, auch mich auf den Arm zu nehmen. Du bist ohne Zweifel ein absolut vernünftiger Mensch.«

Er lehnte sich zurück und musterte mich aufmerksam. »Du bist äußerst scharfsinnig, Elizabeth Martin.«

»Ich sage, was ich denke; das ist alles.«

Da ich ihm nun schon einmal gesagt hatte, dass ich offen war, beschloss ich, weiter vorzupreschen. »Ich frage mich beispielsweise, wie lange du schon gewusst hast, dass du nach St. Petersburg versetzt wirst. Es kommt mir ein wenig eigenartig vor, dass du es deiner Tante ausgerechnet im Beisein von zwei Gästen, einer davon eine Fremde, erzählen musstest. Ich hätte geglaubt, dass man so etwas unter vier Augen bespricht. Oder wolltest du vielleicht ihre erste, möglicherweise recht gefühlsbetonte Reaktion vermeiden?«

Ich fragte mich, ob ich zu offen gewesen war. Frank hätte allen Grund gehabt, sich gegen meine Frage zu verwahren, doch er lächelte nur.

»Ah, du hast einen verdammt hellen Kopf auf den Schultern, und einen gut aussehenden noch obendrein.«

»Hör auf damit!«, befahl ich augenblicklich. »Ich bin nicht hübsch. So viel sehe ich in jedem Spiegel.«

»Ich habe nicht gesagt, dass du hübsch bist«, entgegnete er. »Nein, du bist nicht hübsch, nicht im herkömmlichen, leeren Sinn des Wortes. Du bist attraktiv – ja, ich denke, das ist der richtige Ausdruck. Du hast ein intelligentes, äußerst ausdrucksstarkes Gesicht. Was das betrifft, möchte ich dir einen Rat geben: Du solltest deine Gefühle hier in diesem Haus für dich behalten. Ich mag ja hin und wieder den Narren spielen, doch das ist nur eine Maske, weißt du?«

Bevor ich etwas darauf erwidern konnte, kehrte Simms mit einer Schüssel gehackter und scharf gewürzter Nieren zurück. Frank machte sich prompt darüber her, als hätte er an diesem Tag noch nichts gegessen.

Als wir wieder allein waren, fragte ich ihn: »Warum soll ich meine Gefühle für mich behalten? Würde es mich vielleicht einfältig aussehen lassen?« Und bevor er antworten konnte, fügte ich einem plötzlichen Gedanken folgend hinzu: »Hat das vielleicht etwas mit Madeleine Hexham zu tun?«

Frank hörte auf zu essen und lehnte sich einmal mehr zurück. Sein Gesichtsausdruck wurde nachdenklich. »Unter uns gesagt, man wusste nie so recht, was Maddie Hexham dachte. Sie gab nie eine Meinung zu irgendwas von sich. Sie spielte völlig vorhersehbar Karten. Ich habe nie gesehen, dass sie ein Buch gelesen hätte, abgesehen von irgendwelchem Mist aus der Leihbücherei. Ich vermute, Tante Julia fand sie ziemlich langweilig.«

»Warst du überrascht, als Madeleine verschwand?«

»Ich war verärgert, weil Tante Julia mich zur Polizeiwache geschickt hat, um unsere braven Gesetzeshüter über Maddies unerklärliches Verschwinden zu informieren. Ich war nicht wirklich überrascht, als Tante Julia den Brief erhielt, in dem Maddie uns gestand, dass sie durchgebrannt war. Ich führte es auf diese Schundliteratur zurück, die sie immer las. Es ging ständig nur um diese Themen. Maddie war eine recht hübsche Person – oder wäre es mit ein wenig mehr Leben in den Gesichtszügen gewesen; doch wie ich bereits sagte, falls sie überhaupt ein Gehirn besaß, dann machte sie keinerlei Anstalten, es zu gebrauchen. Selbst in ihrem Brief verriet sie uns herzlich wenig. Weder wohin sie gegangen war noch mit wem. Vielleicht fürchtete sie, wir könnten versuchen, sie zur Rückkehr zu bewegen, doch das hätten wir sicher nicht getan. Tante Julia fühlte sich verraten, und Dr. Tibbett war in seinem Element und beschwor die ewige Verdammnis auf sie herab.«

Frank schob ein Stück Niere auf seinem Teller umher. Vielleicht hatte selbst er inzwischen sein gastronomisches Limit erreicht. »Hör zu«, sagte er. »Ich kann einfach nicht anders, als den alten Tibbett hin und wieder auf den Arm zu nehmen. Er ist kein Dummkopf, und man darf es nicht übertreiben. Und Tante Julia will ich eigentlich nicht necken. Sie war immer gut zu mir.«

»Glaubst du, dass Dr. Tibbett als Mann für deine Tante geeignet ist, oder war das auch nur eins von deinen Spielchen? Du scheinst die Vorstellung recht amüsant zu finden.«

Frank lachte auf. »Hör zu«, sagte er. »Gestatte mir, dir eine Tasse Kaffee einzuschenken. Dort im Kännchen ist Milch.«

Ich erinnerte mich an das, was Bessie über die Milch gesagt hatte, und spähte mit bösen Befürchtungen in das Kännchen. Der Inhalt hatte eine blau-graue Färbung, doch ich konnte nichts riechen, nicht, ohne die Nase über die Öffnung zu halten, und das durfte ich nicht in Franks Beisein. Also beschloss ich, meinen Kaffee schwarz zu trinken.

Frank stemmte die Ellbogen auf die Tischplatte, verschränkte die Hände unter dem Kinn und fixierte mich mit einem für seine Verhältnisse sehr ernsten Blick.

»Du weißt wahrscheinlich, dass Tante Julia die zweite Frau von Onkel Josiah war.«

»Ich wusste es nicht mit Sicherheit, aber ich habe mir schon so etwas gedacht«, erwiderte ich. »Da wäre auf der einen Seite der Altersunterschied. Außerdem hat sie mir erzählt, dass Josiah Parry meinen Vater nie besucht hätte. Ich hingegen erinnere mich an mindestens einen Besuch, als ich noch sehr jung war. Also denke ich, dass Tante Parry entweder nichts davon gewusst oder es vielleicht vergessen hat. Wie dem auch sei, mein Patenonkel war allein zu Besuch. Ich erinnere mich, dass er sehr traurig wirkte und nie lächelte, obwohl er sehr freundlich zu mir war. Vielleicht war er in Trauer, vielleicht um seine erste Frau?«

»Ich wusste es!«, sagte Frank bewundernd. »Du *bist* scharfsinnig! Ich hatte Recht! Ich muss aufpassen, was ich sage. Du erinnerst dich an alles und kommst hinter jedes Rätsel.«

»Ich bin eine Fremde«, verteidigte ich mich. »Es ist doch nur natürlich, dass ich sorgfältig zuhöre und versuche, hinter die Dinge zu steigen, wenn ich kann.«

»Nun ja, ich will dir etwas über meine Tante Julia erzählen. Du wirst erkennen, dass die Dinge nicht ganz so sind, wie sie zu sein scheinen. Meine Mutter und ihre Schwester waren die Töchter eines Landgeistlichen. Ich glaube, das ist einer der Gründe, warum Tante Julia die Gesellschaft von Dr. Tibbett genießt. Es frischt ihre Erinnerungen an den geistlichen Haushalt ihrer Kindheit auf. Mein Großvater hatte nichts außer seiner Pfründe, um seine Familie zu ernähren, und sie waren so arm wie Kirchenmäuse – bitte, entschuldige den Ausdruck. Meine Mutter brannte mit meinem Vater durch, und ich muss leider sagen, dass er auch kein guter Versorger war. Tante Julia wollte nicht in die gleiche Falle tappen. Ich bin nicht sicher, wie sie Onkel Josiah kennen gelernt hat, doch er war ein Witwer und wohlhabend, und sie hatte nicht vor, ihn wieder von der Angel zu lassen. Versteh mich nicht falsch – sie war ihm eine exzellente Ehefrau. Sie interessierte sich für seine geschäftlichen Angelegenheiten, möglicherweise auch, weil ihr bewusst war, dass sie ihn überleben könnte. Tante Julia trägt eine Maske, Elizabeth. Sie tut so, als würde sie sich für nichts außer Whist und ihre eigene Bequemlichkeit interessieren, doch ihr größtes Interesse ist, sicherzustellen, dass immer genügend Mittel für diesen Komfort zur Verfügung stehen. Deswegen finde ich den Gedanken so amüsant, dass sie Dr. Tibbett heiraten könnte. Er glaubt es jedenfalls. Ich hingegen weiß, dass es nicht so ist. Sie würde niemandem die Kontrolle über ihr Geld anvertrauen, verstehst du? Tibbett wird irgendwann herausfinden, dass er sich mit den zwei Abenden die Woche, dem Whist-Spiel und seiner Rolle als Verkünder aller Weisheit abfinden muss. Ich glaube, er wird sie akzeptieren, sobald er es merkt. Wie ich bereits sagte, Tibbett ist kein Dummkopf.«

»Führt denn die Firma meines Patenonkels immer noch Stoffe aus dem Fernen Osten nach England ein?«

Frank schüttelte den Kopf. »Das war mit seinem Tod vorbei. Doch er hatte noch eine Reihe anderer geschickter Investitionen getätigt. Er hat große Mengen Immobilien gekauft, bevor er starb. Die Pacht sicherte ihm ein regelmäßiges Einkommen. Meine Tante hat das Vermögen weiter vermehrt. Sie besitzt eine ganze Menge Häuser. Vor Kurzem hat sie einen Teil davon mit hohem Gewinn verkauft. Die Eisenbahngesellschaft braucht sie für den neuen Bahnhof, weißt du?«

»Ja, ich weiß«, räumte ich ein. »Ich … Wir, das heißt die Kutsche, ist gestern auf dem Weg hierher an der Baustelle vorbeigekommen.«

»Tante Julia hatte Häuser dort. Die Eisenbahngesellschaft hat einen guten Preis für jedes Objekt in diesem Bereich geboten, nur um anschließend alles abzureißen«, sagte Frank in vertraulichem Tonfall. »Ich glaube, Tante Julia war mehr als zufrieden mit dem Gewinn, den sie beim Verkauf gemacht hat.«

Ich war verblüfft über diese Neuigkeiten. Dann fiel mir der Karren mit seiner traurigen Fracht wieder ein. Ich überlegte, ob ich ihn erwähnen sollte. Doch vielleicht glaubte Frank dann, ich hätte einen Spleen für das Makabre, und so hielt ich den Mund.

Frank erhob sich und warf seine zusammengeknüllte Serviette auf den Tisch. »Ich muss jetzt gehen. Ich habe viel zu tun heute … du weißt schon.«

Er ließ mich allein und höchst nachdenklich zurück.

KAPITEL FÜNF

Frank hatte mich nicht zu Unrecht gewarnt. Mrs Parry – oder Tante Parry, wie ich sie zu nennen lernen musste – erschien nicht vor Mittag, gerade rechtzeitig für eine kleine Zwischenmahlzeit, die ich nicht recht zu würdigen wusste. Wenn sie tatsächlich immer so spät aufstand, bedeutete dies, dass ich morgens frei hatte und meinen eigenen Interessen nachgehen konnte, und das war sehr ermutigend.

Ich war nach dem Frühstück im Haus geblieben für den Fall, dass sie womöglich doch früher nach unten kam. Den größten Teil der Zeit verbrachte ich in der Bibliothek. Ich fand Schreibpapier und Tinte und nahm mir ein wenig Zeit, um an Mrs Neale zu schreiben, die freundliche Nachbarin, die mich vorübergehend bei sich zu Hause aufgenommen hatte, nachdem ich das Haus in Derbyshire verkauft hatte. Sie war besorgt gewesen wegen meiner Abreise nach London, einer fremden, riesigen Stadt, wo ich mich unter lauter fremden Menschen bewegen würde. Mrs Neale hatte ihre Heimatgemeinde noch nie verlassen, und für sie war ›fremd‹ gleichbedeutend mit ›bedrohlich‹. In meinem Brief berichtete ich ihr, dass die Reise hierher ohne größere Probleme verlaufen war und dass meine Zukunftsaussichten sehr gut seien. Ich war sicher, dass diese Nachricht von mir bald in der gesamten Gemeinde zirkulieren und das einzige Gesprächsthema sein würde. Ich versiegelte den Brief mit einem Stück Wachs aus einer Schale auf dem Schreibtisch und trug ihn nach draußen in die Halle, wo mir eine kleine schwarze Holzkiste für die Post aufgefallen war, die aus dem Haus ging. Ich schob meinen Brief hinein, fest entschlossen, meine Korrespondenz selbst zum Postamt zu bringen, sobald ich erst herausgefunden hatte, wo es lag. Falls ich überhaupt noch irgendwelche Briefe in meinem eigenen Namen schreiben würde, heißt das.

Später am Nachmittag kam eine Mrs Belling zu Besuch. Ich erinnerte mich, dass Belling der Name der Frau gewesen war, die Madeleine Hexham ›gefunden‹ und im Haushalt von Tante Parry vorgestellt hatte. Ich war neugierig auf sie, doch mein erster Eindruck war nicht vorteilhaft. Sie war schick gekleidet in eine jener neumodischen Krinolinen, die weit weniger übertrieben daherkamen als jene, die vorher den Gipfel des Wünschenswerten dargestellt hatten. Die Röcke hatten dadurch eine mehr kegelartige Form. Auf ihrem Kopf über einem Chignon, der sicherlich falsch war (das Haar des Knotens war dunkler als der Rest), saß eine modisch schicke Casquette. Mrs Bellings Gesichtszüge waren scharf, ihre Nase lang und spitz. Sie erinnerte mich irgendwie an einen Vogel, vielleicht eine Dohle, listig und verschlagen. Sie stellte mir eine Vielzahl von Fragen über meine Person, meinen Vater, meinen Geburtsort und alles Mögliche, was ihr sonst noch so einfiel, und alles auf die denkbar direkteste Art. Ich empfand es als Unhöflichkeit von ihrer Seite. Schließlich war ich nicht nach London gekommen, um in *ihre* Dienste zu treten! Zu guter Letzt schien selbst Tante Parry zu der Ansicht zu gelangen, dass die Fragen ihrer Freundin ein wenig zu weit gingen, und sie unterbrach sie nach einigen Minuten, indem sie sich nach dem Befinden des Sohnes von Mrs Belling erkundigte, eines James'.

Diesen Namen hatte ich ebenfalls schon einmal gehört. Frank hatte erwähnt, dass James Belling ein Fossiliensammler sei. Mrs Belling jedenfalls verlor das Interesse an mir und begann, sich in den Tugenden und der erstaunlichen Intelligenz von James und ihrer weiteren Nachkommenschaft zu ergehen. Es gab, so viel entnahm ich ihren Worten, zusätzlich zu James noch eine Tochter, die verheiratet und gegenwärtig in anderen Umständen war. Eine weitere, jüngere Tochter würde in nächster Zeit heiraten, und ein jüngerer Sohn war in einem Internat untergebracht. Auch auf ihn wartete ohne jeden Zweifel eine brillante Zukunft. Wo genau James in dieser Liste von Geschwistern stand, vermochte ich nicht zu enträtseln. Ich schätzte, dass er ein Altersgenosse von Frank Carterton und damit entweder der älteste oder doch wenigstens der zweitälteste (nach der verheirateten Tochter) der Sippe war. Ich war jedenfalls erleichtert, als Mrs Belling endlich ging, und hatte den Eindruck, dass Mrs Parry ebenfalls nicht traurig war über den Abschied ihrer Freundin, wenigstens nicht bei dieser Gelegenheit.

Wir sollten allerdings nicht lange ohne Besuch bleiben. Minuten später tauchte Simms vor der Tür auf, und seine ansonsten so leidenschaftslose Miene war zur Abwechslung endlich einmal recht lebhaft. »Ich bitte um Verzeihung, Madam«, sagte er aufgeregt, »aber hier draußen steht ein Polizeibeamter, der mit Ihnen zu sprechen wünscht.«

»Aber warum denn das?«, fragte Tante Parry. »Sagen Sie ihm, ich hätte anderes zu tun, Simms.«

»Es tut mir leid, Madam, aber er wünscht, mit Ihnen persönlich zu sprechen, und er besteht darauf. Er hat mir seine Karte gegeben …«

Ich wünschte, ich könnte beschreiben, wie Simms das sagte und wie er sich nun quer durch den Raum näherte und Tante Parry ein silbernes Tablett entgegenhielt, auf der ein kleines weißes Kärtchen lag, bedruckt mit den Worten *Inspector Benjamin Ross, Metropolitan Police, Scotland Yard.* Es war offensichtlich, dass der Butler glaubte, ein Polizeibeamter hätte kein Recht auf eine Visitenkarte, geschweige denn, sie in einem respektablen Haushalt zu präsentieren, wodurch Simms sich gezwungen sah, sie nach oben zu bringen.

»Wie eigenartig«, bemerkte Tante Parry, indem sie die Karte vorsichtig vom Tablett nahm und sie hin und her drehte. »Wo ist dieser Beamte, Simms? Und was will er von mir?«

»Ich habe ihn in die Bibliothek geführt, Madam. Er kam unmittelbar bevor Mrs Belling gegangen ist, und ich dachte, vielleicht wünschen Sie nicht, dass er sie zu Gesicht bekommt. Was er möchte, Madam, konnte ich leider nicht feststellen. Er will es nicht sagen.« Emotionen ließen die würdevolle Stimme des Butlers vibrieren.

»Nun, das war klug von Ihnen, Simms. O mein Gott, wie eigenartig. Was ist mit den Stiefeln dieses Mannes?«

»Seine Stiefel sind recht sauber, Madam. Er ist nicht in Uniform.«

»Nun dann, Simms, ich nehme an, er darf nach oben kommen. Nein, warten Sie ... Elizabeth, geh doch bitte nach unten und erkundige dich, was er begehrt. Vielleicht begnügt er sich ja damit, mit dir zu reden. Wenn nicht, wirst du ihn wohl nach oben führen müssen, schätze ich. Aber bitte wirf zuvor einen Blick auf seine Schuhe.«

Ich folgte Simms nach unten. Der Butler öffnete die Tür zur Bibliothek und trat beiseite, um mich eintreten zu lassen; dann schloss er die Tür vornehm hinter mir und dem Besucher wieder, ohne Zweifel, weil er befürchtete, eine andere Person könnte vorbeikommen und uns sehen.

Inspector Benjamin Ross stand auf der anderen Seite des Zimmers beim Kamin und blickte nach oben zu dem Porträt von Josiah Parry. Ich konnte lediglich erkennen, dass er dichtes schwarzes Haar besaß, nüchterne Straßenkleidung trug und den Hut in der Hand hielt. Nun drehte er sich zu mir um, und ich erkannte einen überraschend jungen Mann für seinen gehobenen Rang. Er war ordentlich rasiert, und seine Gesichtszüge und dunklen Augen verrieten eine wache Intelligenz.

Allerdings wurde jegliche Überraschung meinerseits ob seines Erscheinens bei weitem von seiner Reaktion auf meinen Anblick übertroffen. Ich wusste nicht, was er erwartet hatte: ob er gedacht hatte, dass Mrs Parry persönlich nach unten gekommen war oder irgendeine männliche Person des Haushalts. Als er mich sah, wirkte er wie vom Donner gerührt. Er öffnete den Mund und schloss ihn wieder; dann brachte er ein schwaches »Ah ...« zustande.

»Inspector Ross?«, erkundigte ich mich und hielt ihm die kleine Visitenkarte hin, die ich mit nach unten genommen hatte.

»In persona«, sagte er und starrte mich weiter unverwandt an.

»Ich bin Elizabeth Martin, die Gesellschafterin von Mrs Parry«, sagte ich in strengem Ton, sodass er sogleich wusste, dass er mich nicht zum Narren halten konnte.

»Ja«, entgegnete er auf höchst eigenartige Weise. »Ja, natürlich. Sie sind es.« Er verstummte erneut und starrte mich weiterhin staunend an.

Allmählich verlor ich die Geduld, eine Eigenschaft, die selbst in den besten Zeiten knapp bemessen war bei mir. Stimmte irgendetwas nicht mit meinem Äußeren? Hatte sich mein Haar gelöst? Hatte ich einen Schmutzfleck auf der Nasenspitze?

»Ich bitte um Verzeihung, Sir«, sagte ich scharf. Sein eigenartiges Verhalten machte mich allmählich nervös. Ich fragte mich, ob es möglicherweise klüger gewesen wäre, mich mit etwas Besserem als einem kleinen Kärtchen aus Papier zu bewaffnen, oder ob ich vielleicht Simms wenigstens hätte bitten sollen, mich in die Bibliothek zu begleiten. Schließlich konnte sich jeder eine Visitenkarte drucken lassen, und diese Karte war alles, was der Mann als Beweis für seine Behauptung vorgelegt hatte, ein Polizeibeamter zu sein.

Er schien sich zusammenzureißen und begann, sehr schnell zu reden. »Verzeihen Sie bitte. Ich hatte gehofft, mit Mrs Parry zu sprechen, die, soweit ich informiert bin, die Besitzerin dieses Hauses ist. Ist sie daheim?«

»Ja, sie ist zu Hause«, räumte ich ein. »Aber um offen zu sein, Inspector, ist sie ziemlich verblüfft und möchte den Grund für Ihren Besuch erfahren. Könnten Sie mir mehr darüber erzählen?«

Ich versuchte immer noch, streng zu erscheinen, doch meine Ohren hatten eine vertraute Satzmelodie aufgefangen. *Er kommt nicht aus London*, dachte ich. *Beinahe könnte man glauben, er käme aus der gleichen Gegend des Landes wie ich.* Diese Vorstellung war entwaffnend. Ich fühlte, wie ich gegen meinen Willen auftaute.

Ross gestikulierte bedauernd mit seinem Hut. »Es tut mir leid, Miss Martin. Ich kann nur mit Mrs Parry persönlich über die Details sprechen.«

Ich runzelte die Stirn. »Und Sie können mir nicht wenigstens einen Hinweis auf die ... auf die Natur Ihres Besuches geben?«

Inspector Ross zögerte sichtlich. »Es ... Es ist möglich,

dass ich eine unwillkommene Nachricht für Mrs Parry bringe.«

»Frank!«, rief ich erschrocken aus. »Sind Sie hergekommen, um uns zu sagen, dass Frank einen Unfall hatte?«

»Frank?«, fragte er in scharfem Ton und runzelte die Stirn. »Das wäre Mr Francis Carterton, nehme ich an, korrekt?«

»Ja. Er ist der Neffe von Mrs Parry. Er wohnt zurzeit in diesem Haus. Ist ihm etwas zugestoßen?«

Der Inspector musterte mich einmal mehr auf diese merkwürdige Art und Weise. »Nein, soweit ich weiß, erfreut sich Mr Carterton bester Gesundheit. Er ist offensichtlich also nicht zu Hause.«

»Er arbeitet im Foreign Office«, informierte ich den Inspector. »Auch wenn er sich heute Morgen, soweit ich weiß …« Es gab keinen Grund, warum ich Frank Carterton vor der Polizei beschützen sollte; trotzdem hielt ich es für besser, unserem Besucher nicht anzuvertrauen, dass Frank sich den Vormittag frei genommen hatte und bei seinem Schneider verbringen wollte.

»Ich glaube, er hatte einige andere Verpflichtungen heute Morgen. Trotzdem, inzwischen müsste er wieder in seinem Büro sein.«

»Nun ja, ich kann ihn später suchen«, sagte Inspector Ross forsch.

Womit er meine Verwunderung nur noch steigerte. Ich war inzwischen höchst neugierig zu erfahren, worum es überhaupt ging, und wie es schien, gab es nur einen Weg, das herauszufinden. Ich warf einen, wie ich hoffte, nicht allzu auffälligen Blick auf seine Stiefel. Sie machten nicht den Eindruck, als würden sie eine Gefahr für die Teppiche im Haus darstellen.

»Wenn Sie mir dann bitte folgen würden«, sagte ich. »Ich bringe Sie nach oben zu Mrs Parry. Sie hält sich in ihrem Privatsalon auf. Sie dürfen Ihren Hut auf dem Tisch in der Halle lassen, wenn Sie mögen.«

Ich wandte mich ab, um ihm den Weg zu zeigen. Als ich die Treppe hinaufstieg, war ich mir durchaus bewusst, dass der Inspector mir folgte, und ich fühlte seinen Blick auf mir.

Vielleicht mustert die Polizei ja jeden Zivilisten so genau, überlegte ich. Aber ich hoffte doch sehr, dass er sich bald zufriedengab und das Interesse an mir verlor!

Ich stellte ihn Tante Parry vor, die sich angesichts seines Erscheinungsbilds angenehm überrascht zeigte und sich sogar so weit herabließ, ihm einen Sitzplatz anzubieten, was sie meiner Meinung nach sicher ursprünglich nicht vorgehabt hatte.

»Es tut mir wirklich sehr leid, Sie zu belästigen, Madam«, sagte er.

»Es geht nicht um meinen Neffen?«, unterbrach sie ihn besorgt.

»Nein, Ma'am, es geht nicht um Mr Carterton. Es geht vielmehr um eine junge Frau namens Madeleine Hexham. Wenn ich richtig informiert bin, war sie als Gesellschafterin bei Ihnen angestellt.«

Tante Parrys Aufregung wuchs sichtlich. »O du gütiger …!«, rief sie und warf die pummeligen Hände hoch. »Sagen Sie mir nicht, dass sie zurückgekommen ist! Ich will sie nicht mehr sehen!«

»Sie werden sie nicht mehr sehen, Ma'am, und ich fürchte, sie ist auch nicht zurückgekommen.«

Er sagte das in sehr ernstem Tonfall, und mir sträubten sich die Nackenhaare.

»Ihr ist ein Unglück widerfahren!«, platzte ich heraus.

»Leider, ja.« Er nickte. »Ein Leichnam wurde gefunden, und wir glauben, dass es sich dabei um Madeleine Hexham handelt.«

»Ein Leichnam?«, kreischte Tante Parry, indem sie halb aufsprang und wieder in ihren Sessel zurücksank.

Ich hastete herbei, um ihr behilflich zu sein, und Inspector Ross erhob sich ebenfalls, doch Tante Parry winkte nur ab, als wir beide besorgt vor ihr standen.

»Ein Leichnam? Wie schauderhaft! Mein lieber Inspector Ross, Sie haben eine sehr direkte Art, eine solch schockierende Neuigkeit zu verkünden.« Ihr Gesicht hatte sich besorgniserregend gerötet, und ihre plumpen Finger packten die Armlehnen so fest, dass die Knöchel weiß durch die Haut schimmerten.

»Bitte entschuldigen Sie, Ma'am«, sagte unser Besucher. »Ich fürchte, es liegt in der Natur meiner Pflichten, dass ich häufig der Überbringer schlimmer Nachrichten bin. Glauben Sie mir, es gibt keinen anderen Weg, als es unverblümt und direkt zu sagen.«

Tante Parry zog ihr Taschentuch hervor und wedelte das kleine spitzenbesetzte Stück Stoff vor ihrem Gesicht auf und ab als Ersatz für einen Fächer. In mir stieg der Verdacht auf, dass ihr Verhalten mehr von Irritation als von Kummer geprägt war und dass das flatternde Taschentuch ausgezeichnete Dienste bei dem Versuch leistete, ihre Gesichtszüge zu verbergen, bis sie sich wieder im Griff hatte.

Schließlich ließ sie die Hand wieder in den Schoß sinken; offensichtlich hatte sie ihre Selbstbeherrschung wiedererlangt. »Wann ... Wo ... Wie ...?«, fragte sie schließlich und fügte gereizt hinzu: »Du lieber Himmel, wenn doch nur Frank da wäre oder wenigstens Dr. Tibbett. Ich wiederhole, Inspector, Sie hätten ruhig bis heute Abend warten können, wenn ein Mann im Hause ist.«

»Wenn ich Sie nun zuerst bitten dürfte, mir die genaueren Umstände des Verschwindens von Miss Hexham zu schildern?«, bat Ross entschieden.

Er hatte offensichtlich keine Geduld mehr mit Tante Parrys Protesten und betrachtete sie als durchaus vernehmungsfähig. Ich denke, sie erkannte das auch, denn sie blinzelte einmal und starrte ihn dann hart an.

»Am achten März wurde der Polizeiwache von Marylebone gemeldet, dass Madeleine Hexham am Tag zuvor Ihr Haus verlassen hätte und am Abend nicht zurückgekehrt sei. Sie wurde damals beschrieben als von leichter Statur, nicht groß, blondhaarig und mit einem lavendelfarben gestreiften Kleid aus Popeline bekleidet. Außerdem wurde gemeldet, dass sie wahrscheinlich einen Paisley-Umhang und eine kleine Haube getragen hätte, doch diese Gegenstände sind verschwunden – oder genauer gesagt, wir haben sie bisher noch nicht wiedergefunden.«

Tante Parry hob abwehrend die Hände, um dem Inspector Einhalt zu gebieten. Ihr plumpes Kinn war störrisch vorgestreckt, und ich vermutete, dass sie innerlich schon wieder wütend wurde. »Das ist ganz unmöglich! Zugegeben, sie ist auf sehr eigenartige Art und Weise von hier fortgegangen, einfach so eines Morgens aus dem Haus spaziert, ohne jemandem ein Wort zu sagen, und sie hat überhaupt nichts mitgenommen. Doch wir haben … das heißt, ich habe einen Brief von ihr erhalten, ungefähr eine Woche später. Ich bin sicher, es muss sich um eine Verwechslung handeln, Inspector, und die unglückliche Frau, von der Sie sprechen, ist nicht unsere Madeleine.«

»Einen Brief?« Inspector Ross klang aufgeregt. »Haben Sie diesen Brief noch? Dürfte ich ihn sehen?«

Doch Tante Parry schüttelte den Kopf. »Nein, ich habe ihn nicht mehr. Ich war so böse auf sie. Sie schrieb, sie sei durchgebrannt! Wir hatten ja nicht die geringste Ahnung! Wir hatten nie auch nur einen Hauch von Verdacht! Ich habe den Brief zerrissen.«

Ross schaute sie bestürzt an, doch dann fasste er sich wieder. »Und es besteht kein Zweifel, Ma'am, dass der Brief in Madeleines Handschrift verfasst war?«

»Warum sollte er das nicht gewesen sein?« Sie starrte ihn verblüfft an. »Es sah jedenfalls nach ihrer Schrift aus. Ich habe ihn Mrs Belling gezeigt, einer Freundin, die Madeleine zu uns gebracht hat. Sie hatte einige ältere Briefe von Madeleine. Sie stammt aus dem Norden. Sie war Mrs Belling nicht persönlich bekannt, sondern einer Freundin in Durham, wenn Sie mir folgen können. Doch Mrs Belling hat nicht daran gezweifelt, dass es Madeleines Handschrift war!« Tante Parry schüttelte den Kopf. »Ich kann das einfach nicht glauben!«

»Das tut mir ausgesprochen leid«, sagte Inspector Ross. »Können Sie mir dann bitte verraten, so genau wie möglich, was Madeleine Hexham Ihnen geschrieben hat? Wenn es geht, den exakten Wortlaut.«

Mit einem Geschick, das an einen Zauberkünstler erinnerte, zückte er, noch während er sprach, ein kleines Notizbuch zusammen mit einem Stift und machte sich bereit, Tante Parrys Antwort zu notieren. Ich war sehr erstaunt darüber, und ich denke, Tante Parry ging es nicht anders.

Ich öffnete den Mund, um ihm zu sagen, wie sehr ich von seiner Effizienz beeindruckt war, doch es gelang mir, ihn wieder zu schließen, bevor ein weiteres unbedachtes Wort über meine Lippen schlüpfte.

Tante Parry starrte den Inspector und sein Notizbuch verzweifelt an. »Aber ich erinnere mich nicht mehr genau! Sie schrieb nur, dass es ihr leid täte, wenn sie Unannehmlichkeiten verursacht hätte. Ja, das waren ihre Worte! Ich erinnere mich noch, wie ich gedacht habe, was für eine bemerkenswerte Untertreibung das doch gewesen sei! Wir waren sehr aufgeregt und voller Sorge wegen ihr, und nun besaß sie die Kühnheit zu schreiben, sie wäre mit einem Mann weggegangen. ›Mit dem Gentleman, mit dem ich verlobt bin und den ich heiraten werde‹, schrieb sie, und es war das erste Mal, dass wir etwas davon erfuhren! Dr. Tibbett meinte, er glaube nicht, dass eine solche Verlobung existierte. Oh, du liebe Güte, Inspector, schreiben Sie etwa alles auf?«

Der Stift von Inspector Ross war unermüdlich über das Papier geflogen, doch nun hielt er inne und fragte: »Dr. Tibbett?«

»Ein Freund, den ich regelmäßig konsultiere«, erklärte Tante Parry. »Dr. Tibbett ist ein Geistlicher. Er sprach sehr hart über Madeleine. Er glaubt, dass ihr Verhalten verdorben sei. Und nun kommen Sie und erzählen uns, dass Madeleine möglicherweise tot ist? Wie ist sie denn gestorben?«

Inspector Ross steckte sein Notizbuch wieder ein, zur unübersehbaren Erleichterung von Tante Parry. Doch diese Erleichterung sollte nur von kurzer Dauer sein. Ross musterte meine Arbeitgeberin kurz, bevor er antwortete: »Ich fürchte, Ma'am, sie starb auf unnatürliche Art und Weise.«

Mrs Parry hob die Hände und ließ sie schlaff wieder in den Schoß zurückfallen. Sie schwieg.

»Können Sie uns sagen, Inspector, wo der Leichnam von Miss Hexham gefunden wurde?«, fragte ich. »War es weit von hier?«

Er richtete seinen unermüdlich forschenden Blick auf mich. »In Agar Town«, antwortete er schließlich. »In einem Haus, das für den Abriss bestimmt ist. Wie Sie sicherlich wissen, errichtet man einen neuen Bahnhof dort. Sämtliche Häuser werden abgerissen, und das Haus, in dem Miss Hexhams Leichnam gefunden wurde, gehört zu den letzten, die noch gestanden haben.«

»In Agar Town, oh nein!«, ächzte Tante Parry. »Das ist unmöglich!«

»Das ist kein Ort, an dem man jemanden wie Miss Hexham erwartet hätte«, sagte Ross. »Da gebe ich Ihnen absolut Recht.«

Meine Arbeitgeberin und ich schwiegen, doch aus unterschiedlichen Gründen. Mrs Parry, so schätzte ich, war entsetzt, weil es noch gar nicht so lange her war, dass sie ihren Besitz in jenem Stadtteil wegen ebenjener geplanten Abrisse verkauft hatte. Ich wiederum war starr vor Entsetzen, weil es Madeleine Hexhams Leichnam gewesen war, der meinen Pfad am gestrigen Tag auf dem Weg in dieses Haus gekreuzt hatte. Was war bloß mit ihr geschehen? Wer konnte so etwas getan haben? Welch bösartige Laune des Schicksals hatte mich in genau jenem Augenblick in dem Growler sitzen lassen? Ich war beileibe nicht abergläubisch, doch ich konnte nicht anders, als ein grauenvolles Omen darin zu erblicken.

Ross empfand unser verlängertes Schweigen allem Anschein nach als Entlassung. Er erhob sich aus seinem Sessel. »Meine Damen, ich bedaure außerordentlich, Ihnen so viel Unbehagen bereitet zu haben. Ich werde Sie nun verlassen. Sie benötigen Zeit, um sich zu erholen. Ich werde möglicherweise wiederkommen und erneut mit Ihnen sprechen müssen, Mrs Parry. Falls Sie sich bis dahin noch an irgendwelche Einzelheiten erinnern … oder falls irgendein Mitglied Ihres Haushalts eine Idee bezüglich der Identität des Mannes hat, mit dem Madeleine Hexham weggelaufen ist, lassen Sie mich dies bitte unverzüglich wissen.«

»Selbstverständlich«, flüsterte Tante Parry.

»Außerdem wird einer meiner Beamten vorbeikommen, um die Dienstboten zu befragen – Ihre Genehmigung vorausgesetzt natürlich.«

Die letzten Worte waren eine reine Formalität. Es würde auf jeden Fall ein Beamter kommen und das Personal vernehmen, ganz gleich, ob Tante Parry ihre Genehmigung gab oder nicht. Sie wusste es ebenfalls, und ich sah erneut dieses Aufflackern von Ärger in ihrem Gesicht. Sie gab mir einen unmerklichen Wink, den ich dahingehend verstand, dass ich den Inspector nach draußen eskortieren sollte.

Als wir im Erdgeschoss angelangt waren, blieb Ross vor dem Tisch stehen, doch er setzte seinen Hut nicht auf. Stattdessen deutete er in Richtung der Bibliothek. »Dürfte ich mich noch auf ein paar kurze Worte mit Ihnen unterhalten, Miss Martin?«, fragte er. »Ich sehe, dass Sie zutiefst erschüttert sind.«

»Ich habe Miss Hexham nicht gekannt«, sagte ich. »Ich bin erst gestern hier angekommen, um ihre Stelle einzunehmen.«

Trotzdem führte ich Inspector Ross in die Bibliothek und schloss die Tür hinter uns. Ich wollte nicht, dass einer der Dienstboten uns belauschte. Ross hatte uns gewarnt, dass sie befragt werden würden, und sie würden sicher vorher noch über das Geschehen informiert werden. Halb mitgehörte Unterhaltungsfetzen waren jedoch nicht der richtige Weg dazu.

»Es tut mir wirklich sehr leid, Sie darum bitten zu müssen«, sagte Ross zu mir. »Aber dürfte ich vielleicht die persönlichen Gegenstände von Miss Hexham in Augenschein nehmen? Ich nehme an, sie befinden sich noch in diesem Haus, vielleicht irgendwohin weggelegt? Womöglich weiß ja der Butler, wo die Sachen sind.«

»Es tut mir ebenfalls leid«, erwiderte ich, »aber soweit ich weiß, hatte sie nichts bei sich außer ihren Kleidern, und die hat Mrs Parry bereits unter dem Personal aufgeteilt. Ich glaube, es stand irgendetwas in dem Brief darüber, nämlich dass Mrs Parry mit den Kleidern machen solle, was sie für recht erachtete.«

Inspector Ross sah mich verärgert an und seufzte ein weiteres Mal. »Nun ja, vielleicht war es eine zu weit hergeholte Hoffnung. Nach so langer Zeit ist es kein Wunder, dass ihre persönlichen Sachen nicht mehr im Haus sind. Hat sie sonst nichts zurückgelassen? Keine Briefe? Kein Tagebuch?«

»Meines Wissens nach nicht, nein. Aber ich war damals

noch nicht in diesem Haushalt – wie ich Ihnen bereits gesagt habe, Sir.«

»Nichts zurückgelassen, in einem Brief geschrieben, dass die Kleidung verwertet werden solle … Erscheint Ihnen das nicht ein wenig eigenartig, Miss Martin?«, fragte er unvermittelt.

»Ich nehme an, sie hatte nicht vor zurückzukehren.«

»Oder jemand hat den Brief mit ihrer Handschrift geschrieben, damit es so aussah, als wäre er von ihr«, sagte er leise, während er mich genau beobachtete, um meine Reaktion auf diese Vermutung einzuschätzen.

»Der Gedanke ist mir ebenfalls gekommen, als Sie mit Mrs Parry gesprochen haben«, sagte ich so ruhig, wie ich konnte. »Wenn Madeleine Hexham ermordet wurde – wenn Sie sagen, dass sie keines natürlichen Todes gestorben ist, nehme ich an, es war Mord –, dann wird ihr Mörder gewünscht haben, dass die Suche nach ihr wieder eingestellt wird, die zweifellos in Gang gesetzt worden war.«

»Nur, dass sie nicht eingestellt wurde«, sagte Ross. »Niemand ist zur Wache von Marylebone gekommen, um zu melden, dass es Neuigkeiten von ihr gab. Soweit es die Polizei betrifft, blieb sie vermisst.«

Nun, das ist sicher typisch Frank, dachte ich grob, doch ich sprach es nicht laut aus. Er hatte es wahrscheinlich vergessen, oder es war ihm einfach zu viel gewesen.

»Ich wünschte, ich könnte Ihnen helfen, Sir«, sagte ich. »Ich kannte Madeleine Hexham nicht, aber es ist eine schreckliche Geschichte, die da passiert ist.«

»Und ein großer Schock für Mrs Parry«, ergänzte Ross. Er fixierte mich mit seinen dunklen, intelligenten Augen. »Obwohl Sie sagen, dass Sie Miss Hexham nicht gekannt haben, sehe ich Ihnen an, dass es Sie zutiefst betroffen macht.«

»Ich sollte dazu vielleicht etwas erklären«, sagte ich verlegen. »Gestern auf meinem Weg hierher in einer Droschke wurden wir aufgehalten. Ein Karren überquerte die Straße, mit einem Leichnam darauf. Das war in der Gegend, wo die Häuser abgerissen werden. Der Leichnam war der von Madeleine Hexham, nicht wahr?«

Ross murmelte etwas vor sich hin, das ich nicht verstehen konnte. Es klang verärgert. »Ja! Höchstwahrscheinlich!«, sagte er laut. »Es tut mir leid, dass Sie es gesehen haben. Es tut mir leid, dass Sie dort waren, und es tut mir leid, dass Sie hier sind!«

»Wie meinen Sie das?« Ich empfand seine letzten Worte als genauso eigenartig wie sein gesamtes Verhalten mir gegenüber. Ich wusste, dass ich meine Frage in sehr scharfem Ton formulierte.

Er seufzte. »Sie erinnern sich nicht an mich«, sagte er. »Aber es gibt ja auch keinen Grund, warum Sie das sollten. Wir sind uns jedoch schon einmal begegnet, vor zwanzig Jahren.«

»Oh nein«, sagte ich und schüttelte den Kopf. »Das ist unmöglich. Ich bin gerade erst aus Derbyshire nach London gekommen, wie ich Ihnen bereits erklärt habe. Josiah Parry …«, ich deutete auf das Porträt an der Wand, »… Josiah Parry war mein Patenonkel. Seine Witwe, Tante Parry, hat mir die Stelle als Gesellschafterin angeboten, nachdem ich sie nach dem Tod meines Vaters angeschrieben und um Hilfe gebeten habe.«

»Dann ist Dr. Martin also tot«, sagte er. »Das tut mir leid zu hören. Er war ein guter Mann, und ich verdanke ihm alles.«

»Sie kannten meinen Vater?«, rief ich überrascht.

»Und ich kenne Sie«, sagte er. »Sie sind Lizzie Martin. Sie waren bei Ihrem Vater, als er zu einem Grubenunglück gerufen wurde. Ein Kind ist damals gestorben …«

Ich wusste, dass ich ihn offenen Mundes anstarrte. »Ja, ich erinnere mich daran. Ich hatte mich an jenem Morgen in Vaters Einspänner versteckt. Ich war erst acht Jahre alt. Aber wie können Sie das wissen?«

»Ich war dort, aber Sie erinnern sich wohl nicht daran. Ich habe Ihnen meinen Talisman geschenkt, ein Stück Schiefer mit einem versteinerten Farnblatt darauf. Ich schätze, Sie haben es längst weggeworfen.«

Plötzlich stieg ein Bild in mir auf, wie ein Blitz an einem nächtlichen Himmel, das Bild eines dunkelhaarigen Jungen mit kohlenstaubverschmiertem Gesicht und schmutziger Kleidung. »Ich erinnere mich an Sie«, sagte ich langsam. »Und was den Talisman angeht, den habe ich noch immer. Aber wie …?«

Ich brach verlegen ab, denn das, was ich im Begriff stand zu sagen, hätte furchtbar unhöflich geklungen. Doch er war mir bereits voraus.

»Wie ich von dort nach hier gekommen bin? Nun, zu jenem Zeitpunkt, als dieses Kind gestorben ist, hatte die Regierung bereits ein Gesetz verabschiedet, das jede Beschäftigung von Kindern unter zehn Jahren in den Kohlengruben verbot. Der kleine Junge, der gestorben war – sein Name war Davy Price, und ich erinnere mich noch sehr gut an ihn –, er war noch keine zehn Jahre alt gewesen. Ihr Vater hat einen großen Aufstand deswegen gemacht und die Behörden eingeschaltet. Als Resultat entließ die Gesellschaft alle, die noch keine zehn Jahre alt waren, auch mich. Joe Lee und ich waren damals erst neun. Keinem von uns tat es leid, dass wir nicht wieder in die Grube mussten, doch es war ein großer finanzieller Verlust für unsere Familien, die auf unsere Löhne verzichten mussten. Ihr Vater wusste das.«

Der Blick des Inspectors glitt zu den Reihen von Büchern auf einem Regal an der gegenüberliegenden Wand. »Die meisten Grubenarbeiter können nicht lesen und schreiben. Das wissen Sie wahrscheinlich.«

»Ja, ich nehme an, dass es so ist«, sagte ich ein wenig verlegen. »Aber es ist nicht ihre Schuld, dass es keine Schulen für sie gibt.«

Sein Blick richtete sich erneut und mit einer beunruhigenden Direktheit auf mich. »Warum brauchen die Kinder von Grubenarbeitern auch eine Schule? Das würden die meisten Leute sagen. Es würde lediglich dazu führen, ihnen Flausen in den Kopf zu setzen, die ihnen nicht zustehen.«

»Was für ein dummes Argument!«, entgegnete ich. »Mein Vater hätte es nicht eine Sekunde lang geduldet! Ich weiß, dass er sich sehr bemüht hat, mehrere wohlhabende Bürger der Gemeinde dazu zu überreden, eine Schule für die Bedürftigen zu gründen, wie sie es auch in anderen Gemeinden gibt. Es tat ihm unendlich leid, dass es ihm nicht gelang.«

Ich war überrascht, weil ich glaubte zu hören, wie Ross kicherte, auch wenn kein entsprechendes Lächeln in seinem Gesicht zu sehen war. »Es überrascht mich nicht, dass er kein Glück hatte. Mein Vater konnte ebenfalls nicht lesen und schreiben, trotz aller Versuche meiner Mutter, es ihm beizubringen. Oh ja, meine Mutter war ganz und gar keine Analphabetin!«

Ich errötete, weil mir bewusst wurde, dass ich mein Erstaunen über diese Information gezeigt hatte.

»Als sie ein junges Mädchen war«, fuhr Ross fort, »errichtete der Vikar ihrer Gemeinde eine Sonntagsschule für Kinder aus armen Familien. Meine Mutter lernte nicht nur lesen und schreiben, sie lernte auch, die Jüngeren ihrerseits zu unterrichten. Später hat sie es mir beigebracht, und nach dem Tod meines Vaters hat sie ein paar Pence damit verdient, es anderen Kindern in der Grubensiedlung beizubringen, deren Eltern das Geld übrig hatten oder die Ausgabe für sinnvoll hielten. Dr. Martins ursprüngliche Absicht, nachdem er erfahren hatte, dass wir keine Arbeit mehr hatten, war es gewesen, uns neue Stellen zu suchen. Doch als er erfuhr, dass sowohl Joe als auch ich gut lesen und einigermaßen gut schreiben konnten, beschloss er, dass unsere Ausbildung nicht verschwendet sein sollte.«

Ross verzog ironisch das Gesicht. »Ich erinnere mich noch sehr gut daran, wie er zu uns nach Hause kam und dasaß und zuhörte, während wir ihm laut vorlesen mussten und auf sein Diktat hin schrieben. Er stellte uns eine Menge Fragen, und schließlich schickte er uns nach draußen. Wir fragten uns, was um alles in der Welt das zu bedeuten hatte! Später erfuhren wir dann, dass er angeboten hatte, die Kosten für eine richtige Schule für uns zu übernehmen. Joes Eltern waren zunächst unentschlossen, doch als meine Mutter ihnen sagte, dass sie vorhatte, das Angebot zu akzeptieren, stimmten sie ebenfalls zu. Und so kam es, dass Joe und ich in nagelneuen Stiefeln, die Ihr Vater bezahlt hatte …«, ein Lächeln huschte über sein Gesicht, »… zur Grundschule der

Gemeinde gingen und anfingen zu lernen. Wir fanden sehr schnell heraus, wie wenig wir wussten! Wir mussten sehr hart arbeiten, wenn wir nicht bis in alle Ewigkeiten mit den viel jüngeren Knaben in einer Klasse sitzen wollten, und das war ein äußerst starker Ansporn! Ich gestehe, dass diese ersten Wochen in der Schule für uns anstrengender waren als jede noch so schwere Schicht in der Grube. Doch dank dieser Ausbildung gelang es mir, nach dem Verlassen der Schule eine Anstellung als Schreiber zu finden. Ein paar Jahre später, als ich achtzehn war, kam ich nach London, um hier mein Glück zu versuchen.«

Er lächelte breit und sah plötzlich ganz anders aus, entspannt und froh, für einen Moment seinen offiziellen Pflichten entrinnen zu können, und sei es für noch so kurze Zeit. Zum zweiten Mal blitzte eine Erinnerung in mir auf. Dieses Grinsen hatte ich schon einmal gesehen. »Genau wie Dick Whittington …«, fuhr er schließlich fort, »… genau wie Dick Whittington war auch ich überzeugt davon, dass die Straßen Londons mit Gold gepflastert waren.

Doch das waren sie nicht. Sie bestanden hauptsächlich aus Schlamm, und das Leben war teuer. Ich ging zur Polizei. Damals suchten sie eifrig neue Leute. Dank Ihrem Vater hatte ich nicht nur die erforderliche Ausbildung, sondern war sogar gebildeter als die meisten anderen Rekruten. Ich hatte abends angestrengt über meinen Büchern gesessen, um meine Bildung noch weiter zu verbessern. Ich wurde rasch zum Sergeant befördert, und im letzten Jahr bin ich Inspector geworden, einer der jüngsten, die es je bei der Polizei gegeben hat.« In seiner Stimme schwang bescheidener Stolz mit, und dazu hatte er auch alles Recht der Welt.

Die Tat meines Vaters, von der Ben Ross so sehr profitiert hatte, war typisch für ihn. Seine Wohltätigkeit in diesem und in vielen anderen Fällen hatte mich mittellos zurückgelassen, doch ich machte ihm deswegen keine Vorwürfe.

»Mein Vater wäre stolz und glücklich gewesen, wenn er gewusst hätte, dass Sie so viel aus sich gemacht haben«, sagte ich.

»Ich war auch fest entschlossen, etwas aus mir zu machen«, erwiderte er ernst. »Seit Dr. Martins Güte mir die Tür geöffnet hat.«

Ich hatte keinen Zweifel an seiner Aufrichtigkeit und seiner Entschlossenheit. Ich fragte mich nur, ob mein Vater unwissentlich das Monster des Ehrgeizes in dem kleinen Grubenarbeitersohn geweckt hatte, den er unter seine Fittiche genommen hatte. Doch ich durfte Inspector Ross nicht kritisieren. Ich hatte mit eigenen Augen gesehen, an welch einem furchtbaren Ort er als Kind sein Arbeiterleben begonnen hatte. Wer würde nicht alles versuchen, diesen Umständen für immer zu entkommen?

Laut sagte ich: »Ich bin froh, dass wir uns wieder begegnet sind, obwohl die Umstände vielleicht angenehmer hätten sein können.«

Er zischte ärgerlich. »Es ist ein verdammt hartes Geschäft – bitte, verzeihen Sie meine Ausdrucksweise, Miss Martin. Ich wünschte, Sie hätten nichts damit zu tun!«

»Sie werden doch wieder herkommen, um mit Mrs Parry zu sprechen und uns über die Fortschritte Ihrer Ermittlungen zu informieren, habe ich Recht?«, fragte ich. »Sie wird darauf bestehen, dass man sie informiert. Ich sollte jetzt besser gehen und sie beruhigen.«

»Ja, ja, natürlich, das sollten Sie. Sie war wütend auf Miss Hexham, weil sie ohne ein Wort verschwunden ist, doch zu erfahren, dass sie ermordet wurde und wie sie starb, nun, das ist etwas anderes.«

»Es ist nicht nur das«, sagte ich, ohne zu überlegen. »Mrs Parry besaß Häuser in Agar Town und hat sie an die Eisenbahngesellschaft verkauft. Mein verstorbener Patenonkel hat viel Geld in Grundstücke und Häuser investiert, und ich glaube, meine Tante Parry besitzt Häuser in ganz London.«

Erst als ich geendet hatte, wurde mir die volle Bedeutung meiner Worte bewusst. Es konnte kein Zufall sein, dass Madeleine Hexhams Leichnam in Agar Town gefunden worden war. Auf irgendeine Art und Weise stand ihr Tod mit diesem Haus in Verbindung. Ich wusste, dass mir meine plötzliche Erkenntnis ins Gesicht geschrieben stand.

»Ach, tatsächlich?«, fragte Ross langsam, und ich wusste,

dass er das Gleiche dachte wie ich. Abrupt fragte er: »Wissen Sie eigentlich, was für Häuser das waren in Agar Town?«

Ich starrte ihn an und schüttelte den Kopf.

»Sie gehörten mit zu den schlimmsten Slums von ganz London, und das will eine Menge heißen.«

»Josiah war ... Mrs Parry ist eine Slumvermieterin?«, ächzte ich. Das komfortable Haus mit all seinem luxuriösen Mobiliar, die ›gute englische Küche‹ und meine vierzig Pfund im Jahr, all das wurde von armen Menschen finanziert, die in erbärmlichen Slums hausen mussten? Das Essen in meinem Magen fühlte sich mit einem Mal schwer an. *Alles* fühlte sich besudelt und schmutzig an. Ich hatte das Gefühl, als müsse ich mich übergeben.

»Bitte setzen Sie sich«, drängte Ross und führte mich zu einem Lehnsessel. Ich ließ mich erleichtert darauf fallen. »Es tut mir wirklich sehr leid«, sagte er untröstlich. »Ich hätte Sie nicht zu allem anderen auch noch damit konfrontieren dürfen.«

»Nein, nein, es ist gut so. So etwas sollte ich wissen«, flüsterte ich. Es gelang mir, meine Fassung zurückzugewinnen, und ich erhob mich wieder, auch wenn ich ein wenig unsicher auf den Beinen stand. »Sie müssen jetzt gehen, Inspector.«

»Ja, ja«, sagte er und bewegte sich zur Tür.

Simms stand draußen und hielt den Hut des Besuchers bereit. Ich war nicht überrascht. Ich fragte mich, ob er was durch die Paneele gehört hatte, doch sie waren recht massiv, und ich bezweifelte es.

Er begrüßte unser Erscheinen mit: »Ich führe den Inspector nach draußen, Miss Martin!«

Ich dachte, dass Ross vielleicht verärgert auf die Worte des Butlers reagieren würde, die offensichtlich den Zweck verfolgten, uns beide auf unsere Plätze zu verweisen, doch er wirkte lediglich amüsiert.

»Auf Wiedersehen, Miss Martin«, sagte er und verbeugte sich.

»Auf Wiedersehen, Inspector Ross.«

Es gelang mir, einigermaßen die Contenance zu wahren,

und ich ging in den hinteren Teil der Halle, wo ich wartete, bis Simms von der Tür zurückgekehrt war, nachdem er den Eindringling sicher nach draußen geleitet hatte. Jetzt war die Reihe an ihm, eine Überraschung zu erleben.

»Ah, Simms«, sagte ich. »Der Inspector hat eine sehr traurige und schockierende Nachricht überbracht. Wie es scheint, wurde die arme Miss Hexham ermordet.«

Ich hatte die Befriedigung zu sehen, wie Simms die Fassung verlor. Er gaffte mich offenen Mundes an. »Ermordet, Miss?«

»Ja, ermordet. Ein Polizeibeamter wird herkommen, um das Personal zu vernehmen. Bereiten Sie alle darauf vor, bitte. Er wird ganz besonders begierig sein zu erfahren, wohin Miss Hexham gegangen ist, nachdem sie das Haus verlassen hat. Also falls jemand eine Idee hat, sollte er es dem Beamten sagen.«

Simms nickte, schluckte mühsam und stieß ein ersticktes Gurgeln aus, das ich als ein ›Ja‹ interpretierte. Er würde das Personal informieren.

Ich dankte ihm und fügte die Bitte hinzu, dass er den Madeira nach oben in Mrs Parrys Privatsalon bringen möge, da sie sicherlich eine Stärkung vertragen könne. Simms riss sich zusammen.

»Ich werde mich unverzüglich darum kümmern, Miss Martin«, sagte er.

Ich ging wieder nach oben, um meine Pflicht gegenüber meiner Arbeitgeberin zu erfüllen. Meine Gedanken waren in Aufruhr, und das nicht allein wegen der bestürzenden Neuigkeiten über Madeleine Hexham.

KAPITEL SECHS

Nachdem Inspector Ross gegangen war, dauerte es noch eine ganze Weile, bevor Tante Parry, die zwei volle Gläser Madeira getrunken hatte, sich in ihr Schlafzimmer zurückzog, um sich hinzulegen und von Nugent mit einer Cologne-Kompresse massieren zu lassen. Zuvor jedoch erklärte sie sich in großer Länge und mit Nachdruck bezüglich des Themas Madeleine Hexham.

Es tat ihr selbstverständlich leid zu erfahren, dass sie so ein furchtbares Ende genommen hatte, doch was sollte man anderes erwarten? Dr. Tibbett hatte von Anfang an Recht gehabt. Das Mädchen war in schlechte Gesellschaft geraten und hatte bekommen, was es verdiente. Was würde nur Mrs Belling sagen? Sie würde höchst verlegen reagieren und – was sonst? – ihrer Freundin in Durham die Schuld dafür geben, welche Madeleine auf Mrs Bellings Bitten im Namen ihrer Freundin Mrs Parry hin gesucht, gefunden und nach London geschickt hatte. Mrs Bellings Freundin hatte eine sehr schlechte Menschenkenntnis an den Tag gelegt, indem sie diese Person empfohlen hatte. Allein der Gedanke, dass sie, Tante Parry, dieses Mädchen unter ihrem Dach aufgenommen und dass sie ihr jede Freundlichkeit erwiesen hatte …! Nein, kein Zweifel, die Dame in Durham würde ihrerseits Tante Parry sämtliche Schuld zuweisen, um ihre eigenen Fehler zu überdecken, weil sie kein strengeres Auge auf Madeleine gehabt hatte.

Was Tante Parry nicht sagte, ich mir aber dachte, war, dass ihr Erguss mich sehr an die ›Reise nach Jerusalem‹ erinnerte, die Kinder so gerne auf Feierlichkeiten spielen. Jeder sucht einen Platz, und keiner will überrascht werden, wenn der Pianist plötzlich aufhört zu spielen. Jetzt hatte die Musik für die arme Madeleine angehalten, und alle, die sie gekannt hatten, stürzten sich auf den nächsten freien Stuhl.

Schließlich erhob sich Tante Parry aus ihrem Sessel. »Ich hoffe nur, du wirst mir nie so viel Kummer bereiten, Elizabeth«, ermahnte sie mich.

»Nein, bestimmt nicht, Tante Parry«, versicherte ich ihr und spürte, wie ich bei meinen Worten errötete. Ich mochte es nicht, wenn man mich vor etwas warnte, das ich gar nicht zu unternehmen vorhatte. Als wäre ich so hohlköpfig, mit einem Bewunderer durchzubrennen, der es so wichtig fand, seine Identität geheim zu halten, dass keine Menschenseele sein Gesicht kannte!

Nachdem ich diesen Gedanken gedacht hatte, schalt ich mich sogleich innerlich dafür, dass ich in die Falle getappt war. Auch ich hatte damit Madeleine selbst die Schuld an ihrem Unglück gegeben. Wer auch immer der Mann gewesen sein mochte, er hatte die Gabe besessen, sie zu überzeugen. Madeleine hatte ihm geglaubt. Wie sollte ich von vornherein ausschließen können, dass ich in ihrer Situation nicht ähnlich gehandelt hätte? Trotzdem, ich wollte gerne glauben, dass ich scharfsinnig genug war, um einen Schwindler zu entlarven.

Tante Parrys Gesichtsausdruck war milder geworden, und sie tätschelte meinen Arm. »Aber du bist Josiahs Patenkind, und dein Papa war ein ehrbarer Mann, ein Arzt und Heiler obendrein. Die Umstände sind ganz andere. Nun, dies ist uns allen eine Lektion, denke ich.«

Nachdem sie gegangen war, zog ich mich fluchtartig in den Schutz meiner eigenen Kammer zurück und setzte mich hin, um das Gewirr von Gedanken zu entflechten, die sich in meinem Schädel gegenseitig jagten. Madeleines Tod hatte dazu geführt, dass ich eine eigenartige Begegnung gehabt hatte. Natürlich hatte ich ihn nicht wiedererkannt. Wie auch? Alles lag mehr als zwanzig Jahre zurück, und wir waren beide Kinder gewesen. Doch ich erinnerte mich an die Ereignisse und die Umstände unserer ersten Begegnung, als läge sie nicht länger als eine Woche zurück.

Der Vorfrühling in jenem Jahr damals war kalt und feucht

gewesen. Im Laufe der Nacht hatte es stark geregnet, wenn ich mich recht entsann, und der Lärm der gegen das Glas meiner Scheibe prasselnden Tropfen hatte mich vom Einschlafen abgehalten, während ich mit der Decke bis über beide Ohren in meinem Bettchen gelegen hatte. Endlich war ich in einen unruhigen Schlaf gefallen, nur um kurze Zeit später von dem schweren Messingtürklopfer in Form eines Fuchskopfs wieder geweckt zu werden, der ungeduldig an unsere Haustür hämmerte, gefolgt von drängenden Faustschlägen auf die Holzpaneele.

Ich setzte mich im Bett auf und glaubte zuerst, es wäre Donner. Doch dann hörte ich eine Stimme unten rufen: »Doktor! Doktor Martin! Bitte, kommen Sie schnell, Sir! Sie werden gebraucht!«

Ich krabbelte aus dem Bett und auf den Fenstersims und spähte nach draußen. Mein Kinderzimmer lag ganz oben in unserem Haus, einem alten, schmalen Gebäude, in dem die Zimmer übereinandergestapelt waren wie Bauklötze. Es war kurz vor Einbruch der Morgendämmerung, und tief unten konnte ich das schwankende Licht einer Laterne im Zwielicht erkennen, die einen winzigen Kreis in ihr gelbes Licht tauchte. Eine undeutliche Gestalt hielt die Laterne. Ich hatte keine Angst, weil diese Art von frühmorgendlichen oder nächtlichen Besuchen nicht selten vorkam. Mein Vater war der beliebteste Arzt in der Gemeinde. Der andere war der alte Dr. Fray, und von ihm war allseits bekannt, dass er nie vor dem Frühstück nach draußen kam, nicht einmal für einen Notfall – es sei denn, die Oberschicht war betroffen. Zusätzlich war mein Vater der gerichtlich bestellte Leichenbeschauer und wurde zu allen möglichen Fällen hinzugezogen. Ein Bote in den frühen Morgenstunden brachte meist Nachricht von einem bereits leblosen Opfer einer Schlägerei in einem Bierlokal oder einem toten Vagabunden, der am Straßenrand gefunden worden war, und selten die Kunde von den medizinischen Bedürfnissen einer schwangeren Frau, die in den letzten Wehen lag. Mit meinen kaum acht Jahren war ich mir dessen bereits sehr deutlich bewusst.

Wenn ich als ein etwas altkluges Kind erscheine, dann

liegt das daran, dass ich eines war. Meine Mutter war gestorben, als ich drei gewesen war, und seither war ich in der gemeinsamen Obhut meines Vaters, unserer Haushälterin Mary Newling und meines Kindermädchens Molly Darby aufgewachsen, einem molligen, gleichgültigen, jungen Ding. Ich war schon immer durch unser Haus gestreift, die schmalen Stufen hinauf und hinunter, und hatte mich in den zahlreichen Winkeln und Erkern versteckt. Den größten Teil der Zeit war ich unbemerkt geblieben und ohne Aufsicht. Auf diese Weise hatte ich Unterhaltungen belauscht, die nicht für meine Ohren gedacht gewesen waren, und Informationen erlangt, die ganz und gar nicht für eine Person meines zarten Alters geeignet waren.

Also bestand keine Gefahr, dass jemand kommen und mich in mein Bett zurückschicken würde. Ich konnte hören, wie Molly in ihrem Bett auf der anderen Seite des Treppenabsatzes friedlich vor sich hin schnarchte. Der Besucher hätte die Haustür einschlagen können, und sie hätte nicht einmal gezuckt.

Ich mühte mich ab, das Fenster nach oben zu schieben, doch meine Arme waren zu kurz, und es gelang mir nur, es kaum einen Zoll breit zu öffnen. Das Grau der frühen Dämmerung kroch bereits über die Gipfel der Berge am Horizont, und durch den Spalt im Schiebefenster hörte ich die Stimmen, die in der kühlen, frischen Luft klar und deutlich zu verstehen waren. Mein Vater war nach unten gegangen, um die Tür zu öffnen, und unterhielt sich mit jemandem. Ich hörte ihn sagen: »Ich komme sofort. Laufen Sie schon mal nach hinten, bitte, und sagen Sie dem Stallburschen, dass er das Pony vor den Einspänner spannen soll?«

In diesem Augenblick ritt mich ein kleiner Teufel. Kein großer, böser, nur ein winziger Kobold, der um diese frühe Stunde die Daumen drehte und nichts Besseres zu tun hatte. Ich beschloss, dass ich meinen Vater begleiten würde. Das würde aufregend werden. Alllerdings würde es überhaupt nicht zur Diskussion stehen, falls ich fragte; also würde ich nicht fragen. Ich wusste, dass der Stallbursche einige Minuten benötigen würde, um das Pony ins Geschirr zu spannen, das noch neu und unvertraut und als Ersatz für unser altes Tier gekauft worden war. Das alte war eine Mähre gewesen, die nichts dagegen gehabt hatte, wenn kleine Mädchen auf ihren Rücken geklettert waren, und die aus freien Stücken rückwärts zwischen die Deichsel getreten war. Doch sie war zu alt geworden, und Vater hatte sie auf eine hübsche Farm geschickt, wo sie ihr Gnadenbrot bekam – oder jedenfalls hatte er mir das erzählt. Insgeheim wusste ich, dass das nicht stimmte und dass das Tier zum Pferdemetzger gegangen war. Trotzdem, ich wollte meinem Vater kein Unbehagen bereiten, indem ich ihn wissen ließ, dass ich schockiert und wütend war; also hatte ich so getan, als würde ich seine gut gemeinte Lüge glauben.

Ich hatte mich damals kurz gefragt, ob es stimmte, dass wir nach dem Tod in den Himmel kamen, oder ob auch wir Menschen zu irgendwas wie einem Pferdemetzger gebracht wurden, und ich tadelte mich auf der Stelle, weil der Himmel in der Bibel stand. Ich hatte Beerdigungen beigewohnt und wusste, dass es ernste und feierliche Angelegenheiten waren, bei denen viel und inbrünstig über die Hoffnung auf Wiederauferstehung und ewiges Leben geredet wurde. Leider stand in der Heiligen Schrift nichts über Ponys.

Ich hatte genickt und gesagt, dass ich hoffte, der Bauer würde dem Pony manchmal Karotten zu fressen geben, weil es sie so sehr gemocht hatte. Mein Vater war sehr erleichtert gewesen, dass ich nicht in Tränen ausgebrochen war, und sagte ja, er wäre sicher, der Bauer würde dem Tier Karotten geben. Es war ein frühes Beispiel in meinem Leben, das mir zeigte, wie Menschen wider besseres Wissen eine Lüge akzeptierten, weil die nackte Wahrheit viel zu widerwärtig ist. Als ich älter wurde, sah und begriff ich, wie häufig das der Fall ist. Der Fall der Karotten war außerdem ein mahnendes Beispiel dafür, wie man, sobald man anfängt, eine Lüge zu erzählen, gezwungen ist, diese immer weiter auszuschmücken. Und bevor man sich versieht, ist das Ganze zu einem richtigen Ärgernis geworden.

In diesem Augenblick jedoch war ich nur damit beschäftigt gewesen, möglichst schnell in meine Kleider zu schlüpfen. Anziehen war eine komplizierte Angelegenheit, und normalerweise hatte ich die Hilfe von Molly. Natürlich konnte ich Molly unmöglich rufen. Es gelang mir, meine Schlüpfer und einen Petticoat anzulegen sowie ein Kleid, doch Molly hatte meine Stiefel mitgenommen, um sie sauber zu machen; also schob ich die nackten Füße in ein paar völlig ungeeignete Morgenschuhe aus Satin, wickelte mir einen gehäkelten Wollschal um die Schultern und eilte die Hintertreppe hinunter.

Nun stand ich vor dem Problem, das Haus zu verlassen. Die Vordertür war entriegelt worden, zugegeben, doch es war riskant, diesen Weg zu nehmen. Ich konnte zu leicht entdeckt werden. Die Hintertür würde noch versperrt sein, und ich wusste, dass meine Finger nicht kräftig genug waren, um den schweren Riegel zurückzuziehen. Als ich am Fuß der Treppe angekommen war, hörte ich ein klapperndes Geräusch aus der Küche auf der Rückseite des Hauses. Irgendjemand stand im Begriff, mir die Arbeit abzunehmen. Ich spähte durch die Tür und sah, dass Mary Newling von dem Tumult wach geworden war und die Tür öffnete. Sie bot einen beeindruckenden Anblick in ihrem voluminösen Nachtgewand mit dem Plaid-Tuch über den Schultern, das Haar ein Wald von verknoteten Stofffetzen. Diese lenkten mich für den Augenblick ab, und ich fragte mich, warum sie versuchte, sich Locken ins Haar zu machen, wo sie es doch normalerweise unter einer Haube verborgen trug.

Sie zerrte die Tür auf und rief in den Hof hinaus: »Was ist passiert?«

»Der Doktor wird in der Grube gebraucht!«, antwortete eine Stimme aus dem Dunkel.

»Gütiger Gott!«, rief Mary. »Hat es eine Explosion oder einen Einsturz gegeben?«

»Weder noch, Missus. Sie haben nur einen Toten gefunden.«

Nur einen Toten? Selbst ich begriff, dass er damit meinte, es hätte nur einen einzigen Toten gegeben. Wenn die Stützen in den Minen nachgaben oder das Schlagwetter sich entzündete und zu einer Staubexplosion führte, kamen die Leichen im Dutzend nach oben – falls sie überhaupt je geborgen wurden. Die meisten Männer arbeiteten noch immer mit traditionellen Lampen und offenem Feuer. Molly Darby hatte meine kindliche Phantasie zum Frösteln gebracht mit Schauergeschichten von Männern, Frauen und Kindern, die in den Kohlenflözen begraben waren, wo sie gearbeitet hatten. Mollys Vater und ihre drei Brüder arbeiteten in der Grube, und ihre eigene Mutter war in jungen Jahren mit schweren Körben voll Kohle auf dem Rücken durch die engen Passagen gekrochen, bis sie nach einem Unfall gelähmt gewesen war. Es war Molly, die mir die Ironie erklärte, dass, nachdem die Sicherheitslampe von Sir Humphrey Davy erfunden worden und in allgemeinem Gebrauch war, die Männer gezwungen worden waren, in noch tieferen und noch gefährlicheren Tunneln zu arbeiten.

Obwohl unsere Gemeinde eine kleine Minenstadt im Kohlerevier von Derbyshire war, sahen wir die Bergleute selbst nur selten in der Stadt. Sie und ihre Familien lebten in eigenen Siedlungen, beengten Zweckbauten in der Nähe der Gruben, die Molly mir einmal genauer beschrieben hatte. Wenn sich eine Person im Bett umdrehte, erklärte sie fröhlich, dann fiel der Bursche im Haus nebenan hinaus! Hinter jedem Haus stand ein Schweinestall, und der sorgfältig gemästete Bewohner wurde zu Beginn des Winters geschlachtet. Sein haltbar gemachtes Fleisch bildete bis zum nächsten Frühling den Großteil der Nahrung der Familie. Die Bergleute mussten ihre Lebensmittel nach dem Willen ihrer Arbeitgeber in einem eigenen Laden bei der Mine einkaufen und zahlten dort mit Gutscheinen, die in anderen Geschäften der Stadt nicht akzeptiert wurden. Diese Gutscheine hatten den Spitznamen ›Truck‹, erzählte Molly und fügte hinzu: »Das hindert die Arbeiter daran, ihren Lohn in den Pubs zu vertrinken.« Gleichzeitig verstärkte es die Isolation der Familien von den übrigen Bewohnern der Stadt, die ihrerseits keine Veranlassung hatten, die Bergarbeitersiedlungen zu besuchen.

Als Ergebnis war eine Art abergläubischer Ehrfurcht entstanden. Bergleute galten als zähe und genügsame Spezies, nicht ganz Mensch, ausgestattet mit geheimnisvollen Kräften und unverwüstlich, die tief in die Erde hinunterstiegen zu Orten, an denen sich die meisten Menschen zu Tode gefürchtet hätten. Mary Newling seufzte von Zeit zu Zeit, wenn die Unterhaltung auf die Gruben zu sprechen kam, und äußerte ihre Meinung, dass es ein gefährliches Leben war und niemand gezwungen werden sollte, seinen Lebensunterhalt damit zu verdienen, wie ein Maulwurf in ewiger Dunkelheit umherzukriechen.

Diesen Worten folgten im Allgemeinen ein Grollen über die Preise von guter Kohle für den Wohnzimmerkamin und böse Kommentare darüber, dass einer der örtlichen Minenbosse sich soeben von seinen Gewinnen ein Herrenhaus hatte bauen lassen.

Mary hatte die Anstellung von Molly Darby als mein Kindermädchen nicht gutgeheißen. Mein Vater hatte es dennoch getan in dem Bemühen, der Familie Darby zu helfen. »Der Doktor lässt sich von seinem guten Herzen zu Entscheidungen verleiten, die sein gesunder Menschenverstand nicht zulassen würde!«, schniefte Mary. »Und das nicht zum ersten Mal! Merke dir meine Worte, Kind, es wird auch nicht das letzte Mal sein!«

All das hatte zur Folge, dass ich unbedingt eine Mine mit eigenen Augen sehen wollte, einen jener verbotenen Orte. Nicht, um in die Dunkelheit hinunterzusteigen – so weit ging es dann doch nicht –, aber gewiss, um sie von oben zu sehen. Ich mochte die Dunkelheit nicht besonders und war stets froh, wenn ich des Nachts Mollys Schnarchen auf der anderen Seite der Treppe hörte. Trotzdem war ich entschlossener denn je, mich in den Einspänner zu schmuggeln. Mary hatte sich von der Hintertür abgewandt und sie wieder geschlossen, ohne sie erneut zu verriegeln. Ich versteckte mich in einer Nische, als sie vor sich hin murmelnd an mir vorbeistampfte und die Treppe hinaufstieg. Sie begegnete meinem Vater, der auf dem Weg nach unten war, und die beiden unterhielten sich kurz. Das war meine Chance.

Ich rannte durch die Küche, öffnete die Tür einen Spaltbreit und drückte mich hindurch. Wir hatten keinen

Garten, nur einen gepflasterten Hof. Auf der anderen Seite stand ein primitiver Stall mit einer Kammer darüber, in welcher der Stallbursche schlief. Im Hof herrschte geschäftige Aktivität. Es wurde zunehmend heller draußen. Ich konnte sehen, wie der Stallbursche und ein weiterer Mann, wahrscheinlich der, der die Botschaft aus der Mine überbracht hatte, sich mit dem neuen Pony abmühten, das nicht zwischen die Deichselstangen wollte. Es war ein ausnehmend hübsches Tier mit weißen Fesseln und einem unberechenbaren Temperament. Es mochte es nicht, in den frühen Morgenstunden aus einem warmen Stall nach draußen in die Kälte gezerrt zu werden, und es machte keinen Hehl aus seinen Gefühlen. Es trat aus und traf den fremden Mann am Bein. Der Fremde stieß eine Serie von Verwünschungen aus, einschließlich einer Reihe von Worten, die ich noch nie zuvor gehört hatte. Ich merkte sie mir, auch wenn mir bewusst war, dass sie nicht zu meinem Gebrauch gedacht waren. Nichtsdestotrotz, ich war ein Kind mit einem scharfen Gehör.

Jetzt war mein Augenblick gekommen. Ich hielt mich in den Schatten, huschte am Außenrand des Hofs entlang bis zum Stall und kletterte ungesehen in den Einspänner. Dort angekommen, zog ich die dicke wollene Reisedecke, die immer im Wagen lag, über mich und kauerte mich damit unter die Sitzbank aus Holz.

Der Einspänner schaukelte heftig, als das Pony endlich zwischen den Deichselstangen stand, zum Teil mit Hilfe von guten Worten, zum Teil unter Einsatz von Gewalt. Mein Vater traf auf dem Hof ein, und der Einspänner schaukelte erneut, als er auf den Bock stieg und die Zügel packte. Ich fragte mich, ob der Bote ebenfalls einsteigen und sich neben ihn setzen würde. Falls ja, würde ich mit ziemlicher Sicherheit entdeckt werden. Doch das geschah nicht, und mein Vater rief dem Pony zu, schnalzte mit den Zügeln, und los ging es.

Es war sehr kalt. Ich hatte nicht darüber nachgedacht, wie sehr ich frieren würde. Bei meinem Lauf über den Hof war ich durch Pfützen gestapft, die vom nächtlichen Regen übrig geblieben waren, und meine Satinpantoffeln hatten sich mit Wasser vollgesogen. Bald spürte ich, dass ich keine

Strümpfe anhatte. Mein gehäkelter Umhang nutzte nur wenig; er hatte einfach zu viele Löcher. Ich zitterte bereits jetzt vor Kälte und fürchtete ernsthaft, dass ich auf dem besten Weg war zu erfrieren. Ich versuchte, mich in die Decke zu kuscheln und sie fester um mich zu ziehen, als mein Vater einen lauten Ruf ausstieß.

»Was zur Hölle …?«

Die Decke wurde weggerissen, und da kauerte ich vor ihm. Wir waren noch immer recht schnell unterwegs, und der Einspänner schwankte und schaukelte. Mein Vater zügelte das Pony nicht, sondern schnappte nur: »Was machst du hier, Lizzie?«

»Ich wollte mit dir kommen«, sagte ich.

»Pah!« Ich fühlte, dass er einige der Worte benutzen wollte, die ich vorhin auf dem Hof aufgeschnappt hatte, doch er hielt sich zurück. »Nun, jetzt musst du bleiben, wo du bist. Ich kann nicht wieder umkehren!«

»Mir ist kalt!«, sagte ich unklugerweise.

»Dann wirst du eben frieren. Wickel dich in die Decke, und reiß dich zusammen.«

Ich wusste, dass er sehr böse auf mich war. Ich hatte jedoch weniger Angst, als dass es mir leid tat, und das sagte ich ihm auch.

»Es tut dir leid? Was hat denn leidtun damit zu tun?«, fragte er.

Ich konnte seine Frage nicht beantworten, doch der Gedanke machte mir sehr zu schaffen, dass ich etwas getan hatte, was ich nicht mit einer Entschuldigung aus dem Weg räumen konnte. Gab es so schlimme Sünden, dass sie niemals verziehen wurden, ganz gleich, wie reumütig man war und wie sehr man versuchte, seinen Fehler wiedergutzumachen?

Nun, nachdem ich mich ordentlich in die Reisedecke wickeln konnte, war die Kälte nicht mehr ganz so schlimm. Der Wind zerzauste mein Haar und ließ meine Ohren brennen, doch ansonsten war mir nicht mehr annähernd so kalt wie noch wenige Minuten zuvor. Außerdem gewöhnte ich mich zusehends daran.

Wir waren bereits aus der Stadt und auf einer Landstraße unterwegs. Es war ein eigenartiges Land ringsum. In der Ferne standen Hügel, die wie Pyramiden geformt waren. Ich rieb meine Nasenspitze zwischen den Fingern, um wieder etwas Gefühl hineinzubekommen, und als ich die Hand wegnahm, sah ich, dass sie schwarz verschmiert war. Der Schmutz konnte nur aus der Luft gekommen sein. Ich wollte meinen Vater fragen, wohin genau wir fuhren, was passiert war, und ob jemand gestorben war, und wenn ja, wer und wie es passiert war; doch ich beschloss, dass es unter den gegebenen Umständen besser war zu schweigen.

Außerdem würde ich, sobald wir erst angekommen waren, all diese Dinge selbst herausfinden.

Schließlich hielten wir vor einem langgestreckten flachen Gebäude an, das von Holzhütten umringt war. Hinter dem Gebäude ragte ein Ziegelschornstein in die Höhe. Ich schaute mich neugierig um. So etwas hatte ich noch nie gesehen. Die Siedlung war viel größer, als ich sie mir vorgestellt hatte, beinahe selbst eine Stadt, geschäftig, schmutzig, unaufgeräumt, mit einer Vielzahl eigenartig geformter Gebäude, deren Zweck mir rätselhaft blieb, und alles geschwärzt von Kohlenstaub. Hinter den Häusern erhob sich eine weitere der merkwürdigen Pyramiden, ein riesiger, von Menschen gemachter Abraumhügel. Frauen und Kinder kletterten über ihn wie Ameisen und suchten mühselig nach kleinen Kohlenstückchen, die sie in die Sammlung von Eimern und Körben legten, welche sie bei sich trugen. Leute kamen und gingen in befremdlichem Durcheinander, einige in Eile, andere langsam und müde. Karren wurden von abgemagerten, schmutzigen Ponys gezogen, die niemals gestriegelt wurden, und in der Nähe stand eine Gruppe von Männern, die sich leise unterhielten. Ihre Gesichter waren schwarz von Kohlenstaub, genau wie ihre Kleidung. Ich wusste, dass sie wegen irgendetwas aufgebracht und wütend waren, und zugleich schienen sie von einer Aura der Hilflosigkeit umgeben zu sein. Was auch immer es sein mochte, sie konnten nichts daran ändern.

Mein Vater sprang mit einem knappen »Warte hier, Lizzie! Beweg dich nicht vom Fleck, hast du mich verstanden?« vom Wagen.

Ich hatte keine Zeit, ihm zu versprechen, dass ich bleiben würde, wo ich war, bevor er in dem Steingebäude verschwunden war.

Nun wurde mir bewusst, dass ich selbst ebenfalls der Gegenstand neugieriger Blicke war. Ich sah mich um und entdeckte einen dünnen, drahtigen Jungen in abgerissener Kleidung, der die Zügel des Ponys hielt – ein Auftrag, den mein Vater ihm vermutlich gegeben hatte. Er war nur wenig älter als ich, soweit ich das einschätzen konnte, und er musterte mich aufmerksam. Er ließ sich Zeit dabei und schien sich nichts aus der Tatsache zu machen, dass ich ihn dabei selbst beobachtete. Er hatte einen Schopf dunkler – oder vielleicht auch nur schmutziger – Haare, doch sein Gesicht war einigermaßen sauber. Seine Augen waren ebenfalls dunkel. Er hatte etwas Zigeunerartiges an sich. Hätte er mich einfach nur angestarrt – ›gegafft‹, wie Mary Newling es genannt hätte –, hätte ich das mit Gleichmut über mich ergehen lassen. Doch diese langsame, gründliche Art, studiert zu werden, machte mich irgendwie nervös.

Vielleicht zeigte ich dies, denn nun fragte er gelassen: »Und wer bist du?«

Die beiläufige Formulierung seiner Frage verärgerte mich noch mehr. Ich wusste, dass ich einen eigenartigen Anblick bieten musste, oben auf dem Einspänner mit einer Reisedecke um die Schultern und mit ungekämmtem Haar. Doch ich richtete mich stolz auf und verkündete von oben herab: »Ich bin Miss Martin. Dr. Martin ist mein Papa.«

»Oh, aye«, sagte mein Gesprächspartner im gleichen gleichmütigen Tonfall. »Und was macht Miss Martin hier zusammen mit ihrem Papa?«

»Das geht dich überhaupt nichts an!«, schnappte ich. »Du bist ein sehr unhöflicher Junge! Geh weg!«

Bei diesen Worten grinste er unverschämt. Er hatte ein breites Lächeln, von Ohr zu Ohr, und seine Zähne waren weiß und gleichmäßig. Das war ungewöhnlich. Die einzigen

Jungen von dieser Sorte, die ich vorher gesehen hatte, Straßenkinder, hatten wenigstens einen, meist zwei oder mehrere Zähne bei Prügeleien verloren. Er machte keinerlei Anstalten zu verschwinden. Ich beschloss, seine Anwesenheit zu nutzen, um mir ein paar Informationen zu verschaffen. Außerdem wollte ich mich gegen ihn durchsetzen.

»Was ist das für ein Gebäude?«, fragte ich und deutete auf das große Steinhaus, in welches mein Vater gegangen war.

Meine Unkenntnis schien den Jungen zu überraschen. »Na, das sind die Büros, was denn sonst?«

»Und wer arbeitet dort?« Wenn er mich für unwissend hielt, dann sollte er eben. Ich wusste schließlich *wirklich* nicht, wie die Dinge hier in dieser Siedlung liefen.

»Leute mit hübschen sauberen Händen«, antwortete der Junge trocken. »Gehen nie runter in die Grube, aber wissen alles darüber, wie man andere zum Arbeiten runterschickt.«

Er schien zu einem plötzlichen Entschluss zu gelangen, kramte in seiner Tasche und zog einen kleinen mattgrauen Gegenstand hervor, den er mir reichte. »Hier, das kannst du haben, wenn du möchtest. Es bringt dir vielleicht Glück.«

»Es ist ein Stück Schiefer«, sagte ich, eifrig darauf bedacht, ihm zu zeigen, dass ich etwas wusste; doch dann erkannte ich, dass es mehr war als das. In die Oberfläche eingedrückt war das Bild eines kleinen Farns, so deutlich und so perfekt in jeder noch so winzigen Einzelheit, dass ich unwillkürlich einen ungestümen Ruf des Entzückens ausstieß, was dem Jungen ein noch breiteres Grinsen entlockte.

»Dann ist es also kein Schiefer, hm?«, fragte ich verwundert und nicht wenig verlegen, weil ich doch so erfreut gewesen war, es identifiziert zu haben.

Er zuckte mit den hageren Schultern. »Es ist Schiefer. Hier findet man jede Menge von diesen Steinen. Man spaltet sie auf, und wenn man ein wenig Glück hat, findet man so was im Inneren.«

Genau in diesem Augenblick kam mein Vater wieder aus dem Gebäude, begleitet von einem stämmigen Mann, der fast so breit wie groß war. Der Fremde trug einen zerknitterten Gehrock und, womöglich, um den Eindruck von

Körpergröße zu erwecken, einen sehr hohen Seidenhut, der völlig fehl am Platze wirkte. Er hatte eine Tonpfeife im Mund, doch sie schien nicht zu brennen. Er kaute auf dem Mundstück, als wäre dies ihr einziger Zweck, was seinen streitlustigen Gesichtszügen eine zusätzliche grimmige Note verlieh. Ich wusste nicht, wer dieser Mann war, doch ich erinnere mich daran, dass mir sein Anblick nicht besonders gefallen hat. Allerdings wurde mir auch sogleich bewusst, dass er jemand war, der etwas zu sagen hatte. Die kohlenstaubverschmierten Bergleute, die sich miteinander unterhalten hatten, verstummten wie auf ein Signal hin und starrten ihn an; dann bewegten sie sich langsam und lautlos zur Seite und wandten ihm den Rücken zu.

»Ich bin weg!«, sagte mein Gesprächspartner dann auch prompt und verschwand. Das Pony und mich ließ er allein.

Ich hoffte, Inspector Ross würde sich heute bei seiner Suche nach dem Mörder von Madeleine Hexham als hartnäckiger erweisen und nicht in Deckung springen, wie es der schmutzige Junge von einst getan hatte.

Sie haben alle Angst vor diesem Mann, dachte ich damals bei mir. *Er muss sehr wichtig sein.* Und außerdem, so erkannte ich, sehr mächtig. Irgendwie mochte ich ihn plötzlich sogar noch weniger.

Mein Vater, so bemerkte ich voller Stolz, fürchtete sich ganz und gar nicht vor dem Mann mit dem großen Hut. Er ging forsch neben ihm her, und beide verschwanden in einer Hütte. Nach einer Weile kamen sie wieder hervor. Jetzt konnte ich sehen, dass es mein Vater war, der ärgerlich dreinblickte.

Seine Stimme durchdrang klar und deutlich die morgendliche Luft. »Dieses Kind war bei weitem noch keine zehn Jahre alt! Sie wissen genauso gut wie ich, dass es seit beinahe zwei Jahren gesetzwidrig ist, einen Knaben von weniger als zehn Jahren für die Arbeit unter Tage einzusetzen!«

In der Stimme meines Vaters lag so viel Wut, dass ich glaubte, es müsse den Großhut beeindrucken, doch der starrte meinen Vater nur unverschämt an und zuckte mit den breiten Schultern. Als er die Pfeife aus dem Mund nahm, um zu antworten, klang seine Stimme äußerst aggressiv.

»Die Eltern des Jungen haben mir gesagt, dass er zehn Jahre alt ist. Ich habe ihnen geglaubt. Sie wissen ja selbst, was für Zwerge diese Bergleute als Brut hervorbringen.«

Ich war überrascht von seinem Ton, weil mein Vater normalerweise von allen Leuten mit großem Respekt behandelt wurde. *Wie kann er es wagen?*, dachte ich empört bei mir. *Wie kann er es wagen, in diesem Ton mit meinem Papa zu sprechen?*

Zuversichtlich wartete ich darauf, dass mein Vater diesen Burschen zurechtwies, doch obwohl ich sehen konnte, wie wütend er war, klang seine Stimme sehr bestimmt und kalt, als er wieder sprach. Irgendwie machte mir das mehr Angst, als wenn er gebrüllt hätte.

»Ja«, sagte er. »Ich weiß, dass diese Kinder von schlecht ernährten Müttern geboren werden und dass sie selbst schlecht ernährt werden und daran gewöhnt sind, von frühester Kindheit an schwere, unangemessene Arbeit zu leisten. Kein Wunder, dass sie unter Rachitis und anderen Krankheiten leiden und dass ihre Körper verkrüppelt sind. Doch es ist völlig unmöglich, dass dieses Kind dort hinten ...«, mein Vater deutete zu der Hütte hinter sich, »... dass dieses Kind dort hinten von irgendjemandem älter als höchstens sechs oder sieben Jahre geschätzt werden könnte.«

Bevor Großhut etwas darauf erwidern konnte, gab es einen Tumult, und zwei Männer kamen aus der Hütte, eine Bahre zwischen sich. Auf der Bahre lag ein kleines Bündel unter einer Decke. Einer der Männer stolperte auf dem unebenen Boden; die Bahre kippte, und die Decke rutschte zur Seite. Eine Hand glitt darunter hervor und baumelte über den Rand hinunter. Eine winzige Kinderhand.

Mein Vater setzte den Hut ab, doch Großhut schnaubte nur und behielt seinen lächerlichen Kopfputz fest an seinem Platz.

Ein Karren war herbeigebracht worden, und die Männer luden die Bahre darauf. Plötzlich durchdrang ein furchtbarer Schrei die Luft. Ich hatte noch nie zuvor solch einen Schrei vernommen und zuckte angstvoll zusammen. Auch das Pony erschrak und setzte sich vorwärts in Bewegung, weil der Junge nicht mehr da war, der es am Zügel gehalten hatte. Der Einspänner ruckte, und ich hatte kurz Angst, dass das Tier durchgehen und mich mit sich reißen würde. Ich packte die Zügel, zerrte mit aller Kraft daran, und zu meiner großen Erleichterung blieb das Pony stehen.

Eine Frau war aufgetaucht und rannte auf die Stelle zu, wo mein Vater, Großhut und die beiden Männer mit der Bahre standen. Sie wedelte mit den Armen und schrie unverständliches Zeug wie eine Irre, und ihr Mund war zu den groteskesten Formen verzerrt. Der Umhang, den sie trug, wie es arbeitende Frauen taten – über den Kopf und unter dem Kinn zusammengebunden –, löste sich und fiel in den Schmutz. Doch sie bemerkte es nicht einmal, obwohl ihre Kleidung ärmlich und schmutzig war. Ihr Gesicht war von tiefen Linien durchfurcht wie das einer alten Frau, doch nach der Art und Weise, wie sie rannte, musste sie noch recht jung sein. Sie erreichte den Karren, kletterte hinauf und warf sich auf den kleinen Leichnam auf der Bahre, während sie unablässig weinte und an der Decke zerrte, um das Gesicht des Toten freizulegen. Ich erkannte, dass es die Mutter des kleinen Jungen sein musste, und beobachtete das Geschehen mit wachsendem Entsetzen.

»Davy! Davy!«, weinte sie. »Ich bin es, Mum! Wach auf, mein Junge, und sprich mit mir!«

Großhut wandte sich mit einem Ausdruck des Abscheus zur Seite. Die Männer, welche die Bahre getragen hatten, traten zurück und schauten unbehaglich und verlegen drein. Mein Vater trat ein paar Schritte vor und versuchte, tröstende Worte zu der Frau zu sprechen, doch die kreischte nur noch lauter. Wenigstens drei weitere Frauen, die ähnlich aussahen wie die Kindsmutter, tauchten von irgendwo auf, und es gelang ihnen, die jammernde Frau vom Karren zu ziehen. Jetzt nahmen die Männer den Karren wieder in die Hände und zogen ihn davon. Die Frauen folgten ihnen und stützten die trauernde Mutter in ihrer Mitte.

Als sie außer Sicht, aber nicht außer Hörweite waren, setzte mein Vater seinen Hut wieder auf und wandte sich zu Großhut um.

»Es wird eine gerichtliche Untersuchung zur Feststellung

der Todesursache geben«, erklärte er knapp. »Sie haben mein Wort darauf. Ich werde dafür Sorge tragen, dass dieser Unfall nicht vertuscht wird.«

Großhut schien von den Worten meines Vaters noch immer unbeeindruckt zu sein. »Tun Sie, was Sie nicht lassen können«, sagte er. »Die eigene Mutter dieses Jungen, die Frau, die dort geheult und gejammert hat – sie war es, die mir gesagt hat, der Junge wäre zehn Jahre alt. Ich habe ihr geglaubt. Es gibt keinen Leichenbeschauer in ganz England, der mir das Gegenteil beweisen kann.«

Mit diesen Worten wandte er sich ab und kehrte ins Minenbüro zurück. Mein Vater kam zum Einspänner. Er stieg hinauf, nahm mir die Zügel aus den Händen und pfiff dem Pony zu. Ich wusste, dass er immer noch wütend war, doch ich wusste auch, dass sich sein Zorn nicht gegen mich richtete, weil ich so unartig gewesen war, mich im Wagen zu verstecken. Er richtete sich gegen andere, größere und ernstere Ziele. Ich fühlte, dass er mich wahrscheinlich gar nicht wahrnahm. Als wir das Tor passierten, bildete ich mir ein, da den Jungen zu sehen, der mir den Glücksbringer geschenkt hatte; doch ich war mir nicht sicher, auch wenn ich mich umdrehte, um nach ihm zu suchen. Falls er tatsächlich dort gestanden hatte, war er bereits wieder verschwunden.

Wir waren schon auf halbem Weg nach Hause, bevor ich mich erkühnte zu sprechen. »Es war ein kleiner Junge, der gestorben ist«, sagte ich. »Ein sehr kleiner Junge, nicht wahr, Papa?«

Mein Vater schaute zu mir herab, und ich glaube, ihm wurde erst in diesem Moment bewusst, dass ich da war. »Oh, Lizzie ...«, sagte er. Dann, unter Kopfschütteln: »Ja, in der Tat, ein sehr kleiner Junge. Ich glaube nicht, dass er so alt war wie du.«

»Was hat er in der Mine gemacht?«, fragte ich. »Er war doch sicher noch nicht groß genug, um nach Kohle zu graben, oder?«

Mein Vater zog an den Zügeln, und wir kamen zum Stehen. Die Sonne war inzwischen aufgegangen, und ihre Strahlen wärmten meine Schultern. Wir hatten das Gebiet der Mine hinter uns gelassen und die Vororte der Stadt noch nicht ganz erreicht. Wir befanden uns in einer hübschen Landschaft voll grüner Hügel, und die Schlackenhalden waren nur schwache Schatten am Horizont. Alles sah so sauber und friedlich aus, dass der Schmutz des Ortes, an dem wir eben gewesen waren, und die schreckliche Szene, die ich mit eigenen Augen gesehen hatte, kaum noch wirklich erschienen. Als wäre alles nur ein schlechter Traum gewesen.

»Er hat als Klapper gearbeitet«, sagte mein Vater. »Weißt du, was das ist, Lizzie?«

Ich schüttelte den Kopf.

»Nun ja«, sagte mein Vater. »Wie soll ich dir das erklären? Warte. Die Luft unter der Erde ist sehr schlecht. Also muss irgendwie frische Luft zu den Arbeitern geführt werden. Deshalb graben sie zwei Belüftungsschächte.« Mein Vater gestikulierte mit den Händen und deutete zwei lange dünne Röhren an. »Frische Luft wird durch einen Schacht angesaugt und durch die Minengänge geführt, und die verbrauchte Luft wird durch den anderen Schacht nach draußen gedrückt. Um all das zu kontrollieren, existiert ein System von hölzernen Klapptüren. Sie werden von Kindern bedient, kleinen Jungen, die den ganzen Tag nur zu diesem Zweck dort sitzen.«

»Im Dunkeln?«, ächzte ich zutiefst entsetzt.

»Ja, Lizzie, im Dunkeln.«

»Ganz allein?«

»Ganz allein.«

Ich dachte an den kleinen Jungen, jünger als ich selbst, der gezwungen gewesen war, lange Stunden mutterseelenallein in der Dunkelheit tief unter der Erde zu hocken. Ich versuchte, mir vorzustellen, wie viel Angst er gehabt und wie unendlich einsam er sich gefühlt haben musste. Ich fragte mich, ob es dort unten Ratten gegeben hatte.

»Warum ist er gestorben?«, flüsterte ich.

Mein Vater seufzte. »Ich habe ›Erschöpfung‹ auf den Totenschein geschrieben. Das hat Harrison ganz und gar nicht gefallen.«

»Harrison ist der Mann mit dem großen Hut und der Pfeife?«

»Ja. Er leitet die Mine und alles um sie herum. Er hat sich die größte Mühe gegeben, mir zu erklären, dass die Arbeit des Jungen nicht mühsam war und dass ›Erschöpfung‹ seiner Ansicht nach nicht die Ursache für seinen Tod wäre. Ich wies ihn darauf hin, dass Erschöpfung die verschiedensten Ursachen haben kann, darunter Hunger und Angst. Schwieriger nachzuweisen, aber genauso real ist der Verlust jeglicher Hoffnung. Ich glaube, das Kind starb, weil es keinen Grund mehr sah weiterzuleben. Doch das ist meine private Meinung und keine medizinische. Ich werde dem Gericht sagen, dass das Kind an Nahrungsmangel und allgemeiner Kraftlosigkeit gestorben ist.«

Plötzlich hämmerte er mit der geballten Faust auf das Geländer, an das die Zügel gebunden waren. »Es hätte nicht passieren dürfen! Seit zwei Jahren ist es gesetzlich verboten, einen Knaben von weniger als zehn Jahren – oder ein Mädchen oder überhaupt eine Frau, ganz gleich wie alt – unter der Erde arbeiten zu lassen! Harrison weiß das ganz genau!«

»Und?«, fragte ich. »Wird man Mr Harrison dafür bestrafen?«

»Was?« Mein Vater klang amüsiert, doch auf eine eigenartig freudlose Weise. »Nein, mein Kind, niemand wird bestraft werden. Harrison wird sagen, dass er nicht wusste, wie jung das Kind gewesen ist. Die Eltern werden entweder eingeschüchtert oder bestochen, sodass sie vor Gericht bestätigen, die Unwahrheit über das Alter ihres Sohnes gesagt zu haben. Ich bezweifle, dass es auch nur zu einer Geldstrafe kommen wird. Oder, falls die Besitzer der Mine bestraft werden, dann mit einer lächerlich geringen Summe. Aber es wird nicht wieder passieren! Ich werde dafür sorgen! Ich werde einen derartigen Wirbel veranstalten, dass Harrison trotz all seiner Sturheit und seines Mangels an Moralempfinden es nicht mehr wagen wird, noch einmal ein so junges Kind in die Grube zu schicken!«

Er wickelte die Zügel los und schüttelte sie, und das Pony setzte sich wieder in Bewegung. Der Glücksbringer war in meiner Tasche. Ich nahm mir vor, ihn meinem Vater in einem geeigneten Augenblick zu zeigen, doch das konnte noch eine ganze Weile dauern. Das Pony fühlte, dass es auf dem Rückweg in den behaglichen Stall war, und trottete geschwind und mit aufgerichteten Ohren seines Weges, und bald waren wir wieder daheim.

Als mein Vater mich ins Haus führte, wurden wir erneut von den Tränen einer Frau begrüßt. Molly Darby saß auf der Treppe und hatte die Schürze vors Gesicht gedrückt. Sie weinte sich die Augen aus dem Leib, weil ich nirgendwo im Haus zu finden gewesen war und weil man ihr die Schuld dafür gab. Sie wurde auf das Heftigste von Mary Newling gescholten, die mit in die Seiten gestemmten Fäusten vor ihr stand und sie beschuldigte, ein faules, verschlafenes Ding zu sein, das der Doktor aus dem Haus scheuchen würde, sobald er wieder zurück war, sie würde schon sehen, und ohne jedes Zeugnis obendrein. Miss Elizabeth konnte überall sein und würde vielleicht nie wieder gesehen werden! Das arme kleine Kind war möglicherweise von Zigeunern entführt worden, in einen Gully gefallen oder von einem Karren überfahren worden! Die Fahrer dieser nächtlichen Karren waren beinahe immer betrunken, wie jedermann sehr wohl wusste.

»Holla, aber hier ist sie doch«, sagte mein Vater und schob mich nach vorn, um zu beweisen, dass ich von all diesen schrecklichen Szenarien verschont geblieben war.

Molly kreischte und sprang auf, um mich zu sich zu ziehen und an ihren gewaltigen Busen zu drücken.

»Oh, Sir! Oh, Miss Elizabeth! Wo hast du nur gesteckt? Ich schwöre, Sir, ich habe um Punkt sieben nach ihr gesehen, und sie war verschwunden! Ich habe nicht einen Laut gehört!«

»Bringen Sie sie nach oben, und machen Sie sie sauber«, sagte mein Vater müde. »Mary, seien Sie bitte so freundlich und machen Sie mir einen Tee.«

Ich blickte nach unten und sah, dass meine Hände und Kleider von einer dünnen Schicht Kohlenstaub bedeckt waren, wie er über den Minen ständig in der Luft hing. Vermutlich sah mein Gesicht genauso aus.

Während ich von Molly die Treppe hinaufgetragen wurde, rief mein Vater hinter uns her.

»Warten Sie!«

Wir blieben stehen. »Ja, Sir?«, fragte Molly ängstlich.

»Lizzie«, sagte mein Vater zu mir.

»Ja, Papa?« Ich war genauso nervös wie Molly, denn ich fürchtete, dass ich nun eine Strafe für meine Eskapade erhalten würde.

»Vergiss niemals, was du heute gesehen hast, mein Kind«, sagte mein Vater. »Vergiss niemals, hörst du, dass das der wahre Preis von Kohle ist.«

Sobald ich eine Gelegenheit fand, packte ich meinen versteinerten Farn zu meinen übrigen kindlichen ›Schätzen‹ in eine zerschrammte Lackschachtel. Ich wusste, dass ich nie vergessen würde, was ich an jenem Morgen erlebt hatte. Ich begriff die letzte Bemerkung meines Vaters nicht genau, doch von diesem Tag an hörte ich Mary Newling nie wieder über den Preis von guter Kohle für das Wohnzimmer oder überhaupt von Kohle klagen.

Mein Vater war ein gutherziger Mann und ein liebevoller Vater. Doch er hatte viele Dinge in seinem Kopf, und solange ich glücklich und gesund schien, machte er sich normalerweise keine Gedanken um mich. Nichtsdestotrotz musste meine Eskapade im Einspänner an diesem Morgen ihm einiges zu denken gegeben haben. Er erkannte, dass ich auf dem besten Weg war, zu einer kleinen Wilden heranzuwachsen. Kurz nach der Episode in der Mine verließ Molly Darby unseren Haushalt, um einen Bauern zu heiraten, und wurde durch eine Gouvernante ersetzt, Madame Leblanc. Es war typisch für meinen Vater, dass er diese Person hauptsächlich deswegen einstellte, weil sie verzweifelt nach einer Anstellung suchte und sofort anfangen konnte. Einmal mehr wurde sein gesunder Menschenverstand von seiner gutmütigen Natur überstimmt.

Ich kam bald dahinter, dass es nie einen Monsieur Leblanc gegeben hatte und dass ›Madame‹ eine reine Höflichkeitsanrede war. Doch sie war tatsächlich Französin und behauptete, bereits vor vielen Jahren nach England gekommen zu sein, wo sie in einer sehr guten Familie als Gouvernante gearbeitet hätte. Unglücklicherweise war diese Familie inzwischen mit Sack und Pack nach Indien gezogen und konnte Madame Leblanc deswegen keine Referenzen ausstellen.

Ich hörte, wie Mary Newling in der Küche mit einem Besucher über sie redete. »Meine Güte … Gouvernante! Diese Person hat ihr Geld im Bett verdient, nicht im Schulzimmer! Vielleicht hat sie inzwischen ihr Aussehen eingebüßt, aber sie redet immer noch mit silberner Zunge daher! Der Doktor ist zu gutmütig, einfach viel zu gutmütig, und lässt sich von jeder Leidensgeschichte einwickeln!«

Ich merkte mir ihre Worte, auch wenn ich sie nicht verstand. Die arme Madame Leblanc hatte sicherlich schwere Zeiten hinter sich und war unendlich dankbar dafür, dass mein Vater sie errettet hatte. Sie war vielleicht eins fünfzig groß, eine winzige Person von einer Frau mit sehr dunklem rötlichem Haar. (Ich hörte Mary Newling erklären, dass dies ein Resultat von Henna sei.) Sie hatte tiefliegende dunkle Augen, winzige Hände und Füße und bewegte sich schnell und geschickt. Unglücklicherweise war ihre eigene Bildung eher lückenhaft. Sie konnte mich lehren, genauso gut Französisch wie Englisch zu schreiben und zu lesen und die Sprache fließend zu sprechen, doch das war auch schon so ungefähr alles, abgesehen von ein wenig einfacher Mathematik. Ihre Vorstellungen von Geographie waren eher vage, und die einzige ihr bekannte Geschichte war die französische. Diese bestand zur Gänze aus wildromantischen Erzählungen von Rittern und Königen, die ich mir nur zu gerne anhörte. Madame war eine Royalistin und dem *Ancien Régime* treu ergeben, und sie sprach mit Zorn und Verachtung über den Parvenü und einstigen Kaiser Napoleon Bonaparte und noch wütender über die niederträchtigen *Orleanisten.* Als die Erhebung von 1848 Louis-Philippe vom Thron vertrieb, den er achtzehn Jahre zuvor usurpiert hatte, war ihre Befriedigung angesichts dieser Tatsache immens. »Besser eine Republik als dieser Verräter Orleans, *ma chère* Elizabeth!«

Als uns die Nachricht erreichte, dass in einem weiteren Umsturz in Frankreich Louis-Napoleon, der Neffe des alten Monsters Bonaparte, an die Macht gekommen war und sich selbst zum Kaiser der Franzosen erklärt hatte, war dies leider mehr, als Madame Leblanc ertragen konnte. Sie tröstete sich großzügig mit einer Flasche Brandy und verlor unglücklicherweise auf dem Sofa im Wohnzimmer das Bewusstsein, wo sie früh am nächsten Morgen mit der leeren Flasche neben sich von Mary Newling gefunden wurde, die den Kamin säubern und das Feuer anzünden wollte. Dieser Lapsus konnte nicht ignoriert werden, und so verließ Madame Leblanc unser Haus. Es tat mir leid, sie gehen zu sehen, denn ich hatte sie sehr lieb gewonnen. Ich hatte keine Freundinnen in meinem eigenen Alter, und Madame war mehr als eine Gouvernante gewesen: eine Kameradin, die stets Zeit gehabt hatte, um mir zuzuhören.

Ich war inzwischen vierzehn, und mein Vater beschloss, sich selbst um meine weitere Ausbildung zu kümmern. Er kam jedoch nie wirklich dazu, das zu tun, wegen seiner anderen Verpflichtungen. So bildete ich mich selbst, indem ich jedes Buch verschlang, das ich in die Finger bekam.

Die arme Madame Leblanc, jetzt, wo ich an sie dachte … Was wohl aus ihr geworden war, nachdem sie unser Haus verlassen hatte? Wie ähnlich meine Umstände nun den ihren waren, auf der Suche nach einem Dach über dem Kopf und einer Anstellung! Es war unwahrscheinlich, dass sie nach uns eine weitere respektable Position gefunden hatte. Vielleicht hatte sie damit geendet, dass sie von Tür zu Tür hausieren ging und kleine Anhänger und Schreibwaren verkaufte.

Doch das Leben ging weiter. Mary Newling blieb bei uns, bis das hohe Alter sie in den Ruhestand zwang und zu einer verwitweten Schwester zu ziehen. Fortan nahm ich die Stelle der Haushälterin meines Vaters ein, und eine Magd ging mir zur Hand. Der Tod meines Vaters kam plötzlich und unerwartet, doch er war friedlich. Er sagte, er wäre müde und wollte früh zu Bett gehen. Er wachte nie wieder auf. Fast die ganze Stadt nahm an seiner Beerdigung teil. Mir oblag es, seine Angelegenheiten zu regeln.

Sie waren in einem furchtbaren Durcheinander. Rasch wurde offensichtlich, dass mir nichts bleiben würde als bittere Armut. Viele der ärmeren Patienten meines Vaters hatten nie ihre Rechnungen bezahlt, und er hatte sie nie deswegen unter Druck gesetzt. Er hatte vielen im Gegenteil ausgeholfen und ihnen Geld gegeben, während sie unfähig gewesen waren zu arbeiten. Was bedeutete, dass kein Geld da war, um seine eigenen Schulden zu begleichen. Unter den Aufzeichnungen über Gelder, die er im Laufe der Jahre ausgegeben hatte, befand sich ein eigenartiger Verweis auf regelmäßige wöchentliche Summen, die an zwei Frauen namens Mrs Ross und Mrs Lee gegangen waren, doch ich fand keinerlei Hinweise darauf, dass er die beiden Damen wegen irgendeiner Krankheit behandelt hätte. Warum er ihnen über einen so langen Zeitraum Geld hatte zukommen lassen, war mir ein Rätsel. Wäre Mary Newling noch am Leben gewesen, hätte ich sie fragen können, doch sie war ein paar Jahre zuvor gestorben. Zumindest dieses Rätsel war an diesem Tag von Inspector Ross gelöst worden.

Zum damaligen Zeitpunkt fand ich keine Zeit, um mir darüber den Kopf zu zerbrechen, da offensichtlich wurde, dass ich das Haus würde verkaufen müssen, um die Schulden zu bezahlen. Dies tat ich denn auch. Ich beglich die offenen Rechnungen, stattete die Magd mit einer kleinen Summe sowie einem glänzenden Zeugnis aus und sagte ihr, dass es mir zwar leid täte, doch mehr könnte ich nicht für sie tun.

»Das ist schon in Ordnung, Miss«, war ihre Antwort.

Doch ich sah, dass sie die Summe für sehr gering und mich für äußerst geizig hielt. Sie wusste nicht, dass ich jeden Penny brauchte, bis ich eine Möglichkeit gefunden hatte, mich selbst zu ernähren. Bis dahin zog ich in ein möbliertes Zimmer im Haus einer verwitweten Nachbarin, Mrs Neale, die für Unterkunft und Essen nur wenig Geld von mir verlangte. Sie kannte mich fast mein ganzes Leben lang. Ich wusste, dass sie mir ihre Hilfe zum Teil aus Sorge um mich, zum Teil aber auch deswegen angeboten hatte, weil ihr der Gedanke peinlich war, dass die Tochter von Dr. Martin nicht wusste, wohin sie sonst gehen sollte.

Ich konnte mir gut vorstellen, welchen Tratsch meine Umstände in der Stadt hervorriefen und welche Vorwürfe sich über dem Kopf meines armen Vaters häuften. Ich war sicher, er hätte mich nie aus Gedankenlosigkeit in solch bitteren Umständen zurückgelassen. Er war einfach noch relativ jung gewesen, erst siebenundfünfzig Jahre alt, und hatte geglaubt, bei bester Gesundheit zu sein. Er hatte nicht damit gerechnet, dass der Tod so früh an seine Tür klopfen würde. Er hatte angenommen, dass noch genügend Zeit war, um einige Vorkehrungen für meine Zukunft zu treffen – oder vielleicht hatte er geglaubt, ich würde heiraten; wie dem auch sei, nichts von alledem hatte sich verwirklicht.

Ich brauchte diese Blicke von Mitleid und Besorgnis nicht, die sich jedes Mal auf mich richteten, wenn ich über die Straße ging. Niemand machte sich die Mühe, sie zu verbergen. Ich glaubte auch nicht, dass Mrs Neale mich für alle Zeiten unter ihrem Dach beherbergen wollte. Sie erging sich bereits in Andeutungen. Ich musste weg, doch wohin sollte ich gehen? Dank Madame Leblancs erratischen Fähigkeiten als Lehrerin ermangelte es mir an jeglichen Kenntnissen, die für junge Damen als notwendig erachtet wurden. Der Beruf der Gouvernante, stets eine Zuflucht für junge Frauen in meiner Lage, war mir verschlossen. Für kurze Zeit trug ich mich mit dem Gedanken, Unterricht in Französisch zu geben, doch es gab niemanden in unserer Stadt, der die Sprache lernen wollte.

Voller Verzweiflung schluckte ich meinen Stolz herunter und schrieb jene wenigen Bekannten meines Vaters an, die vielleicht in einer Position waren, mir bei der Suche nach einer Beschäftigung zu helfen. Zu meiner Überraschung und Freude erhielt ich eine positive Antwort von der Witwe meines Patenonkels Josiah Parry. Mrs Parry schrieb, dass sie betrübt sei, vom Tod meines Vaters zu hören, und annahm, dass ich mich zurzeit in einer Zwangslage befinde, da mein Vater niemals Sinn für Geld gehabt hätte. Falls ich wünschte, nach London zu kommen und bei ihr zu wohnen, könnte ich dies tun. Sie sei auf der Suche nach einer Gesellschafterin, sagte sie, und in der Lage, mir ein Dach über dem Kopf und

Verpflegung anzubieten sowie ein angemessenes Gehalt, über das wir sprechen könnten, sobald wir uns kennen gelernt hätten. Ich könnte sofort anfangen.

Es stand völlig außer Frage, dass ich annehmen würde, selbst wenn ich die Lady nie zuvor gesehen hatte und mich erst später dunkel an mein Zusammentreffen mit jenem traurigen Gentleman erinnerte, der mir damals einen Shilling geschenkt hatte.

Es war ein Sprung ins Unbekannte, doch ich hatte keine andere Wahl.

Und so kam es, dass ich ein, zwei Tage nach meinem neunundzwanzigsten Geburtstag eine Fahrkarte von meinen mageren Ersparnissen kaufte und mich auf die Reise nach London machte. Und hier in London war ich völlig unversehens mit jemandem aus meiner Heimat und meiner Vergangenheit zusammengetroffen.

Ich nahm den versteinerten Farn aus meiner Lackschachtel und fragte mich, ob der Talisman wohl auf irgendeine magische Weise für dieses unerwartete Wiedersehen verantwortlich war, und was es für meine Zukunft bedeuten mochte – egal ob gut oder schlecht.

KAPITEL SIEBEN

Ben Ross

Ich erkannte sie in dem Augenblick, als ich sie erblickte. Sie wusste natürlich nicht mehr, wer ich war, bis ich es ihr sagte. Doch dann erinnerte sie sich an jenen Knaben bei der Grube. In dieser von Menschen wimmelnden Stadt hatte ich furchtbare Dinge gesehen, und mein Herz war oftmals schwer gewesen bei dem Gedanken an das Elend, unter dem so viele litten. Dass ich ausgerechnet jetzt, während mein Verstand um die Gewalt kreiste, die einem Menschen widerfahren war, und um die Schwierigkeiten der vor mir liegenden Aufgabe, Lizzie Martin begegnet war und herausgefunden hatte, dass sie sich an jenen Augenblick vor zwanzig Jahren erinnerte, hatte meine Stimmung auf eine Art und Weise beflügelt wie sonst nichts auf der Welt.

Doch es gefiel mir nicht, dass sie in jenem Haus war. Dem Haus, aus dem Madeleine Hexham in den Tod spaziert war. Madeleine Hexham war Gesellschafterin von Mrs Parry gewesen, der Besitzerin. Und nun war Lizzie Martin in Miss Hexhams Fußstapfen getreten. Ich erinnerte mich an die kleinen Kinderstiefel mit den leicht abgewetzten Sohlen und dem gewienerten Oberleder von damals, und ich hoffte inbrünstig, niemals ein Paar von Lizzies Stiefeln in den Händen zu halten und darüber zu spekulieren, welches Schicksal ihrer Eigentümerin widerfahren war, wie ich es bereits so oft bei anderen getan hatte.

Die Tatsache, dass wir Glück gehabt und die tote Frau beinahe sofort identifiziert hatten, war ein großer Ansporn für unsere Arbeit, obwohl, wie Morris bereits früh bemerkt hatte, es irgendjemanden geben musste, der sie vermisste.

Erkundigungen auf Polizeiwachen in den inneren Stadtbezirken hatten ergeben, dass eine junge Frau, auf die die allgemeine Beschreibung passte, von einem gewissen Mr Francis Carterton (von dem ich inzwischen wusste, dass seine Freunde und Verwandten ihn Frank nannten) auf der Wache von Marylebone als abgängig gemeldet worden war. Und auf jenen Mr Carterton wartete ich am frühen Mittwochabend in meinem Büro. Ich hoffte, dass er die Tote zweifelsfrei identifizieren würde.

Die Tagschicht war bereits gegangen, und die Nachtschicht traf ein. Im Gebäude war alles ruhig. Ich setzte mich an meinen Schreibtisch und spitzte Bleistifte, um meine Konzentration zu schärfen. Bald hatte ich ein ganzes Bataillon in sauberer Linie auf dem Tisch liegen, doch ich war noch kein Stück weiter. Carterton mochte zwar die Identität der Toten bestätigen, doch das Rätsel ihres unerklärten Verschwindens war noch größer geworden. Sie war vor zwei Monaten als vermisst gemeldet worden und seit höchstens zwei Wochen tot. Die Beamten von Marylebone hatten nicht gerade Himmel und Hölle in Bewegung gesetzt auf der Suche nach ihr. Sie hatten einige Erkundigungen in der Gegend eingezogen, doch niemand schien sich an etwas zu erinnern, geschweige denn, dass er präzise Informationen hätte liefern können. Der Superintendent der Abteilung hatte angemerkt, dass sie früher oder später schon auftauchen würde, lebend oder tot.

Ich war irritiert von der allem Anschein nach beiläufigen Art der beteiligten Beamten, doch ich war nicht sicher, ob ich es hätte besser machen können. Andauernd verschwinden Menschen in großen Städten. Nicht alle von ihnen sind Männer. Es war in gewisser Hinsicht schwieriger für eine junge Frau, ganz gewiss für jemanden von Miss Hexhams Hintergrund; nichtsdestotrotz verschwanden sie von Zeit zu Zeit. Das einzige signifikante Detail im Polizeibericht war, dass sie keinerlei persönliche Besitztümer oder Kleidung mitgenommen hatte. Der letzte Absatz des Beamten, der die Anzeige aufgenommen hatte, lautete denn auch mit einem Unterton von Resignation: »Flusspolizei benachrichtigt.«

Selbstmord. Das war es, was er vermutet hatte. Doch in Abwesenheit einer Leiche konnte er nicht sicher sein.

Jetzt hatten wir einen Leichnam, allerdings nicht den einer Selbstmörderin. Sie hatte sich gewiss nicht selbst den Schädel eingeschlagen oder versucht, ihre Überreste unter einem verrotteten Teppich in einem Abrisshaus in Agar Town zu verstecken. Konnte es sein, dass wir auf einer falschen Spur waren? War die tote Frau Madeleine Hexham, oder war sie jemand anders, der ihr nur ähnlich sah? Die Kleidung, in der unsere Tote gefunden worden war, passte jedenfalls zu dem, was Madeleine laut Beschreibung zum Zeitpunkt ihres Verschwindens getragen hatte. Seit meinem Besuch am Dorset Square hatte ich weitere Informationen erhalten, doch anstatt den Nebel des Ungewissen zu lichten, hatte er sich weiter verdichtet. Da war zum einen der ominöse Brief, von dem Mrs Parry gesprochen hatte. Hatte Madeleine Hexham ihn aus freien Stücken geschrieben, oder war sie vielleicht gezwungen worden? Wenn der Brief doch nur aufbewahrt worden wäre! Er hätte uns wenigstens so viel verraten können. Alles sah mehr und mehr danach aus, als hätte ich entsetzlich Recht gehabt und als wäre das Opfer in den Wochen zwischen seinem Verschwinden und seinem Tod irgendwo festgehalten worden. Ich war nicht sicher, wie viel Licht Carterton auf die Sache werfen konnte, wenn überhaupt.

Ich hatte eine Nachricht ans Foreign Office geschickt und ihn gebeten, zu mir nach Scotland Yard zu kommen. Ich schätzte, dass es ihm so herum lieber war, als wenn ich ins Foreign Office gegangen wäre und Neugier bei seinen Kollegen geweckt hätte. Obwohl ich keine Uniform trug, wusste ich, dass man mich sofort als Polizeibeamten erkannt hätte, genauso wie bei meinem Besuch mit Morris auf der Baustelle in Agar Town. Ob reich oder arm, ehrbar oder kriminell, Angestellter beim Foreign Office, Diener, Butler oder Bauarbeiter – sie alle erkannten einen Gesetzeshüter, sobald er auch nur in Sicht kam, und keiner mochte es besonders, einen in seiner Nähe zu haben.

Ich war neugierig auf Frank Carterton. Als er schließlich an meine Tür klopfte und eintrat, entsprach er im Großen und Ganzen dem, was ich mir vorgestellt hatte: ein schicker junger Gentleman und typischer Stadtmensch. Frauen fanden ihn wahrscheinlich attraktiv und begehrenswert. Er hatte eine kultivierte Jungenhaftigkeit, die beim schwachen Geschlecht wohl Entzücken hervorrief und bei mir augenblicklich Feindseligkeit. Seine Kleidung entstammte den Händen geschickter Schneider und hatte sicherlich eine hübsche Stange Geld gekostet. Ich hatte nicht gewusst, dass das Foreign Office seine jüngeren Beamten so fürstlich entlohnte, doch möglicherweise verfügte er über weitere, private Einnahmequellen. Seine Tante, bei der er wohnte, litt jedenfalls nicht unter Geldsorgen. Langfristig hatte er Aussichten auf ihr Erbe; daran zweifelte ich nicht. Mehr als einmal waren Morde begangen worden, um derartige Hoffnungen zu erhalten.

»Hören Sie!«, fing er an, warf seinen Stock und den Hut auf den Tisch und setzte sich unaufgefordert. »Das ist eine widerliche Geschichte, Inspector. Ich nehme an, es besteht nicht der geringste Zweifel daran, dass es sich bei der Toten um Madeleine Hexham handelt, oder?«

»Es ist in der Tat eine unangenehme Geschichte«, stimmte ich ihm zu. »Und wir nehmen mit einiger Bestimmtheit an, dass es sich bei der Toten um Madeleine Hexham handelt, ja.«

»Mit einiger Bestimmtheit? Die Polizei redet wie die Anwälte! Sie wollen nie, dass man ihren Namen unter etwas setzt, ohne dass sie sich ein Türchen offen halten, um sich notfalls herauszuwinden.«

Ich nahm Cartertons Erfahrungen mit Anwälten interessiert zur Kenntnis. Ich war nicht gänzlich anderer Ansicht als er, doch ich fragte mich unwillkürlich, wo er seine Erfahrungen gesammelt hatte.

»Ich darf Ihnen verraten«, fuhr Carterton fort, »dass meine Vorgesetzten im Foreign Office alles andere als erbaut sind.« Er schob seinen Stuhl zurück und musterte meinen Schreibtisch mit finsterer Miene. »Ich musste es leider melden. Morgen steht es in jeder Zeitung und in jedem Klatschblättchen.«

Ich fragte mich, wie viel von seiner Unbill von der Nachricht über Miss Hexhams Ermordung herrührte und wie viel aus der Sorge, dass Spekulationen und neugieriges Interesse von Zeitungen seine eigenen Zukunftsaussichten beeinträchtigen könnten. Der Eindruck, den ich im Moment gewann, war, dass Letzteres wichtiger war für Carterton. Das machte es mir leichter, ihn nach dem zu fragen, was mir durch den Kopf ging. Ich musste mir nicht länger Gedanken wegen seiner Gefühle machen. Ich zog im Gegenteil sogar eine perverse Befriedigung aus der erwarteten Antwort auf meine nächste Frage.

»Die Kleidung stimmt sicherlich mit der Beschreibung der Kleidung der Vermissten überein, und wir haben ein Taschentuch mit den passenden Initialen bei der Toten gefunden. Dennoch würden wir es zu schätzen wissen, wenn Sie sich überwinden könnten, einen genaueren Blick auf die Tote zu werfen und ihre Identität zu bestätigen.«

Wie ich erwartet hatte, reagierte er entsetzt. Er starrte mich offenen Mundes und aus weit aufgerissenen Augen an. »Einen Blick auf sie werfen?«, ächzte er. »Sie meinen, die … die Überreste ansehen?«

Ganz genau, mein stolzer Lackaffe, dachte ich bei mir. Laut verlieh ich meinem Bedauern Ausdruck, dass ich ihm solche Unannehmlichkeiten bereitete.

»Ich kann Sie nicht zwingen, Sir, es zu tun. Doch in Angelegenheiten wie diesen müssen wir, nun ja, absolut sicher sein, und tatsächlich könnte jeder irgendwie in den Besitz ihres Kleids gekommen sein. Es gibt genügend Frauen mit der gleichen Statur. Ich kann wohl kaum Mrs Parry bitten, die Identifizierung vorzunehmen, oder? Die verschwundene Miss Hexham scheint keine Verwandten zu haben, oder falls doch, dann leben sie weit weg von hier. Wenn ich richtig verstanden habe, kam sie aus der Gegend von Durham, sehr weit oben im Norden, und dort jemanden zu finden und nach London zu rufen …«

»Ja, ja!«, schnappte er. »Ich verstehe Ihr Problem. Es ist mir klar, dass Sie meine Tante nicht bitten können, die Tote zu identifizieren. Ich bin der … der einzige Mann im Haus; also ist es meine Aufgabe. Ist sie … Ist sie …«, er brach ab. »Ist sie stark entstellt?«, stieß er schließlich hervor.

»Recht stark, Sir, fürchte ich. Sie ist seit etwa zwei Wochen tot, vielleicht ein wenig kürzer.«

»Zwei Wochen? Aber sie wird schon viel länger vermisst! Hören Sie, sind Sie sicher, dass diese arme Frau Madeleine Hexham ist? Das ergibt doch keinen Sinn!«

Sein Gesicht hatte sich zornig gerötet. Ich konnte es ihm nicht verdenken. Die Fakten verwirrten ihn genauso sehr wie mich. Seine natürliche Reaktion war, dass wir einen Fehler gemacht und ihn unnötigerweise herbestellt hatten. Er war im Foreign Office in Verlegenheit gebracht worden. Selbst wenn sich alles als Hirngespinst herausstellte, würde es in diesen geweihten Hallen des Anstands nicht vergessen werden. »Ah, der junge Carterton!«, würden die Kommentare noch viele Jahre lauten. »Da gab es doch mal Ärger wegen einer toten Frau, die die Polizei nicht identifizieren konnte, nicht wahr?«

Vielleicht, dachte ich bedauernd, war es gar nicht so eigenartig, dass niemand die Polizei in seinem Leben haben wollte. Wir rührten das Wasser auf, und es wurde niemals wieder richtig klar.

»Der Arzt, der den Leichnam untersucht hat, sagt, dass längstens zwei Wochen seit dem Eintreten des Todes vergangen sind«, erklärte ich und flüchtete mich damit in bekannte Fakten. Er konnte nicht dagegen argumentieren. »Wir haben noch keine Erklärung für diese Tatsache, doch unser Ziel ist es, am Ende eine zu finden. Zuerst jedoch müssen wir absolut sicher sein, dass es sich um die richtige Person handelt.«

Carterton fuhr sich nervös mit der Hand über den Mund. »Ich verstehe. Wäre sie seit acht Wochen oder länger tot, wäre es sinnlos, sie anzusehen, um nicht zu sagen abstoßend. Selbst bei zwei Wochen … Was gewinnen Sie dadurch, dass ich mir die Tote ansehe? Wenn sie bis zur Unkenntlichkeit entstellt ist …«

Ich ignorierte das Flehen in seiner Stimme und seinen Ausdruck. »Oh, ich hoffe doch, dass es nicht so schlimm ist.

Aber ich darf nicht mehr dazu sagen, Sir. Ich darf Sie nicht beeinflussen.«

»Wurde sie … Hat der Pathologe …?«

»Ja, Sir, aber Sie werden nichts von seiner Arbeit bemerken. Nur ihr Gesicht, Sir. Der Rest wird unter Tüchern verhüllt sein.«

Carterton sah zur Seite, schluckte mühsam und rieb sich erneut mit der Hand über den Mund. »Nun gut«, murmelte er schließlich. »Wann und wo?«

»In einem Leichenschauhaus, Sir. Wir können sofort hingehen. Ich habe darauf gebaut, dass ein Gentleman wie Sie der Polizei gerne behilflich sein würde, und habe Bescheid gegeben, dass man uns dort erwarten soll.«

»Selbstverständlich möchte ich der Polizei behilflich sein!« Er brüllte beinahe. »Aber … Ach, vergessen Sie's! Gehen wir und bringen es hinter uns!«

Er stand auf, packte seinen Stock und seinen Hut, setzte den Hut in einer entschlossenen Bewegung auf und strich mit der flachen Hand über die Krone.

»Das ist ein sehr schöner Stock, Sir!«, bemerkte ich.

Es war tatsächlich ein sehr schönes Exemplar, mit einem silbernen Griff, in den ein Wappen eingraviert war.

Carterton sah mich ausdruckslos an, dann seinen Stock. »Oh. Der Stock. Er hat meinem verstorbenen Vater gehört, das Einzige, was er mir hinterlassen hat. Das hier …«, er deutete auf das Wappen, »das ist das Abzeichen seines Regiments.«

Ohne es zu bemerken, hatte er mir wertvolle Informationen über sich gegeben. Er hatte selbst nicht einen Penny außer seinem mageren Gehalt. Demzufolge war er vom Wohlwollen seiner Tante abhängig. Sie war es, die seine Kleidung bezahlt hatte, die teuren Stiefel und das Leinen. In seiner Situation war er verwundbar, nicht nur, was die Meinung seiner Vorgesetzten im Foreign Office anging, sondern auch in Bezug auf die Tante, die seine Rechnungen bezahlte.

Er wurde sichtlich düsterer und nervöser, als wir uns unserem Ziel näherten. Nachdem wir das Gebäude betreten hatten, wurde er sogar regelrecht streitlustig, womit er, wie ich vermutete, seine Angst verbergen wollte, und bewegte sich mit wenig überzeugender Großspurigkeit, wohl aus dem gleichen Grund.

»Kommen Sie. Wo ist sie?«, drängte er und schaute sich angewidert um. »Diesem Haus haftet ein unangenehmer Geruch an.«

»Das wird das Gas sein, Sir«, murmelte ich.

Das verwirrte und beunruhigte ihn – verständlicherweise – noch mehr, bis ich auf die Gasflamme deutete, die im Hintergrund leise zischte und einen schleichenden Gestank verbreitete.

»Oh«, sagte er. »Ja. Natürlich. Das Gas, richtig …«

Das Tageslicht war rasch verblasst, und auf unserem Weg hierher waren wir dem Laternenanzünder auf seiner Tour durch die Straßen der Stadt begegnet. Gasbeleuchtung draußen in den Straßen war ein Segen. Gasbeleuchtung im Haus ist meiner Meinung nach ein zweischneidiges Schwert. Der Haushalt der Parrys, so war mir aufgefallen, hatte Gasbrenner. Es war ein reiches Haus in der Hauptstadt der Nation. Meine eigene Wirtin konnte sich keinen Gasanschluss leisten und behalf sich mit Lampen und Kerzen, was mir durchaus recht war. Ich für meinen Teil betrachte Gasbrenner im Haus als ungesund und gefährlich obendrein. Ein Bergmann hingegen ist sich den Gefahren einer offenen Flamme nur allzu bewusst.

Carmichael war nicht da, doch sein unheimlicher Assistent erwartete uns. Er trug noch immer seine Metzgerschürze und stand in der Nähe des lakenbedeckten Leichnams, während er Carterton gehässig musterte. Meinem Blick wich er aus. Er wusste, dass er mich nicht beeindrucken konnte. Ich sah meinen Begleiter an. Carterton war so weiß wie eine Porzellanschüssel und betupfte seine Stirn und seine Oberlippe mit einem Taschentuch.

Ich erbarmte mich seiner. »Nun, Sir, geben Sie uns Bescheid, wenn Sie so weit sind. Sehen Sie genau hin, und wenn Sie nicht ganz sicher sind, sagen Sie das bitte. Es ist uns lieber, Sie melden Zweifel an, als wenn Sie eine Meinung äußern, hinter der Sie nicht voll und ganz stehen.«

Er nickte und bedeutete Carmichaels Assistenten mit einem Wink, das Laken zurückzuschlagen. Als der Mann mit einer geschickten Bewegung seiner langen Finger tat wie ihm geheißen, entwich der Geruch des Todes, jene einzigartige süßliche Fäulnis, welche nicht einmal das Gas aus den Brennern zu übertünchen vermochte. Nur das Gesicht der Toten wurde enthüllt, genau wie ich es Carterton versprochen hatte. Das Laken bedeckte ihren Leib bis zum Hals, und ihr Schädel war in ein weißes Tuch gehüllt, das die schlimmsten Verletzungen bedeckte. Ein paar flachsblonde Haarsträhnen lugten darunter hervor. In der weißen Umrahmung wirkten die von Blutergüssen übersäten, fleckigen, eingesunkenen Gesichtszüge mit den halb geschlossenen Augen und Lippen mitsamt dem purpurgrauen Ton des einsetzenden Verfalls irgendwie irreal. Es war eine groteske Maske ohne jede Spur von Leben darin – der Geist war längst aus dieser Hülle geflohen. Sie war nur noch eine rasch verwitternde Hülle, doch nichtsdestotrotz zum Weinen. Ich fragte mich, ob es realistisch von mir gewesen war, Carterton hierherzubringen und eine positive Identifikation zu erwarten. Ich warf einen nervösen Blick zu ihm.

Er schwankte, und ich wollte ihn bereits auffangen, doch dann riss er sich zusammen, und so viel musste ich dem Mann lassen, er überstand seine grausige Pflicht tapfer. Sein Blick streifte über die verwüsteten Gesichtszüge, wanderte kurz zur Seite und kehrte dann wieder zu ihr zurück. Er betrachtete sie lange und sorgfältig.

»Das ist Madeleine Hexham«, sagte er zu guter Letzt. »Zuerst war ich nicht sicher. Sie ist nicht … Sie sieht nicht so aus wie früher. Aber jetzt bin ich sicher, dass sie es ist. Absolut sicher.« Er kramte in seiner Rocktasche nach dem Taschentuch.

Ich nickte dem Assistenten zu, das Laken wieder über das Gesicht der Toten zu decken. Carterton wandte sich zur Seite, wischte sich über den Mund und würgte plötzlich. Der Assistent hatte wohl bereits mit einer ähnlichen Reaktion gerechnet, denn er hielt ihm eine Metallschale unters Kinn, die genau zu diesem Zweck bereitgestanden hatte. Carterton leerte den gesamten Inhalt seines Magens hinein.

Der Assistent meldete sich zu Wort, und ich zuckte unwillkürlich zusammen, weil er üblicherweise schwieg. Möglicherweise fühlte er sich zu einem Kommentar verpflichtet; schließlich vertrat er Dr. Carmichael.

»Sehr traurig, das, Gentlemen«, sagte er. Seine Stimme war so weich wie seine Hände und so ölig wie sein glattes Haar. »Jugend und Schönheit zur Strecke gebracht. Wirklich sehr, sehr traurig, Sirs.«

Er genoss die Szene. Er genoss Cartertons Unwohlsein, meine ohnmächtige Ablehnung und die Autorität, die diese makabre Umgebung und Carmichaels Abwesenheit ihm vorübergehend verschafft hatten.

»Werden Sie weitere Personen herbringen, um die Verstorbene anzusehen?«, erkundigte er sich und deutete auf eine Art und Weise auf die Tote, die ich fast als besitzergreifend empfand. Als wäre er ein Schausteller und Madeleine Hexham sein kostbarstes Ausstellungsstück.

»Nein!«, antwortete ich gepresst. »Ich bezweifle nicht, dass das Gericht seine Genehmigung geben wird, sie zu entfernen und zu begraben.«

»Wie Sie meinen, Sir«, sagte er leise.

Wir ließen ihn bei der Toten stehen, und er sah uns hinterher, als wir gingen.

Carterton war still, bis wir zurück im Yard waren, wo er ein Protokoll mit dem Inhalt unterzeichnete, dass er den Leichnam als Madeleine Hexham identifiziert hatte. Das Ansetzen der Feder schien ihn wieder zur Besinnung zu bringen. Vielleicht, weil es ein vertrauter Vorgang war.

Carterton legte den Stift nieder und schnüffelte an seinem Jackenärmel. »Der Geruch dieser Räume klebt an mir.« Sein Ton war verdrießlich.

»Ja, Sir. Wir stellen das auch häufig fest. Doch bis Sie zu Hause sind, ist er wieder verflogen. Wenn nicht, lassen Sie den Diener die Überkleider gründlich lüften.«

Er erhob sich. »Es tut mir leid, dass ich mich so zum Narren gemacht habe vorhin«, sagte er verlegen. »Mich so zu übergeben.«

»Keine Sorge deswegen, Sir; das ist vollkommen natürlich. Ich danke Ihnen nochmals für Ihre Hilfe. Wir wissen das sehr zu schätzen«, sagte ich zu ihm.

»Wäre das alles?«, fragte er mit hoffnungsvoll erhobener Stimme.

»Nur noch ein paar schnelle Fragen. Haben Sie eine Idee, warum Miss Hexham das Haus an jenem Tag ohne Vorwarnung verlassen hat und ohne ein Stück Gepäck?«

»Wieso?«, entgegnete er überrascht. »Nein, damals nicht mehr als jeder andere von uns auch. Aber sie hat meiner Tante einen Brief geschrieben, wie Sie wissen, in dem sie uns den Grund mitgeteilt hat.«

»Haben Sie diesen Brief gesehen, Sir?«

»Ich habe ihn gesehen, ja. Aber wenn Sie von mir wissen wollen, ob es tatsächlich ihre Handschrift war, dann kann ich nur sagen, es sah so aus. Ich kannte ihre Schrift nicht genau genug, um mehr sagen zu können.«

»Und Sie waren überrascht, dass Madeleine Hexham durchgebrannt war?«

»Herrgott noch mal, natürlich war ich überrascht!«, schnappte er.

»Erschien sie Ihnen in der Zeit zuvor nicht geistesabwesend oder nachdenklicher als für gewöhnlich?«

»Nein«, antwortete er. »Sie kam mir auch nicht so vor, als wäre sie bis über beide Ohren verliebt, wenn es das ist, worauf Sie hinauswollen. Soweit ich sehen konnte, war sie eine Frau mit wenig oder gar keinen Emotionen, außer aus zweiter Hand.«

Jetzt war ich an der Reihe, begriffsstutzig zu reagieren. »Aus zweiter Hand?«

»Sie las Romane. Sie lieh sie in Leihbüchereien aus. Sentimentaler Mist.«

Ah, dachte ich grimmig. Eine junge Frau ohne echte Erfahrung, was das Leben und die Leidenschaft angeht, die all ihre Ideen aus dem bedruckten Papier beliebter Unterhaltungsromane bezogen hat. Dann war die Wirklichkeit gekommen, dicht gefolgt von einem viel zu gewaltsamen Tod.

KAPITEL ACHT

Elizabeth Martin

Ein Klopfen an meiner Schlafzimmertür riss mich aus meinen Erinnerungen an vergangene Zeiten. Ich öffnete und sah Nugent vor mir, die mir sagte, dass Mrs Parry meine Anwesenheit benötigte. Ich fand Tante Parry auf dem Bett, gestützt von einem Berg Kissen und in voller Garderobe. Der Raum stank nach Cologne und flüchtigem Riechsalz, und ich sah, dass die Madeira-Flasche erneut Verwendung gefunden hatte, denn sie stand nahezu leer mit einem fleckigen Glas auf einem Beistelltisch.

Wie auch immer die Kombination der Behandlungen ausgesehen haben mochte, Tante Parry war wieder zu sich gekommen. Sie klang frisch und wirkte recht erholt. Von ihren Kissen aus winkte sie mir mit einer kleinen weißen Pummelhand.

»Elizabeth, du musst einen Brief für mich an den guten Dr. Tibbett schreiben. Schreib bitte, dass ich ihm dankbar wäre, wenn er vorbeikommen könnte … Nein, frag ihn, ob er heute Abend zum Essen vorbeikommen kann. Schreib nichts von dem, was mit Madeleine passiert ist; das wäre wohl kaum der richtige Weg, ihn dies wissen zu lassen. Schreib nur, dass es eine Angelegenheit gibt, die ich dringend mit ihm besprechen möchte. Schick einen der Diener mit dem Brief zu ihm. Simms kennt die Adresse.«

Sie zögerte. »Ich werde ihn fragen, ob er glaubt, dass wir Trauer tragen sollten. Unter den gegebenen Umständen glaube ich es allerdings nicht. Das würde nur unnötige Aufmerksamkeit erregen und Fragen nach sich ziehen. Ich nehme an, es gibt auch so schon Klatsch genug. Du bist sowieso ernst gekleidet, Elizabeth. Was denkst du darüber?«

»Vielleicht«, schlug ich vor, »ein Zeichen, um den Ernst der Ereignisse zu betonen …?«

»Aber keine Trauer. Ja, das ist sehr klug von dir, meine Liebe. Schwarz kommt nicht in Frage. Nugent! Leg mir bitte die taubengraue Seide heraus. Ich schätze, das müsste reichen.«

Ich ging nach unten in die Bibliothek und schrieb wie gebeten eine sorgsam formulierte Einladung an Dr. Tibbett, versiegelte den Brief und übergab ihn Simms. Kurze Zeit später sah ich Wilkins in ihrer Haube und mit dem Umhängetuch am Fenster vorbeihuschen auf ihrem Weg, den Brief an seinen Empfänger zu liefern.

Ich war sicher, Wilkins hatte nichts gegen den Botengang einzuwenden. Nicht nur, dass sie so eine Gelegenheit erhielt, zur Abwechslung mal aus dem Haus und den scharfen Adleraugen von Mrs Simms zu sein, sondern auch, weil es ihr ein gewisses Maß an Wichtigkeit verlieh. Aufregung sprühte aus jeder Faser ihrer dahinhastenden Gestalt. Simms hatte inzwischen sicher das gesamte Personal über das Schicksal von Madeleine Hexham informiert. Wilkins würde die Neuigkeit unterwegs jeder Bekannten erzählen, der sie begegnete, und auf dem Rückweg würde sie sich die Zeit nehmen, jedes Souterrain eines jeden Hauses in der Straße aufzusuchen und das jeweilige Personal zu unterrichten. Innerhalb einer Stunde würde jede Zofe und jede Magd in ganz Marylebone wissen, dass es ein schreckliches Verbrechen gegeben hatte, und ohne jeden Zweifel würde die Herrin des betroffenen Hauses kurze Zeit später ebenfalls davon erfahren. Das grauenhafte Ereignis würde in aller Munde sein: Mord hatte einen der geachtetsten und betuchtesten Haushalte der gesamten Gegend heimgesucht. Vom Ankleideraum bis zur Küche würden sich die Gespräche um nichts anderes mehr drehen.

Dr. Tibbett kam leider nicht zum Abendessen. Wilkins kehrte nach Hause zurück und berichtete, dass ein Diener den Brief entgegengenommen und sie darüber informiert hatte, dass sein Herr außer Haus gegangen wäre. Er – der Diener – wüsste nicht, wohin, und er vermochte auch nicht zu sagen, wann der gnädige Herr zurück wäre. Er würde jedenfalls nicht zu Hause zum Abendessen erwartet.

Frank kam an diesem Abend ebenfalls nicht nach Hause. Stattdessen kam eine Nachricht von ihm des Inhalts, dass er nach Scotland Yard gebeten worden sei und anschließend in der Stadt zu Abend essen würde. Zu dem Zeitpunkt, als Franks Nachricht bei uns zu Hause eintraf, hatte selbst der Bengel, der sie überbrachte, bereits von den Neuigkeiten gehört, und nachdem er die Sixpence bekommen hatte, die Frank ihm als Belohnung versprochen hatte, erkundigte er sich hoffnungsvoll: »Ist das vielleicht das Haus, wo der Mord passiert ist?«

Also waren Tante Parry und ich gezwungen, allein zu Abend zu essen. Meine Arbeitgeberin war gereizt und übellaunig. Sie beschwerte sich wiederholt über die Abwesenheit sowohl von Dr. Tibbett als auch von Frank. Ich für meinen Teil war höchst zufrieden, den Abend ohne einen von beiden zu verbringen. Ganz besonders erleichtert war ich darüber, dass mir Dr. Tibbetts Ansichten erspart blieben, auch wenn wir sie ohne den geringsten Zweifel zu gegebener Zeit präsentiert bekommen würden. Sie waren nicht nur vorhersehbar, sondern basierten auch auf falschen Informationen. Wir wussten nichts über die Umstände von Madeleines Tod. Was auch immer Tibbett zu sagen hatte, es würde letzten Endes darauf hinauslaufen, dass er ihr die alleinige Schuld an allem gab. Ich glaubte nicht, dass Tante Parry einen der beiden um sich brauchte, um sich Rat zu holen. Sie brauchte die Männer für eine Audienz; doch sie musste sich leider mit mir begnügen.

»Was denkst du, Elizabeth?«, begann sie fast jede neue Spekulation, ohne jedoch abzuwarten und zu hören, was ich dachte. Nun ja, dazu war eine bezahlte Gesellschafterin eben da. Die Erfordernis, eine gute Unterhalterin zu sein, stellte sich rasch als wenig mehr heraus als eine bloße Formalität.

Als wir zu Bett gingen, war Frank noch immer nicht nach Hause gekommen. Diesmal jedoch, im Gegensatz zur vorangegangenen Nacht, als Frank ebenfalls spät nach Hause gekommen war, hörte ich ihn. Er stolperte die Stufen hinauf und war, so schätzte ich, betrunken. Simms war eigens wegen Frank aufgeblieben, und ich hörte, wie der Butler ihn den Korridor entlangführte.

Ich schlief wieder ein und wurde von einem metallischen Klang erneut geweckt. Ich schrak hoch und sah Bessie, die sich mit einer Kanne heißen Wassers in mein Zimmer schlich. Ihre Haube war erneut in ihr Gesicht gerutscht und ruhte halb in der Stirn über ihrer kleinen Stupsnase.

»Danke!«, rief ich ihr zu.

Sie stellte die Kanne ab, schob die Haube mit beiden Händen zurecht und drehte sich zu mir um. Ihr kleines Gesicht war weiß und verängstigt.

»Stimmt es, was alle erzählen, Miss?«, fragte sie. »Stimmt das, was Mr Simms gesagt hat, dass Miss Hexham ermordet wurde?«

Ich stieg aus dem Bett, warf mir ein Umhängetuch über das Nachtkleid und ging zu ihr, um den Arm um ihre dünnen Schultern zu legen.

»Ja, ich fürchte, es ist die Wahrheit, Bessie. Aber du musst keine Angst haben.«

»Hat er sie aufgeschlitzt? Der Mörder?« Sie starrte mich aus großen Augen an.

»Aufgeschlitzt?« fragte ich verblüfft.

»Ja, Sie wissen schon. Die Kehle durchgeschnitten. Oder hat er sie erwürgt oder ihr den Kopf eingeschlagen oder so was?«

»Ich weiß es nicht«, antwortete ich schwach und nahm den Arm von ihren Schultern.

»Ist es passiert, als sie von hier verschwunden ist? Hat sie sich mit ihm getroffen, und hat er es getan?«

Bessies Aufregung wuchs.

»Das werden wir irgendwann herausfinden. Ich glaube, ein Polizeibeamter wird heute hierherkommen und das Personal befragen, ob jemand etwas gesehen oder gehört hat an jenem Tag oder ob irgendjemand irgendetwas weiß, das ihnen weiterhelfen könnte.«

»Ich weiß überhaupt nichts!«, sagte Bessie sofort und mit unerwarteter Heftigkeit. »Ich hab nichts Falsches getan!«

Sie packte die Wasserkanne und huschte nach draußen, und ich blieb nachdenklich zurück.

Frank stand unerwartet früh auf – oder vielleicht hatte er auch gar nicht geschlafen. Er sah ein wenig mitgenommen aus und hatte sich beim Rasieren geschnitten, doch er saß bereits an seinem Platz am Frühstückstisch, als ich nach unten kam. Er aß nicht mit dem gleichen herzhaften Appetit wie am Tag zuvor, sondern saß einfach nur dort und spielte mit einer Tasse abkühlenden Kaffees, während er den Toasthalter düster anstarrte.

Er nickte mir schweigend zu, als ich meinen Platz einnahm. Simms kam herein und stellte wortlos ein Glas auf einem Untersetzer vor Frank hin. Es enthielt ein merkwürdig aussehendes gelb-braunes Getränk.

Simms unerschütterliche Gleichmut ließ keine Rückschlüsse auf seine Gemütsverfassung zu. Er fragte, ob ich eine warme Speise wünsche, und zog sich schweigend zurück, als ich dies verneinte.

»Ist dir eigentlich aufgefallen«, fragte Frank ein wenig heiser, nachdem der Butler gegangen war, »dass der alte Simms irgendwie eine Möglichkeit gefunden hat, über den Teppich zu schweben? Seine Füße machen nicht das leiseste Geräusch.« Er nahm das Glas mit der gelb-braunen Flüssigkeit und betrachtete es misstrauisch, bevor er es in einem einzigen langen Zug leerte. »Gütiger Himmel …«, murmelte er.

»Was ist das?«, fragte ich.

»Geschlagenes Ei und Sherry. Es ist Simms' Hausmittel gegen … gegen Kopfschmerzen.«

»Du hast getrunken«, stellte ich fest. »Ich habe gehört, wie du nach Hause gekommen bist.«

»Welcher Mann würde nicht trinken nach dem, was ich gestern tun musste?«, fragte er finster.

Ich war ebenfalls nicht hungrig. Ich strich ein wenig Butter auf eine Scheibe Toast, und sie sah so einladend aus wie ein Stück Karton.

»Was musstest du denn gestern tun, Frank?«, fragte ich mit leiser Stimme, obwohl ich es mir denken konnte. Falls ich

Recht hatte, dann hatte der arme Frank einige grauenhafte Augenblicke erlebt.

»Dieser verdammte Kerl, dieser Inspector Ross … Er hat mich zur … zur … Er bestand darauf, dass ich mit ihm komme, um sie anzusehen. Er wollte, dass ich ihre Identität bestätige.«

»Das tut mir leid«, sagte ich. »Es muss eine sehr unangenehme Pflicht gewesen sein.«

»Oh ja. Nun«, sagte Frank und riss sich wieder ein wenig zusammen. »Es ist vorbei und erledigt, und wir wissen nun, was ihr zugestoßen ist. Oder eigentlich wissen wir es nicht. Wir wissen nur, dass irgendein Schurke sie mit irgendeinem Gegenstand zu Tode geprügelt hat.«

»Ist sie an den Schlägen gestorben?«, fragte ich betreten.

»Das nehme ich an. Sie hatten die Wunden zugedeckt. Wenigstens dieser Anblick blieb mir erspart.«

»Sie wurde in Agar Town gefunden«, sagte ich. »Etwa in einem von Tante Parrys Häusern?«

»Keine Ahnung«, entgegnete er düster.

»Als du mir erzählt hast, dass Tante Parry dort Häuser besitzt, hast du mir verschwiegen, dass es sich um Slumwohnungen handelt.«

Zum ersten Mal an diesem Morgen richtete Frank seinen blutunterlaufenen Blick auf mich. »Nun, es waren keine Paläste, würde ich sagen. Aber arme Menschen müssen schließlich auch irgendwo wohnen, und irgendjemandem müssen die Häuser schließlich gehören. Sie haben fast keine Miete gezahlt; also konnten sie nicht viel erwarten. Ich denke, sie sind ganz gut zurechtgekommen. Diese Leute wissen es nicht besser.«

Ich öffnete den Mund zu einem heftigen Widerspruch, doch dann schloss ich ihn rasch wieder. Frank war nicht in einem Zustand, um mit ihm zu debattieren, und ich beschloss, seine gleichmütige Art, über die elenden Bewohner von Agar Town zu reden, fürs Erste zu ignorieren. Er hatte am Abend zuvor eine schlimme Erfahrung gemacht, und es war sinnlos, jetzt schon wieder von ihm zu erwarten, dass er

Mitgefühl für die hypothetischen Mieter von Tante Parrys früherem Besitz zeigte.

»War Tibbett gestern Abend hier?«, fragte Frank. »Ich nehme an, er war da. Wahrscheinlich ist er jetzt in seinem Element.«

»Er war rein zufällig nicht da, nein«, klärte ich ihn auf. »Ein Brief wurde ihm zugestellt, doch er war außer Haus.«

Frank stieß ein Grollen aus. »Dann kommt er gleich heute Nachmittag her; du wirst schon sehen. Es ist außerdem Donnerstag, und er kommt jeden Donnerstag zum Essen, verdammt. Nun ja, ich muss zur Arbeit, und ich hoffe, dass meine Vorgesetzten nicht so engstirnig reagieren, wie es sonst der Fall ist, obwohl meine Hoffnung wohl vergeblich sein wird. Die Regierung Ihrer Majestät mag keine Peinlichkeiten dieser Art bei ihren Lakaien.«

Simms glitt erneut in den Raum und blieb bei Franks Stuhl stehen. »Ich sollte Sie informieren, Sir, dass zwei Beamte der Polizei erschienen sind, ein Sergeant und ein Constable. Sie befinden sich zurzeit in der Küche und möchten die Aussagen des Personals aufnehmen. Es wird, so fürchte ich, die geregelten Abläufe im Haus an diesem Morgen nicht wenig durcheinanderwirbeln.«

»Nun, ich werde nicht hier sein, um das zu ertragen«, erwiderte Frank in brüskem Ton. »Und Mrs Parry wird wohl auch nicht vor Mittag nach unten kommen – wie üblich. Die Polizisten wollen doch nicht mit ihr reden, oder?«

»Nein, Sir. Ich denke, sie wollen lediglich mit dem Personal sprechen.«

»Wie geht es Mrs Simms unter diesen Umständen?«, fragte ich den Butler. »Und Wilkins und dem … dem anderen Mädchen?« Beinahe hätte ich ›Perkins‹ gesagt, doch das war nur einer von Franks üblen Scherzen gewesen, und ich musste unbedingt den Namen der anderen Dienerin herausfinden. Ich fragte Simms nun danach.

»Ellis, Miss. Mrs Simms ist sehr gefasst, Miss, danke sehr. Genau wie Hester Nugent. Wilkins und Ellis hingegen …« Seine Emotionen kämpften unübersehbar gegen die eisige Reserviertheit an. »Ich bedaure, Miss, doch die beiden jungen Personen finden das alles sehr aufregend und scheinen sich prächtig zu amüsieren.«

»Da hat man es!«, sagte Frank an mich gewandt. »Egal, wie schlimm eine Sache auch ist, es findet sich immer etwas Gutes, heißt es nicht so?« Er stieß ein bitteres Lachen aus, bevor er seinen Stuhl zurückschob und sich erhob. »Ich muss los. Ich muss diesen alten Knackern im Foreign Office zeigen, dass ich keine anrüchige Person bin, deren weibliche Haushaltsmitglieder die fatale Neigung haben, sich in verrufenen Gegenden auf niederträchtige Weise umbringen zu lassen. Falls in der Küche Panik und Chaos ausbrechen, musst du dich darum kümmern, Lizzie. Wir sehen uns heute Abend.«

Ich konnte mich nicht daran erinnern, ihm das vertraute ›Lizzie‹ angeboten zu haben, auch wenn wir uns auf seine Initiative hin duzten. Ich hatte nichts dagegen gehabt, dass Inspector Ross mich so genannt hatte. Er kannte mich aus meinen Kindertagen. Doch bei Frank war es die gleiche lässige Art, die er auch bei allen anderen an den Tag legte. Bessie war nur ›der Pilzkopf‹, sämtliche Dienerinnen hießen Wilkins oder Perkins, und die Namen der Gesellschafterinnen, obwohl genaugenommen keine Diener und in meinem Fall beinahe eine Verwandte, wurden irgendwie verniedlicht und verkleinert. Maddie Hexham. Lizzie Martin. Ich funkelte Frank an, doch in Gegenwart von Simms verzichtete ich auf eine Zurechtweisung.

Simms hatte selbst etwas zu sagen. »Falls es unten in der Küche zu Unordnung kommt, Sir, dann werde *ich* mich darum kümmern.«

Wie Frank vorhergesehen hatte, traf Dr. Tibbett bereits am Nachmittag ein. Er hatte die Neuigkeiten inzwischen vernommen. Ich glaube, es gab nicht viele Menschen in London, die noch nichts davon wussten. Ganz gewiss war die Zahl der völlig fremden Leute beträchtlich gestiegen, die wie zufällig vor dem Haus entlangspazierten, verstohlene Blicke darauf warfen und leise miteinander tuschelten. Schließlich ordnete Tante Parry an, dass die Vorhänge zugezogen wurden.

»Wir sind schließlich ...«, sagte sie, während wir uns in dem entstandenen Dunkel setzten, »... Wir sind schließlich *beinahe* ein Trauerhaus. Trotz all ihrer Fehler sollten wir Madeleines Gedenken ein wenig Respekt erweisen.«

Nach Dr. Tibbetts Eintreffen wurde rasch offensichtlich, dass ein wenig Respekt für das Gedenken der Verstorbenen sich nicht darauf erstreckte, gut über sie zu sprechen.

»Meine liebe Freundin!«, rief er beim Eintreten und stapfte über den Teppich, um Tante Parrys Hand zu ergreifen. »Sie müssen am Boden zerstört sein! Kopf hoch, liebe Frau, Kopf hoch! Auch Ihnen einen guten Nachmittag, Miss Martin.« Die letzte Bemerkung kam, als wäre sie ihm gerade noch eingefallen.

»Guten Tag, Dr. Tibbett«, antwortete ich artig. »Sie werden erfreut sein zu hören, dass wir uns einigermaßen gut halten. Mrs Parry im Besonderen ist uns allen ein strahlendes Vorbild.«

Er bedachte mich mit einem raschen Blick, und Tante Parrys Gesichtsausdruck war verdutzt, während sie meine Worte verdaute. Einerseits schätzte sie das Zeichen des Vertrauens. Andererseits konnte sie sich jetzt nicht mehr in ungehörigem Lamentieren ergehen, wo sie doch alles so gefasst aufgenommen hatte.

»Ich habe nicht weniger erwartet«, sagte Tibbett gewichtig. »Sie haben das Herz einer Löwin, meine liebe Freundin. Ich hatte insgeheim bereits so etwas befürchtet, müssen Sie wissen. Dieses Mädchen kam mir von Anfang an vor wie eine Heuchlerin. Angesichts meiner vielen Jahre Erfahrung als Schulmeister habe ich, so könnte man sagen, eine Begabung für das Entdecken von Charakterschwächen entwickelt, für die *Faiblesse* zum Drückebergertum und die Neigung zum Lügen. Diese junge Person konnte mir nie in die Augen sehen. Aha!, war mein erster Gedanke, als ich sie bei Ihnen sah. Auf diese Person musst du ein Auge halten!«

Mit diesen Worten starrte er mich streng an.

»Nun«, sagte Tante Parry nervös. »Madeleine erschien mir

stets als eine nette junge Frau. Deswegen war ich ja auch so schockiert, als wir ihren Brief erhalten haben. Was den übrigens betrifft … Der Inspector von Scotland Yard schien ungehalten zu sein, weil ich ihn nicht aufbewahrt habe.«

»Warum hätten Sie diesen Brief auch aufbewahren sollen?«, entgegnete Tibbett. »Er war ein schäbiges Dokument, in welchem die Erklärung abgegeben wurde, dass sie in Sünde gefallen sei, ohne jegliches Gefühl dafür, etwas Falsches getan zu haben. Wenn eine junge Person den Schutz der Älteren und Erfahreneren abwirft und sich auf die von tiefen Löchern übersäte Straße des Ruins begibt, dann weiß man nie, wie tief sie fallen wird, und kein noch so schreckliches Schicksal wäre völlig unerwartet.«

Wilkins und Ellis, die beiden Mägde, sind offensichtlich nicht die Einzigen, die sich genüsslich im Elend und den Wunden anderer wälzen, dachte ich.

»Es war ja so ein Schock, als der Polizeiinspektor gestern vorbeikam, völlig unerwartet. Gestern Abend musste der arme Frank zum Scotland Yard und von dort … Ich bringe es nicht über die Lippen. Es war so furchtbar!«, lamentierte Tante Parry und führte das Cologne-getränkte Taschentuch zur Nase.

»Er war gezwungen, zu einer Leichenhalle zu gehen und die tote Miss Hexham zu identifizieren«, kam ich ihr zu Hilfe.

Dr. Tibbett schüttelte traurig den Kopf und sagte, das wäre in der Tat furchtbar, und Frank müsse ebenfalls tapfer sein. Ein verlegener Ausdruck huschte über sein Gesicht. »Es tut mir leid, dass ich nicht zu Hause war, als Ihr Brief gestern kam. »Ich … ah, ich wurde ans Bett eines früheren Lehrerkollegen gerufen, der sehr krank ist, sehr, sehr krank sogar. Auf die Bitte seiner Frau hin saß ich für eine Weile bei ihm. Ich denke, es war ihm ein Trost.«

Tante Parry sagte, sie wäre sicher, dass dem so sei und dass Dr. Tibbett sich keine Vorwürfe machen solle, weil er keine Zeit gehabt hätte, sie zu besuchen. Sie könnte das verstehen. Tatsächlich sah sie jedoch ein wenig verärgert aus. Ich fragte mich, ob sie genau wie ich vermutete, dass der Lehrerkollege eine Rolle ähnlich der jener ständig leidenden

Großmütter spielte, mit welchen junge Männer prächtig ausgestattet waren, wenn es um eine Ausrede ging.

»Die … ah … Polizei«, sagte Dr. Tibbett mit für ihn ungewöhnlichem Mitgefühl. »Ist sie … Sind die Beamten noch einmal zurückgekommen?«

»Das ganze Haus war voller Polizei!«, deklarierte Tante Parry erregt, wedelte mit dem Taschentuch und erfüllte die Luft mit dem Duft von Cologne. »Allerdings hat sie mich in Ruhe gelassen, genau wie Elizabeth. Elizabeth hätte sowieso nichts sagen können. Ich kann ihnen ebenfalls nichts sagen. Ich denke, die Diener wissen genauso wenig. Madeleine hat niemandem hier im Haus erzählt, was sie vorhatte.«

»Ein Sergeant und ein Constable haben uns heute Morgen ihren Besuch abgestattet, um die Diener zu befragen«, erklärte ich.

»Ah, die Diener«, sagte Tibbett nachdenklich. »Das Personal ist manchmal versucht, bei Gelegenheiten wie diesen seiner Phantasie freien Lauf zu lassen. Man muss jede Aussage des Personals mit Vorbehalt zur Kenntnis nehmen, fürchte ich.«

»Ich nehme an, die Polizei kennt sich bestens mit diesen Dingen aus«, entgegnete ich brüsk. »Sie wird schon wissen, was sie von den Aussagen des Personals zu halten hat.«

Inzwischen wichen die missbilligenden Blicke, mit denen Tibbett mich immer wieder bedachte, solchen von offener Abneigung.

»Kein Zweifel«, sagte er. »Sie scheinen sich sehr gut mit Situationen dieser Art auszukennen, Miss Martin.«

»Nun ja, eigentlich nicht«, sagte ich zu ihm. »Aber mein Vater war neben seiner Tätigkeit als Arzt auch der Gerichtsmediziner in unserer Stadt.«

»Oh, tatsächlich?«, lautete die mürrische Erwiderung.

In diesem kritischen Augenblick verkündete Simms das Eintreffen von Mrs Belling.

Sie kam ins Zimmer und eilte zu Tante Parry, um diese zu umarmen, bevor die auch nur Zeit gefunden hatte, sich zur Begrüßung ganz aus ihrem Sessel zu erheben.

»Meine Liebe! Das ist ja alles so furchtbar! Wie geht es

Ihnen, Dr. Tibbett? Ich bin ja so froh, Sie hier bei Julia zu sehen! Julia, was soll ich dir nur sagen? Ich fühle mich so schrecklich verantwortlich für das, was geschehen ist!«

Tante Parry und Dr. Tibbett fingen sogleich und gleichzeitig an, Mrs Belling zu versichern, dass sie sich keinerlei Vorwürfe zu machen bräuchte. Da Mrs Belling mich bisher ignoriert hatte, fühlte ich mich nicht veranlasst, etwas zu sagen.

»Ich habe meiner Freundin in Durham geschrieben«, fuhr Mrs Belling fort, als sie genügend Zusicherungen erhalten hatte. »Ich habe sie sehr unverblümt darauf hingewiesen, dass sie viel gründlichere Erkundigungen über dieses Mädchen hätte einziehen müssen, bevor sie es nach London zu uns, das heißt zu dir geschickt hat! Ich bin zutiefst enttäuscht.«

Ich konnte nicht anders, als mich zu Wort zu melden. »Ist der Gedanke nicht schrecklich, wie verängstigt und einsam sich Miss Hexham gefühlt haben muss, als sie gemerkt hat, dass sie hilflos der Gnade ihres Mörders ausgeliefert ist?«

Schweigen antwortete mir. Drei Augenpaare richteten sich auf mich.

»Ich habe daran gedacht«, sagte Tante Parry und wedelte beiläufig mit dem Taschentuch vor den Augen herum.

»Nun. Nun ja«, sagte Mrs Belling unübersehbar verärgert. »Ganz recht. Doch sie hat sich selbst in diese grauenvolle Situation gebracht, oder etwa nicht?«

»Man kann nur hoffen«, sagte Tibbett, »dass sie vor ihrem Tod die Zeit gefunden hat, den Schöpfer um Vergebung für ihre Sünden zu bitten.«

»Läute bitte nach Tee, Elizabeth«, forderte Tante Parry mich streng auf.

Ich zog wild an der Glockenschnur, als hätte ich Dr. Tibbetts Hals an ihrem Ende.

Nachdem beide Besucher gegangen waren, saßen meine Arbeitgeberin und ich für einige Minuten in verlegenem Schweigen da.

»Elizabeth, meine Liebe«, begann Tante Parry schließlich. »Du hast ein freundliches Herz, doch ich fürchte, deine Zunge ist übereilt und ungestüm.«

»Ich wollte Dr. Tibbett nicht verärgern«, erwiderte ich. »Es tut mir leid, wenn ich dich in Verlegenheit gebracht habe, Tante Parry.«

»Das ist es nicht, was ich gemeint habe«, entgegnete sie unerwartet. »In London, mein Liebes, sind die Dinge nicht so, wie sie es vielleicht in deiner Heimatstadt gewesen sind. Dort kannte dich jeder, und jeder kannte deinen Papa. Hier in London werden die Menschen mehr nach ihrem äußeren Erscheinungsbild beurteilt. Ein Blick, ein Lächeln, ein Wort oder ein Stirnrunzeln an der falschen Stelle, und der Ruf einer Person kann auf unglückselige Weise geschädigt sein. Ich würde es nicht gerne sehen, wenn du dir einen Namen machst für, sagen wir, Böswilligkeit.«

»Ich bin nicht böswillig, Tante Parry!«, protestierte ich. »Ich sage, was ich denke, das gebe ich gerne zu! Und obwohl ich Miss Hexham nicht kannte, tut sie mir sehr leid!« Ironisch fügte ich hinzu: »Schließlich schlafe ich in ihrem Bett, oder etwa nicht? Ich muss an sie denken, ob ich will oder nicht.«

»Meine Güte!«, sagte Tante Parry verblüfft. »In der Tat! Möchtest du vielleicht in ein anderes Zimmer ziehen? Macht dir das zu schaffen?«

Ich schüttelte den Kopf. »Nein, Tante Parry. Ich fühle mich wohl, wo ich bin. Bitte mach dir deswegen keine Gedanken. Ich werde mir wohl merken, was du mir gesagt hast.«

Sie tätschelte meine Hand. »Sehr schön. Du bist ein braves Mädchen. Wir werden sehr gut miteinander auskommen.« Sie seufzte. »Aber diese beiden Tage waren sehr anstrengend. Ich denke, ich werde für den Rest des Tages auf mein Zimmer gehen und mir das Abendessen auf einem Tablett nach oben schicken lassen. Schreib bitte eine Nachricht an Dr. Tibbett in meinem Namen, und teile ihm mit, dass ich bedaure, nicht imstande zu sein, heute Abend Gesellschaft zum Essen zu empfangen. Es ist Donnerstag, und normalerweise kommt er heute Abend nämlich zum Essen.«

Ich hatte ganz vergessen, dass wir Donnerstag hatten. Während ich die Nachricht schrieb, fragte ich mich, ob dies bedeutete, dass ich *tête-à-tête* mit Frank würde dinieren müssen. Ich fühlte mich außerstande, einen ganzen Abend lang seine Konversation allein zu ertragen. Glücklicherweise kam es nicht dazu. Zusammen mit der Antwort von Dr. Tibbett, in welcher er seiner Hoffnung Ausdruck verlieh, dass seine liebe Freundin sich bald von ihrer Niedergeschlagenheit erholen würde, und sie bat, ›tapfer‹ zu sein, kam eine Nachricht von Frank, die besagte, dass er einmal mehr in der Stadt zu Abend essen würde. Unter diesen Umständen, schlug Simms ungerührt vor, wünsche Miss Martin sicherlich ebenfalls ihr Abendessen auf einem Tablett in ihrem Zimmer einzunehmen.

Ich willigte ein, da ich nicht den Wunsch verspürte, allein im Speisesaal zu sitzen, während Simms und seine Frau unten tuschelten, dass ich ein Verhalten annahm, das mir in meiner Situation nicht zustand. Das Abendessen traf ein, nach oben gebracht von einer schmollenden Wilkins. Es bestand aus Fischpastete und Reispudding. Ich vermutete, dass es die aufgewärmten Reste der Hauptmahlzeit waren, welche das Personal zuvor gehabt hatte. Ich bezweifelte, dass man der Dame des Hauses eine Fischpastete serviert hatte. Gleichgültig, wie Tante Parry mich auch behandeln mochte, unten im Souterrain kannten sie meinen wirklichen Status sehr genau.

Nachdem ich gegessen hatte, stellte ich das Tablett vor die Tür, in der Annahme, dass Wilkins zurückkommen und es holen würde, sobald sie die Zeit für angemessen hielt. Im Haus herrschte eine unnatürliche Stille. Aus Tante Parrys Zimmer kam kein Laut. Ich ging nach unten und fand sämtliche Räume verlassen vor. Ich beschloss, mir ein Buch aus der Bibliothek zu holen.

Der Geruch von Zigarrenrauch hing noch immer in der Luft. Ich suchte in den dicht gepackten Bücherreihen, doch das meiste war nicht nach meinem Geschmack. Schließlich fand ich einen Band mit Poesie. Ich nahm ihn aus dem Regal und ging damit zu einem der Ohrensessel. Das Licht wurde rasch weniger, und Simms hatte den Gasbrenner in diesem Zimmer zu dieser frühen Abendstunde noch nicht angezündet. Es gab keinen Herrenbesuch zum Abendessen, und die Bibliothek würde nicht als Rauchersalon benutzt werden. Ich brauchte allerdings auch kein Gaslicht. Auf dem Kaminsims stand ein Kerzenstummel in einem Messinghalter, den ich mit einem Sicherheitszündholz ansteckte; dann setzte ich mich.

Ich schlug das Buch auf und stellte fest, dass das Gedicht vor meiner Nase von Coleridge war und den Titel ›Kublai Khan‹ trug. Ich flüsterte einige Zeilen leise vor mich hin:

In Xanadu ließ Kublai Khan
Ein stattlich Lusthaus bau'n
Wo Alph, der heil'ge Fluss verlief
Durch Höhlen breit und endlos tief
Für Menschen, hinab in sonnenloses Meer

Meine Güte, dachte ich, *die Beschreibung passt durchaus auf diese riesige Stadt*. London war wie ein wundervolles Lustschloss, doch es stand über unsichtbaren und furchterregenden Tiefen, die ein Mensch sich kaum vorzustellen vermochte.

Ich klappte das Buch wieder zu und blieb sitzen, das Buch im Schoß. Rings um mich herum knackte das Gebälk dieses überheizten Hauses, während es sich langsam in der nächtlichen Luft abkühlte und setzte. Gelegentlich hallten schnelle Schritte am Fenster vorbei. Einmal hörte ich jemanden in der Ferne eine traurige Melodie pfeifen, doch auch sie verklang und war verschwunden. Coleridges Worte gingen mir immer wieder durch den Kopf, doch nun galten sie nicht länger London, sondern den Kohlengruben meiner Heimat. Ich stellte sie mir ebenfalls als endlose Höhlen in einer sonnenlosen Welt vor, in der Männer und Knaben, zum Teil noch Kinder, in der Dunkelheit schufteten, während hoch über ihren Köpfen die Glücklicheren wandelten, ohne ihnen Beachtung zu schenken. Nach einer Weile vermischten sich all diese Gedanken in meinem Kopf, und ich fiel in einen unruhigen Schlaf. Ich träumte, dass ich allein durch eine lange, dunkle Straße ging, bis ich an einer Weggabelung ankam, wo ich stehen blieb, unentschlossen, welche Richtung ich nehmen sollte. Während ich dort stand und überlegte, kam jemand oder etwas hinter mir heran, und sein warmer Atem schlug mir in den Nacken.

Ich ächzte und schrak mit einem schmerzhaften Ziehen in der Brust hoch. Mein Kopf hatte in ungünstigem Winkel auf der Oberkante der Lehne gelegen, und mein Hals war steif. Vorsichtig hob ich den Kopf, um mir den Hals zu reiben. Während ich dies tat, wurde mir bewusst, dass das Atmen, das ich in meinem Traum gehört hatte, immer noch da war, und es war nicht meines, sondern das einer anderen Person. Mein Kerzenstumpen war niedergebrannt und durch eine neue Kerze ersetzt worden. Ich wollte mich gerade aus meinem Sitz erheben, als ich im Licht der flackernden Flamme feststellte, dass ich nicht länger allein in der Bibliothek war.

Frank Carterton saß in dem anderen Lehnsessel und beobachtete mich trübsinnig. Er hatte die Beine ausgestreckt, und die Finger seiner rechten Hand strichen über sein Kinn. Sein Schatten äffte die Bewegungen an der Wand hinter ihm nach, sodass es aussah, als wären es zwei Personen, nicht eine, und in meinem benommenen Zustand vermochte ich nicht recht zu unterscheiden, welche von ihnen die reale war.

»Wie spät ist es?«, rief ich aus und packte die Sessellehnen. Der Gedichtband polterte aus meinem Schoß und auf den Teppich zu meinen Füßen.

»Kurz nach Mitternacht«, antwortete Frank und ließ die rechte Hand sinken.

»Wie lange bist du schon hier?«

»Oh …« Er und sein Schatten zuckten mit den Schultern. »Vielleicht eine halbe Stunde?«

»Du hast mich erschreckt!«, sagte ich. »Ich habe dich nicht kommen hören.«

Ein Mundwinkel zuckte, als wolle er grinsen. Ich empfand das als unangemessen. »Verzeih mir. Ich habe Simms gesagt, dass ich einen Schlüssel habe, und falls er die Tür unverriegelt lassen würde, müsste er nicht aufbleiben, um auf mich zu warten. Ich würde nicht allzu spät zurückkehren, und ich würde ganz sicher nicht, na ja, ich würde ganz sicher nicht wieder im gleichen Zustand nach Hause kommen wie gestern Abend. Wie du siehst, bin ich nicht betrunken.«

»Was machst du hier drin?« Ich schaffte es noch immer nicht, meine Sinne beieinanderzuhalten.

»Ich dachte, ich rauche noch eine Zigarre, bevor ich mich hinlege. Als ich reinkam, hast du im Sessel geschlafen. Ich wollte dich nicht wecken, aber ich wollte dich auch nicht allein lassen.«

»Dann lasse ich dich jetzt mit deiner Zigarre allein«, sagte ich und machte Anstalten, mich zu erheben.

Frank beugte sich vor und bedeutete mir mit einem Wink, mich wieder zu setzen. »Geh nicht, Lizzie. Ich möchte mit dir reden.«

»Du kannst beim Frühstück mit mir reden!«, entgegnete ich heftig. Mein Verstand funktionierte endlich wieder so, wie er sollte, und ich war ärgerlich auf ihn.

»Aber beim Frühstück gleitet Simms ständig rein und raus, und vertu dich nicht – Simms hat das Gehör einer Fledermaus.«

»Ist das, was du mir zu sagen hast, denn so privat?«, erkundigte ich mich.

»Ja, das ist es, Lizzie. Ich möchte mit dir über Madeleine reden. Ich bin sicher, dass sie unten in der Küche über nichts anderes mehr schwatzen, aber sie haben den Vorteil, dass wir ihre Gespräche nicht hören können.«

»Die Polizei war heute hier, um das gesamte Personal zu vernehmen«, sagte ich.

Frank kicherte. »Jede Wette, dass sie nichts aus ihnen rausgekriegt hat. Simms hat bestimmt dafür gesorgt. Natürlich nur, falls es überhaupt irgendetwas gibt, das irgendeiner von ihnen unseren unerschrockenen Gesetzeshütern erzählen könnte. Aber Simms ist die Ehre dieses Hauses lieb und teuer. Genauso wie sein eigener Ruf.«

»Sein Ruf?«, fragte ich.

»Nun ja. Der Butler in einem Haus gewesen zu sein, wo jemand ermordet worden ist, wäre keine Empfehlung für ihn, falls er sich woanders in einer neuen Position bewerben würde. Nicht, dass er vorhat, uns zu verlassen, soweit ich weiß. Er und Mrs Simms haben es sehr komfortabel hier.« Frank bückte sich und hob den Gedichtband auf. Er las den Titel auf dem Buchrücken. »Ich bin kein großer Freund von Poesie«, bemerkte er.

Vorsichtig legte er das Buch auf einen kleinen Tisch neben seinem Sessel. »Inspector Ross hat mich gefragt, ob mir an Miss Hexhams Verhalten etwas aufgefallen sei, bevor sie uns verließ, irgendetwas, das darauf hindeutete, dass sie mit den Gedanken woanders oder liebeskrank wäre oder so. Ich sagte ihm Nein. Und das stimmt. Ich habe ihr nur sehr wenig Beachtung geschenkt. Sie war eine molkegesichtige, kleine, provinzielle Null.«

»Genau wie ich!«, sagte ich in scharfem Ton.

»Oh nein, nein, nein, Lizzie. Du bist aus ganz anderem Holz geschnitzt. Wie ich schon einmal gesagt habe, bist du intelligent, besitzt einen unabhängigen Geist und eine scharfe Beobachtungsgabe, und du bist außerdem gut aussehend.«

»Du willst mir nur schmeicheln«, stellte ich trocken fest.

»Nein, ganz und gar nicht«, erwiderte er nüchtern. »Alles, was ich gesagt habe, entspricht der Wahrheit. Ich würde fünf Guineas auf die ersten drei Punkte wetten, und den vierten sehe ich mit eigenen Augen.«

»Nur fünf Guineas?«, konnte ich mir nicht verkneifen zu fragen.

Frank zeigte triumphierend auf mich. »Da! Siehst du? Du bist geistesgegenwärtig und hast einen Sinn für Humor. Madeleine war nicht schlagfertig, ganz im Gegenteil, und sie war absolut bar jeden Humors. Man konnte sie foppen, wie man wollte – sie bemerkte den Scherz nie. Sie begriff nicht einmal, wenn man einen Scherz über sie gemacht hatte. Es machte keinen Spaß, und sobald mir das klar wurde, gab ich auf und verlor jegliches Interesse an ihr. Aber irgendjemand anders muss sich für sie interessiert haben, nicht wahr? Zumindest müssen wir inzwischen davon ausgehen.«

Ich sah, wohin dies führte, doch ich beschloss, einstweilen zu schweigen. Schließlich war er es, der das Gespräch auf dieses Thema gebracht hatte.

»Wir haben zwei Möglichkeiten, nicht wahr? Was sagst du, Lizzie? Entweder hat Madeleine diesen unbekannten Mann in unserem Kreis kennen gelernt, was so viel heißt wie, sie kannte ihn, weil er hier in diesem Haus lebt, oder sie ist ihm irgendwo anders begegnet. Aber wenn sie ihm irgendwo anders begegnet ist, dann wo? Du bist eine junge Lady, die neu in London angekommen ist, genau wie Madeleine Hexham. Du hast den Vormittag über frei, weil Tante Julia nicht vor Mittag nach unten kommt. Was würdest du mit deiner freien Zeit anfangen, und wohin würdest du gehen?«

»Bis jetzt war ich noch nirgendwo«, erwiderte ich. »Aber hast du nicht gesagt, Madeleine hätte Bücher aus einer Leihbücherei gelesen? Nun denn, also zur Leihbücherei. Vielleicht hat sie dort jemanden kennen gelernt.«

»Siehst du? Du bist ausgesprochen scharfsinnig, ich wusste es.« Frank nickte. »Aber das Gleiche gilt auch für diesen Inspector Ross. Er ist ein äußerst gerissener Bursche. Ich frage mich, ob er auch schon daran gedacht hat. Ich habe ihm von Maddies Geschmack erzählt, was Literatur angeht. Er hat wahrscheinlich einen seiner Beamten in Zivil in jede Leihbücherei in der gesamten Umgebung geschickt, um jeden zu notieren und zu beobachten, der *Eine Romanze über Grenzen* oder *Die Braut des Korsaren* und ähnlichen Mist ausleiht.«

Ich schwieg weiter, doch diesmal, weil mir ein Gedanke gekommen war, der mir eigentlich sogleich hätte kommen müssen und der mir dummerweise nicht eingefallen war. Ich musste Tante Parry bei der nächsten Gelegenheit sagen, dass ich Inspector Ross schon früher begegnet war und dass mein eigener Vater die Ausbildung des Beamten bezahlt hatte. Dieses Wissen vor ihr zu verbergen, wäre nicht nur unfair, sondern auch unklug, sollte es später ans Tageslicht kommen. Doch das bedeutete noch lange nicht, dass ich es Frank erzählen musste, wenigstens nicht, bevor ich es nicht seiner Tante anvertraut hatte.

»Du siehst sicher«, sagte Frank, der mein Schweigen falsch deutete, »dass ich weit oben auf der Verdächtigenliste des Inspectors stehen muss, nicht wahr? Mehr noch, er mag mich nicht.«

»Vielleicht bist du ihm gegenüber schlicht unfair«, schlug ich vor.

»Gütiger Gott, Lizzie! Ich weiß genau, wann ein Kerl mich nicht leiden kann, selbst wenn es nur ein Polizist ist, dieser unverschämte Mensch!« Nach einem kurzen Moment des Schweigens fügte er hinzu: »Ich hoffe doch sehr, du hast keine Abneigung gegen mich, Lizzie? Ich weiß zwar, dass du mein Verhalten missbilligst, aber das ist nicht das Gleiche.«

Er gab mir keine Gelegenheit zu einer Antwort; abgesehen davon hatte ich gar keine parat. Rasch fuhr er fort: »Ich halte dich vom Schlafen ab. Bitte, verzeih mir. Gute Nacht, Lizzie.« Er stand auf und verneigte sich höflich.

Ich erhob mich ebenfalls. »Gute Nacht«, sagte ich genauso höflich.

Als ich die Tür hinter mir schloss, sah ich durch den kleiner werdenden Spalt, dass er den Gedichtband zur Hand genommen hatte und durchblätterte. Ich dachte bei mir, dass er zwar erklärt hatte, keinerlei Interesse für Madeleine Hexham gehegt zu haben, doch dieses geringe Interesse hatte gereicht, um zu bemerken, welche Literatur sie las. Und nun interessierte er sich für das, was ich las.

Mir war unbehaglich zumute angesichts dieses Gedankenganges. Doch falls ich, wie Frank galant erklärt hatte, intelligent genug war, um mir einen Reim auf gewisse Dinge zu machen, dann war ich schon lange intelligent genug, um zu wissen, dass diese Begabung eine beunruhigende war. Wie viel vorzüglicher musste es da doch sein, sich allein mit den Lustschlössern zufriedenzugeben und die ›für Menschen endlos tiefen Abgründe‹ vollkommen zu ignorieren. Doch das konnte ich nicht.

KAPITEL NEUN

Ben Ross

Ich habe mir angewöhnt, am Ende eines jeden Tages eine detaillierte Aufstellung der Beobachtungen niederzuschreiben, die ich im Laufe einer Ermittlung während meiner Arbeitszeit gemacht habe. Nennen Sie es ein Tagebuch, wenn Sie so wollen. Kollegen, die diese Angewohnheit bemerkt haben, machen sich darüber lustig und nennen mich pedantisch. »Was denn, Ben? Hältst du dich etwa immer noch für einen Schreiber?«

Doch ich finde es nützlich, in der Lage zu sein, zurückzublicken und nicht nur zu sehen, wo und wann ich mit einem Individuum gesprochen habe, sondern auch, was mir zu diesem Zeitpunkt aufgefallen und was vielleicht später im Wirrwarr der Ereignisse wieder in Vergessenheit geraten ist. Diese Marotte hat sich bei mehr als nur einer Gelegenheit als nützlich erwiesen.

Ich nehme an, dass es niemanden interessiert außer mich selbst, und ich kann mir den Spott gut vorstellen, wenn ich vor Gericht mein kleines Notizbuch hervorziehe. Andererseits bin ich fest davon überzeugt, dass es nur noch eine Frage der Zeit ist, bis alle Ermittlungsbeamten, die mit der Aufklärung von Verbrechen betraut sind, das Gleiche tun wie ich schon heute. Wenn wir uns nicht organisiert und wissenschaftlich mit unseren Fällen befassen, wird die Vebrechensaufklärung niemals voranschreiten, und uns wird für alle Zeiten der Ruf von stümperhaften Dorfpolizisten anhaften. Mehr noch, jeder einigermaßen gerissene Anwalt wird imstande sein, uns im Zeugenstand zu verwirren und zum Narren zu machen.

Im Sommer nehme ich meine Notizen im Allgemeinen mit nach Hause und schreibe dort in Ruhe alles nieder. An dunklen Abenden bleibe ich im Büro im Scotland Yard und nutze den Vorteil der Gasbeleuchtung, indem ich den Gestank und das Risiko des Spotts meiner Kollegen ignoriere.

Zurückblickend auf meine Eintragung vom Donnerstag, dem Tag nachdem ich die Nachricht von Madeleine Hexhams Ermordung in den Haushalt der Parrys gebracht hatte, sah ich nun, dass ich hauptsächlich damit beschäftigt gewesen war, Fragen zu stellen und Gegenfragen abzuwehren. Zwischendurch dachte ich viel an Lizzie Martin und insbesondere an jenen Teil unserer Unterhaltung, in dem ich ihr meine Verbindung zu ihrem Vater enthüllt hatte. Ich hatte ihm gegenüber dankbar klingen wollen, denn das war ich auch zutiefst. Ich hatte ihr sagen wollen, wie sehr ich mich freute, sie zu sehen. Doch ich fürchtete, dass ich wie ein wichtigtuerischer Besserwisser geklungen hatte und dass sie mich für einen Dummkopf hielt, insbesondere im Vergleich zu einem schillernden Burschen wie diesem Carterton.

Ich war auf dem besten Weg, eine Abneigung gegen Carterton zu entwickeln, aus Gründen, die nicht das Geringste mit meinen Ermittlungen zu tun hatten. Ich ermahnte mich in Gedanken (nicht in meinen Notizen!), dieser Versuchung zu widerstehen. Carterton war ohne Zweifel ein exzellenter Mann, der seine Tante und seine Arbeit im Namen Ihrer Majestät und ihrer Angelegenheiten in fremden Ländern liebte. Ich wünschte mir sehr, dass sie ihn wegschickten, um die Interessen Großbritanniens irgendwo in Südamerika, Japan oder auf einer einsamen Insel mitten im Pazifik zu wahren, wo er Lizzie aus dem Weg und sie aus seinen Augen war.

Doch zurück zu meinen Notizen. Ich hatte Männer damit beauftragt, nach Agar Town zurückzukehren und sämtliche Arbeiter dort zu befragen. Das erwies sich als langsames und undankbares Unterfangen. Eine Reihe von Arbeitern hatte die Baustelle bereits verlassen. Sie wollten nicht von der Polizei vernommen werden und dass ihre Namen in irgendeinem offiziellen Bericht auftauchten. Der ein oder andere hatte vielleicht bereits ein geringfügiges Vergehen in seinen Akten stehen. Andere gehörten möglicherweise zu jener dunklen Bruderschaft, die aus der normalen Gesellschaft herausgeschlüpft war und sich an ihrem Rand herumtrieb oder in Londons blühender Unterwelt. Sie überlebten durch Gelegenheitsarbeiten hier und dort, genug, um sich ein Bett in einer billigen Unterkunft und eine Mahlzeit zu verdienen. Baustellen boten Leuten von dieser Sorte reichlich Arbeit. Doch nicht alle Männer waren Spitzbuben und Vagabunden, die es nicht besser wussten. Viel wahrscheinlicher waren sie einst respektabel gewesen und in Ungnade gefallen, aus welchen Gründen auch immer. Vielleicht waren Ehemänner unter ihnen, die Frau und Kinder verlassen hatten. Manche waren womöglich ehemalige Bankangestellte, die sich durch Spiel oder Trunksucht ruiniert hatten. Oder erbärmliche kleine Geschäftemacher, die sich verspekuliert hatten und denen Gläubiger im Nacken saßen. London war eine Stadt, in der ein Mann völlig untertauchen konnte, wenn er nicht gefunden werden wollte. Unser Mörder verließ sich genau darauf. Doch er war irgendwo dort draußen, und ich würde ihn finden.

Die Vernehmung der Arbeiter war zwingend erforderlich, auch wenn ich sehr wohl wusste, welche Ergebnisse die Arbeit meiner Constables erbringen würde. Niemand in Agar Town würde zugeben, etwas gesehen zu haben, und ich konnte damit rechnen, dass Mr Fletcher, der Repräsentant der Eisenbahngesellschaft, mir früher oder später einen Besuch abstatten und sich bitter beschweren würde, dass die Arbeit erneut aufgehalten wurde.

Und so war es auch. Er traf am Freitagmorgen gegen halb zehn in meinem Büro ein. Wir waren noch dabei, den vor uns liegenden Tag zu organisieren, und ich hatte überhaupt keine Zeit für ihn. Ich empfing ihn trotzdem, wenngleich missgestimmt. Er schwitzte überreichlich. Der bis dahin graue Frühling hatte sich unversehens zum Besseren gewendet und lieferte einen launenhaften Vorgeschmack auf die Sommersonne. Ich vermutete, dass Fletchers Stirn zum einen von

Schweißperlen bedeckt war, weil er von der Baustelle in Agar Town zum Scotland Yard gehastet war, doch mehr als das schien er außer sich vor Empörung.

»Das ist unerhört!«, krächzte er. Er setzte seine Brille mit den ovalen Gläsern ab und blinzelte mich an, bevor er sein fleckiges Taschentuch hervorzog und sich die feuchte Stirn abwischte. »Wir sind hinter dem Plan! Wenn die Baustelle nicht pünktlich geräumt ist, kann der nächste Bauabschnitt nicht beginnen! Alles wartet darauf, dass wir mit den Abrissarbeiten fertig werden! Alles hängt daran! Haben Sie eigentlich eine Ahnung, was das bedeutet? Ich sehe, Sie haben keine. Können Sie sich in die Lage der Anteilseigner versetzen, die zunehmend unruhig werden, je deutlicher sie erkennen, dass ihre Gewinne möglicherweise verzögert werden? Sie piesacken die Direktoren der Eisenbahngesellschaft, und die Direktoren piesacken wiederum mich!«

Er hob die Stimme zu einem klagenden Jammern. »Können Sie sich die Kosten des ganzen Unternehmens vorstellen? Wissen Sie, wie hoch die Löhne der Arbeiterschaft sind?«

»Mr Fletcher!«, unterbrach ich ihn so höflich, wie es mir möglich war. »Ich habe Ihnen bereits gesagt, dass die Arbeiten auf der Baustelle nicht länger unterbrochen werden müssen.«

»Es ist unmöglich, auch nur halbwegs schneller als mit Schneckentempo voranzukommen!«, schäumte er. »Und das liegt ganz allein an der Gegenwart der Polizei! Kaum haben die Arbeiter mit einem Auftrag angefangen, taucht ein Bursche in Uniform auf und verlangt, dass sie ihre Schaufeln und Hacken niederlegen, damit er sie vernehmen kann. Tag für Tag beschließen ein oder zwei Leute, dass sie nicht länger unter den Augen eines Constables arbeiten wollen, der alles, was sie tun, mit Misstrauen beobachtet und sie unaufhörlich mit impertinenten Fragen belästigt. Als wäre das nicht schlimm genug, gehören die meisten der Arbeiter zwar keiner formellen Religionsgemeinschaft an, aber sie sind unendlich abergläubisch, und niemand will in dem Bereich arbeiten, wo die Tote gefunden wurde. Die wenigen Gottesfürchtigen möchten nichts mit einem Ort zu schaffen haben, wo ein

Verbrechen geschehen ist. Jeden Morgen erscheinen einige nicht mehr zur Arbeit, und dann müssen wir andere Arbeiter finden, die für sie weitermachen.«

»Es gibt sicherlich mehr als genug Arbeiter in London«, schnappte ich.

»Und es gibt mehr als reichlich Arbeit für sie!«, schnappte Fletcher zurück. »Es ist Ihnen vielleicht nicht aufgefallen, Inspector, aber ganz London wird schon seit einer Reihe von Jahren sowohl ober- als auch unterirdisch umgebaut. Unter unseren Füßen graben Arbeiter das neue Kanalsystem von Bazalgette aus; außerdem graben sie einen Tunnel für die Eisenbahn unter der Erde. Rings um uns herum bauen Eisenbahngesellschaften ihre Strecken. Immobilienspekulanten bauen; die Regierung Ihrer Majestät baut. Wenn ein Arbeiter unzufrieden ist mit seiner Arbeit, dann muss er nichts weiter tun als sein Bündel packen und zur nächsten Baustelle gehen, wo er sofort und mit Freuden wieder eingestellt wird! Die Einzigen, von denen es immer genug gibt, sind die Lahmen, die Trunkenbolde und die Faulen. Verstehen Sie jetzt, wie schwierig es ist, fleißige und nüchterne Männer für die Arbeit an dem neuen Bahnhof zu finden? Verstehen Sie jetzt auch, dass solche Männer nicht bei uns bleiben, wenn die gesamte Baustelle von Polizisten nur so wimmelt?«

Ich sagte nichts dazu, doch ich hob meine Augenbrauen, und er schien zu begreifen, dass seine letzten Worte, um noch das wenigste zu sagen, alles andere als taktvoll gewesen waren. Er beeilte sich, sie neu zu formulieren. »Wenn ihre Arbeit durch Ihre Ermittlungen behindert wird, meine ich. Hören Sie, Inspector, äh, Ross, ich bitte Sie: Rufen Sie Ihre Männer zurück! Sie verschwenden ihre Zeit, und ich denke doch, bei einer solchen Ermittlung kann verlorene Zeit nicht wiedergutgemacht werden. Im Baugeschäft ist es jedenfalls so.«

Männer seiner Sorte arbeiteten auch im Kohlengeschäft, doch das sagte ich nicht zu ihm. Sie sahen nur Profit und Verlust. Ihr Ziel war es, aus jedem Individuum das Maximum an Arbeit herauszuholen, und Unfälle oder sogar Todesfälle waren ihnen egal. Ich dachte an die Männer, die die oberen

Mauern mit ihren Vorschlaghämmern eingerissen hatten, während sie sich auf die unsicheren Reste der Konstruktion stützten, und fragte mich, wie viele Unfälle es wohl auf der Baustelle seit Beginn der Arbeiten gegeben hatte.

Andererseits ist die Polizei Diener der Öffentlichkeit, und es ist unsere Politik, ehrenwerte Bürger nicht vor den Kopf zu stoßen – zumal sie eine Menge Scherereien machen können.

»Es tut mir leid zu hören, dass wir Ihren Plan durcheinanderbringen«, sagte ich. »Doch je schneller meine Beamten ihre Erkundigungen abschließen können, desto früher werden wir Ihnen aus den Füßen sein und desto früher können Sie mit dem Abriss der Häuser und dem Abtransport des Schutts fortfahren.«

Ich runzelte die Stirn, während ich sprach. Fletcher glaubte wahrscheinlich, es wäre wegen ihm, denn er sah mich ein wenig nervös an. Doch ich dachte an etwas anderes. Inzwischen war wahrscheinlich in der Tat so viel von der Baustelle weggetragen worden, dass alles, was halbwegs von Interesse für uns war, längst zusammen mit dem Rest verschwunden war.

»Ich möchte, dass Ihre Beamten bis Mittag die Baustelle räumen«, forderte er, während er sein Taschentuch wieder einsteckte.

»Das lässt uns kaum Zeit«, erwiderte ich.

»Ihre Leute waren dort, seit die Leiche gefunden wurde!«, explodierte er. »Und einer von ihnen ist in einen Keller gestürzt! Seine Kollegen mussten ihn mit einem Seil herausziehen! Er hätte sich ein Bein brechen können!«

Ich fragte mich, welcher der Beamten wohl in den Keller gestürzt war, und ärgerte mich, dass man mir keine Meldung darüber gemacht hatte. Ich fragte mich außerdem, ob Fletcher so viel Aufhebens darum gemacht hätte, wäre es einer seiner Arbeiter gewesen.

»Sie sehen also, eine Baustelle ist ein ziemlich gefährlicher Ort«, fuhr Fletcher fort.

»Ganz gewiss für die tote Frau, Madeleine Hexham«, sagte ich.

»Mein lieber Mann, Sie glauben doch wohl nicht im Ernst, dass einer von den Männern sie umgebracht hat!«, brüllte er.

Ich sagte ihm, dass ich im Augenblick gar nichts glaubte. Ich hätte noch keinen Verdacht. Er sah aus, als würde er gleich ersticken.

»Ich werde mich beschweren!«, versprach er und nahm seinen Hut.

»Wie Sie wünschen, Sir«, entgegnete ich.

Er raubte mir meine Zeit, und ich war froh, wenn er verschwand. Mir war ziemlich egal, bei wem er sich beschweren würde.

Nachdem er gegangen war, ging ich ins äußere Büro und suchte Morris.

»Wer ist in den Keller gestürzt?«, schnappte ich.

»Biddle, Sir«, antwortete Morris. »Ein Loch im Boden ist ziemlich anziehend für die Jungen, und Biddle ist kaum mehr als ein Knabe. Neugierig wie junge Burschen nun mal sind, ist er zu der Stelle gegangen, um einen Blick hineinzuwerfen. Der Boden brach ein, und Biddle fiel runter. Constable Jenkins und Adams, der Vorarbeiter, haben ihn gemeinsam mit einem Seil herausgezogen. Ich wollte Sie nicht damit belästigen, Sir, weil Biddle nichts passiert ist. Er hat sich einen Knöchel verrenkt und die Hand verstaucht, aber er ist jung, wie gesagt, und die Knochen sind noch elastisch in diesem Alter. Wir haben beide Verletzungen verbunden, und er kommt gut zurecht. Er ist ein harter Junge.«

»Er mag ein ausgezeichneter Beamter sein und alles, was Sie sagen, aber wenn er mit einem bandagierten Knöchel auf dieser Baustelle herumhumpelt, zieht er Spott und Verachtung auf sich. Wenn er sich die Hand verstaucht hat, wie um alles in der Welt will er sich da Notizen machen? Ich hoffe doch, er fertigt Notizen an, oder?«

»Es ist die linke Hand, Sir, und Biddle ist Rechtshänder«, erwiderte Morris prompt. »Er hat Glück gehabt. Ich habe ihn und die anderen Constables angewiesen, alles aufzuschreiben, Sir, genau wie Sie es gesagt haben.«

»Schaffen Sie ihn hierher zurück«, befahl ich. »Geben Sie

ihm Büroarbeit, bis er wieder gesund ist. Er ist ein Repräsentant der Metropolitan Police und nicht der Pensionäre von Chelsea!«

Ich verließ das Gebäude, bevor ein weiterer Repräsentant der Midland Railway sich auf mich stürzen und mir mit Lamentieren meine Zeit rauben konnte. Die Leute hätten mir wahrscheinlich nicht geglaubt, doch in gewisser Hinsicht konnte ich mit ihnen mitfühlen. Ich verstand ihr Problem nur allzu gut. Es war ein gewaltiges Unternehmen: ein neuer Bahnhof und, nach meinen Informationen, ein prächtiges Hotel davor. Ich hatte in den Zeitungen gelesen, dass es einen Wettbewerb oder so etwas gab, wie das neue Hotel aussehen sollte.

Gleichzeitig fragte ich mich, ob unser Mörder all das in seinen Plan mit einbezogen hatte. Wäre alles so gelaufen, wie er es gewollt hatte, hätten die Trümmer des Hauses Madeleine Hexhams Leichnam unter sich begraben. Ihre zerschmetterten Überreste, die man aus der Ruine gezogen hätte, wären wahrscheinlich nicht mehr zu identifizieren gewesen; ganz gewiss wäre es unmöglich gewesen, die Todesursache festzustellen. Wir hätten vielleicht angenommen, dass es sich um die Leiche einer weiblichen Landstreicherin handelte, die ungesetzlich dort geschlafen hatte. Die Erfordernis, die Abrissarbeiten fortzuführen, hätte mit sich gebracht, dass unsere Untersuchungen oberflächlich und überstürzt gewesen wären. Tote Landstreicher, egal ob Männer oder Frauen und manchmal auch Kinder, waren in London nichts Ungewöhnliches. Sie wurden regelmäßig gefunden. Allmählich sah ich, wie der Verstand des Mörders gearbeitet hatte.

Doch das Schicksal hatte es anders gewollt. Die beiden irischen Arbeiter hatten das Haus vor dem Abriss betreten, vielleicht auf der Suche nach irgendwelchen Dingen von Wert, die vergessen worden waren und die sich verkaufen ließen, vielleicht auch in der Hoffnung, ungesehen und unbemerkt von Adams, dem Vorarbeiter, einen Schluck zu trinken. Madeleine war gefunden worden; wir hatten sie identifiziert, und wir hatten die Todesursache festgestellt. Und nicht nur das, sondern auch den Zeitpunkt ihres Todes. Sie war höchstens zwei Wochen tot gewesen, und das, obwohl sie bereits seit zwei Monaten vermisst wurde. Wo war sie in der Zwischenzeit gewesen? Innerhalb von zehn Tagen nach ihrem Verschwinden aus dem Haushalt der Parrys hatte sie den Brief geschrieben – oder war gezwungen worden, ihn zu schreiben. Ich hielt es für wahrscheinlicher, dass sie ihn selbst geschrieben hatte. Falls er gefälscht worden war, dann von jemandem, der ihre Handschrift gut genug gekannt hatte. Und es gab Leute, die ihre Handschrift kannten, und ich war auf dem Weg zu einer dieser Personen: Mrs Sinclair Belling vom Dorset Square.

Ich hatte jemanden zu ihr geschickt, um sie darüber zu informieren, dass ich kommen würde, da ich wusste, dass sie mich nicht in Gegenwart von Freunden aus der Gesellschaft empfangen würde. Und so kam es, dass ich in ihren Salon geführt wurde, wo sie mich zusammen mit ihrem Sohn empfing, den sie mir vorstellte.

»Das ist mein Sohn James. Mein Mann Sinclair ist geschäftlich unterwegs. Er ist in Südamerika und kommt nicht vor nächstem Monat nach Hause. Seine Geschäfte haben hauptsächlich mit Banken zu tun, aber er beschäftigt sich auch mit dem Bau von Eisenbahnen, und Südamerika ist ein blühender Markt. James ist während seiner Abwesenheit der Mann im Haus.«

Er mochte ja der Mann im Haus sein, doch er erweckte den Eindruck eines störrischen Heranwachsenden. Er sah aus wie Anfang zwanzig, aber er besaß eine schlaksige Gestalt und glattes blondes Haar. Er trug eine Brille. Finster starrte er mich an und kaute nervös auf seiner Unterlippe.

»Was möchten Sie von mir erfahren?«, erkundigte sich seine Mutter forsch. »Sie sind in Zusammenhang mit diesem unglücklichen Mädchen hergekommen, Madeleine Hexham. Ich kannte sie nicht persönlich. Sie wurde mir von einer Freundin empfohlen, und auf dieser Grundlage habe ich sie wiederum meiner Freundin Mrs Parry weiterempfohlen.

Das war ein großer Fehler von mir, doch zum damaligen Zeitpunkt wussten wir das noch nicht.«

»Ja, Ma'am, ganz recht. Wenn ich recht informiert bin, hatten Sie, nachdem Ihre Bekannte aus dem Norden Sie mit Miss Hexham in Verbindung gebracht hat, einen Briefwechsel mit der jungen Frau. Ist das korrekt?«

»Mit Miss Hexham? Ja. Ich bekam ein oder zwei Briefe von ihr. Ich hatte sie gebeten, mir ihren Lebenslauf zu schicken und die Namen von Haushalten, in denen sie bereits gearbeitet hatte, zusammen mit allen eventuellen Empfehlungsschreiben, die sie erhalten hatte. Sie schickte einen Brief von einer Bischofswitwe, bei der sie als Gesellschafterin gearbeitet hatte. Das Schreiben lobte sie in den höchsten Tönen. Man sollte wirklich meinen, eine Bischofswitwe besäße Urteilsvermögen und Menschenkenntnis. Ich nahm den Brief beim Wort. Madeleine selbst schrieb einen freundlichen, intelligenten Brief. Sie gab mir sämtliche verlangten Informationen über sich. Es gab keinen Grund für mich, Inspector, überhaupt keinen Grund zu glauben, dass sie irgendetwas anderes als absolut vertrauenswürdig und verantwortungsbewusst sein könnte.«

»Haben Sie diese Briefe noch, Ma'am?«

»Selbstverständlich nicht! Wo denken Sie hin?«, fragte sie verärgert. »Ich habe sie wahrscheinlich alle meiner lieben Freundin Mrs Parry gegeben. Ich erinnere mich nicht. Vielleicht habe ich sie auch vernichtet.«

Mrs Parry hatte die Korrespondenz zwischen Mrs Belling und der Lady in Durham erwähnt, doch sie hatte nicht so gesprochen, als wären die Briefe in ihrem Besitz.

»Haben Sie den Brief gesehen, Ma'am, den Mrs Parry nach dem mysteriösen Verschwinden von Miss Hexham aus dem Haushalt der Parrys von Madeleine erhalten hat?«, erkundigte ich mich.

Mrs Belling errötete. »Ich habe ihn gesehen, ja. Julia Parry hat ihn mir gezeigt. Sie war höchst aufgebracht, und das aus gutem Grund. Das Mädchen schrieb, es wäre durchgebrannt! Sie hat nicht erwähnt, wer der Mann gewesen sein könnte. Das Mädchen hatte ganz eindeutig sowohl mich als auch ihre Arbeitgeberin getäuscht! Mit einem Mann davonzulaufen, welches Mädchen tut so was? Wenn er respektabel war, warum hat sie dann nicht ihre Arbeitgeberin gebeten, ihn zu empfangen und ihr ihre Meinung über ihn zu sagen? Warum kam der Mann selbst nicht in den Haushalt der Parrys, um sich zu erklären und Mrs Parrys Erlaubnis einzuholen, ihrer Gesellschafterin seine Aufwartung machen zu dürfen? Die ganze Geschichte war höchst ungebührlich. Wenn ich recht informiert bin, meint Dr. Tibbett, dass die Absichten dieses Mannes nicht ehrenhaft gewesen sein können, und ich neige dazu, mich seiner Meinung anzuschließen. Was Madeleine Hexham angeht, dieses törichte Ding, so war sie wahrscheinlich naiv genug zu glauben, dass er sie heiraten wollte. Doch selbst das erklärt nicht, warum sie einfach mit ihm davongelaufen ist. Das war nicht die Art von Verhalten, das man von jemandem erwartet, der als Gesellschafterin einer Bischofswitwe gearbeitet hat!«

Mrs Belling verstummte finster am Ende ihres Ausbruchs. Ich versuchte, sie aus dieser Stimmung zu reißen.

»Und hatten Sie den Eindruck, dass die Handschrift in dem Brief, den Mrs Parry Ihnen gezeigt hat und in dem Madeleine Hexham geschrieben hat, sie wäre durchgebrannt, die gleiche war wie in den Briefen, die Sie von Miss Hexham erhalten haben?«

»Selbstverständlich!«, entgegnete sie in scharfem Ton. »Wäre es nicht so gewesen, hätte ich gewiss sofort etwas dazu gesagt!«

Ich glaubte ihr. »Erzählen Sie mir doch bitte«, bat ich sie, »ob Sie sich daran erinnern, wie Miss Hexhams frühere Umstände waren? Was hat sie Ihnen über sich selbst geschrieben?«

Mrs Belling gestikulierte mit dünner weißer Hand, an der ein Smaragdring von großer Schönheit und ohne Zweifel entsprechendem Wert funkelte. Ich fragte mich, ob der Stein in Südamerika gekauft worden war, und dachte unfreundlich, dass er an ihr verschwendet war. Sie war eine mürrisch dreinblickende Frau und meiner Meinung nach niemals hübsch gewesen. Allerdings war sie sehr modisch gekleidet und gewaltig geschnürt.

»Sie war die Tochter eines Kurators. Ich nehme an, das ist der Grund, warum die Bischofswitwe sie bei sich aufgenommen hat. Man sollte meinen, dass die Tochter eines Hilfsgeistlichen moralischen Prinzipien folgt!«, fügte sie ärgerlich hinzu. »Wenn man sich schon nicht mehr auf die Geistlichkeit verlassen kann, dass sie ihre Kinder zu einem Vorbild erzieht, dann wird sich der moralische Verfall in den unteren Schichten noch weiter ausbreiten, als dies ohnehin schon der Fall ist.«

»Und ihre Eltern?«, fragte ich.

»Oh, sie sind beide tot, genau wie ihre Geschwister. Sie war eines von fünf Kindern, doch sie war die Einzige, die das Erwachsenenalter erreicht hat. Sehr traurig, wirklich, doch nicht ungewöhnlich. Es gab kein Geld. Sie wurde sich selbst überlassen, und wir wissen ja inzwischen, wohin das geführt hat!«

»Wissen wir das, Ma'am?«, fragte ich.

»Sie war auf der Suche nach einem Mann«, erklärte Mrs Belling scharf. »Obwohl sie nichts hatte, was sie ihm hätte bieten können.«

»Ich habe sie eigentlich als eine sehr angenehme Person empfunden«, bemerkte James unerwartet.

Er war so still gewesen, dass ich seine Anwesenheit beinahe vergessen hatte, und ich nehme an, seiner Mutter ging es genauso. Ihr Kopf ruckte zu ihm herum, und sie fragte herrisch: »Was weißt du denn schon, James? Du hast sie doch gar nicht gekannt!«

Er errötete. »Nun ja, nein, Mama. Aber ich bin ihr begegnet.«

»Wann und wo?«

Ich hatte ihm die gleiche Frage stellen wollen, doch seine grimmige Mutter war mir zuvorgekommen. Es war besser, dass sie die Frage stellte; deswegen reagierte ich nicht verstimmt.

»Ich war ein paarmal der vierte Mann beim Whist, als du, Mrs Parry und Madeleine gespielt haben, erinnerst du dich? Außerdem war sie einige Male zusammen mit Mrs Parry hier bei uns. Und einmal hast du mich zu Mrs Parry mitgenommen, und Madeleine war da.«

»Pah!«, sagte seine Mutter. »Wie kannst du einen Menschen aufgrund einer so flüchtigen Bekanntschaft beurteilen?« Sie wandte sich wieder an mich. »Die Meinung meines Sohnes hat in dieser Angelegenheit überhaupt nichts zu bedeuten.«

»Ich bin trotzdem daran interessiert, sie zu hören«, entgegnete ich.

»Danke sehr«, sagte James knapp und, wie ich meinte, nicht ohne Ironie.

Vielleicht bemerkte seine Mutter den ironischen Unterton ebenfalls. »Du kennst doch nur deine elenden Fossilien, James«, sagte sie in ruhigem Ton. »Es wäre besser, wenn du dich bei allen anderen Dingen mit deiner Meinung zurückhalten würdest.«

»Fossilien, Sir?«, fragte ich ihn.

Unerwartet füllte sich das blasse Gesicht des jungen Mannes mit Leben, und er beugte sich eifrig vor. »Ja. Ich sammele Fossilien, und ich arbeite zurzeit an einem Buch, von dem ich glaube, dass es eine Menge zur gegenwärtigen Debatte beitragen wird. Ich war auf einer Reihe von äußerst erfolgreichen Expeditionen, und meine Sammlung gehört, glaube ich, mit zu den besten und umfangreichsten, die es in diesem Land in privaten Händen gibt. Interessieren Sie sich für Fossilien, Inspector?«

»Ich habe ein paar beeindruckende Versteinerungen in Schiefer gesehen, der in der Gegend der Kohlenminen gefunden wurde«, sagte ich.

»Dann, vielleicht ...«

Doch James durfte nicht zu Ende reden. »Der Inspector ist nicht hergekommen, um über Fossilien zu reden, James!« Mrs Belling wandte sich zu mir. »Wäre das alles, Inspector? Es gibt nichts mehr, was ich Ihnen noch sagen könnte, und James weiß überhaupt nichts.«

»Ja, Ma'am. Ich danke Ihnen für Ihre Zeit.«

Der Butler materialisierte scheinbar aus dem Nichts, ohne dass seine Herrin nach ihm geläutet hätte. Er musste draußen vor der Tür gelauert haben. Er gehörte zur gleichen Sorte wie Simms, der Butler der Parrys, und führte mich mit effizienter Geschwindigkeit nach draußen.

Ich war nicht weiter überrascht, dass ich bei meiner Rückkehr in den Scotland Yard eine Nachricht auf meinem Schreibtisch von Superintendent Dunn vorfand. Darin stand, er würde sich freuen, mich in seinem Büro zu sehen.

Wie ich mir gedacht hatte, war Fletcher vor mir dort gewesen.

»Wie lange wollen Sie noch Männer auf der Baustelle behalten?«, fragte mich Dunn, kaum dass ich durch die Tür war. »Dieser Fletcher hat mir das Ohr wund geredet. Er scheint zu glauben, dass sämtliche Ermittlungen unsererseits Teil einer Verschwörung sind, seinen Zeitplan zu stören und die Pläne der Midland Railway Company zu unterminieren.«

»Ich hoffe, heute dort fertig zu werden. Ich brauche alle Männer. Wir sind knapp an Personal. Solange die Baustellenleiter nicht mit uns kooperieren, verlangsamen sie alles nur noch mehr. Ich schaffe es einfach nicht, Fletcher zur Einsicht zu bewegen.«

Dunn seufzte und kratzte sich an seinem eisengrauen Schopf. Am Morgen, wenn er zur Schicht eintraf, lag sein Haar immer gut gekämmt, um sich im Laufe des Tages zu einem veritablen Heuhaufen emporzuarbeiten.

»Nun ja … Mr Fletcher hat sicher seine Auftraggeber im Nacken; also springt er uns in den Nacken. Wie heißt das Sprichwort doch so schön? Große Flöhe haben kleine Flöhe, die ihnen in den Rücken beißen.«

»Und kleine Flöhe haben kleinere Flöhe und so weiter und so fort«, beendete ich den Satz für ihn.

»Jedenfalls trifft das zu einhundert Prozent auf die Arbeit eines Polizisten zu!«, grollte Dunn. »Dann lassen Sie mal hören. Wer sind Ihre wahrscheinlichen Kandidaten für den Mord?«

»Ich kann nicht sagen, dass ich schon welche hätte, Sir! Es gibt ein oder zwei Gentlemen, die eine Ermittlung wert wären, falls das Mädchen in der Tat mit einem Geliebten durchgebrannt ist. Einer lebt im Haushalt der Arbeitgeberin, Francis Carterton. Er hat eine Karriere im Foreign Office vor sich, und ich glaube, er ist als Erbe seiner reichen Tante vorgesehen, Mrs Julia Parry, die Madeleine als ihre Gesellschafterin eingestellt hatte. Ich kann mir nicht vorstellen, dass Mrs Parry eine Ehe zwischen ihrem Neffen und ihrer Gesellschafterin gutgeheißen hätte. Ich nehme nicht an, dass es die Sorte von gesellschaftlich vorteilhafter Paarung gewesen wäre, die eine Karriere hätte fördern können. Wenn er dumm genug war, dem Mädchen andere Hoffnungen zu machen, dann hat er sich in eine ziemliche Zwickmühle begeben.«

»Carterton, hm ...«, murmelte Superintendent Dunn. »Sonst noch jemand?«

»Da wäre noch Mr James Belling. Seine Mutter hat ihrer Freundin Mrs Parry Madeleine Hexham empfohlen. Mrs Belling kannte das Mädchen nicht persönlich, sondern bekam es ihrerseits von dritter Seite empfohlen, einer Bekannten in Durham. Mr James Belling kannte Madeleine, so viel steht fest. Er scheint stark unter der Fuchtel seiner Mutter zu stehen. Er interessiert sich für Fossilien und reist gerne durchs Land auf der Suche nach neuen Stücken. Ich will herausfinden, ob er im Laufe dieser Reisen schon einmal oben im Norden gewesen ist. Er schreibt zurzeit ein Buch über das Thema. Ich nehme an, er hat keine andere Beschäftigung. Seine finanziellen Mittel werden zweifellos von der Mutter kontrolliert. Diese Frau ist ein Monster. Eine Verbindung zu Miss Hexham hätte sie gewiss nicht gebilligt. Sie hätte ihrem Sohn das Leben zur Hölle gemacht, wenn sie auch nur den Verdacht gehegt hätte, dass von seiner Seite aus ein Interesse an der jungen Dame bestehen könnte.«

»Hah!«, sagte Dunn finster und strich sich mit den kurzen Fingern durchs Haar, das von seinem Kopf abstand wie die Borsten eines Malerpinsels.

»Dann wäre da noch die Frage nach dem Verbleib der Briefe, die Miss Hexham aus Durham an Mrs Belling geschrieben hat, bevor sie nach London gekommen ist. Ich würde zu gerne wissen, wo sie geblieben sind. Möglicherweise wurden sie vernichtet. Mrs Belling deutete an, dass sie an Mrs Parry übergeben wurden, doch Mrs Parry hat mit keinem Wort erwähnt, dass sie in ihrem Besitz sind oder dass sie überhaupt von ihrer Existenz weiß. Ich habe das Gefühl, die Andeutung war schlicht dazu gedacht, meine Neugier zu dämpfen. Möglicherweise sind sie in irgendeiner Schublade im Haus der Bellings verloren gegangen. Oder, falls Mrs Parry sie tatsächlich erhalten hat, liegen sie vergessen irgendwo in ihrem Haus.«

Dunn lehnte sich in seinem Sessel zurück und fixierte mich aus seinen kleinen schlauen Augen. »Also wäre es möglich, falls jemand die Handschrift der Toten imitieren wollte, dass er die Briefe in einem der beiden Häuser gefunden hat und als Vorlage hat nehmen können, korrekt?«

»Jawohl, Sir. Obwohl Mrs Parry den Brief nicht aufbewahrt hat, in dem Miss Hexham ihr mitgeteilt hat, dass sie durchgebrannt ist. Die Kleidung des Mädchens wurde daraufhin unter den Bediensteten verteilt. Miss Hexham wurde aus den Unterlagen getilgt. Das ist eine rechte Schande, von unserem Standpunkt aus betrachtet.«

»Sonst noch etwas?«

Ich zögerte. »Ja, Sir, allerdings ist das eine persönliche Angelegenheit, über die ich Sie informieren sollte. Mrs Parrys gegenwärtige Gesellschafterin ist eine gewisse Miss Elizabeth Martin. Ihr Vater, der verstorbene Dr. Martin, war mein großzügiger Wohltäter. Er hat meine Schulausbildung bezahlt und meine Mutter mit Geld unterstützt, als ich noch nicht gearbeitet habe.«

Dunn hob die Augenbrauen. »Ist Miss Martin irgendwie in den Fall verwickelt?«

»Ich wüsste nicht, wie das sein könnte, Sir. Sie ist erst am Dienstag in London angekommen, dem Tag, an dem die Leiche von Miss Hexham gefunden wurde. Sie hat den Posten als Gesellschafterin angeboten bekommen, weil der verstorbene Mr Parry ihr Patenonkel war.«

»Könnten Sie in einen Interessenskonflikt geraten?«, fragte Dunn.

»Nein, Sir. Obwohl ich gestehen muss, dass ich Elizabeth Martin nur ungern in diesem Haushalt sehe.«

»Lassen Sie sich nicht davon beeinflussen, verstanden? Sie sind intelligent genug, um es nicht zuzulassen. Machen Sie also weiter. Konzentrieren Sie sich auf die Tätersuche, und ich halte Ihnen die Eisenbahngesellschaft vom Hals. Sollen sie sich ruhig auf mich stürzen.« Er strich ein letztes Mal durch den wirren Wald grauer Haare. »Allerdings, wenn sie sich an mir die Zähne ausbeißen, werden sie sich an meine Vorgesetzten wenden. Wir haben nicht allzu viel Zeit, um diesen Fall zu lösen.«

»Da wäre noch eine Sache, Sir«, sagte ich. »Im Hinblick auf die Eisenbahngesellschaft. Es scheint, dass Mr Sinclair Belling, der Vater von James Belling und Ehemann von Mrs Belling, ein Banker ist, der sich für den Bau von Eisenbahnen interessiert. Er hält sich gegenwärtig in Südamerika auf, wo irgendeine Bahn gebaut wird. Ich frage mich, ob Mr Belling vielleicht rein zufällig einer der Anteilseigner der Midland Railway Company ist? Vielleicht besteht kein Zusammenhang, aber ich würde gerne wissen, wer bei diesem Fall welche Interessen verfolgt.«

Dunn starrte mich an; dann kritzelte er den Namen Sinclair Belling auf ein Blatt Papier. »Ich werde mich erkundigen.« Er tippte mit dem Stift auf den Schreibtisch. »Diese Sache wird von Minute zu Minute komplizierter«, sagte er. »Ein ganzer Sack voll möglicher Motive tut sich auf.« Er musterte mich aus kleinen Augen. »Und das unter der Annahme, dass es sich bei dem Mörder um einen Mann handelt. Das Opfer war leicht gebaut und zierlich, sagen Sie?«

»Ja, Sir, und Carmichael glaubt auch, Zeichen von schlechter Ernährung vor ihrem Tod gefunden zu haben, allerdings nur in den letzten Wochen. Wenn sie gehungert hat, dann erst seit ihrem Verschwinden aus dem Haushalt der Parrys.«

»Also könnte sie auch von einer anderen Frau leicht überwältigt worden sein, liege ich da richtig?«

»Mühelos, Sir. Doch diese Frau hätte einen Komplizen benötigt, um die Leiche wegzuschaffen.«

»Verdammt!«, sagte Dunn leise. »Miss Hexham könnte ein rechtes Ärgernis für alle gewesen sein. Jeder von ihnen könnte seine Hand im Spiel gehabt haben!«

KAPITEL ZEHN

Elizabeth Martin

Es klopfte energisch an meiner Tür, und dann flog sie unsanft auf an jenem Freitagmorgen kurz vor acht. Bessie kam herein, laut ächzend und die schwere Kanne mit heißem Wasser in den Armen. Das Ächzen mochte von der Anstrengung herrühren, doch ich hatte das Gefühl, dass Ärger die Ursache war. Sie erweckte zumindest den Anschein, einigermaßen aufgebracht zu sein. Mürrisch erwiderte Bessie meinen Morgengruß, ohne jedoch meinem Blick zu begegnen.

Während ich aus dem Bett stieg und mir meinen Schal umlegte, nahm sie die tönerne Schale vom Waschschrank und stellte sie auf den Teppich. Ich beobachtete sie, während sie heißes Wasser aus der Kanne hineingoss. Konzentriert verrichtete sie ihre Arbeit, um nur ja nichts zu verschütten.

»Lass nur, Bessie«, sagte ich, nachdem sie die Schale gefüllt hatte und Anstalten machte, sie wieder auf den Waschschrank zu heben. »Ich mach das schon.«

»Wie Sie meinen, Miss.« Sie packte die leere Kanne und wollte zur Tür wie ein aufgeschreckter Käfer, der in eine neue Deckung flüchtet, wenn der Stein umgedreht wird, unter dem er sich versteckt hat.

»Bessie!«, rief ich.

Sie war bereits halb durch die Tür, doch sie konnte nicht so tun, als hätte sie mich nicht gehört. Unwillig drehte sie sich wieder zu mir um und blieb abwartend im Durchgang stehen.

»Ja, Miss?«

»Was ist gestern unten passiert, als die Polizei im Haus war, um das Personal zu vernehmen? Weißt du, ob die

Polizisten etwas Interessantes in Erfahrung gebracht haben?«

»Nein«, antwortete Bessie. »Niemand hat mir irgendwas erzählt. Außerdem hat Mr Simms gesagt, dass wir nicht schwatzen sollen.« Die Worte kamen in einem Ton von feierlicher Tugendhaftigkeit und wurden von einem bedeutsamen Blick begleitet.

»Mr Simms wollte nicht, dass du nicht mit mir sprichst, Bessie. Genauso wenig, wie er wollte, dass du der Polizei Informationen vorenthältst, die ihr vielleicht weiterhelfen könnten.«

Bessie bedachte mich mit einem weiteren Blick, der nahelegte, dass sie den Butler schließlich besser kannte als ich. Doch ich wollte ihr klarmachen, dass der Butler vielleicht Autorität über sie besaß, jedoch keine über mich.

»Hat einer der Polizeibeamten mit dir gesprochen, Bessie?«, fragte ich freundlich.

Bessie verlagerte den leeren Krug von einer Hand in die andere und zögerte; doch wie ich geahnt hatte, schwelte in ihrem Herzen ein Groll. Jetzt kochte er über, und endlich sprudelten die Worte aus ihr hervor.

»Sie kamen erst ganz zum Schluss zu mir. Ich meine, ich bin ein Niemand, soweit es die Polizisten betrifft. Sie haben alle anderen vernommen und alles aufgeschrieben und so. Dann hat sich der Constable, so ein großer, schwitzender Kerl in einer blauen Uniform, zu mir umgedreht und gegrinst. ›Na, du halbe Portion?‹, hat er gesagt. ›Hast du uns vielleicht auch etwas zu erzählen?‹«

Bessies Miene verdüsterte sich wütend bei dem Gedanken, und die zu große Haube rutschte ihr in die Stirn. »›Nein!‹«, hab ich zurückgegiftet. ›Und Sie haben kein Recht, so mit mir zu reden! Ich bin eine ehrliche Bürgerin, das bin ich, und Sie müssen höflich zu mir sein!‹ Er hat sich fast totgelacht. Dann kam der Sergeant herbei, um zu sehen, was los war, und schickte den dicken Constable weg. Und dann bekam ich Scherereien mit Mrs Simms, weil ich frech gewesen war zu einem Beamten des Gesetzes. Aber ich war nicht diejenige, die sich Freiheiten herausgenommen hat! Er war es!«

»Vielleicht wollte er dich nur beruhigen, Bessie, für den Fall, dass du verängstigt warst«, schlug ich besänftigend vor.

»Nein!«, schniefte Bessie. »Er fand sich toll, das ist alles. Er hat ein Auge auf Wilkins geworfen, als sein Sergeant nicht hingesehen hat, aber er ist abgeblitzt bei ihr. Wilkins trifft sich mit dem Diener aus Nummer sechzehn. Er hätte leichter zum Zug kommen können, wenn er sein Glück bei Ellis versucht hätte, wissen Sie? Aber Ellis ist nicht so hübsch wie Wilkins. Wenn ich jetzt nicht wieder nach unten gehe, Miss, krieg ich schon wieder Ärger mit Mrs Simms!«

Und mit diesen Worten huschte sie davon. Ich überlegte, dass unten in der Küche eine Welt existierte, die sich getreu den darwinschen Theorien ganz anders entwickelt hatte als die Gesellschaft oben. Hätte sich der große Naturwissenschaftler darangemacht, sie zu studieren, er wäre auf genauso viel Interessantes gestoßen wie in Feuerland. Bessie begriff trotz ihrer Jugend die Welt sehr gut, in der sie lebte. Sie besaß scharfe Augen und einen wachen Verstand und hatte erkannt, was Erwachsene antrieb. Vielleicht hätten die Beamten zuerst mit ihr sprechen sollen und nicht warten bis zuletzt. Und als einer von ihnen mit ihr gesprochen hatte, hatte er den Fehler begangen, sie in ihrer Würde zu beleidigen. Was auch immer Bessie wusste – und ich war sicher, dass sie etwas wusste –, jetzt würde sie es für sich behalten, schon aus Prinzip.

»Oder …«, sagte ich leise zu mir selbst, »… oder, weil sie Repressalien fürchtet.«

Ich ging ein wenig später nach unten als an den vorherigen Tagen, und Frank hatte das Haus bereits verlassen. Ich war froh darüber. Die Erinnerung an unsere Begegnung in der Bibliothek erweckte gemischte Gefühle in mir. Er hätte nicht dort sitzen dürfen und mich beobachten, während ich im Sessel geschlafen hatte. Er hatte meine ungünstige Situation ausgenutzt, als ich erwacht war, und ich hatte das Gefühl, dass meine Antworten dumm geklungen hatten. Andererseits wusste ich, in welch delikater Lage er sich selbst im Hinblick auf Madeleines Verschwinden und ihr nachfolgendes Schicksal befunden hatte. Er musste, genau wie er gesagt hatte, ganz oben auf der Liste von Inspector Ross' Liste der Verdächtigen stehen. Falls Ross denn eine Liste hatte.

Doch ich hatte mein eigenes Programm im Sinn. Zu diesem Zweck machte ich mich zuerst daran, in Simms' Gunst zu kommen. So ärgerlich der Gedanke auch war, das zu tun, ein Butler ist eine Person, deren Sympathien man sich besser nicht verscherzt, und ich benötigte seine Billigung bezüglich des Plans, den ich ausgeheckt hatte.

»Darf ich Ihnen ein wenig Schinken schneiden, Ma'am?«, erkundigte er sich, als er die Kaffeekanne vor mir abstellte.

»Hören Sie, Simms«, sagte ich. »Ich möchte niemandem unnötig Arbeit machen, aber Mr Carterton hat mir erzählt, dass Mrs Simms ein wahrhaft köstliches Omelette zuzubereiten versteht. Was glauben Sie? Findet sie vielleicht die Zeit, um mir ein kleines Omelette zu machen?«

Simms dachte über mein Ansinnen nach. »Nun, Miss, ich denke, das dürfte kein Problem sein. Ich werde hinuntergehen und sie fragen.«

Nach recht kurzer Zeit traf das Omelette ein. Frank hatte die Wahrheit gesagt: Es war wirklich exzellent. Als Simms zurückkehrte, um den Teller abzuholen, sagte ich aufrichtig: »Bitte richten Sie Mrs Simms meinen Dank aus. Das Omelette war in der Tat köstlich.«

»Es war ihr eine Freude, Miss Martin«, entgegnete er einigermaßen gnädig.

»Ich hoffe, die Aktivitäten der Polizeibeamten gestern haben Sie nicht allzu sehr gestört«, fuhr ich fort. »Es muss ein rechtes Ärgernis für Mrs Simms gewesen sein.«

»Mrs Simms ist zurechtgekommen«, erwiderte Simms. »Mrs Simms ist bemerkenswert belastbar. Ich glaube nicht, dass es einen Notfall haushaltlicher Natur gibt, den Mrs Simms nicht in die Hand nehmen und binnen kürzester Zeit lösen könnte.«

»In der Tat, ich bin sicher, dass es so ist. Mrs Simms ist eindeutig eine exzellente Köchin, und der gesamte Haushalt läuft, wie mir scheint, glatt und präzise wie ein Uhrwerk.«

Ich ermahnte mich, es nicht zu übertreiben. Allerdings glaubte ich nicht, dass Frank zu der Sorte von Leuten gehörte, die dem Personal dankten, genauso wenig wie Mrs Parry – und Regen, der auf ausgetrockneten Boden fällt, wird rasch aufgesogen.

»Ich danke Ihnen, Miss Martin«, sagte Simms und lächelte beinahe.

»Ich zögere, ein weiteres Mal auf die Gutmütigkeit von Mrs Simms zu spekulieren«, sagte ich. »Doch wie Sie wissen, bin ich neu in London. Es ist so viel passiert seit meiner Ankunft in dieser Stadt, dass ich noch keine Zeit gefunden habe, mich ein wenig umzusehen. Ich habe vor, dieses Versäumnis heute nachzuholen; aber ich muss gestehen, dass ich mehr als ein wenig fürchte, mich zu verlaufen. Ich hatte überlegt, ob Mrs Simms heute Morgen möglicherweise für ein, zwei Stunden auf Bessie verzichten könnte. Bessie kennt sicher jede Straße und jede Gasse, und wenn ich sie mitnehmen könnte, müsste ich nicht fürchten, den Fuß in eine falsche Gegend zu setzen. Ich hatte überlegt, Mrs Simms zu fragen, ob sie mir vielleicht Wilkins oder Ellis mitgeben könnte, doch ich fürchte, es könnte zu Streitigkeiten zwischen den beiden kommen. Wenn eine der beiden Mägde denkt, die andere hätte einen Vormittag frei von ihren Pflichten verbracht, welche notwendigerweise dann von ihr mit übernommen werden müssten, wäre das sicherlich nicht gut. Was denken Sie?«

Simms musterte mich mit einem scharfsinnigen Blick. Er vollzog meine Überlegung bezüglich der beiden Mägde nach. Er schürzte die Lippen. Ich wartete. Die Entscheidung musste von ihm kommen und durfte nicht von mir eingefordert werden.

»Ich werde mich bei Mrs Simms diesbezüglich erkundigen, Miss«, sagte er zu guter Letzt und meiner großen Erleichterung.

Er kehrte kurze Zeit später noch einmal zurück und teilte mir mit, dass Bessie um halb elf bereit sein und er sie in den kleinen Salon hinaufschicken würde.

Bessie traf pünktlich mit dem Halbstundenschlag der goldbronzenen Uhr auf dem Kaminsims ein. Sie war sauber geschrubbt und trug ein frisches Kleid ohne ihre übliche Schürze. Ihre Stiefel waren poliert. Statt ihrer übergroßen Haube trug sie einen Damenhut, der vielleicht vor vielen Jahren modisch gewesen war, mit einer weiten Krempe, die das Gesicht im Schatten verschwinden ließ, und einer Krause im Nacken, ganz anders als die gegenwärtig modischen kleinen Hüte, die dazu gedacht waren, auf dem Hinterhaupt zu sitzen.

»Wohin gehen wir, Miss?«, fragte sie neugierig.

»Uns umsehen«, antwortete ich. »Ich bin ganz neu in dieser Stadt. Ich war vor Dienstag, dem Tag meiner Ankunft, noch nie in London.«

»Was denn? Noch nie?«, fragte Bessie erstaunt.

Als wir uns auf den Weg machten und den Dorset Square überquerten, übernahm Bessie geradewegs die Rolle meiner Führerin. »Mr Simms sagt, dass hier früher ein Kricketfeld gewesen wäre, doch das wurde verlegt, als all die Häuser gebaut wurden. Der übrig gebliebene Platz wurde in einen hübschen kleinen Park verwandelt. Ich komme manchmal sonntagsnachmittags hierher und sitze auf der Bank und beobachte die Menschen. Die Kindermädchen mit den Babys und den Kleinkindern, die gerade laufen können, in ihren Petticoats. Es ist hübsch anzuschauen.«

Sie deutete auf ein Haus mit einer imposanten Fassade auf der anderen Seite des Platzes, gegenüber dem von Mrs Parry. »Das ist das Haus von Mrs Belling. Sie kommt regelmäßig vorbei und besucht Mylady.«

Ich war überrascht. Obwohl ich wusste, dass Mrs Belling in der Nähe wohnte, war mir nicht bewusst gewesen, dass sie fast genau gegenüber auf der anderen Seite des Platzes lebte. Ich sah interessiert zu dem Haus, und in diesem Augenblick öffnete sich die Vordertür, und ein junger Mann kam heraus. Er war groß und schlaksig mit blonden Haaren unter dem Seidenhut, und während wir hinsahen, zückte er eine goldene Taschenuhr, konsultierte die Zeit und setzte sich sodann flotten Schrittes in Richtung der Marylebone

Street in Bewegung. Ich überlegte beiläufig, wohin er wohl wollte, und merkte schnell, während wir uns ihm von links näherten, dass sich unsere Wege aller Wahrscheinlichkeit nach kreuzen würden.

»Das ist ihr Sohn«, sagte Bessie.

»Dieser Gentleman? Das ist der Sohn von Mrs Belling?«

»Ja, Miss, aber ich weiß seinen Vornamen nicht. Er kommt manchmal mit seiner Mutter in unser Haus. Sie spielen Karten. Mylady liebt das Kartenspiel.«

Ich fragte mich, ob Tante Parry so viel über ihr Küchenmädchen wusste wie Bessie über die Leute, die oben im Haus kamen und gingen, doch ich bezweifelte es. Wenigstens kannte ich den Namen des älteren Sohnes von Mrs Belling aus der ausschweifenden Darstellung der Mutter bezüglich der außergewöhnlichen Fähigkeiten und Errungenschaften ihrer Kinder.

Wir hatten die Stelle erreicht, von der ich erwartet hatte, dass sich unsere und die Schritte von Mr James Belling kreuzen würden. Selbsterhaltungstrieb und Höflichkeit veranlassten uns beide stehen zu bleiben. Er nahm den Hut ab und verbeugte sich.

»Ich hoffe sehr, Sie werden entschuldigen, Ma'am«, sagte er an mich gewandt, »aber ich glaube, Sie sind aus dem Haus von Mrs Parry gekommen, und die junge Dame hier arbeitet bei ihr. Also wage ich es, mich Ihnen vorzustellen. Mein Name ist James Belling. Ich nehme an, Sie sind die Miss Martin, von der meine Mutter gesprochen hat.«

Aus der Nähe betrachtet bot er einen freundlichen, wenngleich wenig bemerkenswerten Anblick. Sein Gesicht war lang, die Nase recht spitz, und seine hellblauen Augen blinzelten uns kurzsichtig an. Ich überlegte, ob er normalerweise eine Brille trug und sie für seinen Spaziergang auf der Straße beiseitegelegt hatte.

Des Weiteren dachte ich darüber nach, was seine Mutter wohl über mich erzählt hatte. Ich war einigermaßen sicher, die Antwort zu kennen.

»Ja, ich bin Miss Martin«, bestätigte ich ihm. »Ich bin die Nachfolgerin der armen Miss Hexham.«

Eine leichte Röte kroch auf seine bleichen Wangen. »Oh ja, Miss Hexham. Ich war sehr betrübt, als ich die traurige Nachricht erfuhr.«

Das war zumindest eine Verbesserung gegenüber der Reaktion seiner Mutter.

»Ja, eine sehr traurige Geschichte«, pflichtete ich ihm bei. »Ich kannte sie selbstverständlich nicht, aber ich vermag sie nicht zu verdammen, wie verschiedene andere es getan haben. Sie muss sehr gelitten haben.«

»In der Tat«, sagte er und wirkte mit einem Mal aufgeregt. »Ich nehme an, sie hat wirklich sehr gelitten. Das heißt, ja, es wird wohl so sein. Ich kannte sie nur flüchtig, doch ich muss sagen, sie schien mir eine höchst respektable junge Person zu sein, nicht unähnlich Ihnen.«

»Danke sehr«, erwiderte ich – ein wenig trocken, wie ich gestehen muss.

Die rosigen Flecken auf seinen Wangen verdunkelten sich zu leuchtendem Rot. »Verzeihen Sie mir«, sagte er. »Meine Worte waren ungeschickt. Ich bin im Umgang mit Damen nicht sonderlich wortgewandt ...« Er gestikulierte mit ausgestreckter Hand und Seidenhut.

»Bitte, Mr Belling«, sagte ich, indem ich augenblicklich bereute, den armen Burschen geneckt zu haben. »Ich fühle mich nicht beleidigt. Ich bin froh zu hören, dass Sie gut über meine Vorgängerin sprechen. Ich bin sicher, Sie teilen meine Hoffnung, dass die Polizei ihren Mörder bald findet.«

»Oh ja, die Polizei!«, rief er aus. »Ich, das heißt wir, meine Mutter und ich, haben von Mrs Parry gehört, dass ein Inspector namens Ross die Ermittlungen leitet. Mrs Parry hat berichtet, dass er ihr für einen Posten mit so viel Verantwortung sehr jung vorkam. Meine Mutter hat ihrer Überraschung angesichts dieser Tatsache ebenfalls Ausdruck verliehen.« An dieser Stelle erlaubte sich James ein schwaches Lächeln. »Meine Mutter ist jemand, der sehr auf ausgiebige Erfahrung vertraut.«

»Tatsächlich?«, fragte ich. »Ich bin Inspector Ross begegnet. Ich bin sicher, dass er ein äußerst fähiger Beamter ist. Er mag jung sein, aber vielleicht hat er gerade deshalb ein paar neue Ideen und ist eifrig darauf bedacht, seine Ermittlungen zum Erfolg zu führen.«

»Wir, meine Mutter und ich, haben von Mrs Parry erfahren, dass der Inspector während seiner Konversation mit Mrs Parry Notizen angefertigt hat. Ich nehme an, Mrs Parry war entsetzt, weil ihre Worte niedergeschrieben wurden. Sie fühlte sich, als würde sie gebeten, eine gesetzlich bindende Aussage zu machen. Sie ist fest davon überzeugt, dass ein Gentleman so etwas niemals getan hätte. Eine Dame sollte die Freiheit besitzen, ihre Meinung zu ändern.«

»Ich wage zu sagen, dass er nur Notizen angefertigt hat, um nichts zu vergessen«, erwiderte ich.

»Nun ja ...« Er gestikulierte vage auf die ringsum stehenden Häuser, als hätten diese etwas zu unserer Unterhaltung beizutragen. Da sie es jedoch nicht taten, entstand eine Pause, während er nach etwas zu suchen schien, was er noch sagen könnte, und nichts fand. »Vielleicht sehen wir uns ja einmal wieder, Miss Martin!«, sprudelte er unvermittelt hervor, um sich mit einer flüchtigen Verbeugung den Hut aufzusetzen und davonzueilen.

»Was für ein netter Gentleman!«, sagte Bessie anerkennend. »Er hat sich daran erinnert, wer ich bin. Das tun nicht viele.«

Ein netter Gentleman, in der Tat, und obendrein einer, dem Madeleine möglicherweise häufig auf dem Platz begegnet war, entweder durch Zufall ... oder absichtlich.

Ich fand die Tatsache interessant, dass meine Arbeitgeberin sich darüber beschwert hatte, dass Ross ihre Worte aufgeschrieben hatte. Ich verstand, zu welchem Zweck er dies getan hatte, doch wenn er das häufig tat, würde er bald feststellen, dass viel weniger Leute bereit waren, freimütig mit ihm zu plaudern.

Wir gingen ein wenig weiter. »Sag mir, Bessie«, begann ich, »ist Miss Hexham morgens häufig aus dem Haus gegangen? Spazieren, so wie wir jetzt?«

»Ich glaube ja«, antwortete Bessie vorsichtig. »Ich habe sie ein paarmal gesehen, wenn sie am Souterrainfenster vorbeigegangen ist.«

»Du hast sie nicht zufällig auch an dem Tag gesehen, an dem sie verschwunden ist? Als sie das Haus verließ und am Souterrainfenster vorbeikam, meine ich.«

»Nein!«, antwortete Bessie ein wenig zu entschieden.

In ihrer Stimme schwang ein Unterton von Erleichterung mit, und mir wurde bewusst, dass ich meine Frage falsch formuliert hatte. Wäre ich anders vorgegangen, hätte ich eine andere Antwort erhalten, dessen war ich mir sicher. Bessie hatte etwas gesehen. Ich glaubte nicht, dass sie mir willentlich die Unwahrheit sagen würde, deswegen die Erleichterung in ihrer Stimme, weil sie nicht in die Lage gekommen war, diese Entscheidung treffen zu müssen. Sie hatte nicht gesehen, wie Madeleine am Haus vorbeigegangen war, wie zu mehreren früheren Gelegenheiten. Aber wo dann und unter welchen Umständen hatte sie meine Vorgängerin gesehen? Bessie selbst verließ das Souterrain morgens nie, außer um Milch zu kaufen – oder vielleicht hatte Mrs Simms sie an jenem Tag auch zu einem anderen Botengang abgestellt. Wann sonst konnte Bessie Madeleine gesehen haben? Nur am frühen Morgen, als sie warmes Wasser in ihr Schlafzimmer gebracht hatte.

»Stimmt etwas nicht, Miss?«, erkundigte sich Bessie.

Ich war stehen geblieben, weil mir ein Gedanke gekommen war. Ich beeilte mich weiterzugehen. »Nein, Bessie. Ich habe mir den Zeh gestoßen, das ist alles.«

»Sie müssen vorsichtig sein, Miss«, sagte Bessie. »Man verdreht sich auf diesen Steinen wirklich leicht den Knöchel.«

Ich murmelte meine Zustimmung, doch ich dachte angestrengt über einen Weg nach, wie ich das Thema anschneiden sollte, das mir mit solcher Macht in den Sinn gekommen war. In diesem Augenblick näherte sich eines der Kindermädchen, von denen Bessie erzählt hatte, und eröffnete mir die passende Gelegenheit. Es war ein hübsch zurechtgemachtes junges Mädchen mit einer gestärkten Haube mit Spitzenbändern, die einen Korbwagen mit einem sehr kleinen Säugling darin schob.

»Das ist aber ein hübsches Baby!«, sagte ich zu Bessie, als das Kindermädchen mit seinem Wagen vorbei war.

»Ich hätte nichts dagegen, als Kindermädchen zu arbeiten«, vertraute mir Bessie an. »Im Waisenhaus hab ich mich auch immer um die Kleinen gekümmert. Ich hab ihnen ihren Brei gefüttert und ihre Windeln gewechselt. Das hat mir Spaß gemacht. Ich hab immer furchtbar geweint, wenn eins von den Babys gestorben ist.«

Ihr Ton war philosophisch; nichtsdestotrotz nahm ich an, dass ihre Zuneigung für kleine Kinder aufrichtig war und von Herzen kam.

»Sind viele Babys gestorben, Bessie?«

Sie ließ die mageren Schultern hängen. »Eine ganze Reihe, ja. Wenn sich eins von ihnen irgendetwas fängt, steckt es alle anderen an. Obwohl, wenn ein Kind krank war, hat das Waisenhaus sich geweigert, es bei sich aufzunehmen, aus Angst vor Infektionen. Einige von ihnen waren wie ich, als ich dorthin gebracht wurde. Nichts als kleine Babys, und sie hatten keine echte Chance. Die meisten wurden von ihren Müttern ausgesetzt. Sie konnten sie nicht behalten, waren höchstwahrscheinlich nicht verheiratet oder hatten bereits mehr Kinder, als sie satt kriegen konnten. Sie ließen die Babys irgendwo zurück, genauso, wie meine Mutter mich in der Kirche gelassen hat. Sie hat sich Mühe gemacht, meine Mutter. Sie hat mich an einem trockenen, sicheren Ort zurückgelassen, von dem sie wusste, dass man mich dort finden würde. Ich hatte einen kleinen gestrickten Mantel an und war in ein Stück Decke gewickelt, hat man mir erzählt, und bei mir fand man einen Zettel, auf dem meine Mutter darum bat, dass man sich um mich kümmerte und mich nicht an die Wohlfahrt übergab. Also brachte mich der Pfarrer, der mich gefunden hat, zu dem Waisenhaus, das die Kirche unterhält. Manche Babys werden einfach auf der Straße ausgesetzt. Häufig werden sie auf der Schwelle des Waisenhauses gefunden. Manchmal sind sie so frisch, dass sie noch nicht mal ordentlich sauber gemacht worden sind und noch die Nabelschnur an ihren Bäuchen haben. Das Waisenhaus nimmt solche Kinder nicht auf, sondern übergibt sie an die Wohlfahrt. Die Wohlfahrt gibt sie zu Ammen, wenn sie noch nicht entwöhnt sind, und das ist ein verdammtes Pech, ist es. Manche haben Glück und werden gut versorgt, andere nicht. Ich war ungefähr vier Monate alt, als sie mich in dieser Kirche gefunden haben; also hat meine Mutter schätzungsweise versucht, mich zu behalten, und konnte es dann doch nicht.«

Das war eine raue Bekanntschaft mit Leben und Tod gewesen, doch ich schätzte, Bessie war sich dieser sogenannten ›Fakten des Lebens‹ klar bewusst. Ich sinnierte über Bessies Mutter, die gebildet genug gewesen war, um einen Brief bei ihrem Baby zu hinterlassen, in dem sie darum bettelte, dass sich jemand um das Kind kümmerte. Sie hatte außerdem gewusst, dass das Wohlfahrtssystem seine Mängel hatte, und gebeten, ihr Kind nicht seinem spartanischen Regime zu überantworten. Vielleicht war sie ein ›Mädchen aus gutem Hause‹ gewesen, das von seinem Freund sitzen gelassen worden war. Oder vielleicht war sie eine junge Bedienstete in einem gehobenen Haushalt gewesen, die verführt worden war. Falls ja, dann hatte sie womöglich jemanden bezahlt, der sich die ersten vier Monate um das Kind gekümmert hatte, und war mit ihrem mageren Lohn nicht imstande gewesen, die finanziellen Belastungen weiter zu tragen.

»Bessie …«, begann ich vorsichtig. »War Miss Hexham in den Wochen vor ihrem Verschwinden morgens krank, wenn du ihr das heiße Wasser gebracht hast?«

Sie antwortete nicht darauf. Ich schaute sie von der Seite her an. Sie starrte auf das Pflaster zu ihren Füßen, und der Hut verbarg ihr Gesicht.

»Litt sie an Übelkeit? Musste sie sich übergeben? Ich frage dich nicht, um es hinterher Mrs Parry zu erzählen. Ich frage, weil ich wissen will, was mit Madeleine Hexham passiert ist. Und dazu muss ich als Erstes herausfinden, unter welchen Umständen sie das Haus verlassen hat.«

»Manchmal …«, murmelte Bessie so leise, dass ich es fast überhört hätte.

»Ihr war manchmal übel?«

»Ja, Miss. Ich hab ihr geholfen, es aufzuwischen. Ich hab's geschafft, ohne dass Miss Simms was davon mitbekommen hat, oder Wilkins oder Ellis.«

»Dann musst du Miss Hexham gemocht haben, wenn du ihr so geholfen und ihr Geheimnis für dich behalten hast.«

»Ja, ich mochte sie!«, erklärte Bessie mit unerwartetem Nachdruck. »Sie war eine nette Lady! Ich hatte gehofft, dass sie jemanden zum Heiraten gefunden hätte, als sie weggegangen ist. Ich war am Boden zerstört, als ich erfuhr, dass sie tot ist.«

»Erzähl mir mehr«, ermunterte ich sie. »Erzähl mir von Miss Hexhams Plan, das Haus von Mrs Parry zu verlassen, um zu heiraten.«

Sie murmelte erneut vor sich hin, doch diesmal verstand ich nur die Worte »... kann ich nicht ...«

»Warum denn nicht, Bessie? Du würdest sie nicht mehr verraten. Sie ist tot. Du würdest nur die Erinnerung an sie verraten, wenn du dich weigerst, bei der Suche nach dem Mann zu helfen, der Madeleine Hexham das angetan hat.«

Bessie blickte auf, und ich sah, dass ihr kleines Gesicht wütend verzerrt war. »Ich hoffe, sie kriegen ihn! Ich hoffe, sie hängen ihn auf!« Sie legte sich die Hände um den dünnen Hals und machte eine nach oben und seitwärts gerichtete Bewegung, um anschließend den Kopf schlaff hin und her rollen zu lassen in der realistisch wirkenden Imitation eines Mannes am Galgen. Ihr Hut fiel ihr in den Nacken und wurde von den Bändern dort festgehalten.

»Nun denn«, ermunterte ich sie. »Wenn du möchtest, dass Miss Hexham Gerechtigkeit widerfährt, dann erzähl mir, was du über jenen Tag weißt, an dem sie aus dem Haus verschwunden ist.«

Ich war sicher, dass Bessie noch immer etwas auf der Seele lag. Sie zog den Hut wieder zurecht und schwieg.

»Ich bin die Tochter eines Arztes, Bessie«, fuhr ich fort. »Ich komme aus einer kleinen Stadt im Norden. Ich wusste sehr genau, was die Leute machten und worüber getuschelt wurde. Miss Hexham erwartete ein Kind, nicht wahr?«

»Es war allmählich zu sehen ...«, sagte Bessie abrupt. »Ihre Kleider wurden enger und enger in der Taille, und ihr Gesicht war ein wenig aufgedunsen. Wenn ich in ihr Zimmer ging – jetzt Ihr Zimmer, Miss –, dann stand sie oft dort mit dem Kopf über der Schale und erbrach ihren gesamten Mageninhalt. Sie würgte und würgte und weinte dabei. Sie tat mir so leid, Miss. Ich versuchte, ihr zu helfen, indem ich das Erbrochene wegschaffte, wie ich Ihnen bereits erzählt habe. Doch ich wusste, dass sie zu Mrs Parry gehen und ihr alles gestehen musste, und zwar bald. Außerdem waren da noch die anderen. Wilkins und Ellis. Sie sind furchtbare Plappermäuler und sehr geschickt darin, ihre Nasen in die Angelegenheiten anderer zu stecken. Und nichts, absolut überhaupt nichts, gelangt nach draußen, ohne dass Mrs Simms es erfährt.«

Bessie und ich spazierten noch ein wenig weiter. Ich schwieg. Bessie hatte beschlossen, sich mir anzuvertrauen, und sie würde es mit ihren eigenen Worten und in ihrem eigenen Tempo tun.

»Ich hatte Angst vor dem, was sie vielleicht tun würde«, sagte Bessie in diesem Augenblick fast unhörbar leise. Sie warf einen schlauen Blick unter der Hutkrempe hervor in meine Richtung. »Wenn Sie die Tochter eines Arztes sind, dann wissen Sie sicherlich, was ich meine, oder nicht?«

»Ich denke, ich weiß es«, sagte ich leise.

Diese armen Dinger. Sie machten alberne Fehler, und dann wurde mein Vater hinzugerufen, um ihnen das Leben zu retten. Sie tranken alle möglichen Sorten von Likören, von denen sie hofften, dass sie eine Fehlgeburt einleiteten. Im Allgemeinen vergeblich. Manchmal gingen sie zu einer ›weisen Frau‹, irgendeiner alten Vettel, die ihnen entweder Kräuterheilmittel verkaufte oder viel, viel Schlimmeres mit ihnen anstellte. Und dann starben die jungen Mütter oft am Blutverlust oder wegen ihrer angegriffenen Gesundheit.

Was die Familien anging, so enterbten sie häufig das Mädchen und waren dennoch schnell und erfindungsreich, wenn es darum ging, die Wahrheit zu verbergen. Manch ein Kind wuchs auf in dem Glauben, dass seine natürliche Mutter eine ›Schwester‹ oder ›Tante‹ war, und erfuhr die wirklichen Verwandtschaftsverhältnisse erst als Erwachsener – und gelegentlich nicht einmal dann. Mary Newling hatte mir von derartigen Fällen in unserer Stadt erzählt, als ich selbst erwachsen war und wir gemeinsam in der Küche gesessen und Gemüse geputzt hatten. Sie hatte frei mit mir über diese Dinge gesprochen, in dem Wissen, dass ich sie mit der gleichen Vertraulichkeit behandeln würde wie mein Vater die Krankheiten seiner Patienten. Doch ich denke, es war ihre Art, mich anhand schlechter Beispiele vor Leichtsinn zu warnen und mich gleichzeitig daran zu erinnern, dass ich keine weiblichen Verwandten besaß, die mir zu Hilfe kommen konnten.

»Warum sollten sie nicht so tun, als wäre es das Kind einer verheirateten Schwester oder der eigentlichen Großmutter, falls sie noch jung genug ist, um eigene Kinder zu gebären?«, hatte Mary gefragt, als sie sah, wie schockiert ich reagierte. »Das erscheint natürlich. Ältere Frauen gebären hin und wieder späte Babys. Wenn es bedeutet, dass das Mädchen nicht jede Chance verliert, eines Tages einen anständigen jungen Mann zu heiraten, was ist dann schlimm daran?«

Dann fuhr sie mit der Bemerkung fort: »Wenn du meine Meinung wissen willst, diese Reifrockmode ist an allem Schuld. Wer kann schon eine natürliche Leibeswölbung unter so viel falschen Rundungen erkennen?«

Es brachte mich jedenfalls dazu, über das nachzudenken, was hinter den Fassaden gar manch eines ›ehrbaren‹ Hauses geschah. Und es bereicherte den Schatz an Lebenserfahrungen, den ich bereits als Kind aufzuhäufen begonnen hatte. Genau wie ich hatte Madeleine keine Mutter und keine Schwester gehabt, die das Kind als das ihre hätten ausgeben können, um Madeleines Ruf zu schützen. Und so hatte Bessie mit ihrem eigenen, ganz und gar nicht kindlichen Gespür für die rauen Wege des Lebens das Schlimmste befürchtet.

»Und deswegen hast du gehofft, dass sie einen Mann heiraten würde, als sie an jenem Tag aus dem Haus gegangen ist, stimmt's?«, fragte ich.

»Genau, Miss!«, antwortete Bessie eifrig. »Und ich glaube, das hatte sie auch vor, oder zumindest glaubte sie es. Sie war glücklich. Es war das erste Mal, dass ich sie seit Wochen hatte lachen sehen! Sie wartete an diesem Morgen bereits auf mich, als ich mit dem heißen Wasser in ihr Zimmer kam. Sie war völlig angezogen, bereit, nach draußen zu gehen, und unglaublich aufgeregt.

›Bessie‹, hat sie gesagt, ›würdest du mir helfen, einen Plan in die Tat umzusetzen?‹ Ich sagte, selbstverständlich würde ich das tun. ›Nun dann‹, sagte sie, ›ich möchte, dass du die Augen nach einer leeren Droschke offen hältst, vorzugsweise nach einem Growler. Die fahren langsamer als üblich, wenn sie leer sind, weil sie darauf hoffen, von einem Fahrgast angehalten zu werden. Wenn du kannst, lauf die Kellertreppe hinauf und halte die Droschke an. Bitte den Kutscher, um die Ecke zu warten. Sag ihm, eine Lady würde gleich kommen. Die Lady wünscht, nicht gesehen zu werden.‹ Und das tat ich dann. Ich hörte eine Droschke kommen, richtig langsam. Ich blickte nach draußen und sah, dass es ein Growler war. Mrs Simms war gerade damit beschäftigt, Wilkins herumzukommandieren, und Ellis war oben beim Bettenmachen. Mr Simms war zum Weinhändler gegangen. Also schlüpfte ich die Treppe hoch und rannte nach draußen. Als ich den Kutscher gesehen hab, hätt ich's mir beinahe anders überlegt!«

Sie stieß ein kurzes, bellendes Lachen aus, und ich fragte: »Warum denn das?«

»Er hatte ein Gesicht, als wäre jemand mit Holzschuhen darauf herumgetanzt!«, antwortete Bessie. »Völlig vermatscht und entstellt. Es hätte jedem einen Schrecken eingejagt, besonders in einer dunklen Nacht!«

Ich blieb erneut wie angewurzelt stehen, und Bessie wäre beinahe gestürzt, als ich sie am Arm packte.

»Was ist denn, Miss?« Sie starrte zu mir hinauf.

»Nichts, Bessie, überhaupt nichts. Ich glaube, ich kenne diesen Mann, diesen Kutscher. Was hat er zu dir gesagt, als du ihn gebeten hast, um die Ecke zu fahren und zu warten?«

»Nun, ich hab genau das getan, worum Miss Hexham mich gebeten hat. Ich hab ihm gesagt, er soll um die Ecke fahren und warten, eine Lady würde einsteigen. Und der Kutscher sagte: ›Ho, und wohin soll ich diese Lady bringen?‹

Ich sagte, das würde die Lady ihm selbst sagen. ›Und woher soll ich wissen, dass ich keine Scherereien krieg?‹, wollte er wissen. Wie können Sie Scherereien kriegen, sagte ich, indem Sie lediglich eine bezahlte Fuhre machen? Es ist doch nicht Ihre Sache, was der Fahrgast im Sinn hat, oder? Sie sind nur der Kutscher. Außerdem, sagte ich, so wie Sie aussehen, hatten Sie schon genügend Scherereien in Ihrem Leben. Das sagte ich zu ihm, um ihn wissen zu lassen, dass ich mir nichts von ihm gefallen lassen würde. Er deutete auf seine zermatschte Visage und sagte: ›Diese Narben sind ein Zeichen der Ehre. Ich hab sie fair und gerecht im Boxring erworben.‹«

Bessie schnaubte. »Ich hab noch nie gehört, dass es im Boxring fair und gerecht zuginge! Aber ich hatte keine Zeit mehr, um noch länger mit ihm zu streiten. Mr Simms konnte ja jeden Augenblick zurückkommen. Ich überzeugte mich davon, dass er um die Ecke fahren und warten würde; dann rannte ich ins Haus, um Miss Hexham Bescheid zu geben. Sie eilte mit Schultertuch und Haube die Treppe hinunter und nach draußen zu der Stelle, wo der Kutscher wartete, und das war das letzte Mal, dass ich sie gesehen habe!«

Sie brach ab und schniefte. Ich reichte ihr mein Taschentuch. »Danke sehr, Miss«, sagte sie und schnäuzte sich die Nase.

»Komm, weiter«, sagte ich rasch. »Wir müssen uns beeilen, so gut es geht. Wir haben nicht viel Zeit. Wir dürfen keinen Augenblick mehr verschwenden.«

»Wohin gehen wir?«, fragte Bessie, während wir durch die Straße hasteten.

»Nun, zum Droschkenstand beim King's Cross. Ich glaube, es geht hier entlang, oder kennst du einen schnelleren Weg? Ich kenne den Kutscher, von dem du gesprochen hast. Wir müssen ihn finden! Ich hoffe, er ist am Stand und erinnert sich an Miss Hexham und wohin er sie gefahren hat!«

Bessie glaubte, einen schnelleren Weg zu kennen, und ich müsste ihr vertrauen und dürfte mich nicht ängstigen. Sie führte mich durch ein Labyrinth enger Gassen, und bald hatte ich jegliche Orientierung verloren. Meine größte Angst war jedoch, dass ich meine Führerin verlieren könnte. Die Häuser hier standen dicht beieinander, und in den schmalen Gassen gab es alle möglichen kleinen Geschäfte, die den Passanten ihre Waren in Auslagen auf der Straße feilboten. Rollen billigen Stoffes wechselten sich ab mit Flechtkörben und Regalen mit Schirmen, Küchengeschirr, Pfannen, Säcken mit Reis und Tapioka. Aus den Metzgerläden drang der widerliche Gestank von getrocknetem Blut und totem Fleisch und das Gesumme ganzer Heerscharen von Fliegen.

Andere Läden handelten mit lebendem Getier: Kanarienvögeln in winzigen Käfigen, niedlichen Mäusen und kaum entwöhnten Welpen, die in erbärmlichen Elendshäufchen in einer Ecke kauerten, oder Goldfischen in Schalen voll trüben Wassers. Drei Kugeln an einem Metallarm über einer Tür signalisierten einen Pfandleiher, der wie eine Spinne in ihrem Netz in der Dunkelheit des Ladens auf Kundschaft lauerte. Hier gab es Geschäfte, die nicht nur verkauften, sondern auch ankauften: alte Kleidung, Schmuck, Bücher und Haushaltsartikel, die so verbeult und verbogen und so stark abgenutzt waren, dass es mir ein Rätsel war, wer so etwas kaufen sollte.

»Man kann sich nichts Neues kaufen, wenn man arm ist«, lautete Bessies Antwort auf meine unschuldig hervorgebrachte diesbezügliche Frage.

Eine Vielzahl von Menschen strömte hierhin und dorthin. Stimmen erfüllten die Luft. Einige redeten in Sprachen, die mir fremd waren, andere in einem derart gutturalen und verzerrten Englisch, dass es wie eine fremde Sprache klang. Räudige Hunde und dürre Kinder schwärmten um uns herum. Wir wichen immer wieder vom geraden Weg ab, um Pfützen dubioser Herkunft auszuweichen. Von Zeit zu Zeit passierten wir ein Wirtshaus, aus dem der Gestank von Bier und Tabak wehte. Unrasierte Männer und schmuddelige Frauen saßen zusammengesunken auf Bänken vor den Türen, vor sich Pints mit Bier, während zu ihren Füßen kleine Kinder im Dreck umherkrochen und mit den unvermeidlichen, flohzerbissenen Promenadenmischungen spielten.

Ich war froh, als wir diese Seitengassen hinter uns ließen und wieder auf einer Hauptstraße herauskamen, auch wenn das Gedränge hier kaum weniger war, nur dass die Leute bessere Kleidung trugen. Wie am Tag meiner Ankunft war ich einmal mehr erstaunt vom Wirrwarr und der schieren Anzahl von Fuhrwerken, die an uns vorüberratterten. Ich wusste, dass wir in der Nähe der Baustelle von Agar Town sein mussten, weil mitten unter all den anderen Gespannen immer wieder die vertrauten Karren voller Schutt und Trümmer vorüberrumpelten und der Geruch von Ziegelstaub in unsere Nasen stieg.

Wir waren auf der Höhe eines Drehorgelspielers angekommen, eines abgerissenen Individuums, begleitet von einem traurig dreinblickenden, verschrumpelten, kleinen Äffchen in einer roten Jacke. Unvermittelt blieb Bessie stehen und deutete nach vorn. »Sehen Sie nur, Miss! Das ist der Reverend, der Mylady regelmäßig besucht!«

Der Affe war gelehrt worden, auf Passanten zu reagieren, die ihren Schritt verlangsamten. Er sprang vor, einen kleinen, stoffüberzogenen Becher in den winzigen Händen. Der Ausdruck in seinem Gesichtchen war das Traurigste, was ich je bei einem Tier gesehen hatte. Mir gefiel das Aussehen des Drehorgelspielers nicht und noch weniger sein ungleichmäßiges Spiel, doch ich konnte den Affen unmöglich einfach ignorieren. Das war natürlich auch der Zweck, zu dem das arme Tier missbraucht wurde. Also suchte ich nach einem Penny, während ich zugleich versuchte, in die Richtung zu blicken, in die Bessies Finger deutete.

Ich ließ den Penny in den Becher fallen, und der Affe sprang auf die Fassorgel hinauf. Der Mann hatte aufgehört zu spielen, nahm den Penny aus dem Becher und steckte ihn ein, bevor er das arme Tier auf der Rückseite der roten Jacke packte und es achtlos zurück auf den Boden fallen ließ.

Ich wäre am liebsten hingegangen und hätte ihn ermahnt, sanfter mit dem Tier umzugehen, obwohl ich wusste, dass es keinen Sinn hatte. Doch just in diesem Augenblick bemerkte ich das Objekt von Bessies Interesse. Ein kleines Stück voraus bewegte sich eine große, stattliche Gestalt in einem schwarzen Frack mit silbergrauem Haar, das unter dem Hut bis auf den Kragen fiel, mit der gleichen zuversichtlichen Gelassenheit durch die Menge, mit der die Israeliten das Rote Meer durchquert haben mussten. Während die Menge sich vor ihm teilte und hinter ihm wieder schloss, schwang er einfach seinen Gehstock, um den ein oder anderen Hund oder einen kleinen Jungen zu vertreiben, der seinen Weg kreuzte, doch ansonsten hätte er sich genauso gut durch eine menschenleere Straße bewegen können. Selbst von hinten war er unmöglich zu verwechseln.

»Na so was, das ist ja Dr. Tibbett!«, rief ich aus.

Während ich sprach, erblickte ich zwei junge Frauen, die Dr. Tibbett vor uns entgegenkamen. Sie waren gut gekleidet, wenngleich in schrille Farben, und während sie sich näherten, unterhielten sie sich lebhaft, was mich insgesamt an australische Sittiche erinnerte. Keine der beiden war älter als vielleicht neunzehn Jahre, und beide, obwohl offensichtlich an dem interessiert, was die jeweils andere sagte, hielten wachsam Ausschau nach einzelnen Männern, deren Aufmerksamkeit sie zu erregen trachteten. Sie hatten die Köpfe eng zusammengesteckt, doch ihr Lächeln schien prospektiven Männern zugewandt.

Während unseres bisherigen Weges war mir bereits aufgefallen, dass auf den Straßen Londons kein Mangel an derartigen Frauen zu herrschen schien. In den ärmeren Gassen waren sie schmuddeliger gewesen und schamloser; hier hingegen bemühten sie sich um einen gewissen Stil. Dr. Tibbett musste sie ebenfalls bemerkt haben. Sie waren fast auf gleicher Höhe mit ihm. Dann blieben zu meiner größten Überraschung alle drei stehen und begannen eine kurze Unterhaltung. Nachdem ich seine häufig zum Ausdruck gebrachte Meinung bezüglich moralischer Laxheit gehört hatte, insbesondere, was jüngere Menschen anging, fragte ich mich, was er diesen beiden Frauen wohl zu sagen hatte. Hielt er ihnen etwa eine Predigt? Aber nein, die beiden Frauen grinsten sogar breiter denn zuvor, und sie versuchten noch nicht einmal mehr, so zu tun, als wären sie nicht an dem Gentleman interessiert. Eine Diskussion nahm ihren Lauf. Ich nahm Bessie bei der Schulter und führte sie in den Eingang eines Ladens, von wo aus wir das Geschehen unbeobachtet verfolgen konnten. Ich hielt es für wenig wahrscheinlich, dass Dr. Tibbett erfreut reagieren würde, falls er eine von uns beiden erblickte.

Die drei kamen zu einer Übereinkunft. Dr. Tibbett wandte sich um und hob seinen Gehstock, um einen sich nähernden Growler heranzuwinken. Er reichte einer der beiden jungen Frauen die Hand und half ihr einzusteigen, nachdem er zuerst kurz mit dem Kutscher gesprochen hatte, der daraufhin nickte. Tibbett sprang in überraschend sportlicher Manier hinterher; der Kutscher schnalzte mit den Zügeln, und das Pferd setzte sich mit seiner Fracht in unsere Richtung in Bewegung.

»Sieh mal einer an!«, sagte Bessie neben mir mit nicht geringer Bewunderung in der Stimme. »Der geistliche Gentleman fährt mit einer Metze fort!«

Während sie sprach, rumpelte der Growler an uns vorbei, und ich erhaschte durch das Fenster einen kurzen Blick auf besagte Metze, die sich in diesem Augenblick vorbeugte und ihren Begleiter neckisch in den Backenbart kniff. Es mochte ihre normale Verhaltensweise sein, doch mir kam die Geste merkwürdig vertraut vor, als wäre der Doktor ein alter und geschätzter Freund – und Kunde natürlich.

Dann waren sie außer Sicht verschwunden. Ich war außerstande, mich zu beherrschen, und platzte wütend hervor: »Dieser elende alte Heuchler!«

»Wieso denn, Miss? Es ist doch alles in Ordnung«, sagte Bessie neben mir. »Das ist es doch, was alle Gentlemen tun, oder nicht?«

Bei ihren Worten huschte ein Bild durch meinen Kopf: das von Frank Carterton an meinem ersten Abend in London, der spätnachts das Haus verlassen hatte, nachdem seine Tante und ich zu Bett gegangen waren, und dabei munter seinen Spazierstock mit dem silbernen Griff geschwungen hatte. In diesem Augenblick setzte die Drehorgel wieder ein, als wolle mich die plötzliche Kakophonie aus blechernen Tönen verspotten.

Ich verdrängte das Bild aus meinen Gedanken, zusammen mit dem Krach der Musik, und erinnerte mich wieder daran, mit wem ich hier war und aus welchem Grund. Mir wurde außerdem bewusst, dass der Ladeninhaber beobachtet hatte, wie wir im Eingang herumlungerten. Nun stand er im Begriff, uns in sein Geschäft zu nötigen und die feilgebotenen Waren zu inspizieren.

»Bessie!«, sagte ich entschieden. »Du darfst mit niemandem, unter keinen Umständen, darüber sprechen, dass wir heute Dr. Tibbett gesehen haben, niemals! Verstehst du, was ich sage? Niemand unten im Souterrain darf etwas davon erfahren und auch keine von deinen Freundinnen. Es ist von allergrößter Wichtigkeit!«

»Schon gut, keine Sorge«, entgegnete Bessie unbeeindruckt. »Ich sag schon nichts. Mrs Simms hält den Reverend für ein wandelndes Wunder, und wenn ich etwas sagen würde, würde sie mich mit einem Suppenlöffel windelweich prügeln.«

Die zweite junge Frau hatte uns unterdessen erreicht, doch wir waren für sie nicht von Interesse, und sie schlenderte vorbei. Aus der Nähe betrachtet erkannte ich, dass trotz ihrer Jugend und der Schönheit eine Härte in ihren Gesichtszügen und Augen lag, die einen jungen Geist verrieten, der korrumpiert war und zerstört. Ich verspürte große Traurigkeit deswegen und fragte mich, in welchem zarten Alter sie mit dieser Art zu leben angefangen hatte und welche Zukunft vor ihr lag – wenn überhaupt.

Wir marschierten weiter, und das Geleier der Drehorgel verklang allmählich hinter uns. Endlich erreichten wir unser Ziel. Der Verkehr schien hier noch hektischer zu sein, falls das überhaupt möglich war. Kutschen und private Fuhrwerke trafen ein und entließen Ströme von Passagieren beiderlei Geschlechts und jeglichen Alters, zusammen mit Kisten, Schachteln, Taschen und gelegentlich einem Haustier. Träger kamen aus dem Bahnhofsgebäude herbeigerannt, um ihre Geschäfte zu machen. Andere Passagiere zusammen mit ihren beladenen Trägern stolperten aus dem Bahnhof und standen dort und starrten mit genau den gleichen verwirrten

Blicken auf die Szene vor ihren Augen, wie ich es bei meiner Ankunft in London getan hatte. Und rings um sie herum spazierten die gewohnheitsmäßigen Müßiggänger: zweifelhafte junge Männer und noch mehr Frauen, Schwestern der beiden, die mit Tibbett gesprochen hatten, dazu Bettler und Gassenkinder.

»Passen Sie auf Ihre Geldbörse auf, Miss!«, empfahl mir Bessie. »Hier am Bahnhof gibt es eine Unmenge von Taschendieben.«

Doch ich suchte bereits die Droschkenreihe ab. »Halt die Augen offen, Bessie. Versuch, den Growler zu finden, der Miss Hexham an jenem Tag abgeholt hat. Sag mir sofort Bescheid, wenn du ihn siehst, bevor er einen anderen Fahrgast einlädt und wir ihn verlieren!«

Ich fürchtete, dass wir lange würden warten müssen oder vielleicht sogar erfolglos bleiben würden, denn es gab keine Garantie, dass Mr Slater hierher zurückkommen würde. Er mochte unterwegs angehalten werden und so reichlich zu tun haben, dass er den ganzen Vormittag nicht zum Bahnhof kam. Zwanzig Minuten später dachte ich allmählich, dass unsere Mühe vergeblich gewesen war.

Ich wurde bereits mit merkwürdigen Blicken bedacht. Ein, zwei Männer grinsten mich an, und einer tippte sich an die Mütze und entbot mir keck die Tageszeit: »Morgen, Süße.«

Bei diesen Worten zeterte meine kleine Anstandsdame entrüstet los: »Hey! Wag es nicht, meine Herrin Süße zu nennen, Bursche! Das ist sie nicht und wird sie wohl auch niemals sein!«

Schließlich kam einer der Kutscher zu uns und erkundigte sich, ob ich ein Taxi benötigte. Ich sagte Nein und teilte ihm mit, dass ich hoffte, Wally Slater anzutreffen.

Er drehte sich zu seinen Kollegen um. »Hat einer von euch heute Morgen schon Wally gesehen?«

»Ich bin ihm in der Oxford Street begegnet«, rief einer zurück.

»Wer ihn als Nächstes sieht, soll ihm sagen, dass hier eine junge Dame auf ihn wartet, zusammen mit einem Mädchen!«

Diese wohlgemeinte Instruktion würde Wally wahrscheinlich nur verwirren, schätzte ich, und er würde erst recht nicht zum Bahnhof kommen.

Wir warteten weitere zehn Minuten, und ich sorgte mich bereits, dass die Zeit gegen uns lief. Ich konnte Bessie nicht beliebig lange von ihren Pflichten in der Küche fernhalten, oder ich würde nie wieder fragen können, ob sie noch einmal mit mir fort dürfte. Abgesehen davon würde Tante Parry bald aufstehen und sich aufs erste Ereignis des Tages vorbereiten: das leichte Mittagessen. Sie würde überrascht sein, wenn ich nicht im Haus war. Doch wenn ich Wally fand, dann musste ich ihn davon überzeugen, mit mir zum Scotland Yard zu gehen. Das würde noch mehr Zeit kosten, und, wie ich vermutete, eine Menge zusätzlicher Mühen.

In diesem Augenblick rief ein Kutscher in der Nähe nach mir. »Da kommt Wally, Miss!«

Und tatsächlich, ein vertrautes Gespann, Growler und Pferd, kamen in unsere Richtung getrottet. Bessie neben mir rannte winkend los. Das Pferd hob den Kopf und schnaubte. Auf dem Kutschbock zog Wally die Zügel straff und blickte auf die tanzende Haube zu seinen Füßen hinunter.

»Was gibt es denn so Dringendes?«, erkundigte er sich.

»Miss Martin muss mit Ihnen reden!«, rief sie ihm entgegen.

»Ach, tatsächlich? Und wer ist diese Miss Martin und vor allem, wo ist sie?«, fragte er und schaute sich suchend um.

Ich beeilte mich, zu Bessie zu treten. »Ich bin Miss Martin. Erinnern Sie sich an mich, Mr Slater? Sagen Sie, dass Sie sich erinnern!«

»Ah«, sagte der Kutscher und schob sich den Hut in den Nacken. »Wie könnte ich Sie vergessen, Miss? Sie sind die junge Lady mit dem merkwürdigen Interesse für kürzlich Verstorbene.«

Er band die Zügel fest und kletterte vom Kutschbock zu uns herab.

»Was ist denn passiert, hm?« Er schaute uns abwechselnd an. »Was hat das alles zu bedeuten?«

»Mr Slater, Sie haben gesagt, falls ich Hilfe benötige, solle ich Sie aufsuchen«, erinnerte ich ihn.

»Das habe ich gesagt, ja«, bestätigte der Kutscher. »Und ich bin ein Mann, der zu seinem Wort steht. Sie können hier jeden fragen …« Seine fleischige Hand schwang herum und deutete auf seine Kutscher-Kollegen. »Wally Slater steht zu seinem Wort.«

»Mr Slater«, begann ich. »Sie haben mich zu jener Adresse am Dorset Square gefahren. Erinnern Sie sich an das Haus?«

Er sog die Luft durch vergilbte Zähne. »Kann schon sein«, sagte er dann. »Ich bringe viele Fahrgäste zu vielen verschiedenen Adressen, nicht alle davon am Dorset Square, wie Sie sich denken können.«

»Als ich Ihnen die Adresse genannt habe, hier am Bahnhof«, fuhr ich fort, »haben Sie nichts dazu gesagt, außer, dass es eine hübsche Gegend sei. Aber als wir dort ankamen, haben Sie das Haus wiedererkannt, glaube ich, weil Sie mich erneut gefragt haben, ob es auch die richtige Adresse sei. Ich dachte damals, es wäre Ihre Art zu reden, aber das war es nicht, oder? Sie haben sich an das Haus erinnert, und Sie haben mir erst hinterher Ihre Hilfe angeboten, sollte ich sie benötigen.«

»Kann schon sein«, sagte Wally Slater »Ich sage nicht, dass es so ist, aber es könnte sein. Was ist denn passiert, Miss?«

Das Pferd warf den Kopf in die Höhe und wieherte ungeduldig.

»Einen Moment, bitte«, sagte der Kutscher. Er ging zum Heck des Growlers und holte einen Hafersack, den er zu dem Pferd trug und ihm übers Maul band. Ich war lange genug in London, um bemerkt zu haben, dass Wallys Pferd, verglichen mit einigen anderen Kutschpferden, einen gut versorgten Eindruck machte. Inzwischen hatte ich schon so manchen traurigen Klepper gesehen, überarbeitete Kreaturen, die ihres Weges stolperten, kaum noch imstande, ihre Last zu ziehen. Im Gegensatz dazu waren die Pferde vor den zweirädrigen Gespannen in der Regel besser gepflegt und insgesamt von besserer Qualität.

»Da es so aussieht, als würden wir eine Pause machen, kann das Pferd ruhig auch schon fressen. Ich kann nicht sagen, dass ich nicht hungrig wäre«, schloss er.

»Mr Slater, ich lade Sie zum Essen ein, wenn Sie mir nur erst zuhören!«, bettelte ich. Ich schob Bessie vor. »Erinnern Sie sich an dieses junge Mädchen?«

»Kann ich nicht sagen«, antwortete der Kutscher prompt. »Ich hab irgendwie kein Gedächtnis für diese jungen Flöhe. Sehen doch alle gleich aus.«

»Und ob Sie sich erinnern!«, schnappte meine tapfere kleine Begleiterin. »Sie erinnern sich sogar sehr gut an mich! Ich sehe es Ihrem Gesicht an! Ich erinnere mich nämlich auch an Ihr Gesicht, okay? Es ist so ziemlich einzigartig.«

Der Kutscher starrte mich an. »Da hast du wohl Recht. Dieses Gesicht ist eine Erinnerung an meine Zeit im Boxring.«

»Das haben Sie mir alles schon erzählt, Mann! Ich hab Sie gebeten, um die Ecke zu fahren und auf eine junge Lady zu warten«, sagte Bessie. »Und das haben Sie getan, nicht wahr? Sagen Sie jetzt bloß nicht, Sie könnten sich nicht erinnern!«

»Schon gut, Bessie, schon gut!«, befahl ich, weil ich fürchtete, dass ihr gebieterischer Ton den Mann verärgern könnte. »Mr Slater, diese junge Lady war meine Vorgängerin als Gesellschafterin in jenem Haus, und jetzt ist sie tot. Die junge Lady meine ich.«

Mr Slater nahm feierlich den Hut ab und drückte ihn gegen die breite Brust. »Das tut mir leid zu hören, Miss. Gott sei ihrer Seele gnädig.« Er warf einen frommen Blick gen Himmel und setzte den Hut wieder auf.

»Erinnern Sie sich, wie wir mehrere Karren mit Schutt von der Baustelle in Agar Town passiert haben, als wir zum Dorset Square gefahren sind? Dort, wo der neue Bahnhof errichtet werden soll? Einer der Karren hatte einen Leichnam geladen, der dort gefunden wurde. Dieser Leichnam, Mr Slater, war der Leichnam der fraglichen jungen Lady.«

Mr Slater blinzelte. »Gütiger Gott! Donnerwetter! Sind Sie absolut sicher, Miss?«

»Ich bin mehr als sicher, Mr Slater. Ich wünschte, es wäre nicht so, aber das sind die Tatsachen. Verstehen Sie nun, warum es so wichtig ist, dass Sie versuchen, sich zu erinnern, wohin Sie die junge Lady an jenem Tag gefahren haben? Bitte sagen Sie mir, dass Sie sich erinnern!«

Eine Pause entstand, durchbrochen nur von dem Pferd, das auf seinem Futter kaute. Hinter uns fuhren andere Droschken vorbei, und Fahrer pfiffen.

»Mord«, sagte der Kutscher schließlich mit nachdenklicher Miene. »Ich lasse mich nicht in einen Mord hineinziehen.« Er schüttelte entschieden den Kopf.

»Mr Slater, es ist Ihre Pflicht als ehrlicher Mann, der Sie meiner Meinung nach sind, uns zu helfen. Bitte, helfen Sie uns. Und wenn es aus keinem anderen Grund geschieht als dem, dass ich nun in diesem Haus wohne.«

»Miss Martin«, sagte Slater ernst. »Glauben Sie mir, ich wünsche mir nichts sehnlicher, als dass Sie gesund und sicher sind. Ich erinnere mich an jene junge Lady, und ich hatte ein sehr ungutes Gefühl wegen dieser Fuhre, das kann ich Ihnen sagen. Doch mein Rat an Sie lautet: Verlassen Sie dieses Haus, und suchen Sie sich irgendwo anders eine neue Anstellung. Das ist der beste Rat, den ich Ihnen geben kann. Nehmen Sie ihn an.«

»Ich möchte wissen, warum sie ermordet wurde!«, erklärte ich entschlossen.

»Das kann ich mir denken«, entgegnete er. »Bei Ihrem Interesse für Leichen und so.«

»Ich bin an Gerechtigkeit interessiert, Mr Slater, Gerechtigkeit für jene, die keine Möglichkeit mehr haben, sie für sich selbst zu fordern.«

»Ah«, sagte Mr Slater. »Das klingt schon eher nach Ihnen, Miss. Und wie wollen Sie dieses Vorhaben durchführen? Gerechtigkeit für die junge Lady einzufordern, meine ich.«

»Indem wir alle drei direkt zum Scotland Yard gehen und Inspector Ross dort die ganze Geschichte erzählen! Er ist der leitende Ermittlungsbeamte.«

»Nein!«, sagte Wally entschieden. »Ich gehe nicht zur Polizei, nicht einmal in die Nähe, ganz zu schweigen vom Scotland Yard. Die Polizei mag schön und gut sein, auf ihre Weise, aber sie machen uns ehrlichen Kutschern Ärger ohne Ende. Sie beschuldigen uns andauernd, schlechtes Geld zu wechseln. Ich sage nicht, dass ich nie mit schlechtem Geld bezahlt worden bin! Aber ich selbst, Walter Slater, Kutscher aus Kentish Town, habe noch *nie* wissentlich einen falschen Sovereign oder einen falschen Sixpence herausgegeben, so wahr mir Gott helfe! Trotzdem hat man mich beschuldigt, und das mehr als einmal! Beschuldigt von Burschen, die noch nass waren hinter den Ohren, in blauen Uniformen mit albernen Helmen! Als sie noch richtige Hüte trugen, war es schon schlimm genug, aber jemandem zuhören zu müssen, der eine Menge Unsinn erzählt und zu allem Übel auch noch einen *Blumentopf* auf dem Kopf hat … Das ist zu viel!«

»Es tut mir sehr leid, Mr Slater, wenn Sie in letzter Zeit einige … einige *Contretemps* mit dem Gesetz hatten, aber … bitte, das hat doch nichts mit dieser Angelegenheit zu tun!«

»*Contretemps* nennen Sie das?«, entgegnete er nachdenklich. »*Kong-tre-toms* … das ist ein sehr hübsches Wort, und ich danke Ihnen dafür. Aber ich werde nicht mit Ihnen zum Scotland Yard gehen. Ich bitte um Verzeihung, aber so ist es nun mal. Ich kann Ihnen nicht helfen, nicht in dieser Sache. Ich habe einen Ruf, auf den ich achten muss, und Schwätzchen mit Bullen zu halten würde ihm nicht gerade gut bekommen.«

Ich starrte ihn voller Verzweiflung an, weil er so eisern war. Doch ich hatte nicht mit Bessie gerechnet, die aufmerksam gelauscht hatte und sich nun zwischen uns drängte. Sie streckte die Hände aus und packte den Kutscher am Revers seines Mantels.

»Oh, Sie können Miss Martin also nicht helfen, hm? Nun denn, dann muss ich, Bessie Newman, Küchenmagd vom Dorset Square, eben allein mit meiner Herrin zum Scotland Yard gehen. Sobald wir dort sind, werde ich dem Inspector meine Geschichte erzählen … *und* ich werde ihm sagen, dass wir Sie gebeten haben mitzukommen und dass Sie Nein gesagt haben. Das ist Behinderung von Ermittlungen, ist das. Das kostet Sie Ihre Kutscherlizenz, Mister Wally Slater aus Kentish Town, damit Sie das ganz genau wissen!«

»Oh, Bessie …!«, rief ich entsetzt und in dem vergeblichen

Bemühen, sie zum Schweigen zu bringen. »Bitte, glauben Sie mir, Mr Slater, so etwas würde ich Ihnen niemals antun!«

»Nein«, sagte Bessie. »Miss Martin würde so etwas nicht tun. Aber ich. Ich werde es ganz sicher tun. Also, was machen Sie jetzt?«

Slater stieß einen tiefen Seufzer aus und sah uns beide an, zuerst mich, dann Bessie, dann wieder mich. »Nun ja ... sieht so aus, als würde ich Sie zum Scotland Yard fahren. Das werden sie mir nie verzeihen ...«, fügte er traurig und mit einem verstohlenen Blick zu seinen Kollegen am Droschkenstand hinzu. »Sie erzählen den Jungs aber nichts davon, oder?«

Ich nahm seine schwielige Pfote und rief: »Ich danke Ihnen, Sir! Ich danke Ihnen vielmals!« Bei diesen Worten lief er dunkelrot an.

»Sie sind wirklich ein seltener Mensch«, sagte er. »Ich habe es schon einmal gesagt, und ich sage es erneut.«

Dann richtete er seinen wütenden Blick auf Bessie.

»Und was dich angeht!«, sagte er. »Du wirst eines Tages irgendeinem armen Teufel eine hart arbeitende, zuverlässige Ehefrau sein, und wer immer das sein wird, er hat mein aufrichtiges Mitgefühl!«

KAPITEL ELF

»Was denn? Alle? Alle auf einmal?«, fragte der Sergeant hinter dem Schreibtisch.

»Ja, bitte«, sagte ich entschlossen. »Wir müssen Inspector Ross sprechen, falls er da ist.«

Während wir unserem Ziel entgegenrumpelten, war mir bewusst geworden, dass der Inspector möglicherweise nicht da sein würde und dass es weit schwieriger sein würde, alles irgendeinem anderen Beamten zu erklären. Andererseits glaubte ich nicht, dass Bessie und ich imstande sein würden, Wally Slater davon zu überzeugen, noch einmal zum Scotland Yard zu fahren, falls der jetzige Besuch umsonst war. Ich hielt den Atem an.

»Er ist noch nicht lange zurück«, räumte der Sergeant unwillig ein. »Er hatte eine Besprechung mit dem Superintendent, doch ich schätze, er ist inzwischen wieder in seinem Büro. Ich werde gehen und ihn fragen, ob er bereit ist, einen von Ihnen zu empfangen.« Seine Blicke wanderten über uns, blieben misstrauisch bei Wally hängen, taten Bessie rasch ab und kehrten wieder zu mir zurück. »Sie vielleicht, Ma'am?«

»Wir alle!«, wiederholte ich. »Bitte sagen Sie dem Inspector, Miss Martin wäre gekommen und hätte ein Mitglied vom Hauspersonal vom Dorset Square … und einen weiteren Zeugen mitgebracht.«

»Ich werde es ausrichten«, sagte der Sergeant. »Ich hoffe nur, Sie haben nicht vor, die Zeit des Inspectors zu verschwenden. Darf ich erfahren, in welcher Angelegenheit Sie gekommen sind, Ma'am?«

»Das habe ich Ihnen doch soeben gesagt. Ich komme vom Dorset Square – dem Haus, in dem Miss Hexham gewohnt hat, das Mordopfer.«

»Ah, dieser Fall«, sagte der Sergeant und rieb sich das Kinn. »Warten Sie bitte einen Augenblick.«

Wally hatte mit den Füßen gescharrt und sich während dieser Unterhaltung immer wieder nervös umgesehen. Wäre es noch länger so weitergegangen, er hätte wahrscheinlich Fersengeld gegeben. Was Bessie anging, so war sie inzwischen in Hochstimmung. Sie hatte die Fahrt im Growler genossen. Sie hatte kerzengerade auf ihrem Sitz gesessen, die Füße vor sich ausgestreckt, und eifrig aus dem Fenster gespäht.

Der Sergeant kam zurück und gab Bescheid, dass der Inspector uns zu sehen wünsche. Wir folgten ihm ein paar Treppen hinauf und durch ein Vorzimmer, in dem ein junger Constable mit rosiger Gesichtsfarbe und bandagierter linker Hand kritzelnd an einem Schreibtisch saß. Von dort wurden wir ins Büro von Inspector Ross geführt.

Er war von seinem Schreibtisch aufgestanden, um uns entgegenzukommen und zu begrüßen, und er wirkte verständlicherweise verblüfft bei unserem Anblick. Wir stellten uns in einer Reihe abnehmender Körpergröße vor ihm auf: Wally, dann ich und schließlich Bessie. Mir kam der Gedanke, dass wir wahrscheinlich aussahen wie die berühmten drei Bären aus dem Kindermärchen.

»Ich danke Ihnen«, sagte ich, »dass Sie sich die Zeit nehmen, uns zu empfangen. Ich wäre nicht hergekommen, um Sie zu belästigen; aber ich glaube, es ist sehr wichtig.«

»Ich bin sicher, Sie wären nicht wegen irgendeiner trivialen Angelegenheit gekommen, Miss Martin«, erwiderte Ross; dann schaute er sich suchend um und zog den einzigen freien Stuhl heran. »Bitte setzen Sie sich doch.«

Ich nahm Platz. Wally bezog hinter mir Position und schaffte auf diese Weise ein Hindernis zwischen sich und dem Inspector, während Bessie sich schützend an meine Seite stellte. Ein Photograph hätte uns nicht besser arrangieren können.

»Sie haben Glück, mich hier anzutreffen«, fuhr Ross fort. »Ich bin gerade erst vom Dorset Square zurückgekehrt.«

»Von unserem Haus?«, fragte Bessie.

Ross musterte sie ernst, bevor er antwortete. »Nein. Ich habe eine andere Anwohnerin des Dorset Square besucht.«

»Doch wohl nicht Mrs Belling, oder?«, fragte ich. »Wir sind ihrem Sohn James begegnet, als wir das Haus verlassen haben.«

Ross hob die Augenbrauen. »Tatsächlich? Der Gentleman war zu Hause, als ich dort war.«

Ich runzelte die Stirn, als mir die Bedeutung seiner Worte klar wurde. James war also wieder zu Hause gewesen, als Ross dort eingetroffen war. Er konnte kaum ausreichend Zeit gehabt haben, nachdem wir uns begegnet waren, um einmal den Block zu umrunden!

Dann kam mir ein weiterer Gedanke, und der gefiel mir genauso wenig. Hatte James Belling vielleicht gesehen, wie Bessie und ich aus dem Haus von Mrs Parry gegenüber gekommen waren und war nach unten auf den Platz geeilt, um ein ›zufälliges‹ Treffen zu arrangieren? Das Spiel mit der Taschenuhr und das eilige Gehabe waren nichts weiter als Schauspielerei gewesen, reines Theater. Nachdem Belling mit mir gesprochen hatte, war er nur einen Block weit gegangen oder so und dann nach Hause zurückgekehrt, rechtzeitig für Ross' Eintreffen. Ich rechnete aus, dass Ross ungefähr zu der Zeit bei den Bellings gewesen sein musste, zu der ich bei King's Cross auf Wally Slater gewartet hatte.

»Ah, ja«, sagte Ross. »Mr James Belling. Er interessiert sich für Fossilien.«

Ross schaute ebenfalls nachdenklich drein, als würde er in Gedanken einen Zeitplan für die Aktivitäten von James Belling an diesem Morgen ausrechnen. Ich erinnerte mich daran, dass Frank über Bellings Interesse für Fossilien gesprochen hatte, doch ich konnte mir nicht vorstellen, wie dieses Thema im Verlauf von Ross' Besuch wegen seiner polizeilichen Ermittlungen aufgekommen war. Der Inspector erläuterte es jedenfalls nicht, und so blieb ich im Dunkeln.

Ross war ebenfalls noch im Dunkeln, was den Zweck unseres gemeinsamen Besuchs anging. »Nun?«, drängte er und musterte uns noch immer ein wenig ratlos. »Was kann ich für Sie tun?«

»Wir fangen am besten mit Bessie Newman an …«, sagte ich rasch und deutete auf meine kleine Begleiterin, die sich die Zeit mit dem gründlichen Betrachten ihrer Umgebung vertrieb. »Mit Bessie und dem Tag, an dem Madeleine Hexham das Haus auf dem Dorset Square verlassen hat und nie wieder lebend gesehen wurde. Bessie ist die Küchenmagd. Erzähl dem Inspector, was sich an diesem Morgen ereignet hat, Bessie«, forderte ich sie auf.

Bessie gehorchte und erzählte ihre Geschichte bis zu dem Punkt, als Madeleine aus dem Haus geeilt war, um in Wallys wartenden Growler zu steigen.

Als sie verstummte, glaubte ich, ein Wort der Erklärung anfügen zu müssen. »Bessie hätte dem Constable alles erzählt, dem Beamten, der in das Haus kam, um das Personal zu vernehmen. Doch sie war besorgt wegen Miss Hexhams Ruf und fürchtete darüber hinaus, dass sie Ärger mit Mrs Parry bekommen könnte, weil sie Madeleine Hexham bei ihrer heimlichen Flucht geholfen hatte. Bessie ist ein Waisenkind, und Dorset Square ist ihr einziges Zuhause.«

»Ich verstehe«, sagte Ross ernst. »Ich verstehe das sehr gut.«

»Und nun wird Mr Slater Ihnen erzählen, was danach geschehen ist. Er hat es mir noch nicht verraten; daher weiß ich genauso wenig wie Sie«, fügte ich hinzu.

Ross schaute den Kutscher fragend an.

Wally räusperte sich und richtete sich auf. »Ich bin hier, weil die junge Lady mich angesprochen und um Hilfe gebeten hat. Sie ist eine wirklich seltene Person, das sollten Sie wissen!«

»Ich denke, ich weiß es«, sagte Ross unerwartet. »Aber wer sind Sie?«

»Ich bin Walter Slater, lizenzierter Droschkenfahrer aus Kentish Town«, stellte sich der Kutscher mit rauer Stimme vor. »Ich bin ein aufrichtiger Mann, doch ich wurde zu mehr als einer Gelegenheit ungerechtfertigt von der Polizei beschuldigt, Falschgeld herausgegeben zu haben. Ich habe niemals wissentlich so etwas getan, und ich möchte, dass Sie das zu den Akten nehmen.«

»Hat das etwas mit Miss Hexham zu tun?«, fragte Ross.

Wally starrte ihn finster an. »Nein. Das hat nur mit mir zu tun.«

»Mich interessiert nicht, ob Sie Falschgeld herausgegeben haben«, sagte Ross gepresst. »Ich untersuche einen Mordfall. Fahren Sie bitte fort, wenn es recht ist.«

»Also schön, nur keine Aufregung«, empfahl Wally. »Wie Sie wahrscheinlich wissen, ist ein lizenzierter Droschkenfahrer verpflichtet, jeden Fahrgast zu befördern. So lautet das Gesetz. Es sei denn natürlich, der Fahrgast ist betrunken, beschimpft mich oder leidet an einer schrecklichen Krankheit, dann habe ich das Recht, ihn abzulehnen. Aber die junge Lady an dem fraglichen Tag war nichts von alledem. Ich hatte daher die Pflicht, sie hinzubringen, wohin sie wollte, auch wenn es mir recht eigenartig erschien.«

Er zögerte, doch da keiner von uns etwas sagte und Ross lediglich mit der Hand winkte zum Zeichen fortzufahren, sprach er schließlich weiter. »Sie war eine hübsche junge Lady, sehr gut gekleidet und sauber.«

An dieser Stelle unterbrach Ross die Erzählung. »Erinnern Sie sich an Einzelheiten ihrer Kleidung? Die Farbe ihres Kleides oder Schals?«

»Sehe ich vielleicht aus wie ein Mann, der Modeblätter liest?«, entgegnete Wally. »Sie war sehr ordentlich gekleidet, das ist alles, was ich weiß.« Er runzelte die Stirn. »Ihr Kleid war, glaube ich, gestreift. Fragen Sie mich nicht nach der Farbe, blau oder rosa oder irgendwas. Ich bin ein Droschkenkutscher, und ich merke mir nur, wohin die Leute gefahren werden wollen. ›Zur St. Luke's Kirche‹, sagte sie. ›In Agar Town, falls Sie die kennen.‹ Ich sagte ihr, dass ich sehr wohl wüsste, wo diese Kirche wäre, und ob sie sicher wäre, dass sie dorthin wollte? Weil sie nämlich abgerissen werden sollte und weil dort, soweit ich wusste, keine Gottesdienste mehr abgehalten wurden. Doch sie bestand darauf, dass ich sie nach St. Luke's bringen sollte. Also fuhren wir dorthin. Das war für mich nicht einfach zu begreifen, nicht nur, weil sie ausgerechnet nach Agar Town wollte, was ich überhaupt nicht verstehen konnte, sondern auch, weil die Art und

Weise, wie ich hinter der Ecke warten sollte und alles, normalerweise ein bevorstehendes *Rondeevuh* romantischer Natur bedeutet. Warum sollte sie sich so aus dem Haus stehlen, wenn sie nur zur Kirche wollte?«

»Und? Haben Sie Miss Hexham zu dieser Kirche gebracht?«, fragte Ross.

»Habe ich. Als wir dort ankamen, sagte ich ihr noch einmal, dass es nicht so aussehe, als würden dort noch Gottesdienste abgehalten. Es war niemand sonst in der Nähe, nicht eine Menschenseele, nur ein Friedhof voller Verstorbener.«

»Es waren keine Arbeiter dort? Niemand, der irgendwelche Häuser abgerissen hätte?«, fragte Ross.

Wally schüttelte den Kopf. »Damals waren sie noch nicht bis dorthin gekommen. Sie fingen gerade erst an, die Fläche für den Bahnhof und die Frachtanlagen zu räumen; aber sie waren ein gutes Stück weit entfernt, und die Gegend um die Kirche herum war noch nicht angetastet. Es war ihnen noch nicht gelungen, einen Weg zu finden, wie sie mit den Gräbern umgehen sollten, jedenfalls hatte ich das gehört. Deswegen vermute ich, dass sie die Finger davon gelassen haben, bis ihnen etwas eingefallen war. Wie dem auch sei, sie sagte zu mir, dass sie ein Grab besuchen wolle. Nun ja!« Wally hob einen breiten, verkrümmten Finger und schüttelte ihn. Seine Knöchel hatten im Boxring schwer gelitten und waren voller Narben.

»Ich schätze, das hat sie nur gesagt, um mich zu beruhigen. Leute, die ein Grab besuchen, bringen im Allgemeinen Blumen mit. Zumindest sehen sie ein wenig nach Trauer aus, schluchzen vielleicht sogar, selbst wenn sie nur so tun, und sie tat nichts dergleichen. Sie sah im Gegenteil ziemlich zufrieden mit sich aus, wenn Sie mich fragen. Also fragte ich sie, ob sie vielleicht wollte, dass ich warte, während sie das Grab besuchte? Ich wollte sie nicht gern ganz allein dort lassen. Aber sie sagte Nein, es würde eine Weile dauern. ›Sie kriegen hier kein anderes Taxi, Miss‹, sagte ich zu ihr. ›Nicht hier in Agar Town. Sie müssen ein ganzes Stück weit laufen, bis zur Hauptstraße.‹ Es nutzte nichts. Sie sagte mir, alles wäre arrangiert. Was konnte ich anderes tun als ihr zu glauben?« Ein flehentlicher Unterton schlich sich in die Stimme des Droschkenfahrers. »Ich konnte ja nicht ahnen, dass sie ermordet werden würde!«

»Selbstverständlich nicht«, pflichtete ich ihm bei.

»Nein, ich nehme nicht an, dass Sie das wissen konnten, Mr Slater«, sagte Ross.

»Der Mörder hat auf sie gewartet«, verkündete Bessie. »Vermutlich hat er sich hinter einem von diesen Grabsteinen oder Monumenten versteckt! Ich hoffe, sie hängen diesen Kerl auf!«

»Heutzutage hängen sie kaum noch irgendjemanden wegen irgendwas«, bemerkte Wally. »Bis vor ein paar Jahren haben sie dich noch für nichts aufgeknüpft. Mein toter Großvater war ein Droschkenfahrer. Wir sind eine Familie von Kutschern. Nachdem ich den Boxring auf Bitten der Lady, die heute Mrs Slater ist, verlassen hatte, bin ich ebenfalls in dieses Geschäft zurückgekehrt. Nicht, dass ich es bedaure, keine Frage, obwohl es keine Freude ist, bei jedem Wetter draußen zu sein und Fahrgäste zu befördern. Andererseits … um ehrlich zu sein, sich den Schädel zu Brei schlagen zu lassen, ist auch nicht so angenehm. Obwohl, bisweilen kommt man als Preisboxer mit richtig hohen Tieren und feinen Pinkeln zusammen, und das Preisgeld ist manchmal recht gut. Und wenn man die Menge hört, die einen anfeuert, dann ist das schon was Besonderes. Aber wie ich bereits gesagt habe: Damals, in den Tagen meines Großvaters, wurden ehrliche Droschkenfahrer, die nichts anderes getan hatten, als ohne es zu wissen eine falsche Münze herauszugeben …«

An dieser Stelle bemerkte er, dass wir anderen alle deutliche Anzeichen von beginnender Ungeduld zeigten. Insbesondere Ross sah aus, als überlege er, ob es irgendein Vergehen gab, das er Wally zur Last legen konnte.

»… jedenfalls, die Zeiten ändern sich, das ist alles«, beendete der Droschkenfahrer seinen Satz.

Ross erhob sich und ging zur Tür. Er rief ins Vorzimmer: »Biddle! Kommen Sie bitte her, und kümmern Sie sich um diese Leute, verstanden?«

»Hören Sie!«, protestierte Bessie erschrocken. »Wollen Sie uns etwa verhaften oder was?«

»Nein, nein, Miss Newman«, beeilte Ross sich, sie zu beruhigen. »Aber es ist erforderlich, dass Sie Ihre Aussagen noch einmal wiederholen, damit Constable Biddle hier sie niederschreiben kann. Anschließend wird er Sie bitten, die Protokolle zu unterschreiben. Können Sie Ihren Namen schreiben?«

Bessie, die sehr zufrieden dreingeblickt hatte, weil sie mit ›Miss Newman‹ angesprochen worden war, fiel in ihre übliche kratzbürstige Verteidigungshaltung zurück. »Selbstverständlich kann ich das! Wir haben im Waisenhaus lesen und schreiben gelernt!«

Der Constable mit dem bandagierten Handgelenk betrat das Büro, und jetzt bemerkte ich auch, dass er ein wenig humpelte.

Bessie musterte ihn von oben bis unten. »Waren Sie im Krieg oder was?«, fragte sie.

»Die Aussagen, Biddle!«, befahl Ross in scharfem Ton. »Von Mr Slater und Miss Newman. Nicht von Ihnen, Miss Martin. Könnten Sie vielleicht noch einen Augenblick warten?«

Meine Begleiter verließen den Raum, und Constable Biddle schloss die Tür. Ross stieß einen Seufzer aus.

»Möchten Sie vielleicht einen Tee, Miss Martin? Ich denke, wir können welchen besorgen. Ich hätte schon früher danach fragen sollen.«

Ich lehnte dankend ab. »Ich kann nicht mehr viel länger bleiben. Ich muss zurück zum Dorset Square und Bessie mitnehmen, oder man wird uns viele Fragen stellen, die wir unmöglich alle beantworten können!«

Bei diesen Worten gestattete sich Ross ein flüchtiges Lächeln. »Ich habe volles Vertrauen in Ihren Einfallsreichtum, Miss Martin.«

Er kehrte an seinen Platz zurück, setzte sich und legte die Hände auf die Holzlehnen. »Nun«, sagte er, »Sie scheinen in dieser Angelegenheit eine ganze Menge und bessere Fortschritte gemacht zu haben als ich. Auch ich habe eine

Vielzahl von Fragen, auf die ich noch keine Antworten gefunden habe.«

»Es war reiner Zufall«, sagte ich zu ihm. »Reiner Zufall, dass ich den Droschkenfahrer anhand von Bessies Beschreibung wiedererkannt habe.« Ich zögerte kurz, bevor ich fortfuhr: »Madeleine Hexham war schwanger, nicht wahr? Das haben Sie nicht erwähnt, als Sie ins Haus von Mrs Parry gekommen sind, um sie über Madeleines Tod zu informieren. Bessie brachte jeden Morgen heißes Wasser aufs Zimmer von Madeleine. Sie traf sie mehrmals an, als ihr sehr übel war und sie sich übergeben musste.«

Ross musterte mich sekundenlang, bevor er leise antwortete: »Ja, Madeleine Hexham war bereits im vierten Monat schwanger. Vielleicht ist das der Grund, warum sie ermordet wurde. Ich bin allerdings nicht dafür, dass diese Information gegenwärtig weitergegeben wird. Es ist auch so schon schwer genug, jemanden dazu zu bringen, über sie zu sprechen. Wenn die Leute von ihrer Schwangerschaft erfahren, dann wage ich zu behaupten, dass sie sich völlig verschließen. Wir … Ich habe es hier mit höchst ehrbaren Bürgern zu tun. Ich muss vorsichtig sein und ihre Befindlichkeiten respektieren.«

Ich dachte an Dr. Tibbett, der munter mit seinem Freudenmädchen von dannen gezogen war, doch ich sagte nur: »Ich verstehe das, und von mir oder Bessie wird niemand etwas erfahren.«

»Verraten Sie mir, Lizzie Martin …«, sagte Ross unvermittelt, und ich schaute überrascht auf. Er lächelte, doch das Lächeln reichte nicht bis zu seinen dunklen Augen. »… verraten Sie mir, was Sie von dieser Geschichte halten.«

»Was ich davon halte?« Ich zögerte. »Ich halte davon, dass der Mörder von Madeleine seine gerechte Strafe erhalten sollte.«

»Sie sind wie Ihr Vater«, sagte er. »Sie haben das Bedürfnis, die Schwachen zu schützen. Manchmal riskiert man mit diesem Verhalten, die Mächtigen und Einflussreichen gegen sich aufzubringen.«

»Mein Vater hat sich davon nie beeinflussen lassen, und ich hoffe, dass ich es genauso wenig tue.«

»Verzeihen Sie mir, doch Ihr Vater war ein Mann und obendrein in seiner Gemeinde jemand von einiger Bedeutung. Jeder braucht früher oder später einen Arzt. Selbst wenn er einem auf die Füße getreten ist, achtet man dennoch darauf, sich nicht völlig mit ihm zu überwerfen. Ihre Lage, wenn Sie entschuldigen, dass ich Sie darauf hinweise, erscheint mir völlig anders. Sie können es sich nicht leisten, sich Feinde zu machen.«

»Ich bin eine Frau und allein, doch ich kenne meine Pflicht«, sagte ich leise und fügte nach einem Moment hinzu: »Das klingt schrecklich tugendhaft, nicht wahr? Sagen wir einfach, ich kann nicht zulassen, dass die Erinnerung an die arme Madeleine Hexham einfach weggewaschen wird wie ein Fleck auf einem Teppich. Es ist nicht recht.«

»Also schön!«, sagte Ross forsch. »Stecken wir unsere Köpfe zusammen, und sehen wir mal, was wir tun können. Verraten Sie mir, was ist Ihrer Meinung nach mit ihr passiert? Ich kann mich nicht in den Kopf einer jungen Frau versetzen; deswegen frage ich Sie. Warum hat sie an jenem Morgen in aller Heimlichkeit das Haus verlassen, und warum hat sie sich von diesem Kutscher zu einer verlassenen Kirche bringen lassen?«

Ich hatte an meiner diesbezüglichen Theorie gearbeitet, seit ich Wallys Aussage vernommen hatte. Jetzt beugte ich mich vor und begann ernst: »Mr Slater ist sowohl ein scharfer Beobachter als auch schlau. Er hat manchmal eine komische Art, sich auszudrücken, und neigt dazu, weit auszuholen, doch das bedeutet nicht, dass das, was er zu sagen hat, nicht ernstgenommen werden muss. Er hat mich gewarnt, als er mich zum Dorset Square gefahren hat, dass ich vielleicht einen Freund benötigen würde. Er hatte sich bereits gedacht, dass irgendein Unheil im Anzug war und mit diesem Haus in Verbindung stand. Was ich denke, ist Folgendes: Madeleine wurde von einem Mann verführt, der ein hohes Ansehen genießt und sie nicht heiraten konnte oder wollte. Er überredete sie, ihre Affäre geheim zu halten. Das war leicht zu bewerkstelligen. Er könnte beispielsweise gesagt haben, dass er zuerst eine ältere Verwandte, deren Erbe er war, davon überzeugen müsste, dass die Ehe mit einer mittellosen jungen Frau akzeptabel war. Vielleicht hat er ihr gesagt, dass Mrs Parry ihn nicht guthieß und Madeleine jede Gelegenheit nehmen würde, sich mit ihm zu treffen. Aber egal. Was auch immer er ihr erzählt haben mag, sie muss es geglaubt haben.«

Ross nickte, doch er sagte nichts und beobachtete mich nur aufmerksam, während ich weitersprach.

»Ich weiß es nicht, aber ich vermute, dass er, als Madeleine ihm ihre Schwangerschaft anvertraut hat, sich einverstanden erklärt hat, sie zu heiraten, allerdings heimlich«, fuhr ich fort. »Bessie hat mir erzählt, dass Madeleine an jenem Morgen, an dem sie das Haus verließ, sehr glücklich gewirkt habe. Sie war seit Wochen nicht mehr so fröhlich gewesen. Mr Slater hat ebenfalls bemerkt, dass sie optimistisch wirkte und keine Angst hatte, allein in der St. Luke's Kirche zurückgelassen zu werden. Sie erzählte ihm das, weil alles arrangiert war. Ich denke, dass ihr Verführer ihr weisgemacht hat, er hätte eine spezielle Lizenz für ihre Hochzeit erwirkt. Ich denke, er schlug vor, dass ihre Hochzeit an irgendeinem sehr privaten Ort stattfinden sollte, damit sie nicht bekannt wurde. Die St. Luke's Kirche war bereits so gut wie verlassen. Er erzählte ihr, dass er einen Geistlichen überredet oder bestochen hätte, dorthin zu kommen und sie beide zu trauen. Wer würde die Zeremonie schon sehen? Selbst die Arbeiter von der Baustelle waren noch nicht bis in diese Gegend vorgedrungen.«

»Die Hochzeit würde zwei Trauzeugen erfordert haben«, bemerkte Ross.

»Dann hat er ihr erzählt, er hätte zwei gute Freunde, die absolut zuverlässig seien und deren Diskretion vollkommen wäre. Sie war in ihn verliebt. Sie glaubte alles, was er ihr erzählte. Ich denke nicht, dass sie sonderlich intelligent war. Ich weiß, dass sie eine romantische Ader hatte, weil sie eine Menge von diesen billigen Liebesromanen gelesen hat.«

»Wer hat Ihnen das erzählt?«, fragte Ross leise.

»Nun ja, das war Frank Carterton. Frank und ich halten es für möglich, dass sie diesen Verführer in der Leihbücherei kennen gelernt hat. Sie besuchte diese Büchereien häufig. Nun ja, wo war ich stehen geblieben …?«

»Miss Hexham fuhr also zur St. Luke's Kirche, um zu heiraten, oder jedenfalls hat sie das geglaubt«, kam Ross mir zu Hilfe.

Mir wurde bewusst, dass ich an diesem Punkt ans Ende meiner Schlussfolgerungen gelangt war. »Ich weiß nicht, was als Nächstes passiert ist«, gestand ich. »Außerdem ist mir völlig klar, dass ich nichts von alledem beweisen kann.«

»Sie wissen, dass Madeleine seit mehr als zwei Monaten vermisst wurde und erst seit zwei Wochen oder weniger tot ist«, sagte Ross.

Auf irgendeine Weise war das die beunruhigendste Tatsache von allen, und ich sagte: »Ich wage gar nicht, daran zu denken. Er hielt sie gefangen. Er hatte Angst, sie gehen zu lassen. Am Ende brachte er sie um. Ich denke, er fand sich in einer Situation wieder, in der er keinen anderen Ausweg mehr zu haben glaubte.«

Ross' Augenbrauen schossen in die Höhe. »Einen Ausweg?«

»Nein, natürlich nicht. Nicht moralisch gesehen. Aber wir reden hier nicht über einen moralischen Mann. Wir reden über ein Monster.«

»Oh, Monster«, sagte Ross. »Ja, ich bin in meiner Zeit bei der Polizei bereits dem ein oder anderen Monster begegnet. Ich bin aber auch einer ganzen Reihe sehr verängstigter Menschen begegnet, die aus lauter Angst grauenvolle Dinge getan haben. Mörder sind nicht immer von Geburt an schlecht. Manchmal werden sie erst zu Mördern gemacht.«

»Aber sie so lange gefangen zu halten!«, platzte ich heraus. »Das ist in meinen Augen das Verhalten eines Monsters!«

»Und wo hat er sie gefangen gehalten?«, fragte Ross.

»Wieso?«, entgegnete ich. »In einem der verlassenen Häuser von Agar Town. Jeder weiß, dass sie leer stehen. Jeder sieht, wo die Bauarbeiter sind. In der Nacht war niemand zugegen, und bei Tage war der Lärm der Abrissarbeiten so groß, dass niemand ihre Hilfeschreie gehört hat!«

Ross trommelte mit den Fingern auf der Schreibtischplatte. »Wenn das, was Sie sagen, richtig ist – und sagen wir mal, es stimmt mehr oder weniger mit meinen eigenen Gedankengängen überein –, dann gibt es immer noch ein Problem: Warum hat er sie nicht sogleich umgebracht? Jeder Tag, den sie in Gefangenschaft am Leben blieb, erhöhte das Risiko, dass sie gefunden wurde. Wir müssen annehmen, dass er sie gleich am ersten Tag gefangen nahm, als Slater sie zur St. Luke's Kirche gefahren hat.«

»Er hatte wahrscheinlich zuerst einen anderen Plan«, schlug ich vor. »Aber der ging nicht auf.« Ich zermarterte mir das Gehirn auf der Suche nach einer anderen Erklärung und erkannte ein wenig verspätet, dass ich auf meiner Unterlippe kaute, wie ich es als Kind getan hatte, wenn ich über etwas rätselte. »Vielleicht hat er sie zuerst irgendwo anders festgehalten«, überlegte ich laut, »und sie erst später nach Agar Town gebracht.«

Ross murmelte etwas, das ich nicht verstand. Laut sagte er: »Nun, ich weiß, was ich als Nächstes zu tun habe, aber Sie müssen wieder zurück zu dem Haus am Dorset Square. Ich werde eine Transportmöglichkeit für Sie und Bessie arrangieren.«

»Ich bin sicher, Mr Slater wird uns fahren«, sagte ich und stand auf.

Ross kam um seinen Schreibtisch herum und stellte sich vor mich. »Ich bin Ihnen äußerst dankbar, Miss Martin«, sagte er. »Und ich mache mir große Sorgen um Sie.«

Er sah tatsächlich besorgt aus. Seine Stirn unter dem wirren Schopf schwarzer Haare war in Falten gelegt. Die unordentlichen Haare erinnerten mich an den Knaben von damals bei der Grube. Vielleicht hatte er sich gar nicht so sehr verändert, wie ich zuerst geglaubt hatte.

»Machen Sie sich wegen mir keine Gedanken«, sagte ich leise. »Sie haben genügend andere Dinge, um die Sie sich kümmern müssen.«

»Und ich möchte unter keinen Umständen, dass Sie zu einem dieser Dinge werden!«, lautete seine unerwartete Erwiderung. »Verstehen Sie mich nicht falsch, Miss Martin. Ja, ich mache mir Gedanken um Ihr Wohlergehen, schon allein um Ihretwillen. Aber ich mache mir auch als Polizeibeamter Gedanken. Sie müssen sehr vorsichtig sein. Wir haben es hier mit einem Mann zu tun, der bereits einmal gemordet hat. Er denkt jetzt wahrscheinlich, dass er einen Schritt auf einem Weg gemacht hat, von dem es kein Zurück mehr gibt. Er wird erneut töten, sollte er es als notwendig erachten. Lassen Sie niemanden sehen, wie sehr Sie sich für diese Geschichte interessieren. Es wäre nicht klug.«

Unerwartet lächelte er. »Dr. Martin hat sich sehr um mich gekümmert«, sagte er. »Sollte ich mich da nicht genauso sehr um seine Tochter kümmern?«

Ich öffnete meinen Mund, schluckte und murmelte etwas vor mich hin, ich weiß nicht mehr was; dann zog ich mich verwirrt aus seinem Büro zurück. Seine Warnung war fest in mein Gehirn gebrannt.

KAPITEL ZWÖLF

Wir kamen erst am späten Vormittag zurück zum Dorset Square, obwohl Wally Slater uns so schnell dorthin fuhr, dass der Growler von einer Seite zur anderen schaukelte und ich mehr als nur ein wenig Angst hatte. Bessie hingegen genoss die Fahrt sichtlich.

Ich schickte sie sogleich nach unten in das Souterrain und ging nach drinnen, wo ich mich bei Simms entschuldigte.

»Mylady sitzt bereits beim Mittagessen«, informierte mich der Butler. »Gehen Sie direkt zu ihr hinein, oder soll ich ihr Bescheid sagen, dass Sie zurückgekehrt sind und später kommen?«

»Ich gehe besser gleich hinein«, erwiderte ich. »Falls ich nicht zu zerzaust aussehe.«

Simms musterte mich aufmerksam von Kopf bis Fuß und stellte fest: »Sie haben einen Fleck am Kinn, Miss Martin. Es sieht aus wie Ruß.«

Meine Wartezeit am Bahnhof hatte offensichtlich ihre Spuren hinterlassen. Ich wünschte, einer meiner Begleiter hätte mich darüber informiert, bevor ich Inspector Ross gegenübergetreten war! Ich spähte in einen Spiegel an der Wand und rieb den Fleck ab. Sodann übergab ich Simms meinen Hut, straffte meinen Rock und ging zum Esszimmer. Als ich die Tür erreicht hatte, rief Simms mir hinterher: »Ein Gentleman ist zu Besuch, Miss Martin. Er isst mit Mylady zu Mittag.«

Ich hatte keine Zeit mehr, mich zu erkundigen, wer es war. Es konnte nicht Tibbett sein, von dem ich wusste, dass er sich anderweitig vergnügte, und es konnte auch nicht Frank sein, der im Foreign Office zu tun hatte oder sich sonst wo in der Stadt herumtrieb. Außerdem hätte

Simms mir gesagt, wenn der Mann Mr Carterton gewesen wäre.

Ich öffnete die Tür. Wie es schien, war eine lebhafte Unterhaltung im Gang gewesen, die auf der Stelle verstummte, als die Teilnehmer mein Eintreten bemerkten.

Tante Parry blickte mit gerötetem und erregtem Gesicht zu mir und rief: »Oh, Elizabeth, da bist du ja!«

Ich hätte schwören können, dass sie richtig enttäuscht klang. Hatte ich ein Tête-à-Tête gestört? Einigermaßen neugierig sah ich mir den Besucher an.

Er hatte seinen Stuhl zurückgeschoben und sich erhoben, die zerknitterte Serviette noch in der linken Hand. Er war ein ziemlich junger Mann und trug eine Brille mit ovalen Gläsern und einen dunkelblauen Gehrock. Das glatte braune Haar war von der hohen Stirn nach hinten gebürstet und wurde durch großzügig appliziertes Haaröl an Ort und Stelle gehalten. Für mich sah er aus wie der Chefkassierer einer Bank. Ob meines Eintretens schien er überrascht und ein wenig aus der Fassung zu sein.

»Dies ist Mr Fletcher, Elizabeth.« Mrs Parry bedeutete ihm mit einem Wink, wieder Platz zu nehmen. »Das ist nur meine Gesellschafterin, Miss Martin, Mr Fletcher. Bitte fahren Sie doch fort mit Ihrer Erzählung. Elizabeth, setz dich. Ich sage Simms Bescheid, damit er das Hühnchen noch mal bringt.«

»Oh, nein danke«, entgegnete ich. »Es tut mir sehr leid, dass ich mich verspätet habe, aber ich bin nicht hungrig.«

Das erregte Tante Parrys Aufmerksamkeit. »Nicht hungrig? Oh, Unsinn. Wenigstens etwas kalten Pudding solltest du dir nehmen.«

Mit diesen Worten lenkte sie meine Aufmerksamkeit auf einen rehbraunen Pudding, dessen Hauptbestandteile Milch und Mehl waren, zusammen mit einer Tasse voll starkem süßem Kaffee, der der Speise das Aroma verlieh, sowie vielleicht einem oder zwei Eiern, um der Substanz Halt zu geben. Ich war nie eine Anhängerin dieser Art von kaltem Pudding gewesen, ganz gleich, welches Aroma er auch haben mochte.

Einmal, als Kind, war ich in Mary Newlings Küche spaziert und hatte sie dabei angetroffen, wie sie ein Kaninchen gehäutet hatte. Ich war überrascht gewesen, wie einfach sich der ganze Pelz hatte abstreifen lassen – fast so einfach, als würde man einen Handschuh ausziehen. Er löste sich einfach von dem toten Tier, und zurück blieb ein glänzender, nicht blutender Körper, bei dem man sämtliche Muskeln und Sehnen sehen konnte. Ich mochte Kaninchen seit damals nicht mehr, und der ›Pudding‹ erinnerte mich auf unangenehme Weise an jene kleine gehäutete Kreatur. Die Tatsache, dass er ringsum mit einer Girlande aus grünen Blättern verziert war, der an einen Kranz erinnerte, half auch nicht gerade.

»Danke sehr«, sagte ich und nahm mir, da Simms abwesend war, selbst eine kleine Portion.

Ich saß Mr Fletcher gegenüber, und Tante Parry saß zwischen uns am Kopf des Tisches. Obwohl sie ihn gebeten hatte fortzufahren, schien er zu zögern und fummelte mit seiner Serviette herum, während er mich die ganze Zeit über zweifelnd anstarrte. Endlich, als er meinem Blick begegnete, sprudelte er hervor: »Erfreut, Sie kennen zu lernen, Miss Martin.«

»Ganz meinerseits«, erwiderte ich höflich, oder so höflich es mit einem Mund voll Kaffee-Pudding ging.

»Mir war ja gar nicht bewusst, Ma'am«, sagte Fletcher an Tante Parry gewandt und mit einem nervösen Seitenblick in meine Richtung, »dass Sie eine neue Gesellschafterin engagiert haben.«

»Oh, Elizabeth ist das Patenkind des verstorbenen Mr Parry«, erklärte sie. »Ihr Vater starb vor nicht allzu langer Zeit, und sie brauchte ein Dach über dem Kopf; daher passte es uns beiden ganz ausgezeichnet, dass sie hergekommen ist. Wir kommen wunderbar miteinander zurecht, nicht wahr, Elizabeth?«

»Sie sind zu liebenswürdig, Tante Parry«, antwortete ich.

»Mr Fletcher ...«, sagte Tante Parry, als wäre ihr plötzlich eingefallen, dass sie mir eine Erklärung bezüglich der Identität des Besuchers geben sollte, »Mr Fletcher repräsentiert die Midland Railway Company. Er ist geschäftlich hergekommen.«

»Möchten Sie vielleicht, dass ich nach draußen gehe, Tante Parry?«, fragte ich und legte meinen Löffel nieder. »Ich möchte nicht bei einer vertraulichen Geschäftsbesprechung stören.«

»Es gibt keinen Grund, warum du nicht bleiben solltest, mein Kind. Du kannst dir gerne anhören, worüber wir sprechen. Fahren Sie doch fort, Mr Fletcher.« Sie nickte Fletcher zu.

Ich glaubte zu erkennen, dass Fletcher über einen unerwarteten Zuhörer bei dieser Konversation alles andere als glücklich war, doch es gab nichts, was er hätte tun können, nachdem Mrs Parry mir ihren Segen gegeben hatte.

Er legte seine Serviette beiseite und begann stattdessen, mit dem silbernen Ring zu spielen, der sie gehalten hatte. »Wie ich bereits sagte, Ma'am, diese Verspätung führt zu allerlei Unannehmlichkeiten. Die Kosten steigen mit jeder verlorenen Arbeitsstunde. Die Arbeiter werden faul. Sie mögen es nicht, wenn die Polizei auf der Baustelle herumschnüffelt und Fragen stellt.«

»Sie haben mein volles Mitgefühl«, sagte Tante Parry mit Nachdruck. »Wir haben diese Erfahrung selbst machen müssen, hier in unserem eigenen Haus. Selbst die Diener wurden ausgefragt. Ich empfand die ganze Situation als höchst ungewöhnlich. Es ist nicht die Art von Vorgehen, die ein respektables Mitglied der Gesellschaft erwarten würde. Ich dachte immer, die Polizei wäre dazu da, die niedrigeren Schichten von Verbrechen und Kriminalität abzuhalten und dafür zu sorgen, dass die Bessergestellten nicht belästigt werden.«

»Schlimmer noch, inzwischen kommen sogar Schaulustige zur Baustelle«, fuhr Fletcher fort, offensichtlich wenig betrübt von den Unannehmlichkeiten, die Tante Parry erlitten hatte, und vollkommen von seinen eigenen Problemen eingenommen. »Sie kommen in Familien, mit älteren Tanten im Schlepptau, und wollen die Stelle sehen, wo die Leiche gefunden wurde!« Seine Stimme nahm einen klagenden

Tonfall an. »Sie sind in ihren besten Sonntagsstaat gekleidet und schnattern und plappern wie ein Schwarm Elstern. Ihre Kinder klettern über Schuttberge und zwischen den Rädern der Karren hindurch und riskieren Leib und Leben. Ich behaupte, dass es für manche Menschen die beste Unterhaltung seit der Weltausstellung ist! Es ist einfach unbeschreiblich!«

»Ich kann nicht verstehen, was diese Leute antreibt, aber ich kann mir sehr wohl vorstellen, dass sie Ihnen zur Last fallen«, sagte Tante Parry mit einem Seufzer. »Sie spazieren auch vor diesem Haus auf und ab, und einige unter ihnen sehen sogar tatsächlich recht respektabel aus! Sie tuscheln miteinander und zeigen mit dem Finger. Es ist höchst unangenehm und entzieht sich meinem Verständnis.«

»Die britische Öffentlichkeit ist von Natur aus fasziniert vom Makabren, Ma'am«, bemerkte Fletcher. »Am schlimmsten jedoch ist die Presse!«

»Die Presse?«, fragte Tante Parry verblüfft. »Aber die Royal Navy rekrutiert doch längst nicht mehr auf diese Weise? Mein Vater hat immer von seinen Aktivitäten erzählt, als er noch ein junger Kurat war. Die Navy erschien während des Frankreich-Krieges zu mehreren Gelegenheiten in seiner Gemeinde und presste junge Männer in ihren Dienst. Das gab Anlass zu großem Kummer.«

»Nein, Ma'am, verzeihen Sie, Sie haben das falsch verstanden. Ich meinte die Zeitungen. Journalisten, Ma'am. Schaulustige von der gewöhnlichen Sorte lassen sich vertreiben. Einen Journalisten loszuwerden ist so gut wie unmöglich. Nicht nur, dass sie wie die Griechen kommen und Geschenke bringen, in ihrem Fall Geld – biete einem Arbeiter ein paar Shilling, und er hat so gut wie alles gesehen, was man von ihm hören will. Wie ich bereits sagte, Ma'am, die Öffentlichkeit mag es, wenn ihr das Blut in den Adern gefriert, und die Journalisten leisten diesem Bedürfnis Vorschub.«

»Das ist ja widerlich!«, sagte Tante Parry.

»Ganz recht, Ma'am. Ich muss gestehen, dass ich erleichtert bin, weil ich bisher noch keinen Mann von der *Times* dort gesehen habe; aber von der *Morning Post* war bereits einer dort, und die *Post* habe ich eigentlich bisher für eine seriöse Zeitung gehalten. All die schrecklichen Boulevardblätter haben ihre Schreiber geschickt, und was die Abendblätter angeht – die sind die Schlimmsten von allen! Ihre Reporter geben alles darum, den Lesern einen Schnipsel an Informationen zu liefern, bevor er am nächsten Morgen in der Tageszeitung zu lesen steht, und sie sind wie Terrier, die eine Ratte gewittert haben!«

»Wer hätte das gedacht?«, murmelte Tante Parry, und ein sehnsüchtiger Blick glitt zu dem teilweise verspeisten Kaffee-Pudding inmitten seines Kranzes aus Grünzeug.

»Gewiss verstehen Sie nun, dass ich inzwischen am Ende meiner Weisheit angelangt bin. Ich weiß nicht, was ich noch wegen dieser Polizeiuntersuchung tun soll. Ich habe mit dem verantwortlichen Inspector gesprochen, einem gewissen Ross, vergeblich. Er ist ein unangenehmer, unverschämter Bursche!«

Ich riss den Mund auf, um ihm zu widersprechen, doch es gelang mir, ihn rechtzeitig wieder zu schließen, bevor ein unbedachtes Wort über meine Lippen dringen konnte, auch wenn es mir Mühe bereitete. Empört funkelte ich Fletcher über den Tisch hinweg an, auch wenn er sich auf Tante Parry konzentrierte und es nicht bemerkte. Wie konnte er es wagen, auf diese Weise von einem fleißig arbeitenden Polizeibeamten zu sprechen, der sich seinem Beruf so verschrieben hatte? Gab es nicht genügend Hindernisse im Weg des armen Ben Ross, ohne dass er sich auch noch mit diesem kleinkarierten Burschen befassen musste, der vom Bau seines Bahnhofs besessen war und den nichts anderes auf der Welt zu interessieren schien? Sollten die Ermittlungen wegen des Mordes an einer unschuldigen jungen Frau etwa genauso überstürzt durchgeführt werden, wie ihr Leichnam von der Baustelle weggeschafft worden war, zusammen mit alldem anderen Schutt? *Der Inspector ist mehr wert als zwei oder drei von Ihrer Sorte, Mr Fletcher!*, wollte ich ihm entgegenschleudern.

»Das ist er!«, rief Tante Parry. »Das ist der Inspector, der auch hier bei uns gewesen ist, stimmt es nicht, Elizabeth? Ich empfand sein Verhalten als unverfroren und unpassend für eine Konversation mit Damen. Er hat doch tatsächlich alles aufgeschrieben, was ich gesagt habe, jedes einzelne Wort!«

Ich schäumte innerlich und hätte am liebsten widersprochen, dass Ross lediglich aufgeschrieben hatte, was sie ihm über den Brief von Madeleine Hexham berichtet hatte, doch mir war klar, dass es unklug war, sie zu verbessern. Also schluckte ich meinen Protest einmal mehr herunter und ließ meinen Frust an meinem Teller mit dem kaltem Pudding aus, den ich mit dem Löffel bearbeitete, bis er nur noch eine abscheuliche Masse war.

Ermutigt von der Zustimmung, die er von Seiten Mrs Parrys bezüglich seiner Erfahrungen mit dem Gesetz erhalten hatte, erging sich Fletcher mit neuer Energie in seiner Litanei von Beschwerden. »Ich habe mich an den Vorgesetzten dieses Inspectors gewandt, einen Superintendent Dunn, doch der ist fast genauso schlimm! Sie nehmen weder Rücksicht auf unsere Probleme noch auf unseren Zeitplan, überhaupt keine! Die Arbeit droht in Verzug zu geraten; die Arbeiter legen ihre Werkzeuge beiseite und gehen. Die Direktoren der Gesellschaft glauben, ich müsste imstande sein, mehr zu unternehmen, aber was kann ich tun?« Seine Stimme nahm einen verzweifelten Tonfall an.

Tante Parry versuchte, ihn zu trösten. »Nur ruhig, Mr Fletcher. Ich kenne Sie nun bereits seit einer ganzen Weile, und ich weiß, dass Sie sich immer Ihrer Verantwortung gestellt haben.«

»Sie sind zu freundlich, Ma'am. Trotzdem klettern die Constables von diesem Ross immer noch über meine Baustelle, stellen ihre neugierigen Fragen und stehen jedem im Weg herum! Und das Ganze ohne jedes Ergebnis, Ma'am! Glauben sie vielleicht, jemand von unseren Arbeitern hat die unglückselige, junge Frau ermordet? Meiner Meinung nach haben sie keine andere Spur und versuchen einfach, den Anschein zu erwecken, als würden sie etwas tun!« Fletchers Tonfall war immer bitterer geworden, und als er mit seiner

Tirade fertig war, klang er wie ein Mann, der das Ende der Welt verkündete.

»Ich verstehe«, sagte Tante Parry nachdenklich und trommelte mit den dicken kurzen Fingern auf der Tischdecke.

»Als Aktionärin der Gesellschaft und Arbeitgeberin der Verstorbenen erwarten Sie natürlich, dass die Dinge vernünftig angegangen werden«, fuhr Fletcher fort, indem er sich über den Tisch beugte und sie anblickte. »Sie wollen sehen, dass die Polizei ihre Aktivitäten auf die richtige Gegend konzentriert – wo auch immer das sein mag – und dass die Arbeiten am Bahnhof mit normaler Geschwindigkeit fortgeführt werden.«

Sein Tonfall war vertraulich geworden. Was auch immer Fletcher als Nächstes vorschlagen würde, mir wurde bewusst, dass es Ben Ross nicht gefallen würde. Schon was ich bisher gehört hatte, gefiel mir nicht. Ich hatte meinen inzwischen ungenießbaren Pudding von mir geschoben und saß einfach nur da, kaum imstande, meinen Ohren zu trauen. Tante Parry hatte nicht nur Häuser in Agar Town an die Eisenbahngesellschaft verkauft, sie war auch noch Anteilseignerin der Gesellschaft!

»Ich bin sicher«, unternahm ich einen Versuch zur Verteidigung von Scotland Yard, »dass Inspector Ross korrekt arbeitet, und dass er keine andere Wahl hat.«

Fletcher funkelte mich feindselig an. »Ich nehme an, Sie kennen sich nicht mit Baustellen aus, Miss Martin.«

»Nun ja … nein.«

»Würden Sie sich auskennen«, fuhr Fletcher fort, »dann würden Sie auch nicht wollen, dass überall Constables herumlaufen und die Arbeiten stören! Es ist außerdem gefährlich; einer von ihnen ist bereits in ein Loch gestürzt.«

»Wurde er verletzt?«, erkundigte sich Tante Parry.

»Nicht schlimm, wenn ich richtig informiert bin, Ma'am.« Fletchers Tonfall besagte, dass er eigentlich ›nicht schlimm genug‹ meinte. »Doch es ist nur eine Frage der Zeit, bis einer von ihnen von einem Klumpen Mauerwerk getroffen wird, das ihm den Schädel zertrümmert!«

»Ach du meine Güte!«, rief Tante Parry erschrocken aus.

Fletcher beugte sich erneut vor, um auf seine beschwörende Weise auf sie einzureden. »Worauf ich hinauswill, Ma'am … falls Sie Einfluss auf den Scotland Yard ausüben können, damit die ihre Ermittlungen auf der Baustelle beschleunigen und möglichst schnell beenden, wäre dies für uns alle von größter Hilfe.«

»Aber ich sehe nicht, wie ich Einfluss ausüben könnte!«, protestierte Tante Parry.

»Sie waren die Arbeitgeberin der jungen Frau. Wenn Sie deutlich machen, dass Sie denken, alles Nötige wäre getan, und dass Sie keine weiteren Schritte von der Polizei erwarten, nun ja … dann würde sie sich nicht gezwungen fühlen, so herumzuwühlen, wie sie das bisher tut. Die Beamten wollen sich beweisen, Ma'am, gegenüber der Öffentlichkeit und vor allen Dingen Ihnen gegenüber.«

»Ich werde darüber nachdenken«, sagte Tante Parry und klang, als meinte sie es ernst.

Fletcher kam offensichtlich zu dem Schluss, dass der Zweck seines Besuches erreicht war. Er erhob sich von seinem Stuhl. »Ich danke Ihnen für das exzellente Essen, Ma'am. Wenn Sie mich jetzt entschuldigen würden, meine Damen, ich muss zurück nach Agar Town und sehen, was auf der Baustelle passiert.«

»Mögen Sie keinen Käse mehr?«, fragte Tante Parry, doch sie war mit den Gedanken bereits woanders.

»Nein, Ma'am, danke sehr. Miss Martin!« Er nickte mir flüchtig zu. »Liebe Mrs Parry!«, sagte er sodann und verneigte sich tief vor ihr.

»Läute bitte nach Simms«, forderte Tante Parry mich auf die gleiche gedankenverlorene Weise auf.

Ich erhob mich und ging, um zu tun wie mir geheißen. Simms erschien mit seiner üblichen Eilfertigkeit, und der Besucher entschwand.

Ich kehrte an den Tisch zurück, doch anstatt mich erneut zu setzen, blieb ich mit den Händen auf der Lehne hinter meinem Stuhl stehen. Vor mir stand die Schale mit den unansehnlich gewordenen Überresten des Puddings inmitten seiner umgebenden Vegetation. Ich hielt es für sicher, meine

Portion aufzugeben. Außerdem gab es etwas Wichtigeres als das Essen, und wenn Mrs Parry erfuhr, was ich ihr zu sagen hatte, würde sie über mehr nachdenken müssen als über meinen verlorenen Appetit.

Sie starrte in Gedanken versunken auf das Tischtuch. Schließlich sagte sie mit einer Stimme, die vor Emotionen bebte: »Wenn ich auch nur den leisesten Verdacht gehabt hätte, welchen Ärger Madeleine Hexham diesem Haus bereiten würde, sie hätte niemals auch nur einen Fuß über meine Schwelle gesetzt. Es scheint, als sollte ich nicht mehr zur Ruhe kommen, bis die Polizei ihre Ermittlungen abgeschlossen hat!«

»Vielleicht ist es ja bald so weit«, sagte ich zu ihr. »Dann haben du und Mr Fletcher wieder Ruhe.«

»Er vielleicht. Ich bestimmt nicht!«, entgegnete Tante Parry scharf. »Die Eisenbahngesellschaft wird zufrieden sein, dass die Arbeiten mit normaler Geschwindigkeit fortgesetzt werden. Doch ein Gerichtsverfahren wird die Zahl der neugierigen Spaziergänger draußen vor dem Haus nur noch verdoppeln! Es ist jedenfalls genug, um mir jegliche Ruhe zu rauben!«

Das war nicht der beste Augenblick für das, was ich zu sagen hatte, doch es musste sein. Ich konnte nicht länger damit warten.

»Tante Parry, ich muss dir etwas sagen, das ich dir schon längst hätte sagen sollen. Und in Anbetracht all dessen, was Mr Fletcher gesagt hat, glaube ich, es muss jetzt sein.«

Tante Parry sah mich leicht überrascht an; dann wurde sie merklich nervös. »Elizabeth, ich hoffe doch sehr, ich muss jetzt nicht hören, dass du … dass du dich in eine Bredouille gebracht hast?« Ihre Stimme nahm einen klagenden Tonfall an. »Ist das möglich? Doch sicherlich nicht, oder? Mein liebes Kind, du bist doch erst seit ein paar Tagen in London …«

»Oh nein, Tante Parry, nichts dergleichen«, beeilte ich mich, sie zu beruhigen.

»Was dann?«, fragte sie grollend.

Ich erklärte ihr, so gut ich dies vermochte, dass ich es zwar beim ersten Besuch von Inspector Ross in diesem Haus nicht erkannt hatte, doch dass er mir von früher bekannt und dass mein Vater all die Jahre zuvor sein Wohltäter gewesen war.

Tante Parry lauschte meiner Erzählung mit hervorquellenden Augen. »Gütiger Himmel!«, rief sie aus, als ich fertig war. Dann wurde sie nachdenklich und trommelte erneut mit den dicken Fingern auf der Damasttischdecke. Ohne Vorwarnung hob sie schließlich den Kopf und lächelte mich mit umwerfendem Wohlwollen an. Ich spürte, wie meine Entschlossenheit vor diesem Blick schwand.

»Liebste Elizabeth«, sagte sie. »Was für eine außerordentliche Geschichte und in der Tat, was für ein außerordentlich glücklicher Zufall! Ich bin sicher, der Inspector weiß um seine Verpflichtung dir und deiner Familie gegenüber – und deinen Freunden.« Ich hätte nicht geglaubt, dass ihr Lächeln noch breiter werden konnte, doch genau das passierte nun. Es spiegelte sich allerdings nicht in ihren Augen, die so scharf blickten wie die einer Dohle, die einen glänzenden Schatz erspäht hat.

Ich konnte ihren Blick nur voller Bestürzung erwidern. Ich hatte versucht, mir verschiedene Reaktionen auf mein Geständnis vorzustellen, doch das hier war mir nicht in den Sinn gekommen. Tante Parry sah meine lose Verbindung zu Ross als einen Vorteil, den es auszunutzen galt. Ich hatte vergessen, dass Frank mir erzählt hatte, sie wäre eine Geschäftsfrau, und es war mir nicht einmal dann wieder eingefallen, als ich sie mit Fletcher zusammen gesehen hatte.

»Tan… Tante Parry«, begann ich stockend. »Ich kann den Inspector nicht … nicht um Gefälligkeiten bitten, was seine Ermittlungen angeht.«

Der scharfe Blick verschwand aus ihren Augen, und nur Wohlwollen blieb zurück. »Selbstverständlich nicht, Elizabeth, meine Liebe!«, sagte sie rasch. Sie erhob sich von ihrem Stuhl und tätschelte meinen Arm. »Selbstverständlich nicht. Du darfst mich nicht missverstehen. Doch es ist immer besser, das Ohr eines Freundes zu haben, als wenn man es mit einem völlig Fremden zu tun hat, nicht wahr?«

KAPITEL DREIZEHN

Ben Ross

Am Samstagmorgen rief Dunn Morris und mich zu einem Kriegsrat zu sich, oder jedenfalls war das der Eindruck, den ich hatte. Ich konnte nicht umhin, uns als einen Teil von zwei Bataillonen von Bleisoldaten zu betrachten, die an einem Spieltisch aufgereiht waren. Die Midland Railway Company hatte ihre Farben auf der einen Seite des Grabens gehisst, und der Scotland Yard war auf der anderen in Stellung gegangen. Zwischen uns lag, bildlich gesprochen und vielleicht auch physisch, der Leichnam von Madeleine Hexham. Die sterblichen Überreste der unglücklichen jungen Frau waren inzwischen in einem Armengrab beigesetzt worden. Es gab niemanden, den man wegen einer besseren Bestattung hätte ansprechen können. Unter den gegebenen Umständen wäre es reine Zeitverschwendung gewesen, an Madeleines frühere Arbeitgeberin heranzutreten. Nun lag sie neben Dieben und Vagabunden, doch ich war fest entschlossen, ihr ein besseres Andenken zu verschaffen. Ich wollte herausfinden, wer sie umgebracht hatte … falls man mir erlaubte, das zu tun.

»Ich habe schon wieder einen Brief von der Midland Railway Company erhalten«, sagte Dunn und deutete mit ärgerlicher Geste auf ein Schriftstück, das auf seinem Schreibtisch lag.

Ich hatte bereits den offiziellen Briefkopf der Gesellschaft bemerkt, und obwohl ich von der Stelle, wo ich stand, nicht lesen konnte, was sie geschrieben hatten, so konnte ich es mir doch sehr wohl denken.

»Sie hoffen, dass wir unsere Ermittlungen an der Baustelle des neuen Bahnhofs sehr bald abschließen werden. Sie sind inzwischen fast fertig mit den Abrissarbeiten, und die Arbeit an dem neuen Gebäude muss planmäßig beginnen. Ich muss zugeben, dass der Brief nicht ganz unvernünftig klingt. Sie können einfach nicht begreifen, warum wir immer noch Constables auf der Baustelle haben, die ihre Arbeiter belästigen, wie sie es nennen. Ich frage mich allmählich selbst, warum das so ist. Haben wir bisher *irgendetwas* aus den Befragungen dieser Leute gewonnen?«

Dunn schob den Brief der Eisenbahngesellschaft von sich, strich sich mit der Hand durch die Haare und richtete seinen Blick plötzlich und sehr direkt auf mich.

Ich habe immer geglaubt, dass Mrs Dunn jeden Morgen an der Haustür steht, um zu überprüfen, ob ihr Ehemann das Haus mit gekämmten und pomadisierten Haaren verlässt, weil er im Allgemeinen mit ordentlicher Frisur zum Dienst erscheint. Es dauerte selten lange, bis es zerzaust war. Im Augenblick sah es aus wie die aufgerichteten Stacheln eines Igels, der sich eingerollt hatte. Der Eindruck wurde noch durch die Tatsache verstärkt, dass der Superintendent ein stämmiger Mann mit einer Vorliebe für Tweedanzüge war, die ihn mit einer Aura des Ländlichen umgaben.

Seine Frage war nicht leicht zu beantworten. Wir hatten so gut wie nichts aus unseren Erkundigungen an der Baustelle von Agar Town erfahren. Neben mir bemerkte ich aus den Augenwinkeln, dass Morris unruhig auf seinem Stuhl hin und her rutschte. Er glaubte wahrscheinlich, der Mangel an Fortschritten würde ihm zur Last gelegt werden.

»Es gibt eine Menge Arbeiter und nur wenige Constables«, sagte ich ziemlich schwach und dachte sogleich verärgert, dass meine Worte geklungen hatten wie ein falsches Zitat aus irgendeiner Predigt. Ich versuchte einen forscheren Tonfall. »Es dauert eben seine Weile. Es ist nicht einfach, die Arbeiter zu vernehmen. Sie mögen uns nicht. Es ist ein gemischter Haufen. Einige sind ehrliche Handwerker, andere Gelegenheitsarbeiter, die mehr oder weniger wie Tagelöhner beschäftigt werden. Manche haben etwas vor dem Gesetz zu verbergen, das nichts mit der Ermordung von Madeleine Hexham zu tun hat. Andere, so schätze ich, haben ein perverses Vergnügen daran, uns einen Strich durch die Rechnung zu machen. Sergeant?«

Ich drehte mich zu Morris um. »Jawohl, Sir, ganz genau«, bestätigte der Sergeant gleichmütig. »Es ist so, wie der Inspector sagt, Sir. Sie sind eine hinterhältige Ba… Sie neigen dazu, schwierig zu sein, Mr Dunn, Sir.«

»Haben Sie nun nützliche Informationen erhalten oder nicht?«, beharrte Dunn.

»Auf der Baustelle? Nein«, gestand ich. »Doch wir haben sehr interessante Informationen von Miss Martin, von der Küchenmagd, die sie mitgebracht hat, und von dem Kutscher, diesem, äh, Slater bekommen.«

»Ah, diese Geschichte«, sagte Dunn. »Wir müssen Miss Martin für ihre Bemühungen dankbar sein. Ohne sie könnten wir nur wenig vorzeigen.« Er funkelte uns beide an. »Ich bin nicht glücklich darüber, dass wir die einzigen Fortschritte in diesem Fall der schnellen Auffassungsgabe einer Gesellschafterin zu verdanken haben! Wir sind die Profis, meine Herren, jedenfalls dachte ich das bisher. Kommen Sie, Ross, was um alles in der Welt machen Ihre Leute?«

Ich dachte an Biddle und verkniff mir, ›Sie fallen in Löcher im Boden‹ zu sagen. Stattdessen antwortete ich: »Sie tun ihr Bestes, Sir. Wir sind knapp an Personal.«

»Ihr Bestes reicht eben nicht!«, schnappte Dunn unverblümt. »Ich fürchte, dass ich bald der Midland Railway Company werde nachgeben und die Männer von dieser Baustelle werde abziehen müssen! Angesichts unserer mangelnden Erfolge dort kann ich mich diesem Ansinnen kaum verweigern. Ein wenig kann ich sie noch vertrösten, aber ich weiß nicht wie lange.«

»Lassen Sie mich selbst noch einmal dorthin gehen«, bettelte ich. »Ich gehe noch heute Morgen. Da ist dieser Vorarbeiter, Adams. Er ist ein mürrischer Kerl, aber er weiß möglicherweise mehr, als er sagt.«

»Ein ausgekochter Bursche, dieser Adams«, bemerkte Morris in finsterem Ton.

»Er mag ja ein ausgekochter Bursche sein, aber wenn es uns nicht gelingt, ihn zum Reden zu bringen – oder wenn er nichts zu sagen hat –, dann ergibt es keinen Sinn, ihn endlos lange auszuquetschen. Gehen Sie in Gottes Namen nach Agar Town, aber ich will ein paar Resultate, Inspector! Und ich möchte nicht, dass wir sie wieder irgendwelchen jungen Frauen verdanken! Ich will Resultate von meinen eigenen Beamten!«

Morris und ich verstanden, dass wir entlassen waren. Morris sprang förmlich von seinem Stuhl und war so schnell draußen wie ein Hund, der eine läufige Hündin jagt. Ich ließ mir ein wenig mehr Zeit.

»Ich glaube nicht, dass wir unter den Arbeitern der Baustelle nach dem Mörder suchen müssen, Sir«, sagte ich. »Wer auch immer Miss Hexham getötet hat, er ist, was man im Allgemeinen als einen ›Gentleman‹ bezeichnet.«

Ich konnte nichts gegen die Bitterkeit in meiner Stimme tun. Ich hatte in der Vergangenheit mit genügend sogenannten ›Gentlemen‹ zu tun gehabt, um jeglichen Respekt für diese Sorte Mensch zu verlieren. Einen ehrlichen Handwerker zog ich jeden Tag vor.

»Hm«, sagte Dunn. »Ich nehme an, Sie liegen richtig mit Ihrer Vermutung. Aber die Baustelle ist der Ort, wo der Leichnam der jungen Frau gefunden wurde und wo sie, wenn unsere Annahmen richtig sind, zumindest für einen Teil der Zeit seit ihrem Verschwinden festgehalten wurde. Erzählen Sie mir nicht, dass niemand dort irgendetwas gesehen hat, verdammt!«

»Jawohl, Sir. Das heißt, nein, Sir.«

Vielleicht hätte ich wie Morris zusehen sollen, dass ich aus seinem Büro verschwand, solange es noch möglich gewesen war. Doch jetzt war es zu spät, und Biddles unsichtbarer Geist schwebte über mir.

»Was ist eigentlich mit diesem jungen Beamten in Ihrem Vorzimmer, Ross? Er ist von oben bis unten bandagiert.« Dunn klang sichtlich verärgert.

»Nur leichte Verletzungen, Sir. Er hat sie sich in Erfüllung seiner Pflicht zugezogen.«

»Hat irgendein Rüpel ihn niedergeschlagen?«

»Nein, Sir. Er ist gestürzt.«

»Gestürzt? *Gestürzt?* Können diese jungen Burschen heutzutage nicht mal mehr auf ihren eigenen Füßen stehen? Stimmt irgendetwas nicht mit seinen Stiefeln?«

»Nein, Sir. Es war ein Unfall, weiter nichts.«

Dunn grollte etwas Unverständliches, und ich zog mich rasch aus seinem Büro zurück.

Der kurze Vorgeschmack auf den Sommer war erneut dem unwirtlichen Wetter gewichen, an das wir uns inzwischen gewöhnt hatten. Vielleicht sollte man um diese Jahreszeit nichts anderes erwarten, obwohl der April mit seinen Launen längst hinter uns lag. In der vorangegangenen Nacht hatte es heftig geregnet. Ich hatte wach in meinem Zimmer gelegen und dem Trommeln der Tropfen an meiner Fensterscheibe gelauscht. Es war nicht das Einzige gewesen, was mich vom Schlaf abgehalten hatte. Dunn hatte Recht, sich zu beschweren, weil wir keine Fortschritte machten. Wenigstens Lizzie Martin und ihre eigenartig unpassenden Begleiter hatten uns einen großen Schritt weitergeholfen. Ich musste in der Dunkelheit lächeln bei dem Gedanken an die drei, wie sie sich vor meinem Schreibtisch aufgestellt hatten.

Der Anblick von Lizzie und ihrer kleinen Bande hatte Erinnerungen an die Vergangenheit heraufbeschworen. Während ich schlaflos dalag, dachte ich an jenen anderen Grubenjungen zurück, Joe Lee, den Dr. Martin auch unter seine Fittiche genommen und dessen Ausbildung er ebenfalls finanziert hatte. Ich wusste nicht, was aus Joe geworden war, und wünschte mir, es wäre anders. Er war einer der Anführer der anderen Jungs in der Bergarbeitersiedlung gewesen, und ich hatte noch ein lebendiges Bild von ihm im Kopf, wie er seine Truppe von Gassenjungen durch die schmalen Straßen führte. Joe hatte vor nichts und niemandem auf der Welt Angst gehabt – oder zumindest hatte er nie Angst gezeigt. Niemand ging gerne nach unten in die Kohlengrube. Keiner der erwachsenen Bergarbeiter stieg je unter Tage ohne die nagende Frage im Hinterkopf, ob er je wieder lebend ans Tageslicht zurückkehren würde – oder ob überhaupt. Bei dem Gedanken an das, was vor ihnen lag, brachen einige der ganz jungen Knaben in Tränen aus, wenn sie zu ihrer Schicht gingen. Joe hingegen schien niemals Angst zu haben und pfiff fröhlich vor sich hin, während wir in die Dunkelheit hinunterkletterten, die nur hier und da von den Lampen der Männer erhellt wurde, die bereits angefangen hatten zu arbeiten. Weil Joe nie Furcht zeigte, gestattete ich mir das ebenfalls nicht. Es war, wie ich vermutete, nur gespielt von Joe.

Das einzige Mal, dass ich eine gewisse Nervosität bei ihm bemerkt hatte, war an dem Tag gewesen, an dem wir beide dank der Großzügigkeit von Dr. Martin unsere Studien in der alten Grundschule der Gemeinde aufgenommen hatten, einem Ort, dessen hohe Pforten wir normalerweise nie durchschritten hätten. Ich teilte seine Nervosität. Die anderen Knaben warteten auf uns. Sie wussten von unserem Kommen und wer wir waren. Ich vermutete, die Lehrer hatten sie darüber informiert. Wir wurden beleidigt und hin und her gestoßen, und wir ertrugen es, so lange wir konnten – was nicht besonders lange war. Niemand beleidigt einen Grubenarbeiter und bleibt danach noch lange auf den Beinen. Nachdem wir unseren Quälgeistern eine ganze Serie blauer Augen und geschwollener Lippen hatten zukommen lassen, endeten die Schikanen abrupt.

Nach diesem Tag wurden wir von den Söhnen der wohlhabenden Stadtbewohner und Geschäftsleute akzeptiert, die den Großteil der Schüler ausmachten. Die Lehrer schlossen sich in diesem Verhalten den Schülern an. Wir hatten keine weiteren Schwierigkeiten mehr. Zu einer Gelegenheit ziemlich am Anfang trat der Schuldirektor an uns heran, als wir vom Morgengebet kamen, und empfahl uns freundlich, dass wir, wenn wir schon kämpfen müssten, wenigstens versuchen sollten, dies wie ›Gentlemen‹ zu tun. Ich fand nie heraus, was er damit meinte, da weder Joe noch ich auch nur die geringste Absicht hatten, eines Tages ›Gentlemen‹ zu werden.

Ich erinnere mich daran, wie meine Mutter an jenem Tag geweint hat, da der Doktor zu uns kam und erklärte, dass ich zur Schule gehen sollte. Es war nicht Angst oder Sorge, die sie zum Weinen brachte, sondern Freude. Mein Vater war Grubenarbeiter gewesen und an den Folgen seiner Arbeit gestorben – nicht durch einen Unfall, sondern durch den Kohlenstaub, der in seine Lunge eingedrungen war und sie verstopft hatte. Ich hatte Glück gehabt, doch ich wünschte, ich hätte gewusst, was aus Joe geworden war.

Der Morgen kam, und mit ihm sanken die alten Erinnerungen ins Unterbewusstsein zurück. Diese Schwierigkeiten lagen lange hinter mir, und ich hatte mit neuen Problemen zu kämpfen. Es war peinlich gewesen für die Polizei, dass die einzigen wertvollen Erkenntnisse bis zu diesem Zeitpunkt von Zivilisten stammten. Doch waren wir als Detektive nicht letzten Endes auf die Öffentlichkeit angewiesen, wenn wir Informationen suchten?

Ich machte mich gleich auf den Weg nach Agar Town, als ich aus Dunns Büro kam, entschlossen, diesmal nicht mit leeren Händen zurückzukehren.

Ich war ziemlich überrascht, als ich meinen Zielort erreichte. Trotz allen Lamentierens von Seiten Fletchers, wir würden die Arbeiten aufhalten, waren die verbliebenen Häuser irgendwie niedergerissen und der Großteil des Schutts abtransportiert worden. Der Rest war eine eigenartige, von Menschenhand erschaffene Ödnis. Der Regen hatte den Staub abgewaschen; stattdessen bedeckte nun eine dünne Schlammschicht die Baustelle und bildete Pfützen auf dem unebenen Grund, und bald waren meine Stiefel mit der zähen Masse besudelt. Ich fragte nach dem Vorarbeiter Adams, doch ich erhielt überall die gleiche Antwort: »Hab ihn noch nicht gesehen.«

Ich überlegte gerade, was ich als Nächstes tun sollte, als ich plötzlich meinen Namen hörte. Neugierig drehte ich mich um. Es war Fletcher, mein Schreckgespenst, der sich mir vorsichtig näherte. Ich sah, dass er sein Schuhwerk mit Gummigaloschen schützte. Dazu trug er einen zusammengerollten Schirm als Abwehrmaßnahme gegen weitere Regengüsse. Wäre er nicht so ein Ärgernis gewesen, er hätte mich zum Lächeln gebracht. Er sah aus wie eine jener ältlichen Damen auf dem Weg zur Kirche an einem nassen Morgen.

»Was machen Sie denn schon wieder hier, Inspector?«, begrüßte er mich mit dürftiger Höflichkeit. »Sind Sie immer noch nicht fertig?«

»Ich wäre froh, wenn wir solche Fortschritte gemacht hätten wie Sie!«, entgegnete ich und deutete auf unsere Umgebung.

»Ich habe einen Zeitplan!«, erwiderte er gereizt. »Ich bin meinen Vorgesetzten gegenüber verantwortlich, falls ich in Verzug gerate.«

Ich dachte an die zurückliegende Besprechung in Dunns Büro und überlegte, ihn zu fragen, ob er damit meinte, ich sei niemandem gegenüber zu Rede und Antwort verpflichtet. Doch es hatte keinen Sinn, mit dem Burschen zu diskutieren. Stattdessen sagte ich ihm, dass ich gekommen war, um mit Adams zu sprechen, und dass ich ihn nirgendwo finden konnte.

»Das geht uns beiden so!«, schnappte Fletcher. »Er ist heute Morgen nicht zur Arbeit erschienen und hat nicht Bescheid gegeben! Gestern war er noch kerngesund, keine Spur von Krankheit. Schlimm genug, wenn die Arbeiter ohne Vorwarnung verschwinden, aber dass Adams dies nun ebenfalls tut, ist äußerst ärgerlich! Und es ist sehr merkwürdig obendrein, weil wir Samstag haben und heute die Löhne ausgezahlt werden. Samstags fehlt nie einer von den Arbeitern!«

Irgendetwas in mir, eine mentale Warnglocke, läutete leise, aber bestimmt Alarm. »Wo wohnt Adams?«, erkundigte ich mich. »Können Sie das für mich herausfinden?«

»Rein zufällig«, antwortete Fletcher, »habe ich eben erst die Lohnliste des Buchhalters konsultiert, um es für mich selbst in Erfahrung zu bringen. Ich beabsichtige, jemanden zu ihm nach Hause zu schicken. Er wohnt in Limehouse. Er arbeitet schon seit einer ganzen Weile für die Gesellschaft, seit Beginn dieses Projekts, und es sieht dem Mann überhaupt nicht ähnlich, nicht zur Arbeit zu erscheinen. Würde ich wetten, was ich nicht tue, hätte ich mein Geld auf Adams gesetzt. Ich bin sehr enttäuscht, das kann ich Ihnen sagen. Falls er sich entschlossen hat aufzuhören, wird es schwierig sein, ihn zu ersetzen. Aber ich wage zu behaupten, dass er wie alle anderen auf dieser Baustelle auch die Nase von den ewigen Fragen Ihrer Constables voll hatte!«

»Geben Sie mir die Adresse«, forderte ich gereizt. »Ich werde ihn aufsuchen. Mir gefällt sein Fernbleiben von der Arbeit genauso wenig wie Ihnen.«

Fletcher blinzelte und starrte mich an. »Also schön«, sagte er dann. »Ich werde persönlich mit Ihnen kommen. Haben Sie eine Fahrgelegenheit?«

»Nein«, antwortete ich. »Wir können eine Droschke rufen.«

»Wir benötigen keine«, sagte Fletcher und zeigte zur Seite.

Dort, in einiger Entfernung, stand ein kleiner geschlossener Wagen und wartete. Ich war überrascht, dass Fletcher über ein privates Transportmittel verfügte, doch ich folgte ihm zum Wagen. Er gab dem Kutscher ein paar Anweisungen, und wir stiegen ein.

Während wir von Agar Town wegrumpelten, verlieh ich meiner Neugier wegen unseres Gefährts Ausdruck.

»Es gehört mir nicht«, erklärte Fletcher rasch und errötete. »Ich bin wohl kaum in einer Position, ein privates Fuhrwerk zu unterhalten. Es wurde mir von einem der Hauptanteilseigner der Midland Railway Company zur Verfügung gestellt.«

»Das ist sehr großzügig von dieser Person«, bemerkte ich.

Fletcher errötete womöglich noch stärker. »Ich habe die Ehre, mit seiner Tochter verlobt zu sein«, sagte er steif.

»Meinen Glückwunsch, Sir«, antwortete ich höflich.

»Ja, danke sehr«, murmelte er; dann drehte er den Kopf aus dem Fenster und wünschte offensichtlich keine weitere Konversation mehr.

Mir kam der Gedanke, dass Fletchers zukünftiger Schwiegervater ihm das Leben wahrscheinlich sehr schwierig machte und dass es kaum eine Überraschung war, wenn seine Reaktion darin bestand, seinerseits die Polizei zu schikanieren. Der Meister tritt den Diener, welcher den Lakaien tritt, der den Küchenjungen tritt, der den Hund tritt. Ich war nicht sicher, wo die Polizei in dieser Reihenfolge stand. Und ich hatte immer noch kein Mitleid mit diesem Kerl.

Unser Eintreffen in Limehouse sorgte für einige Aufregung. Das war keine Gegend, wo viele private Fuhrwerke herumfuhren. Während wir im Schneckentempo durch die belebten Straßen rumpelten, sammelte sich eine johlende und pfeifende Schar von Straßenkindern um uns. Zahlreiche Hunde undefinierbarer Rassen gesellten sich hinzu und schnappten nach den Hufen der Pferde. Die wurden nervös, und der Wagen schaukelte und wankte, als die Tiere die Köpfe warfen und in ihren Geschirren schnaubten und bockten. Der Kutscher fluchte gotteslästerlich.

Die Straße, in der Adams seine Unterkunft hatte, war zu schmal für unser Vehikel; also hielt der Kutscher an der Einmündung und ließ uns aussteigen. Fletcher und ich gingen zu Fuß weiter. Es war eine arme Gegend, und diese Straße war eine der ärmsten. Sämtliche Häuser waren alt und verwahrlost, bar jeglicher Farbe oder äußeren Putzes. Nebelschwaden umgaben uns, während die Tagessonne herabschien und die Nässe der Nacht vertrieb. Eine Wäscheleine spannte sich über unseren Köpfen von einer Straßenseite zur anderen, und an ihr baumelte eine gewaschene wollene Männerhemdhose und tropfte auf die Köpfe der Passanten. Wahrscheinlich würde sie Ende nächster Woche noch nicht trocken sein. Über allem hing ein Gestank aus kochenden Knochen, Schmutzwasser und Flussschlamm. Offensichtlich herrschte gegenwärtig Ebbe.

»Das alles gefällt mir nicht!«, stöhnte Fletcher und verdrehte die Augen, während er sich umsah.

»Kommen Sie schon, Mr Fletcher!«, munterte ich ihn auf. »Nehmen Sie sich ein Herz! Sie werden immerhin von einem Beamten des Gesetzes begleitet.«

»Aber wissen diese Menschen das auch?«, jammerte er. »Sie sind schließlich nicht in Uniform!«

»Sie können sich ruhig darauf verlassen, dass sie es trotzdem wissen«, entgegnete ich forsch. »Diese Leute haben in derartigen Dingen einen untrüglichen Instinkt.«

Unsere bunte Schar von Mitläufern blieb bei uns, während wir uns durch die Gasse bewegten. Ihre Reihen wurden von Minute zu Minute dichter, bis die gesamte Breite der schmalen Straße von einer Traube ungewaschener Menschen blockiert war. Es waren nicht mehr nur die Gassenkinder und die Hunde, die den Pferden nachgestellt hatten, sondern inzwischen auch zahlreiche Erwachsene, die sonst nichts Besseres zu tun hatten. Unter ihnen befanden sich auch der ein oder andere betrunkene Seemann, ein verkrüppelter Bettler auf einer Krücke, der immer wieder rief, dass er sein Bein im Dienst für Königin und Vaterland verloren hätte und ob wir nicht so gut sein könnten, ihm jeder einen Shilling zu geben, und eine Gruppe leichter Mädchen, die uns die unmissverständlichsten Einladungen antrugen, was Fletcher dazu veranlasste, indigniert zu protestieren. Ein älterer Chinese, der seine spärlichen Haare zu einem dünnen Zopf geflochten hatte, vervollständigte die Schar der Schaulustigen. Er schien zu glauben, dass wir eine Art Straßentheater spielten, und klatschte höflich. Vielleicht beurteilte er die Situation sogar tatsächlich richtig, was das anging. Unterhaltung boten wir jedenfalls zur Genüge. Die Menschen kamen vor die Türen ihrer Häuser, als wir vorbeigingen, und stellten neugierige Fragen an die anderen.

»Jemand ist gestorben!«, rief ein Mann aus der Menge zurück. »Und das dort ist der Bestatter!« Er deutete auf Fletcher, der vor Empörung das Gesicht verzerrte.

Ich muss gestehen, es brachte mich zum Lächeln, doch das Lächeln verging mir bald, als ein anderer laut rief: »Ha, der andere Kerl ist ein Bulle in Zivil, angezogen wie ein Herr! Sieht so aus, als hätte jemand versucht, die Bank of England auszurauben!«

Diese Bemerkung wurde mit allgemeiner Heiterkeit aufgenommen und ging durch die noch immer wachsende Menge, und als sie die äußeren Ränder erreichte, war die Neuigkeit längst zu einer Tatsache geworden. Jemand hatte den Versuch unternommen, die Bank of England auszurauben, und die Verbrecher hatten sich in Limehouse versteckt. Die Nachricht, einmal allgemein akzeptiert, würde sich wie ein Lauffeuer verbreiten und wahrscheinlich in den Abendzeitungen erscheinen.

Ich sah, dass Fletcher zunehmend nervös wurde und sein

Angebot, mich zu begleiten, inzwischen ernsthaft bedauerte. Die johlende Menge machte ihn nervös. Er packte seinen Schirm wie einen Knüppel.

»Vielleicht wird man uns ausrauben, niederschlagen und uns alles nehmen, was wir bei uns tragen!«, stöhnte er und fügte bettelnd hinzu: »Lassen Sie uns umkehren!«

Ich ignorierte sein Jammern und setzte meinen Weg fort. Da Fletcher fürchtete, die Sicherheit meiner Begleitung zu verlieren und alleine zum wartenden Fuhrwerk zurückkehren zu müssen, blieb ihm nichts anderes übrig, als das Gleiche zu tun, während er neben mir unablässig leise jammerte. Zu guter Letzt packte er meinen Arm und brachte uns vor einer billigen Pension zum Halten. Draußen hing ein Schild, auf dem zu lesen stand, dass Zimmer frei wären, Bezahlung eine Woche im Voraus, keine Ausnahmen.

»Hier ist es«, ächzte Fletcher atemlos, nahm seinen Seidenhut ab und wischte sich über die Stirn. »Inspector, können Sie nicht Ihre Autorität einsetzen, um die Menge zu vertreiben? Das ist höchst unangenehm für mich!«

»Sie würde nicht gehen«, sagte ich leise. »Und ich allein kann sie nicht zwingen. Ignorieren Sie die Leute einfach.«

»Das ist leichter gesagt als getan!«, murmelte er.

Ich klopfte an die Tür, und wir warteten. Hinter uns wartete die aufgeregte Menge. Jemand kicherte nervös.

Die Tür flog auf, und in ihrem Rahmen erschien ein furchterregendes Mannweib in einer fleckigen Schürze über einem schmuddeligen Kleid mit hochgekrempelten Ärmeln. Die nackten Unterarme hätten jedem Kohlenträger Ehre gemacht. Mit ihr gelangte ein strenger Geruch nach Schweiß, Kohlwasser und verbranntem Fett ins Freie und vervollständigte Fletchers Unbehagen. »Igitt!«, ächzte er leise und presste sich ein Taschentuch auf Nase und Mund.

Die kleinen, scharfen Augen der Frau in dem teigigen Gesicht verliehen ihr das Aussehen eines ungebackenen Rosinenbrötchens. Sie starrte erst den einen, dann den anderen von uns an und hatte offensichtlich keinerlei Schwierigkeiten, meinen Beruf zu erraten.

»Was gibt's?«, erkundigte sie sich ungehalten. »Ich hab

nicht nach Ihnen gerufen. Ich hab keine Probleme in meinem Haus.«

»Das freut mich zu hören«, antwortete ich. »Ich bin Inspector Ross. Und wer sind Sie, wenn ich fragen darf?«

»Ich bin Mrs Riley, die Wirtin dieser Pension. Ich führe ein anständiges Haus, von dem alle nur Gutes berichten. Ist das nicht so?«, wandte sie sich an die Menge hinter uns, die gehorsam ihre Zustimmung johlte.

Ein Witzbold im Hintergrund rief: »Sie hat die gesündesten Wanzen zwischen hier und dem Buckingham Palace!«

Dies inspirierte einen Betrunkenen, der mit einem Krug in der Hand aus einem Bierlokal getorkelt war, um herauszufinden, was auf der Straße passierte, zu einem lauten: »God save the Queen!«

Seine Loyalität wurde von den anderen ignoriert. Sie besaßen so viel Ehrfurcht vor der Wirtin des Etablissements, dass nur wenige über den Witz lachten. Ich hätte dem Witzbold keine großen Chancen eingeräumt, hätte Mrs Riley ihn in ihre muskulösen Hände bekommen, jedenfalls nach dem bösen Funkeln in ihren schwarzen Augen zu urteilen, das an seine Adresse ging.

»Wir suchen nach einem Mann namens Adams …« Ich wandte mich an Fletcher. »Wie lautet sein Vorname?«

»Jem«, kam es dumpf unter dem Taschentuch hervor. »Aber ich weiß nicht, ob der Name für Jeremy oder Jeremiah steht.«

»Jem Adams also. Laut unseren Informationen wohnt er bei Ihnen«, wandte ich mich wieder an die Wirtin.

»Das tut er«, bestätigte Mrs Riley. »Aber er ist nicht hier.«

»Hat er das Haus heute Morgen zur üblichen Zeit verlassen?«

»Nein«, antwortete Mrs Riley.

»Wann ist er dann gegangen?«

»Er ist überhaupt nicht gegangen.«

Mrs Riley Informationen zu entlocken erwies sich als zähes Unterfangen. »Wohnt er hier oder wohnt er nicht hier?«, fragte ich in scharfem Ton. »Sie sagen, er wohnt hier, aber er ist nicht da und er hat das Haus nicht verlassen. Seien Sie so gütig, und bringen Sie einen Sinn in Ihre Worte.«

»Er hat bis Sonntag bezahlt«, sagte Mrs Riley. »Ich nehme nur Leute auf, die montagmorgens für eine Woche im Voraus bezahlen. Und weil heute Samstag ist, wohnt er noch hier. Wenn er bis Montagmorgen nicht wieder zurück ist und nicht bezahlt, wohnt er nicht mehr hier, und ich vermiete das Zimmer an den Nächsten. So einfach ist das.«

Meine Zuversicht sank rasch. Verdammt! War ich zu spät gekommen, um mit Adams zu reden? Was war aus dem Burschen geworden?

»Dürfen wir hereinkommen?«, fragte ich.

Neben mir stöhnte Fletcher protestierend auf, doch ich ignorierte ihn.

Mrs Riley trat zur Seite und ließ uns in ihren beengten schmuddeligen Flur. Wir traten ein, und sie warf die Tür vor den Nasen der Schaulustigen krachend ins Schloss. Das Publikum, seiner Unterhaltung beraubt, stieß ein Hohngelächter aus.

»Wann haben Sie Mr Adams zum letzten Mal gesehen?«, erkundigte ich mich streng.

»Gestern Abend. Er kam nach Hause wie üblich, und er ging aus wie üblich.«

»Wissen Sie, wohin er ausgegangen ist?«

»In einen Pub, nehme ich an. Er ist ein Arbeiter, und ein Arbeiter trinkt abends gerne ein Pint. Aber er ist nie betrunken nach Hause gekommen, nicht dass Sie denken! Ich lasse das nicht zu. Keine Betrunkenen, keine Hunde und keine leichten Mädchen!«

»Dürfen wir sein Zimmer sehen?«

Sie wandte sich um und führte uns die knarrende, nackte Holztreppe hinauf in den obersten Stock, wo sie eine Tür aufstieß und zur Seite trat, um uns einzulassen.

Die Dielen hier waren ebenfalls nackt und staubig. Es war ein kleines Zimmer mit einem einzelnen Fenster zur Straße hinaus, vor dem ein zerrissener Fetzen Tüllgardine an einer Schiene von der Decke hing. Das Mobiliar bestand aus einem einzelnen Stuhl, einem Bett mit schmuddeligem Bezug darauf, einem klapprigen Waschtisch mit Marmoroberfläche, einer Schale und einem Wasserkrug darauf und einem Stück Seife in einer alten Schale. Außerdem stand dort ein emaillierter und mit Vergissmeinnicht bemalter Becher mit einer Rasierbürste darin. Daneben, sauber in eine Scheide gepackt, lag ein Rasiermesser. Als letztes Möbelstück gab es eine Schubladenkommode mit einem Spiegel in einem Holzrahmen und einem Kerzenständer darauf. Nur die oberste Schublade wurde benutzt. Sie enthielt ein paar Socken, ein Hemd und wollene Unterwäsche, die vom häufigen Waschen und vielen Tragen verfilzt war. Das war alles. Ich schob die Schublade mit einiger Mühe wieder hinein, denn das Holz war gequollen und hatte sich in der feuchten Atmosphäre verzogen; dann drehte ich mich zu der Wirtin um.

»Wie lange wohnt Mr Adams bereits hier?«

»Seit sechs Monaten«, antwortete sie, ohne nachzudenken. »Er war ein guter Mieter.«

»Er hat seine persönlichen Besitztümer nicht mitgenommen«, sagte ich. »Das bedeutet, dass er vorhatte wiederzukommen.«

Fletcher, das Taschentuch gegen die üblen Gerüche seiner Umgebung noch immer fest auf Mund und Nase gepresst, hatte sich zum Fenster geschoben und spähte von dort zur Straße hinunter und auf die Köpfe der wartenden Menge. Sie entdeckten ihn, und erneutes Grölen ließ ihn zurück in den hinteren Bereich des Zimmers flüchten.

»Das kann schon sein«, sagte Mrs Riley. »Aber wenn er bis Sonntagabend nicht zurück ist, vermiete ich das Zimmer weiter. Wenn er seine Siebensachen nicht abholt, schicke ich sie zum alten Jones, dem Lumpensammler. Nicht dass es viel gäbe, was man verkaufen könnte.« Sie schaute sich missmutig um. Dann fiel ihr Blick auf das Rasiermesser, und ihre Miene hellte sich vorübergehend auf.

Ich hatte das Rasiermesser ebenfalls bemerkt. Ich nahm an, dass Adams nichts von Wert zurückließ, wenn er aus dem Haus ging, nicht einmal an einem normalen Arbeitstag. Er trug wahrscheinlich alles stets bei sich, angefangen bei einer

Taschenuhr bis hin zu Geld. Vielleicht ließ er sein Rasierzeug zurück, wenn er des Abends in einen Pub ging, doch falls er aus welchem Grund auch immer beschlossen hatte unterzutauchen, hätte er das Rasiermesser sicher mitgenommen. Es war ein relativ kostspieliges Gerät und hatte mehr Nutzen als nur das Abschaben von Bart unter dem Kinn.

»Falls er wiederkommt, sagen Sie ihm bitte, dass Inspector Ross vom Scotland Yard unverzüglich mit ihm zu sprechen wünscht!«, sagte ich zu ihr.

»Sagen Sie ihm, auch seine Arbeitgeber wünschen sich mit ihm zu unterhalten«, erklang Fletchers Stimme dumpf unter dem Taschentuch.

»Was hat Jemmy getan?«, fragte Mrs Riley.

»Nichts, wovon ich wüsste«, erwiderte ich. »Allerdings ist es möglich, dass er uns ein paar Fragen beantworten kann.«

»Ich mag es nicht, wenn die Polizei in meinem Haus auftaucht«, erklärte Mrs Riley. »Das senkt das Niveau. Die Nachbarn fangen an zu reden. Wenigstens sind Sie nicht in Uniform gekommen. Ich nehme an, das bedeutet, dass Sie wichtig sind und dass für diese Fragen das Gleiche gilt, stimmt's?«

»Geben Sie ihr zwei Shilling«, murmelte ich an Fletcher gewandt.

Er wollte protestieren, doch dann kramte er in der Tasche und reichte ihr die Münzen.

»Ich danke Ihnen«, sagte Mrs Riley, während die Münzen in einer unsichtbaren Tasche in ihrem Kleid verschwanden. »Ich werde es ihm ausrichten. Sie können sich drauf verlassen.«

Ihr Verhalten war ein wenig freundlicher geworden, nachdem sie das Geld eingesteckt hatte, doch es wurde sofort wieder mürrisch, als ich das Rasiermesser nahm und in meine Tasche schob. »Sagen Sie ihm bitte auch, dass ich sein Rasiermesser beschlagnahmt habe. Ich stelle Ihnen eine Quittung aus.«

Ich riss ein Blatt aus meinem Notizbuch und schrieb darauf: »Von Mrs Riley, Wirtin, in Empfang genommen: ein Rasiermesser in einer Lederscheide, Eigentum von Mr Jem

Adams.« Ich unterschrieb, setzte das Datum hinzu und reichte ihr den Zettel. Sie starrte ihn mit leerem Unverständnis an, drehte ihn herum und runzelte die Stirn. Es war offensichtlich, dass sie nicht lesen konnte.

Draußen wartete die Menge noch immer geduldig und grölte johlend, als wir das Haus verließen.

»Was denn?«, brüllte jemand. »Keine Verhaftung?«

Trotz dieser Enttäuschung folgten sie uns durch die Gasse zurück zu der Stelle, wo wir das Fuhrwerk hatten stehen lassen. Dort angekommen, fanden wir den Kutscher in ein Gespräch mit dem einbeinigen Bettler vertieft, der uns vorausgeeilt war und bei der Kutsche auf unsere Rückkehr gewartet hatte. Außerstande, uns in der Menschenmenge nahe genug zu kommen, hatte er sich geschickt zwischen uns und unsere einzige Fluchtmöglichkeit laviert.

»Was machen Sie da, Mullins?«, fragte Fletcher den Kutscher aufgebracht. »Warum muntern Sie dieses Wrack auch noch auf?«

Der Bettler antwortete anstelle von Mullins. »Ich habe ihm meine traurige Geschichte erzählt, Sirs; das ist alles.«

»Nun, erzählen Sie sie nicht uns«, empfahl ich ihm. »Ich bin Polizeibeamter, und Bürger auf der Straße anzusprechen und um Geld anzubetteln ist ein Verstoß gegen das Gesetz.«

»Gott segne Sie, Sir! Ich bin kein gewöhnlicher Bettler, Sir!«, erwiderte der Mann unbeeindruckt und ohne Anstoß zu nehmen. »Ich bin ein alter Soldat, Sir. Ich habe dieses Bein verloren, als ich noch ein Knabe war, bei der großen Schlacht von Waterloo, wo ich unter dem Eisernen Herzog persönlich gedient habe.«

Ich vermochte nicht zu sagen, ob seine Geschichte stimmte. Er sah jedenfalls alt genug aus, um als Knabe in der Armee gedient zu haben. Doch weil er ungewaschen und unrasiert war und weil sein Haar ungekämmt und wirr herabhing, sah er womöglich älter aus, als er in Wirklichkeit war. Ich kletterte in den Wagen hinauf, doch der Bettler packte Fletcher am Arm, der mir folgen wollte.

»Sie sind ein edler Gentleman, nicht wahr, Sir? Sie sind

kein Polyp. Ich versuche doch nur, Leib und Seele beisammenzuhalten. Das verstehen Sie doch sicher, Sir, oder?«

»Lass mich los, Bursche!«, keifte Fletcher aufgebracht und riss seinen Ärmel aus dem schmutzigen Griff des Alten. »Also schön, dann!« Er kramte erneut in seiner Tasche, und ein paar Münzen wechselten den Besitzer. »Und jetzt verschwinde! Geh weg!«

»Hurra!«, riefen einige aus der Menge beifällig. Andere lachten und informierten uns darüber, dass die Münzen das Bier laufen lassen würden.

Der Bettler tippte zum Dank und Gruß mit dem Zeigefinger an seine Stirn. »Gott segne Sie, Sir. Die Engel haben ein Buch, in dem sie die Namen all jener aufschreiben, die den Unglücklichen gegenüber Mildtätigkeit zeigen. Und der Teufel hat wahrscheinlich auch ein Buch, und in das schreibt er die Namen von allen Bullen!«

Mit diesen Worten humpelte er in Richtung eines nahegelegenen Pubs davon.

Die Menge, die den Abschiedsgruß gehört hatte, applaudierte ihm laut.

»Wie es scheint, war es ein kostspieliger Morgen für Sie, Mr Fletcher«, bemerkte ich und gab mir Mühe, nicht zu lachen, während wir unter einem letzten lauten Johlen und einer tiefen Verneigung von Seiten des alten Chinesen in die Kutsche stiegen und davonrollten.

»Ich weiß nicht, was in Mullins gefahren ist! Wieso hat er dem Burschen erlaubt, bei der Kutsche auf unsere Rückkehr zu warten?«, brummte Fletcher missmutig und wischte sich den Schweiß von der Stirn. »Ich weiß auch nicht, warum Sie diesen Kerl nicht verhaftet haben!«

»Und in dieser Kutsche zur nächsten Polizeistation mitgenommen? Ich glaube nicht, dass Ihnen das lieber gewesen wäre. Kommen Sie, Mr Fletcher, Sie sind ein sehr großzügiger Mann.«

Fletcher funkelte mich missmutig an. »Was meine Großzügigkeit angeht, die haben Sie weidlich ausgenutzt und in meinem Namen Almosen verteilt! Ich sehe nicht ein, wieso ich zwei Shilling an diese Wirtin bezahlen sollte, um die

Kooperation dieser alten Vettel zu erkaufen! Sie hat uns nichts gesagt!«

»Tatsächlich? Meiner Meinung nach hat sie uns sogar eine ganze Menge verraten. Aber wenn wir sicher sein wollen, dass sie unsere Nachricht weitergibt, dann waren die zwei Shilling nötig. Außerdem sind sie eine Entschädigung für das verlorene Rasiermesser.«

»Dann verstehe ich nicht, warum *Sie* das Geld nicht bezahlt haben!«, entgegnete er schmollend.

»Sie sind Adams' Arbeitgeber. Außerdem ist es nicht die Politik der Polizei, Geld an Zeugen zu verteilen.«

Fletcher gab auf. »Ich sehe immer noch nicht, was sie uns erzählt hat«, murmelte er leise. »Adams liegt wahrscheinlich irgendwo betrunken in einer Ecke!«

»Ist er denn schon häufiger wegen Trunkenheit nicht zur Arbeit erschienen?«

Fletcher räumte ein, dass dem nicht so war.

»Und die Wirtin hat gesagt, er wäre kein Trunkenbold«, erinnerte ich Fletcher.

Er erwiderte nichts darauf. »Warum haben Sie überhaupt das Rasiermesser mitgenommen?«, fragte er nach einer Weile vorwurfsvoll.

»Weil die Wirtin es verkaufen wird und weil es ihr nicht gehört. Adams hat seine Miete im Voraus bezahlt und schuldet ihr nichts. Falls er bis nächste Woche noch nicht wieder zurückgekehrt ist, wird sie das Zimmer an einen neuen Mieter vergeben, wie Sie selbst aus ihrem Mund gehört haben. Sollte Adams wieder auftauchen, kann ich ihm sein Eigentum zurückgeben. Abgesehen davon ist es eine gefährliche Waffe, und ich mag es nicht, wenn sie herrenlos an so einem Ort herumliegt. Jeder könnte das Messer an sich nehmen.«

»Und was, wenn Adams *nicht* wieder auftaucht?«, fragte Fletcher. »Wie soll ich ihn ersetzen?«

»Das weiß ich nicht!«, schnappte ich gereizt. Für den heutigen Tag hatte ich genug von diesem Kerl. Ich bat ihn, mich an der ersten passenden Stelle abzusetzen, und kehrte zu Fuß in mein Büro zurück. Glücklicherweise war Morris gerade anwesend.

»Wir haben ihn verloren!«, sagte ich beim Eintreten knapp zu dem Sergeant. »Ich kehre zur Baustelle zurück und sehe nach, ob er sich vielleicht dort hat blicken lassen; aber ich denke, wir werden ihn nicht wiedersehen.«

Morris blickte düster drein. »Sie meinen, er hat Fersengeld gegeben, Sir?«

»Vielleicht, aber ich wage es zu bezweifeln.«

Ich erzählte ihm in knappen Worten von meinen morgendlichen Erlebnissen und fügte hinzu: »Wenn Adams irgendwo in einer Ecke liegt, dann sicher nicht betrunken, darauf wette ich meinen letzten Penny! Ich halte es für viel wahrscheinlicher, dass er mausetot ist! Und ich muss sagen, es gefällt mir überhaupt nicht, wenn mitten während einer laufenden Mordermittlung ein Mann, der mit ziemlicher Sicherheit wertvolle Informationen besitzt, der so regelmäßig wie ein Uhrwerk zur Arbeit erschienen ist und der mit seiner Miete nie im Rückstand war, eines Abends ausgeht und nicht wieder nach Hause zurückkehrt. Wir müssen schon rechtes Glück haben, wenn wir jetzt noch etwas von ihm erfahren wollen, und das gilt für alle anderen auch!«

Ich holte das Rasiermesser aus seiner Lederscheide hervor und legte es auf den Tisch. »Er hätte dieses Gerät nicht zurückgelassen, Morris, wenn er aus freien Stücken geflüchtet wäre. Außerdem ist heute Zahltag, wie Mr Fletcher mich informiert hat, und Adams muss schon einen triftigen Grund haben, um sein Geld nicht abholen zu gehen. Setzen Sie sich mit der Flusspolizei in Wapping in Verbindung. Schicken Sie eine Beschreibung des Mannes mit. Ich habe das ungute Gefühl, dass wir Mr Adams aus dem Fluss ziehen werden.«

KAPITEL VIERZEHN

Elizabeth Martin

Ich war nicht sicher, was Tante Parry im Hinblick auf ihre neuen Informationen zu unternehmen gedachte, doch ich spürte in meinen Knochen, dass sie irgendetwas vorhatte. Das Erste jedoch, was sie tat, überraschte mich dann doch vollkommen.

Am folgenden Morgen, einem Samstag, war ich in meinem Zimmer, als ein Klopfen an der Tür Nugent ankündigte. Sie trat ein, auf den ausgestreckten Armen ein glänzendes Stück feinster indischer Tussahseide in einem blassen Goldton, der an eine reife exotische Frucht erinnerte.

»Mylady lässt fragen, ob Sie vielleicht Verwendung für diesen Hausmantel hätten, Miss Martin? Er wurde für Mylady angefertigt, als sie und der verstorbene gnädige Herr auf ihrer Hochzeitsreise waren. Er müsste ein wenig geändert werden, um der modernen Mode zu entsprechen, doch Mrs Parrys Schneiderin könnte das erledigen.« Nugent schüttelte den Mantel aus und hielt ihn vor sich. Die Falten aus Seide flatterten mit einem verführerisch klingenden leisen Rascheln zu Boden. »Oder, falls nicht allzu viel zu ändern ist, könnte ich es auch machen, Miss. Ich bin gut mit Nadel und Faden.«

Ich wusste nicht, was ich sagen sollte, doch Nugent stand dort, hielt mir den Hausmantel hin und wartete auf eine Antwort.

»Das ist sehr freundlich von Mrs Parry«, brachte ich zu guter Letzt hervor. »Ich werde gleich zu ihr gehen und mich bei ihr bedanken, wenn sie imstande ist, mich zu empfangen.«

Der Mantel sah aus, als hätte er ungefähr meine Größe.

Tante Parry war früher einmal beträchtlich schlanker gewesen! Die größte Änderung wäre bei den Ärmeln erforderlich, die recht tief angesetzt waren gemäß der früheren Mode.

Ich nahm den Hausmantel von Nugent entgegen. Er wog so gut wie nichts im Vergleich zu meinen übrigen Kleidern. Die feine Wildseide fiel in meiner Hand zusammen wie hauchdünnes Papier. »Ich nähe selbst ein wenig«, sagte ich zu Nugent. »Wenn Sie mir helfen könnten, bin ich sicher, dass wir etwas zustande bringen, ohne die Schneiderin zu bemühen.«

Ich konnte das Geschenk nicht ablehnen, doch ich war entschlossen, mich nicht dem leicht mitleidigen Blick der Näherin auszusetzen, die herbeigerufen werden würde, um den aus zweiter Hand stammenden Hausmantel der mittellosen Gesellschafterin einer reichen Frau zu ändern.

»Ganz recht, Miss!«, sagte Nugent fröhlich. Mir dämmerte, dass sie sich darauf freute, das wunderbare Material in die Finger zu bekommen. »Ich sage Mylady sogleich Bescheid. Ich habe es mir bereits genauer angesehen, Miss. Es dauert sicherlich nicht lange. Wir trennen die Ärmel auf, sehen Sie, hier an den Passen, wo sie an den Rumpf angenäht sind. Dann nehmen wir ein kleines Stück aus dem Saum – es ist reichlich vorhanden – und benutzen es dazu, Puffärmel zu nähen, die wir über die Nähte platzieren, bevor wir das Ganze wieder befestigen, nachdem wir die Armlöcher vorher passend gemacht haben.«

»Sind Sie sicher, Nugent?«, fragte ich zweifelnd.

»Absolut sicher, Miss. Ich habe schon schwierigere Dinge genäht. Als die Mylady – ich sollte das nicht sagen –, aber als Mylady anfing, ein wenig an Gewicht zuzulegen, ließ ich all ihre Mäntel heraus, und bei einigen war das gar nicht einfach. Am Ende ließ sie sich eine Menge Sachen neu machen, weil sich die Mode verändert hatte und so.« Nugent tätschelte den Seidenstoff liebevoll. »Diesen Mantel hier habe ich immer gemocht. Das Geschäft des gnädigen Herrn hat alle möglichen wunderbaren Stoffe aus dem Osten importiert, und das war einer davon. Das einzige Problem ist, dass ich keine passende Nähseide in meiner Nähschachtel habe.«

»Das ist kein Problem«, beeilte ich mich, ihr zu versichern. »Ich gehe gleich heute los und kaufe welche.«

Nugent ließ mich allein. Ich breitete den Hausmantel auf dem Bett aus und starrte das wunderbare Kleidungsstück an, während ich versuchte, meine Gefühle zu sortieren.

Es war nicht nur verletzter Stolz, den ich verspürte. Offensichtlich war mein Mangel an Garderobe bemerkt worden. Es wäre falsch von mir, daran Anstoß zu nehmen, trotz der Peinlichkeit. Ich sagte mir, dass ich nicht undankbar sein durfte für ein Geschenk, das wohlwollend gemeint war. Doch hatte wirklich nur Wohlwollen eine Rolle dabei gespielt? Tante Parry wollte nicht, dass ich Abend für Abend im gleichen Kleid zum Dinner erschien. Das wäre ihr sicher nicht recht, wurde mir klar, und ich konnte es verstehen. Doch es war nicht dieser Gedanke, der Misstrauen in mir aufsteigen ließ – es gab noch eine andere Erklärung, eine Erklärung, die mir überhaupt nicht gefiel.

Seit meinem Gespräch mit Tante Parry am vorangegangenen Tag vertraute ich ihren Beweggründen nicht länger. Sie hatte rasch gemerkt, dass ihre Reaktion auf die Nachricht meiner Kinderbekanntschaft mit dem Inspector bei mir schlecht angekommen war. Sie wollte jeden nachteiligen Eindruck auslöschen, den sie möglicherweise hinterlassen hatte. Außerdem wollte sie mich auf ihrer Seite wissen; das war unbedingt erforderlich, falls sie meine Verbindung zu Ross ausnutzen wollte. In diesem Licht betrachtet sah der wunderschöne Hausmantel plötzlich aus wie ein ärmlicher Bestechungsversuch.

Ich ging sogleich zu Tante Parrys Zimmer, um mich bei ihr für das Geschenk zu bedanken. Zögern würde mich nur noch weiter verwirren und meine Dankesrede stockender machen. Ich fand sie im Bett auf einem Berg von Kissen sitzend vor. Sie trug ein rüschenbesetztes Nachthemd sowie eine Spitzenhaube und trank Tee aus einer hauchdünnen Porzellantasse mit Rosenmuster. Sie hatte ihre Morgenpost gelesen, doch als ich kam, legte sie diese beiseite und empfing mich und meinen Dank großzügig, bevor sie mich wieder nach draußen winkte und mir beschied, ich solle später noch einmal zurückkehren, damit wir darüber sprechen könnten. Ich ging, nicht ohne zu bemerken, dass einer der Briefe den Kopf der Eisenbahngesellschaft trug.

Ich nahm an, dies bedeutete, dass ich erst viel später Zeit finden würde, um nach draußen zu gehen und meine Einkäufe zu erledigen. Und richtig, gegen elf Uhr erschien Nugent erneut und richtete mir aus, dass Mrs Parry nun ihre Meinung äußern wollte, was wir mit der Tussahseide anfangen sollten, und so begaben wir uns ein weiteres Mal in ihr Boudoir. Inzwischen hatte Tante Parry Zeit zum Aufstehen gefunden, und wir fanden sie vor ihrem Schminktisch, das Haar hübsch in Locken gelegt und festgesteckt, sodass nur noch ein paar Schmachtlocken an den Seiten ihrer plumpen Wangen herabhingen. Statt eines Frisiermantels trug sie einen Seidenkimono, der mit einem Chrysanthemenmuster bestickt war. »Ebenfalls aus dem Osten!«, flüsterte mir Nugent ins Ohr.

Was den Schminktisch anging, so glaube ich nicht, dass ich je zuvor so viele weibliche Toilettenartikel auf einer so kleinen Stellfläche gesehen hatte. Parfumflakons aus Glas auf Dosen mit Handcremes, daneben Flaschen mit Hautwassern, kleinen Töpfen Rouge, Bürsten, Kämmen, Nadeln und Lockenzangen. Von der Korrespondenz, die sie vorher gelesen hatte, war keine Spur mehr zu sehen.

Nugent und ich erklärten unsere Absichten bezüglich des Kleids, und Tante Parry meinte, es würde wohl gehen, doch ob wir nicht vielleicht …? Gefolgt von einer langen Liste von Vorschlägen, die ausnahmslos wenig praktikabel waren. Ich nahm an, dass, falls Tante Parry – abgesehen von den obligatorischen Stickarbeiten – überhaupt in ihrer Jugend genäht hatte, sich dies auf das Säumen von Taschentüchern und das Stopfen von Strümpfen beschränkt hatte. Nugent und ich lauschten aufmerksam und dankten ihr, doch wir wechselten Blicke und versicherten uns auf diese Weise, dass wir an unserem ursprünglichen Plan festhalten würden.

»So setz dich doch, meine Liebe«, forderte Tante Parry mich auf, nachdem Nugent mit dem Kleid aus Tussahseide gegangen war.

Ich nahm auf einem kleinen samtbezogenen Hocker Platz.

»Ich habe mehr im Sinn gehabt als nur deine Garderobe, meine Liebe. Ich habe ganz allgemein eine Menge nachgedacht«, begann Tante Parry. Sie zögerte, um zu seufzen, und fuhr dann fort: »Obwohl es angesichts der traurigen Angelegenheit vom Tod der armen Madeleine ein Wunder ist, dass ich überhaupt an etwas anderes denken kann. Ich bin in der Tat recht melancholisch geworden deswegen, und ich wünschte, diese ganze Sache könnte endlich zu einem Ende gebracht werden.«

Sie zögerte einen winzigen Moment lang, um sich zu versichern, dass ich ihren Standpunkt bemerkt hatte und mich daran erinnern würde, wenn ich beim nächsten Mal meinen alten Bekannten Inspector Ross traf; dann fuhr sie munter fort, nachdem sie Madeleine offensichtlich in einen anderen Bereich ihres Gehirns verdrängt hatte, der sich einzig mit Trauern beschäftigte.

»Es kommt eine Zeit, da man sich mit weltlichen Dingen befassen und offen reden muss. Ich hoffe sehr, du erlaubst mir, dies zu tun. Versteh mich richtig, ich habe nichts als deine besten Interessen im Sinn.« Sie tätschelte meine Hand.

Händetätscheln als Geste ist etwas, dem ich stets mit Misstrauen begegnet bin. Im Allgemeinen geht diese Geste schlechten Neuigkeiten voraus.

»Du bist keine schlecht aussehende junge Frau, Elizabeth«, informierte sie mich in freundlichem Ton. »Zwar keine Schönheit, und selbstverständlich nicht mit persönlichem Vermögen ausgestattet, und ein junges Mädchen bist du auch nicht mehr, wenn ich das so sagen darf.«

»Ich werde nächstes Jahr dreißig, Tante Parry.«

»Dabei siehst du gar nicht aus wie dreißig«, sagte sie, indem sie mich leidenschaftslos beäugte wie ein Möbelstück. »Du hast dich sehr gut gehalten.«

Ich glaubte, einen leicht ablehnenden Unterton in ihrer Stimme zu erkennen. Ihre Aufmerksamkeit wanderte für ein oder zwei Sekunden von mir weg, während sie sich vorbeugte und in den Spiegel ihres Schminktisches blickte. Etwas an ihrer Frisur war nicht so, wie sie es wollte, und sie zupfte an einer kastanienbraunen Schmachtlocke.

»Danke sehr, Tante Parry«, sagte ich. Ich gab mir die allergrößte Mühe, nicht laut aufzulachen. Manche Menschen hätten an ihren Worten Anstoß genommen, doch sie schaute vollkommen ernst drein, wie sie dort in ihrem extravaganten Kimono saß, der für die schlanke Gestalt einer japanischen Lady geschaffen worden war. Der Stoff spannte über ihrem Leib und wurde von einer Seidenschärpe gehalten, sodass sie an ein Keilkissen für das Sofa erinnerte. Auf einem Beistelltisch befand sich ein kleines Tablett, und auf diesem stand ein Teller mit Kuchenkrümeln zusammen mit den Tee-Utensilien, die mir bereits aufgefallen waren.

»Es gibt viele ältere Gentlemen«, fuhr Tante Parry fort, indem sie sich in vertraulicher Weise nach vorn beugte, »die entweder Junggesellen geblieben oder bereits Witwer sind und wünschen, etwas an dieser Situation zu ändern. Sie suchen nach einer Lebenspartnerin, die angenehm ist, gute Gesellschaft bietet, präsentabel aussieht, bei Tisch vorsitzt und die Gäste unterhält, den Haushalt führt … kurz gesagt, sie suchen nach einer Frau, die sich nicht auf die Art und Weise aufführt, wie dies eine jüngere Frau tun würde. Sie würde sich beispielsweise nicht die ganze Zeit über herumtreiben wollen. Sie suchen nach einer Frau, die hin und wieder ihre Pflege übernehmen würde. Die Tatsache, dass du die Tochter eines Arztes bist, würde dir dabei sehr zupasskommen. Was deinen Mangel an persönlichem Vermögen betrifft, so spreche ich hier von Gentlemen, die finanziell selbst sehr gut dastehen. Sie suchen nicht nach einer wohlhabenden Frau. Sie suchen auch nicht nach Kultiviertheit. Dass du, mein liebes Kind, ein mittelloses Mädchen aus der Provinz bist, würde dir nicht zum Nachteil gereichen.«

Ich presste die Lippen aufeinander, um sie nicht anzugaffen wie ein Fisch auf dem Trockenen. Was? Glaubte diese kleine dicke Person in ihrem lächerlichen japanischen Kimono allen Ernstes, dass sie kultiviert wirkte? Hatte sie etwa vor, einen älteren Gentleman und Ehemann für mich zu suchen …?

Ich runzelte die Stirn und fragte mich, ob sie meinen verstorbenen Patenonkel Josiah Parry beschrieb, zu der Zeit, als er sie geheiratet hatte. War nicht Tante Parry selbst die mittellose Tochter eines Provinzgeistlichen gewesen, wenn man Franks Worten glauben durfte? Sie schien sich jedenfalls alles sehr gut überlegt zu haben. Ich lauschte der Stimme der Erfahrung.

»Ich bin selbstverständlich sehr froh, dich als Gesellschafterin bei mir zu haben, und wäre mehr als traurig, dich wieder zu verlieren, meine liebe Elizabeth! Aber ich glaube, dass du deinen eigenen Haushalt verdienst und deinen eigenen Platz in der Welt. Josiah hätte sicher gewünscht, dass ich mein Bestes für dich tue, und das werde ich auch.« Plötzlich richtete sie jenes wohlwollende Lächeln auf mich, das ich bereits kennen gelernt hatte und von dem ich nun erkannte, dass sie es einsetzen konnte, wann immer sie den Moment für gekommen hielt. »Ich werde die Augen für dich offen halten, Elizabeth.«

»Wirklich, Tante Parry«, sagte ich geschmeichelt. »Ich bin dir wirklich mehr als dankbar für dein freundliches Interesse, aber ich möchte wirklich nicht, dass irgendjemand glaubt, ich würde verzweifelt nach einem Ehemann suchen, denn das tue ich nicht.«

»Selbstverständlich nicht!«, sagte sie anerkennend und nickte mir zu. »Du würdest nie so etwas Vulgäres tun. Aber du bist klug und einfühlsam, und ich bin sicher, du weißt, wo deine besten Interessen liegen. Und jetzt brauche ich Nugent. Sie muss mir beim Anziehen helfen. Also lauf nur zu, meine Liebe. Ich fahre heute zusammen mit meiner lieben Freundin Mrs Belling hinaus nach Hampstead; somit hast du den Tag über für dich zur Verfügung.«

Ich war mehr als glücklich darüber und machte mir meine eigenen Gedanken. Tante Parry wollte mich aus dem Haus haben, so viel war klar. Sobald diese unglückselige Geschichte mit dem Mord an Madeleine Hexham vorüber und meine Verbindung zu Inspector Ross nicht mehr länger von möglichem Nutzen war, würde ich zu einer Belastung werden. Ich hatte bereits zu viel gesehen; meine Augen waren zu kritisch und meine Zunge zu ungezügelt. Ich war nicht die schwache, zurückhaltende, unsichere Gesellschafterin, die sie benötigte. Ich war, wie es im Marinejargon so schön heißt, eine Kanone, die nicht festgebunden war und in einer stampfenden See gefährlich übers Deck rutschte.

Andererseits konnte Mrs Parry mich nicht ohne triftigen Grund entlassen. Ich war das Patenkind ihres verstorbenen Mannes. Und sie wollte auch nicht, dass ich eine Stelle in einem anderen Haushalt annahm, wo ich in Versuchung geraten könnte, über die Vorgänge in ihrem Haus am Dorset Square zu plaudern. Also verheiraten! Das war die Lösung. Sicher gefangen in den Fesseln der Ehe mit irgendeinem älteren Brummbären von ›Gentleman‹, der mich nicht eine Sekunde aus den Augen lassen würde. Eine unbezahlte Krankenschwester für einen Hypochonder in einem Rollstuhl! Pah!

In diesem Augenblick stieg eine Woge der Empörung in mir auf und brachte mich dazu, in meinem Zimmer mit Kissen um mich zu werfen. Niemals! Niemals, unter gar keinen Umständen, würde ich einen Ehemann nehmen, den Tante Parry für mich ausgesucht hatte!

Wie es schien, verfügte Mrs Belling über ein eigenes Fuhrwerk. Es hielt um Viertel nach zwölf vor unserem Haus und trug Tante Parry nach Hampstead davon.

»Was möchten Sie zum Mittagessen, Miss?«, erkundigte sich Simms. »Mrs Simms hat eine kalte Hühnchenpastete fertig.«

Ohne Zweifel zusammengemischt aus den Resten des Geflügels vom gestrigen Mittagstisch und gefolgt von einem nahen Verwandten des kalten Kaffee-Puddings.

»Sagen Sie Mrs Simms, dass ich ihr sehr danke und dass sie sich wegen mir wirklich keine Umstände machen muss. Ich habe mehrere Besorgungen zu erledigen und brauche kein Mittagessen. Das Frühstück von Mrs Simms war ausgezeichnet und reichhaltig.«

In Wirklichkeit hatte ich nur den Seidenfaden zu kaufen.

Ich zupfte ein paar Stränge vom Saum der Tussahseide als Muster und machte mich auf den Weg. Ich bin gut zu Fuß, und indem ich mehr oder weniger den direktesten Weg einschlug, fand ich mich kaum zwanzig Minuten später unter dem Marble Arch am Anfang der Oxford Street wieder und durchwanderte die berühmte Straße. Obwohl ich erst so kurze Zeit in London wohnte, fing ich bereits an, mich als Londonerin zu fühlen, und ich hatte meine Ehrfurcht vor dem Gedränge und der Hektik mehr oder weniger abgelegt, wenngleich nicht meine Besonnenheit. Überall lauerten Bettler und Straßenkinder herum sowie einige scharfgesichtige Burschen, die nur herumlungerten und dem Anschein nach nichts zu tun hatten. Einer von ihnen, so fiel mir auf, richtete es so ein, dass er mit dem älteren Gentleman zusammenprallte, der vor mir ging. Er entschuldigte sich überschwänglich, fasste den Älteren beim Arm, um ihn zu stützen, und verlieh seiner Hoffnung Ausdruck, dass er sich nicht weh getan habe. Dann eilte er davon und war bald in der Menge verschwunden. Der alte Gentleman ging noch eine Weile weiter, bevor ihm ein Gedanke zu kommen schien. Er blieb stehen und suchte in den Taschen nach seiner Börse – vergeblich.

»Hey! Stehen bleiben!«, rief er, drehte sich in die Richtung um, in die der andere verschwunden war, und fuchtelte mit seinem Gehstock in der Luft. Doch der Taschendieb war längst entkommen.

Ich hatte kein Problem, meinen Seidenfaden zu erstehen, und machte mich auf den Nachhauseweg, als ich urplötzlich über all den Lärm hinweg hörte, wie mein Name gerufen wurde.

Ich drehte mich überrascht um und sah Inspector Ross, der Fuhrwerken ausweichend die Straße überquerte und mir dabei zuwinkte.

»Hallo, Inspector!«, begrüßte ich ihn, während er den letzten klappernden Hufen und rumpelnden Rädern auswich und neben mir ankam, ein wenig außer Atem, doch ansonsten glücklicherweise unverletzt. »Ich bin überrascht, Sie hier zu sehen!«

Er nahm seinen Hut ab: »Guten Tag, Miss Martin!«,

ächzte er. Eine Schweißperle rann von seinem schwarzen Haaransatz über die Stirn.

»Sie sehen aus, als wären Sie heute ziemlich herumgekommen«, bemerkte ich.

Nicht nur transpirierend, sondern entschieden zerzaust, und das nicht nur vom hastigen Überqueren der Straße. Seine Stiefel und die Hose unterhalb der Knie waren reichlich mit Schlamm bespritzt.

Inspector Ross schaute an sich hinab, und ich bemerkte einen Ausdruck fast komischer Bestürzung auf seinem Gesicht, als wäre ihm erst in diesem Augenblick bewusst geworden, welch einen Anblick er bot.

»Ich sehe ja furchtbar aus!«, sagte er reumütig und rieb einen Jackenärmel wirkungslos gegen den anderen. »Ich muss mich dafür entschuldigen. Ich war unterwegs, und ja, ich bin ziemlich herumgekommen, wie Sie sagen. Ich bin erst jetzt wieder auf dem Weg zurück in mein Büro. Zuerst war ich auf der Baustelle in Agar Town und später in Limehouse, wo die Straßen schmutzig und keine Straßenkehrer unterwegs sind. Danach war ich ein zweites Mal in Agar Town, obwohl es den Namen nicht länger verdient. Die ganze Gegend ist eingeebnet, und wie es aussieht, fangen in nächster Zeit die Bauarbeiten für den neuen Bahnhof an. Ich muss schon sagen, die Dinge dort schreiten erstaunlich schnell voran. Die Vorstandsmitglieder der Eisenbahngesellschaft sind sicherlich wieder optimistischer, als sie es in letzter Zeit waren.« Er verzog das Gesicht.

Das stand ein wenig im Gegensatz zu dem Bild, das Mr Fletcher während des Mittagessens am gestrigen Tag gemalt hatte. Andererseits vermutete ich, dass es doppelt ärgerlich sein musste, die Polizei auf der Baustelle zu haben, wenn sie bereit waren, mit der nächsten Bauphase des neuen Bahnhofs zu beginnen. Baumaterialien mussten angeliefert werden, Fundamente gegraben, und die Architekten würden mit ihren Plänen eintreffen. Überall würden fieberhafte Aktivitäten herrschen, und Fletcher war ohne jeden Zweifel ständig unterwegs und spornte alle und jeden zu noch größeren Anstrengungen an.

»Wie laufen die Ermittlungen beim Scotland Yard?«, erkundigte ich mich. »Oder sollte ich nicht fragen?«

»Sie von allen Leuten, Miss Martin, haben sicherlich das größte Recht, diese Frage zu stellen«, erwiderte Ross mit einem knappen Lächeln. Dann wurde er wieder ernst und schüttelte den Kopf. »Sie laufen schlecht, sehr schlecht. Ich mache nur wenig oder gar keine Fortschritte, und manchmal fühle ich mich, als würde ich mich rückwärts bewegen. Da ist ein Mann namens Adams, Vorarbeiter des Abrisstrupps, den ich sehr dringend sprechen wollte, und jetzt scheint er wie vom Erdboden verschluckt zu sein. Ich war ihn suchen, in Begleitung eines Mannes namens Fletcher, der für die Eisenbahngesellschaft arbeitet und dessen vorrangigstes Ziel im Leben zu sein scheint, mir das meine schwer zu machen!«

»Das glaube ich Ihnen gern«, sagte ich. »Ich habe Mr Fletcher kennen gelernt.«

Ross schaute mich überrascht an, und ich beeilte mich, ihm zu erklären, dass ich am Vortag nach meiner Rückkehr vom Scotland Yard nach Dorset Square ebenjenen Fletcher beim gemeinsamen Mittagessen mit Mrs Parry angetroffen hatte.

»Tatsächlich?«, fragte Ross nachdenklich, nachdem er diese Neuigkeit vernommen hatte. »Ich frage mich, was zum Teufel ... bitte, entschuldigen Sie diese Entgleisung. Aber ich frage mich, was Fletcher dort gemacht hat?«

»Mrs Parry ist offensichtlich Anteilseignerin der Eisenbahngesellschaft«, sagte ich. »Sie und Fletcher kamen mir vor wie alte Bekannte. Angesichts dessen und der Tatsache, dass Mrs Parry Häuser in Agar Town an die Eisenbahngesellschaft verkauft hat, besitzt sie wohl ein starkes Interesse an den Vorgängen dort, auch ohne dass sie die Arbeitgeberin der armen Madeleine Hexham war.«

Ich fragte mich, wie viel ich von der Unterhaltung weitergeben durfte, der ich beigewohnt hatte, ohne die Vertraulichkeit gegenüber meiner Arbeitgeberin zu verletzen oder mich angesichts ihres Geschenks als undankbar zu erweisen. Ich dachte an den Faden, den ich soeben erst erstanden hatte, um die Änderungen an dem Hausmantel aus Tussahseide vorzunehmen, und ich verspürte das Verlangen, ihn rauszuholen und wegzuwerfen. Die ganze Angelegenheit versetzte mich in eine peinliche Situation in Bezug auf Inspector Ross. Wenn ich ihm von Tante Parrys Geschenk erzählte, würde er es wahrscheinlich – genau wie ich in zunehmender Weise – als Bestechungsversuch betrachten, damit ich meine flüchtige Bekanntschaft mit ihm zum Vorteil meiner Arbeitgeberin und ihres Mitverschwörers Fletcher ausnutzte. Als ob ich mich in seine Ermittlungen einmischen würde! Ganz im Gegenteil, ich hatte ihm schließlich wertvolle Informationen geliefert, indem ich Bessie und Wally Slater zu ihm gebracht hatte. Das war meine Bürgerpflicht gewesen. Doch wie viel mehr konnte ich ihm erzählen? Doch auch abgesehen von der Peinlichkeit meiner Lage durch das Geschenk von Tante Parry schuldete ich ihr Diskretion, ganz gleich, wie sehr es mich wurmte.

Der Midland Railway Company auf der anderen Seite war ich nicht das Geringste schuldig, und ganz gewiss nicht ihrem Repräsentanten Fletcher. Ich konnte frei berichten, was er erzählt hatte. »Er sprach von seiner Frustration ob der Störungen, die Ihre Ermittlungen verursachen, sowie der wachsenden Zahl von neugierigen Gaffern, die die Baustelle inzwischen anzieht. Ich muss gestehen, dieser Gedanke ist für meinen Geschmack recht abstoßend«, fügte ich ehrlich hinzu.

»Abstoßend vielleicht, ja, aber natürlich«, lautete Ross' offene Antwort. »Haben Sie noch nie einen Unfall mit Fuhrwerken beobachtet? Oder zugesehen, wie irgendeine arme Seele auf der Straße von einem Karren überfahren wurde? Oder einen Arbeiter von einem Gerüst fallen sehen? Vielleicht nicht, aber glauben Sie mir, diese Dinge ziehen Zuschauer an wie ein offenes Marmeladenglas die Wespen. Wenn Sie Fletcher und mich vor zwei Stunden in Limehouse gesehen hätten, würden Sie herausgefunden haben, dass nicht einmal ein Unglück nötig ist, um Neugierige anzulocken. Jeder ungewöhnliche Anblick reicht völlig dazu aus. Obwohl ich zu sagen wage, dass die Gaffer in Limehouse die Hoffnung hatten, mir bei einer Verhaftung zusehen zu können. Wenn ich doch nur einen Verdächtigen hätte, wäre ich schon zufrieden!«, fügte er niedergeschlagen hinzu.

»Sie werden schon einen finden«, sagte ich tröstend. »Ich bin sicher, dass Sie einen finden werden.«

Ross schüttelte den Kopf, um seine finstere Stimmung zu vertreiben. »Sie sind sehr freundlich, und ich wünschte, Superintendent Dunn hätte das gleiche Vertrauen in mich wie Sie. Ja, ich nehme an, dass Mrs Parry als Anteilseignerin nicht möchte, das die Bauarbeiten aufgehalten werden. Sie ist innerlich zerrissen, nicht wahr? Auf der einen Seite möchte sie, dass wir den Mörder der armen Madeleine Hexham finden, und auf der anderen will sie uns möglichst schnell von der Baustelle herunterhaben, damit ihre Investitionen sich in angemessener Zeit auszahlen. Es ist eine recht normale Reaktion. Die Öffentlichkeit will stets, dass die Polizei so schnell wie möglich arbeitet und den Gesetzestreuen so wenig wie möglich Unannehmlichkeiten bereitet. Ich nehme an, Fletcher war dort, um sich die Unterstützung von Mrs Parry zu verschaffen? Antworten Sie nicht auf meine Frage, wenn sie zu vertraulich ist!«

»Das werde ich auch nicht«, sagte ich. »Aber ich möchte Sie trotzdem warnen, dass Mrs Parry möglicherweise versuchen wird, sich *meine* Unterstützung zu verschaffen. Ich war gezwungen, ihr zu sagen, dass mein Vater Sie gefördert hat.«

Inspector Ross nahm diese Information überraschend gelassen auf. »Ich hatte vermutet, Sie hätten dies bereits getan, genauso, wie ich es Superintendent Dunn erzählen musste. Es wäre für uns beide unklug gewesen, ein Geheimnis daraus zu machen.«

Ich war erleichtert, dass ich es ihm erzählt hatte. Es hatte auf meinem Gewissen gelastet. »Nebenbei bemerkt«, sagte ich offener, als ich eigentlich beabsichtigt hatte, »ich bin gar nicht so sicher, wie eifrig Mrs Parry den Mörder der armen Madeleine gefasst sehen will. Sie ist eine gesetzestreue Bürgerin, zugegeben, auch wenn sie es vorziehen würde, wenn die Ermittlungen eingestellt würden und die Sache vorbei wäre. Die Aufmerksamkeit, die der Fall erregt, ist ein Ärgernis für sie. Eine Gerichtsverhandlung würde die öffentliche Neugier noch weiter entfachen, nicht wahr? Die Zeitungen wären voll davon. Ich kann sie sogar verstehen, obwohl es mir zuwider ist, wenn sie immer sich zuerst …«

Ich biss mir auf die Zunge, doch ich hatte bereits zu viel gesagt, und nun blieb mir keine andere Wahl, als fortzufahren. »Mein Eindruck ist, dass sie, falls überhaupt, verärgert und verlegen ist wegen Madeleines Verschwinden und Tod und weder Trauer noch Verlangen nach Gerechtigkeit verspürt. Wir hatten Neugierige am Dorset Square, genau wie in Agar Town, auch wenn sie nicht in so großer Zahl vor dem Haus erschienen sind. Das würde sich jedoch sicher rasch ändern, wenn die grässlichen Einzelheiten einer Gerichtsverhandlung die Tagespresse füllen würden. Die Adresse würde genannt werden, und noch mehr Leute würden zum Dorset Square kommen. Ihr Name als Madeleines Arbeitgeberin würde erwähnt werden. Sie würde es hassen.«

»Tatsächlich?«, murmelte Ross. Er betrachtete mich aufmerksam. »Und was denken andere Anwohner des Dorset Square über den gewaltsamen Tod von Miss Hexham?«

Ich erkannte, dass meine ungezügelte Zunge mich ein weiteres Mal auf einen gefährlichen Pfad geführt hatte. »Ich bin nicht sicher, ob ich dazu etwas sagen sollte«, erwiderte ich. »Ich kenne kaum einen der Anwohner. Ich bin schließlich erst am Dienstag in London eingetroffen, vergessen Sie das nicht.«

»In der Tat«, sagte Inspector Ross verwundert. »Sie hatten gleich eine Feuertaufe, alles, was recht ist. Aber Sie halten sich erstaunlich gut, wenn Sie mir diese Bemerkung erlauben. Selbstverständlich würde ich nichts anderes von Dr. Martins Tochter erwarten. Und ich habe großen Respekt für die Ansichten und Meinungen von Dr. Martins Tochter, von der ich weiß, dass sie eine scharfsinnige Beobachterin mit guter Auffassungsgabe ist.«

»Ich weiß nicht, ob mir diese Beschreibung meiner Person gefällt«, entgegnete ich aufrichtig. »Allmählich glaube ich, dass ich viel zu offen sage, was ich denke. Aber nun ja, wenn es Sie interessiert, mein Eindruck ist, dass das Hauspersonal unterschiedliche Ansichten hegt. Bessie haben Sie bereits kennen gelernt. Sie mochte Miss Hexham. Ich denke, sie ist aufrichtig betroffen. Simms, der Butler, glaubt, die ganze Geschichte werfe ein schlechtes Licht auf das Haus. Die Dienerinnen genießen die Vorgänge, weil sie dadurch in ihrem Bekanntenkreis ohne Zweifel in den Mittelpunkt gerückt sind. Mrs Simms ist ein Drache, der in seinem Hort im Keller lauert, und ich weiß nicht, was sie denkt, aber wahrscheinlich das Gleiche wie ihr Mann. Nugent, die Zofe von Mrs Parry, hat keine Meinung geäußert. Ich denke, sie ist völlig damit zufrieden, sich um Tante Parry zu kümmern, ohne sich um irgendetwas anderes Gedanken machen zu müssen.« Ich brach ab und legte mir schuldbewusst die Hand auf den Mund. »Ich hätte das nicht sagen dürfen. Wie dem auch sei, Nugent ist so nett, mir beim Nähen zu helfen. Sie ist sehr geschäftig, das ist alles, was ich sagen wollte.«

»So viel also zum Souterrain«, sagte Ross. »Und oben? Sie haben mir verraten, was Mrs Parry Ihrer Meinung nach denkt. Was ist mit den anderen?«

Doch diesmal hatte er seine Frage zu unverblümt gestellt. Ich war schließlich keine Zeugin der Ereignisse, die er untersuchte. Auch war ich noch nicht lange genug in London, um mir eine auf Wissen und Erfahrungen basierende Meinung zu bilden. Bisher hatte ich kaum mehr als erste Eindrücke. Zuerst hatten Mrs Parry und ihr Verbündeter Fletcher versucht, mich auf ihre Seite zu ziehen, und nun wollte Ross mich rekrutieren.

»Ich denke«, sagte ich ernst, »dass Sie auf gewisse Weise ein skrupelloser Mann sind. Sie schmeicheln mir, erwähnen immer wieder meinen Vater, und dann erwarten Sie von mir, dass ich Ihnen Dinge erzähle, die ich besser für mich behalten sollte. Sie sind genauso schlimm wie Mrs Parry und dieser Fletcher in ihren Bemühungen, sich meine Unterstützung zu sichern!«

Das war unfair, und es wurde mir in dem Augenblick bewusst, in dem die Worte meine Lippen verließen – zu spät. Wenn Ross versuchte, sich mein Wissen zunutze zu machen, dann nur, weil er damit den Mörder von Madeleine zu finden hoffte. Doch ich war aufgebracht und zu halsstarrig, um mich zu entschuldigen.

Wir schwiegen beide. Ross antwortete nicht auf meine letzte Bemerkung, auch wenn ich nicht daran zweifelte, dass er sich in Gedanken eine Notiz machte, genau wie er sich alles andere auch aufschrieb. Schließlich sagte er leise: »Glauben Sie mir, ich bin ganz und gar nicht skrupellos. Doch ich untersuche den Mord an einer jungen Frau, und außer Ihnen scheint niemand gewillt, mir dabei zu helfen. Was auch immer ihre Gründe sein mögen, sie frustrieren mich ununterbrochen. Sie wohnen in diesem Haus, Lizzie, und Ihnen ist es nicht egal, ob der Gerechtigkeit Genüge getan wird oder nicht.«

Es war nicht das erste Mal, dass er mich Lizzie genannt hatte, und es wurde allmählich zu einer Gewohnheit. Ich schätze, ich hätte ihn bitten sollen, das nicht zu tun, doch ich stellte überrascht fest, dass es mich nicht störte, auch wenn ich in anderer Hinsicht verärgert über ihn war. Wenn überhaupt, dann machte mich die Erkenntnis, dass mich seine Vertraulichkeit nicht störte, noch wütender, diesmal jedoch auf mich selbst.

»Ich kann Ihnen nicht mehr erzählen als das, was ich Ihnen bereits über Mrs Parry gesagt habe, und das war mehr als genug«, entgegnete ich. »Ich werde kein weiteres Wort mehr sagen. Mrs Belling andererseits ist niemand, dem ich Loyalität schulde. Sie ist in meinen Augen eine unangenehme Person, und soweit ich das sehe, ist ihre einzige Sorge, dass man ihr nicht die Schuld gibt, weil sie es war, die Madeleine überhaupt erst nach London gebracht hat.«

»Ist das tatsächlich ihre einzige Sorge?«, entgegnete Ross unerwartet. »Immerhin hat sie einen Sohn.«

»Ich weiß. Ich bin ihm erst einmal begegnet, sehr flüchtig. Er schien ein netter Mann zu sein und sprach anständig über Madeleine. Ich habe nichts gegen ihn, und ich kann nichts über ihn sagen.« Ich hatte immer stärker das Gefühl, ungebührend ausgefragt zu werden. Es war eine Sache, über Menschen befragt zu werden, mit denen man unter einem Dach lebte, aber von mir zu erwarten, dass ich imstande sein könnte, irgendetwas über völlig fremde Personen zu erzählen, war einfach lächerlich. Ich sagte etwas in dieser Richtung zu Ross, und er wirkte entsprechend beschämt.

»Verstehen Sie mich bitte nicht falsch, Miss Martin«, beeilte er sich zu sagen. »Ich erwarte nicht, dass Sie etwas anderes tun, als mir einen Eindruck dessen zu schildern, was Sie beobachtet haben, und ich bedaure wirklich außerordentlich, wenn Sie das Gefühl haben, ich nähme mir Freiheiten.«

Das machte mich noch wütender, zumal ich den Eindruck hatte, dass es ihm nicht wirklich leid tat.

»Ich kann Ihnen aber nichts mehr über irgendjemanden erzählen«, schloss ich.

»Aber Sie haben eine sehr wichtige Person ausgelassen, die mit Ihnen zusammen unter einem Dach lebt«, sagte Ross leise, doch entschieden.

Ich stieß einen ärgerlichen Laut aus und funkelte ihn an. »Sie meinen Frank«, sagte ich.

»Ich meine Mr Carterton, in der Tat. Hat er ein Interesse daran, dass der Mörder von Miss Hexham gefasst wird?«

»Selbstverständlich! Und wenn es nur deswegen ist, weil er ganz oben auf Ihrer Liste steht!«

»Ganz oben auf meiner Liste?«, fragte Ross mit einem verblüfften Zucken der Augenbrauen.

Ich spürte, wie ich errötete. »Das hat er gesagt, nicht ich.«

»Ah. Also haben Sie mit Mr Carterton über die Sache gesprochen. Nun ja, das ist nicht weiter überraschend. Weiß Mr Carterton, dass Ihr Vater meine Ausbildung finanziert hat?«

»Ich habe es ihm nicht erzählt«, antwortete ich unbehaglich. »Seine Tante wird es jedoch tun, nehme ich an.«

Ich wünschte mir inzwischen nichts sehnlicher, als dass diese Unterhaltung endete, und wollte Ross soeben sagen, dass ich nun nach Hause müsse, als mir jemand anders zuvorkam.

»Miss Martin!«, dröhnte es durch die Luft, was mehrere Passanten dazu veranlasste, stehen zu bleiben und sich umzudrehen.

Sowohl Ross als auch ich starrten verblüfft in Richtung des Rufers. Ich erkannte die imposante und extrem zornige

Gestalt von Dr. Tibbett. Die Stirn in Falten, das silberne Haar fliegend und die schwarzen Rockschöße flatternd, sah es aus, als hätte Zeus persönlich beschlossen, für einen Tag vom Olymp herabzusteigen und der Menschheit die Gunst seiner Meinungen zu gewähren.

»Wer ist das?«, flüsterte Ross in ungläubigem Ton.

»Ein Freund von Mrs Parry«, fand ich Zeit zu antworten, bevor Tibbett bei uns war.

»Guten Tag, Dr. Tibbett«, begrüßte ich ihn höflich trotz meiner privaten Verachtung für den alten, scheinheiligen Schurken.

Dr. Tibbett starrte mich aufmerksam an, und ich erinnerte mich daran, dass er viele Jahre lang Schulmeister gewesen und nicht leicht über das hinwegzutäuschen war, was die Menschen dachten. Zum ersten Mal fiel mir auf, dass er sehr klare blaue Augen besaß. Ich nahm an, dass er in jungen Jahren ein attraktiver Mann gewesen war, und etwas davon war noch immer zu sehen.

Tibbett hatte seinen Blick auf Ross gerichtet. »Und das?«, erkundigte er sich eisig. Er deutete mit einem langen schlanken und behandschuhten Finger auf den Inspector. Ich war ein wenig überrascht, dass kein Blitz aus der Fingerspitze zuckte. »Vielleicht wären Sie so freundlich, mich diesem Gentleman vorzustellen?«

»Selbstverständlich«, sagte ich. »Das ist Inspector Ross vom Scotland Yard. Er untersucht den Mord an Miss Madeleine Hexham, und Sie haben seinen Namen sicherlich bereits bei Tante Parry gehört.«

»Das habe ich in der Tat!«, sagte Tibbett. Er wirkte und klang vollkommen unbeeindruckt.

»Und ich habe Ihren Namen ebenfalls gehört, Sir. Mrs Parry hat ihn erwähnt«, sagte Ross.

Tibbett war von dieser Aussage nicht besänftigt, sondern starrte Ross im Gegenteil noch misstrauischer an als zuvor. »Kommen Sie in der Angelegenheit denn voran, Inspector?«, fragte er.

»So gut, wie es in diesem Stadium zu erwarten ist, Sir«, antwortete Ross.

»Tatsächlich?«, fragte Tibbett. »Und welches Stadium wäre das, frage ich mich? Welche Hinweise hoffen Sie an einem Samstagnachmittag auf der Oxford Street zu finden? Ich sehe lediglich, dass Sie in anderer Hinsicht kein Gras zwischen Ihren Stiefeln wachsen lassen. Haben Sie Ihre Unterhaltung mit der jungen Lady beendet? Ich nehme an, es ging um eine berufliche Angelegenheit, auch wenn ich mich frage, welcher Natur sie sein könnte. Miss Martin war kein Mitglied von Mrs Parrys Haushalt zur Zeit von Miss Hexhams bedauerlichem Verschwinden. Sie kannte Miss Hexham nicht.«

Ich bemerkte ein Funkeln in den Augen von Ross. »Ich führe meine Ermittlungen, wie und wo ich es für angebracht halte, Sir.«

»Dann werden wir Sie nicht länger aufhalten! Sie müssen ein vielbeschäftigter Mann sein und haben sicherlich viele Verpflichtungen gegenüber der Öffentlichkeit!«, entgegnete Tibbett. »Einen guten Tag wünsche ich Ihnen, Inspector!«

Einen schrecklichen Augenblick lang glaubte ich, dass Ross endlich die Fassung verlieren und seine kühle Art einem wütenden Ausbruch weichen würde, doch stattdessen wandte er Tibbett langsam und sehr betont den Rücken zu und sagte zu mir, indem er Tibbetts Abschiedsworte ignorierte: »Ich hoffe, ich habe Sie nicht aufgehalten, Miss Martin. Ich danke Ihnen, dass Sie mit mir gesprochen haben.«

Er legte die Hand an den Hut, verneigte sich leicht vor mir und ging davon, ohne Tibbett eines weiteren Blickes zu würdigen.

»Was für ein impertinenter Bursche!«, schnappte Dr. Tibbett.

Nachdem ich mir bereits Fletchers Kritik an Ben Ross hatte anhören müssen, lief das Maß nun über. Ich mochte den Inspector ja selbst gerade erst getadelt haben, doch das bedeutete noch lange nicht, dass ich die Absicht hatte, andere damit durchkommen zu lassen.

»Dr. Tibbett!«, platzte es aus mir heraus. Ich war außerstande, mich länger im Zaum zu halten. »Inspector Ross ist meiner Meinung nach nicht derjenige, der hier Impertinenz gezeigt hat! Wie können Sie es wagen, eine private Unterhaltung zu unterbrechen, die ich mit ihm geführt habe, und noch dazu auf derart unverschämte Weise?«

Ich sage nicht, dass Tibbett erstaunt zurückzuckte, doch sein Unterkiefer sank für einen Augenblick herab, und er wich einen Schritt zurück, auch wenn es nur aus dem Grund geschah, den Ursprung dieser unerwarteten Attacke besser in Augenschein nehmen zu können. »Ich glaube, ich kann meinen Ohren nicht trauen, junge Dame.«

»Ich nehme an, das sollten Sie aber«, entgegnete ich gelassen. »Sie scheinen mir ein exzellentes Gehör zu besitzen.«

Tibbett antwortete nicht sogleich. Er hob seinen Spazierstock und tippte sich nachdenklich mit dem silbernen Griff ans Kinn.

»Sie haben eine flinke Zunge, Miss Martin«, sagte er schließlich.

Ich wusste, dass ich ihn auf dem falschen Fuß erwischt hatte, und nutzte meinen kurzfristigen Vorteil aus. Er würde nicht lange anhalten. »Ich denke, Dr. Tibbett, Sie schulden mir Abbitte.«

»Ich … Ich schulde Ihnen nichts dergleichen!«, stotterte er. Sein Gesicht hatte einen besorgniserregenden Rotton angenommen.

Ich dachte daran, dass er ein älterer Mann war, und hielt es für angebracht, darauf Rücksicht zu nehmen. Ich wollte nicht, dass er mitten auf der Oxford Street und vor meinen Füßen einen Schlaganfall erlitt.

Ich schwieg und hielt seinem Blick eisern stand.

Seine Gesichtsfarbe kehrte zu meiner großen Erleichterung wieder in normalere Bereiche zurück, und mit ihr beruhigte sich auch sein Verhalten, obwohl ich vermutete, dass er innerlich immer noch kochte.

»Meine liebe Freundin Mrs Parry hat sehr unter dem unkorrekten Verhalten ihrer letzten Gesellschafterin gelitten«, sagte er. »Und die Resultate mögen traurig sein, doch sie waren vorhersehbar. Ich wollte lediglich verhindern, dass sie ein zweites Mal in Verlegenheit gebracht wird. Sie sind, wenn ich mich recht entsinne, erst seit letztem Dienstag in London. Soweit wir wissen, kennen Sie niemanden in der Stadt. Und doch finde ich Sie hier an diesem Nachmittag mitten auf der Oxford Street, wo Sie sich auf angeregte Weise mit einem jungen Mann unterhalten!«

»Ganz recht«, sagte ich. »Mitten auf der Oxford Street, mitten in diesem Gedränge. Das ist wohl kaum ein Tête-à-Tête, Sir! Ich verhalte mich nicht wie eine Magd an ihrem freien Nachmittag und flirte mit jedem jungen Mann, wie Sie es nach Ihrem Verhalten anzunehmen scheinen!«

»Ihrer Ausdrucksweise mangelt es sichtlich an Feingefühl!«, erklärte er mit einigem Missbehagen. »Ich wusste nicht, dass der junge Mann der Inspector von der Polizei ist. Er scheint in ungeeignet jungem Alter befördert worden zu sein. Der Anblick, wie ich es gesehen habe, verhieß nichts Gutes für die Zukunft. Ich habe die Interessen meiner guten Freundin im Herzen. Unter den gegebenen Umständen könnte man sagen, auch die Ihren. Der Inspector ist ohne Zweifel ein attraktiver Mann, und ein Inspector der Polizei könnte für einige, wenngleich nicht für mich, ein verlockender Beruf sein! Denken Sie an das Schicksal von Miss Hexham!«

Wenn er glaubte, dass er mit dieser widerwilligen Erklärung davonkäme, so sollte er sich irren. Er versuchte, die moralische Oberhand zurückzugewinnen. Ich war entschlossen, ihn daran zu hindern. Wir waren wie Kinder, die ›König des Schlosses‹ spielten.

»Ich möchte offen sein«, sagte ich zu ihm. »Wie es der Zufall will, habe ich eine flüchtige Bekanntschaft mit Inspector Ross aus meinen Kindertagen. Mrs Parry wird Ihnen mit Freuden alles erklären. Ich warte immer noch auf Ihre Entschuldigung, Dr. Tibbett!«

»Warten Sie, und seien Sie verdammt!«, platzte er hervor, und erneut stieg die Röte in seine Wangen. Er biss sich auf die Zunge und presste die Lippen aufeinander.

»So, so«, sagte ich. »Jetzt sind offenbar Sie es, dem es an Feingefühl in seiner Wortwahl mangelt, Sir.«

Sein Mund verzerrte sich wütend. »Sie sind ein schlaues Ding«, sagte er leise. »Und ein stolzes obendrein. Ich muss leider sagen, dass ich zunehmend feststelle, dass es einen

Typus moderner junger Frauen gibt, die sich einbilden, sie könnten so freimütig sprechen wie ein Mann. Ich bin ein altmodischer Mann, der glaubt, dass eine Frau die größte Zierde für ihr Geschlecht ist, wenn sie die Grenzen erkennt, die die Natur für sie geschaffen hat. Vielleicht hätte Ihr Held Darwin ein wenig darüber nachdenken sollen, als er seine Ideen über natürliche Selektion niedergeschrieben hat. Wenn Sie glauben, dass ich mich bei Ihnen entschuldigen sollte, dann irren Sie sich gewaltig. Mehr noch, ich rate Ihnen dringend, Ihre Zunge besser im Zaum zu halten. Die Meinungen der Tochter eines Provinzarztes mögen in der beschränkten Gesellschaft Ihrer Heimatstadt einiges an Gewicht haben, doch nicht hier in London. Sie sind von der Mildtätigkeit und Güte anderer abhängig und sollten dies nicht vergessen und sich entsprechend verhalten. Darüber hinaus sollte ich Ihnen sagen, dass es höchst unklug wäre, wenn Sie sich mich zum Feind machen!«

Ich öffnete den Mund, um ihm zu sagen, dass Leute, die in Glashäusern leben, nicht mit Steinen werfen sollten. Doch es wäre nicht klug gewesen, ihm zu verraten, dass ich ihn in Gesellschaft von gewöhnlichen Prostituierten beobachtet hatte. Ich hatte ihn geärgert, doch er fürchtete mich nicht. Falls er je auf den Gedanken kam, er hätte Grund dazu, würde er rasch und rücksichtslos agieren, um die Bedrohung zu eliminieren, und seine gute Freundin Mrs Parry davon überzeugen, dass sie mich unverzüglich auf die Straße setzen müsse.

»Guten Tag, Sir«, sagte ich, machte auf dem Absatz kehrt und ging davon.

Als ich weit genug weg war, um nicht mehr von ihm gesehen zu werden, stellte ich fest, dass ich am ganzen Leib zitterte. Nicht Angst, sondern Wut war der Grund dafür. Um ehrlich zu sein, ein Teil dieser Wut galt mir selbst. Vielleicht war es dumm von mir gewesen, so offensichtlich die Contenance zu verlieren. *Er wird sich bei Tante Parry beschweren*, dachte ich. *Vielleicht wird sie mich entlassen.* Nein, für den Augenblick brauchte sie mich noch und meine Verbindung zu Ben Ross.

Vielleicht würde er seiner Freundin Julia Parry auch überhaupt nichts von unserer Begegnung erzählen. Er war nicht gerade glänzend aus unserem Duell hervorgegangen, oder zumindest bildete ich mir das ein. Er hatte sich nicht entschuldigt, doch es war ihm auch nicht gelungen, mich zu einem Rückzieher zu zwingen oder ihm einen Respekt zu erweisen, den ich nicht empfand. Er würde nicht wollen, entschied ich, dass jemand erfuhr, wie er von einer jungen Frau, obendrein nur einer einfachen Gesellschafterin, wegen seines Verhaltens kritisiert worden war … und dass diese Frau damit durchgekommen war. Er war jetzt mein Feind, so viel stand fest. Von nun an würde er alles versuchen, um meine Position bei Tante Parry zu unterminieren, doch er würde subtil zu Werke gehen, um sein Ziel zu erreichen. Er war ein Maulheld. Maulhelden hassen diejenigen, die sich ihnen entgegenstellen. Doch sie achten peinlich darauf, ihnen nicht erneut öffentlich gegenüberzutreten. Wie ein chinesischer Mandarin kann es sich ein Maulheld nicht leisten, das Gesicht zu verlieren.

KAPITEL FÜNFZEHN

Ich war noch immer aufgewühlt, als ich beim Dorset Square ankam. Es schien mir eine gute Idee zu sein, nicht sogleich ins Haus zu gehen und Simms meinen Zustand zu zeigen. Er würde ihn bemerken, ohne jeden Zweifel, und vielleicht würde er bei Mrs Parrys Rückkehr eine diesbezügliche Bemerkung machen. Tante Parry wiederum würde es ihrem Freier berichten. Ich wollte auf gar keinen Fall, dass Dr. Tibbett erfuhr, wie gestresst ich nach Hause gekommen war. Das würde ihm die größte Befriedigung verschaffen.

Ich beschloss, mir ein Beispiel an Bessie zu nehmen und mich eine Weile in den Park zu setzen, um den Kindern und den Kindermädchen zuzusehen, bis ich mich beruhigt hatte und mein Gesicht nicht länger leuchtete wie – zumindest nahm ich dies an – eine rote Beete.

Ich setzte mich auf eine Bank, die abgetrocknet war. Sie fühlte sich kühl, doch angenehm an im wässrigen Sonnenlicht, und der starke Regen der vergangenen Nacht hatte die Blätter und das Gras erfrischt. Während meine Atmung sich langsam wieder normalisierte, hörten meine Wangen auf zu brennen. Zwei kleine Jungen rannten an mir vorbei und trieben Reifen mit großem Geschick über den Kiesweg, während sie fröhlich schrien.

»Master Harry!«, rief ein Kindermädchen verzweifelnd hinter einem der Knaben her. »Passen Sie auf die Pfützen und Ihre Stiefel auf!«

Doch die Jungen machten unbekümmert weiter, und ich musste daran denken, mit welchem Vergnügen ich selbst in ihrem Alter durch Pfützen geplatscht war und wie ungehalten Molly Darby reagiert hatte, wenn sie hernach meine Stiefel hatte putzen müssen. Allmählich fand ich wieder zu meiner alten Gelassenheit zurück und wollte soeben nach Hause gehen – da Tante Parrys Haus zumindest im Augenblick mein Zuhause war –, als ich zum dritten Mal an diesem Nachmittag hörte, wie jemand meinen Namen rief.

»Guten Tag, Miss Martin!«

Diesmal klang die Stimme höflich und ein wenig nervös. Ich blickte auf und sah, wie sich James Belling mit dem Hut in der Hand vor mir verbeugte.

Ich erwiderte seinen Gruß.

»Warten Sie hier auf jemanden, oder darf ich Ihnen für den Augenblick Gesellschaft leisten?«, fragte er als Nächstes.

Ich beschied ihm, dass er sich gerne zu mir setzen durfte, falls er dies wolle. Ich fragte mich, was seinen Wunsch nach einer Unterhaltung mit mir inspirierte und ob ich die Gelegenheit nutzen konnte, etwas Neues in Erfahrung zu bringen. Inzwischen war ich überzeugt davon, dass unser erstes Zusammentreffen absichtlich von ihm herbeigeführt worden war. Diesmal jedoch war er nicht aus dem Haus gekommen, sondern war allem Anschein nach auf dem Rückweg dorthin gewesen.

»Hat man Sie nicht gebeten, Ihre Mutter und Mrs Parry nach Hampstead zu begleiten?«, fragte ich.

»Nein, glücklicherweise nicht. Sie sind zu einer Teeparty gefahren, wo es lauter Biskuits und den neuesten Tratsch gibt. Ich wurde verschont.«

Er klang, als meinte er es tatsächlich ernst. Ich sah, dass ein Buch aus seiner Tasche lugte, und erkundigte mich, was er gerade las.

Er errötete, nahm das Buch hervor und zeigte es mir. »Es ist Mr Darwins Bericht über die Reise, die er als junger Mann an Bord der *Beagle* unternommen hat. Es ist kein neues Buch, aber ich lese es wieder und wieder.« Sein Tonfall wurde sehnsüchtig. »Ich wünschte, ich könnte es ihm nachtun und in unbekannte Länder reisen, um all die verschiedenen Lebewesen zu studieren. Doch selbst wenn sich mir eine solche Chance böte, würde mein Vater nie das Geld dafür hergeben.«

»Ihr Vater ist in London?« Mrs Belling hatte viel von ihren

Kindern gesprochen, aber sie hatte den Vater nicht erwähnt, und doch hatte ich nicht den Eindruck erhalten, dass sie eine Witwe war.

»Er ist geschäftlich unterwegs. In Südamerika. Ich habe ihn gefragt, ob ich mitkommen dürfte, doch er wollte nicht.« James klang enttäuscht. »Ich hätte auf Darwins eigenen Spuren wandeln können! Doch mein Vater hat klar zum Ausdruck gebracht, dass er mir dies nicht gestatten werde. Er sagte, ich dürfte gerne mitkommen, wenn ich ein Interesse für seine Arbeit zeigte, doch das wollte wiederum ich nicht.«

»Und was wäre das für eine Arbeit?«, erkundigte ich mich.

»Eisenbahnen«, antwortete James finster.

Noch einer!

»Und Sie haben nicht vor, Ihrem Vater in seinen Fußstapfen zu folgen?«, hakte ich nach.

»Nicht, wenn ich es zu verhindern weiß!«, entgegnete James mit einigem Nachdruck. »Ich verspüre nicht den geringsten Wunsch, dieses Land oder irgendein anderes Land auf der Welt mit metallenen Schienen zu überziehen, auf denen qualmende Monster riesige Menschenmassen von einem Ort zum anderen befördern, und das mit einer solchen Geschwindigkeit, dass die Leute kaum noch etwas von der sich ständig verändernden Landschaft draußen vor den Wagenfenstern mitbekommen!«

»Sie reisen lieber langsam und halten an, um Steine am Wegesrand umzudrehen und Pflanzen und Tiere zu studieren«, sagte ich.

»Ganz recht!«, bestätigte er herausfordernd. »Das tue ich, und zwar wann immer ich kann!«

»Bitte denken Sie nicht, dass ich Sie kritisieren möchte!«, erklärte ich rasch. »Ich verstehe das im Gegenteil sehr gut. Ich habe das Buch ebenfalls gelesen, das Sie dort bei sich haben, genau wie *Über den Ursprung der Arten*.«

Sein blasses Gesicht nahm eine lebhafte rosa Farbe an, und er beugte sich erstaunt vor. »Das haben Sie? Meine liebe Miss Martin, Sie können sich gar nicht vorstellen, wie sehr es mich freut, dass Sie das sagen! Es gibt so wenige Damen, die sich wirklich für das Studium der Natur interessieren –

abgesehen vom Pressen von Blumen und Malen mit törichten Wasserfarben, was für diese Personen bereits als Erfüllung gilt!«

»Ich habe mir meine Bildung zum größten Teil selbst angeeignet«, gestand ich. »Ich habe nie irgendeine Schule besucht. Ich hatte für ein paar Jahre eine Gouvernante, doch sie war selbst nicht sonderlich gebildet, und danach hat mein Vater sich selbst um meine Ausbildung gekümmert. Aber er war ein vielbeschäftigter Mann, und deswegen war es mir selbst überlassen, etwas zu lernen, wann immer sich eine Gelegenheit dazu bot. Er hatte eine gute Bibliothek, und ich habe jedes Buch gelesen, das ich in die Finger bekam.«

»Das ist ja wunderbar!«, rief James begeistert. »Ich bin fest davon überzeugt, dass man Frauen den Zugang zu ernsthaften Büchern gestatten und sie zu eigenen Gedanken ermutigen sollte! Meine Schwester, die ein wunderbar funktionierendes Gehirn besitzt, durfte es nie wirklich benutzen. Meine Mutter scheint zu glauben, dass es Doras Chancen irgendwie behindern könnte, einen passenden Ehemann zu finden.«

Inzwischen strahlte ich ihn förmlich an. Nach Dr. Tibbetts Vortrag über den Platz einer Frau waren James Bellings Worte Musik in meinen Ohren. »Frank Carterton hat mir von Ihnen erzählt und von Ihrem Interesse für Fossilien«, berichtete ich ihm.

»Frank ist ein netter Kerl«, sagte James aufrichtig. »Wir waren gemeinsam in der Schule. Das heißt, er ist ein Jahr älter als ich und war eine Klasse über mir. Aber er war immer nett zu mir und hat mich beschützt. Jungenschulen sind manchmal ziemlich brutal, glauben Sie mir, ganz besonders dann, wenn sich ein Junge für Bücher interessiert und nicht gut ist im Sport. Ich werde Frank für immer dankbar sein.«

Mir kam ein Gedanke. »Waren Sie vielleicht beide Schüler von Dr. Tibbett?«

»Nein, Gott sei Dank nicht!«, rief James erschrocken, um sich sogleich zu entschuldigen. »Ich hätte das nicht sagen sollen. Ich hätte besser gar nichts gesagt.«

Wir mussten beide lachen.

»Dr. Tibbett hat eine schlechte Meinung von Frauen, die ernste Bücher lesen«, sagte ich.

»Dr. Tibbett hat eine schlechte Meinung von der Menschheit im Allgemeinen«, entgegnete James. »Abgesehen von ihm selbst und einigen auserwählten Sterblichen, heißt das.«

Damit war das Thema Dr. Tibbett erledigt.

»Verraten Sie mir doch«, fuhr James fort, »was halten Sie von Mr Darwins Argumenten?«

»Ah«, sagte ich. »Ich bin wohl kaum qualifiziert, eine Meinung darüber abzugeben. Um ehrlich zu sein, bin ich nicht sicher, ob ich all seine Erklärungen verstanden habe. Ich bewundere die Gelehrtheit seiner Worte und die Ausführlichkeit seiner Beobachtungen. Manchmal glaube ich, Lücken in seiner Argumentation zu entdecken. Ich denke allerdings, er ist sich dessen durchaus bewusst.«

»Zum Beispiel?«

»Oh, er kommt zu der Schlussfolgerung, dass alle Pferde, Esel und Zebras auf der Welt von einem gemeinsamen Vorfahren abstammen, doch er stellt fest, dass dies für die Hunde dieser Welt nicht gelten kann. Warum nicht? Es gibt doch wohl kaum einen größeren Unterschied zwischen einem Zugpferd und einem Zebra als zwischen einem Windhund und einem King-Charles-Spaniel. Andererseits bin ich weder eine Naturforscherin noch züchte ich Tiere. Außerdem finde ich, dass Mr Darwin geradezu besessen ist von Tauben.«

Eine Stadttaube landete wie auf ein Stichwort hin zu meinen Füßen und begann, auf und ab zu stolzieren.

James lachte laut auf. »Seine Entdeckungen sind nicht vollständig. Wie könnten sie das auch sein? Wir fangen gerade erst an, die Welt um uns herum zu begreifen. Ich finde es nur traurig«, fügte er unvermittelt hinzu, »dass Frank keinerlei Interesse für die Naturgeschichte zeigt. Ich habe versucht, mit ihm darüber zu reden, doch es ist sinnlos. Würde er sich dafür interessieren, hätte ich ihn bitten können, mich auf meinen Reisen zu begleiten. Ich fahre überall im Land herum, wissen Sie?«

»Frank hat mir erzählt, Sie wären in Dorset gewesen auf

der Jagd nach Fossilien«, sagte ich vorsichtig. »Waren Sie auch schon weiter im Norden?«

»Oh ja! Ich reise, wohin immer ich kann! Es ist faszinierend, die Veränderungen von Flora und Fauna von Süden nach Norden zu beobachten und die Auswirkungen der Jahreszeiten, die je nachdem, wo man lebt, früher oder später einsetzen, zusammen mit dem variierenden Klima.«

Das Kindermädchen hatte die beiden kleinen Jungen mit den Reifen eingesammelt und entfernte sich mit ihnen. Andere Erwachsene und die Kinder in ihrer Begleitung waren ebenfalls verschwunden, und James und ich saßen plötzlich allein im Park. Es schien Teezeit zu sein. Ich sollte selbst ebenfalls gehen, bevor uns jemand hier alleine sitzen sah und es entweder Tante Parry berichtete oder, gefährlicher noch, der Mutter von James.

Ich erhob mich, und James folgte meinem Beispiel, wenn auch ein wenig zögernd.

»Ich muss jetzt gehen«, sagte ich. »Es war sehr interessant, mit Ihnen zu sprechen, Mr Belling.«

»Glauben Sie mir«, sagte er aufrichtig, »es war mir ein ausgesprochenes Vergnügen!«

»Was denn, eine Lady kennen zu lernen, die Bücher liest?«, neckte ich ihn kühn.

»Oh, viele Ladys lesen«, sagte er abfällig. »Meine Schwester *liest* ebenfalls, aber vollkommenen Schund. Würde ich ihr je ein ernsthaftes Buch geben, würde meine Mutter es ihr sofort aus den Händen reißen. Madeleine war genauso. Sie hat viele Bücher gelesen, aber es war alles der gleiche schlecht geschriebene romantische Unsinn.«

Es war, als hätte ich plötzlich eine kalte Dusche erhalten. Ich spürte, wie ich erstarrte, und ich musste mich zwingen, weiter mit unbekümmerter, beiläufiger Stimme zu sprechen.

»Sie haben mit meiner Vorgängerin über Bücher gesprochen?«

Er errötete. »Ja, sie …« James zögerte. »Hören Sie, Miss Martin«, sagte er verlegen. »Können Sie ein Geheimnis für sich behalten?«

Jetzt hatte er mich festgenagelt. Ja, selbstverständlich

konnte ich ein Geheimnis für mich behalten. Doch meine Unterhaltung mit Ross war noch frisch in meinen Gedanken. Falls James im Begriff stand, mir etwas anzuvertrauen, das Licht auf Madeleines Verschwinden und Tod warf, musste ich es weitergeben. Andererseits würde James mir kein Wort mehr erzählen, wenn er meine Diskretion anzweifelte. Abgesehen davon, sobald ich ihm erst mein Wort gegeben hatte, konnte ich es nicht mehr brechen.

»Ich hoffe doch, Sie halten mich nicht für indiskret«, antwortete ich ausweichend.

James schaute erleichtert drein, und ich fühlte mich wie ein doppelzüngiges Monster.

»Selbstverständlich nicht!«, erklärte er mit Nachdruck. »Nun dann, Tatsache ist, ich habe Madeleine bereits früher kennen gelernt – bevor sie nach London kam, meine ich. Ich habe meine Mutter auf einer Reise zu ihrer Freundin nach Durham begleitet. Ich war sehr erpicht darauf, mit ihr zu fahren, weil ich hoffte, meine Studien erweitern zu können. Selbstverständlich musste ich einen Teil der Zeit an der Seite meiner Mutter verbringen, und dabei habe ich Madeleine kennen gelernt. Sie war damals die Gesellschafterin einer verschrobenen alten Lady, und sie tat mir sehr leid. Ich verwickelte sie in eine Unterhaltung, weil alle anderen sie völlig ignorierten. Ich bin sicher, dass meine Mutter sich nicht daran erinnert, Madeleine zu jener Zeit gesehen zu haben – falls sie sie überhaupt wahrgenommen hat. Dass Madeleine im Raum war, bedeutet nämlich nicht, dass meine Mutter ihre Anwesenheit bemerkte. Gesprochen hat sie auf jeden Fall nicht mit ihr. Es tut mir leid, das sagen zu müssen, doch für meine Mutter existieren Personen wie Madeleine einfach nicht.«

»Und mir tut es leid, sagen zu müssen, dass ich das sehr wohl glauben kann«, hörte ich mich sagen, bevor ich es verhindern konnte.

James lächelte entschuldigend. »Sie hat Sie ignoriert«, sagte er. »Nehmen Sie es nicht persönlich. Sie hat eine sehr vornehme Haltung. Wie dem auch sei … als Madeleine hier in London eintraf, erinnerte sie sich sofort an mich. Sie war erfreut, einen Bekannten vorzufinden, und ganz besonders, dass ich dieser Bekannte war. Ich war einigermaßen erschrocken, um ehrlich zu sein, wegen meiner Mutter, verstehen Sie …? Ich durfte nicht zulassen, dass Madeleine mich jedes Mal, wenn wir im gleichen Raum waren, wie einen alten Freund begrüßte.«

Sein Gesichtsausdruck flehte um Verständnis. Ich nickte ihm aufmunternd zu.

»Ich überzeugte Madeleine, Stillschweigen darüber zu bewahren, dass wir uns von früher kannten, und eine gewisse Distanz zu wahren, wenn wir in Gesellschaft Dritter waren. Doch ich traf sie von Zeit zu Zeit hier im Park, auf einer Bank, genau wie ich heute Sie getroffen habe. Sie las üblicherweise. Ich denke, sie war froh, aus dem Haus zu kommen. Sie war sehr unglücklich und einsam. Ich blieb stehen und wechselte ein paar Worte mit ihr, meistens über das Buch, das sie gerade in Händen hielt. Es war immer die gleiche Art von Erzählung.« Er seufzte. »Ich war zutiefst entsetzt, als ich von ihrem Tod erfuhr. Sie war harmlos, wissen Sie, aber sie war auch ziemlich …«

»… töricht?«, schlug ich vor.

»Nein. Ich wollte sagen dumm«, antwortete James mit unerwarteter Offenheit. »Deswegen hatte ich stets ein wenig Angst, sie könnte verraten, dass wir uns aus Durham kannten und uns beide aneinander erinnerten. Meine Mutter hätte darauf bestanden, dass Mrs Parry Madeleine auf der Stelle entlässt. Sie wäre überzeugt davon gewesen, dass Madeleine und ich kurz vor einer Verlobung standen, was einfach lächerlich ist; aber wenn meine Mutter sich erst einmal etwas eingeredet hat, dann gibt es nichts mehr daran zu rütteln! Sie hätte mir einfach keine Ruhe mehr gelassen!«

Auch das konnte ich glauben. Madeleine war tatsächlich dumm gewesen, dachte ich. James hatte sich ihrer nicht sicher sein können. Und was Madeleine anging, hatte sie in James' Interesse reine Freundlichkeit gesehen, oder hatte sie mehr hineininterpretiert? War die Idee einer Verlobung für sie genauso lächerlich gewesen? Wäre das nicht genau die Sorte von Aschenputtel-Geschichte gewesen, die sie so gerne las?

Doch für Madeleine hatte es kein glückliches ›Und wenn sie nicht gestorben sind …‹ gegeben.

»Ich muss wieder ins Haus zurück«, sagte ich. »Es geht nicht an, wenn man uns sieht, wie wir hier zusammenstehen und schwatzen.«

Gut möglich, dass Dr. Tibbett erneut auftauchte. Oder dass irgendein Dienstbote entweder aus dem Haus von Mrs Parry oder von Mrs Belling uns entdeckte und den Vorfall meldete. Unter den Bediensteten in jedem größeren Haushalt gibt es immer mindestens einen Spion.

Der Gedanke traf mich mit unerwartetem Nachdruck. Ja. Aber wer war im Haushalt von Mrs Parry der Spion? Nugent, die Tag für Tag hinter verschlossenen Türen mit ihrer gnädigen Herrin zusammen war und ihr den neuesten Klatsch berichtete, während sie ihr die Locken legte? Wohl eher nicht. Nugent schien mir wie eine Frau zu sein, die überhaupt keine Neigung zum Klatschen hatte. Nein, es musste Simms sein, dachte ich. Simms, der sich so unauffällig und geräuschlos durch das ganze Haus bewegte, wie Frank mir verraten hatte. Seine Arbeitgeberin war möglicherweise nicht die Einzige, die von ihm mit Schnipseln von Tratsch versorgt wurde. Ich hatte nicht vergessen, wie ich ihn an meinem ersten Abend im Haus in einer privaten Unterhaltung mit Dr. Tibbett bei der Eingangstür gesehen hatte. Frank hatte erzählt, dass der Butler und seine Frau es in ihrer gegenwärtigen Anstellung ›sehr komfortabel‹ hatten. Sie hatten reichlich Gelegenheit, Dr. Tibbetts Besuche zu beobachten und über seine Absichten zu spekulieren. Simms würde sicherstellen, dass er und seine Frau nicht die Verlierer sein würden, was auch immer sich daraus ergeben mochte. Mit einem Mal war ich doppelt froh, dass ich hier im Park geblieben war, bis ich meine Fassung wiedererlangt hatte, und nicht sofort nach Hause gegangen war.

James Belling redete weiter, verabschiedete sich von mir und bat um Verzeihung, dass er mich aufgehalten hatte.

Ich antwortete auf angemessene Weise und überquerte die Straße zum Haus von Mrs Parry, wo mir die Tür nicht von Simms, sondern von Wilkins geöffnet wurde, sehr hübsch in ihrer gestärkten Spitzenhaube und Schürze.

Ich erkundigte mich, wieso der Butler nicht geöffnet hatte, und erhielt eine einigermaßen verblüffende Antwort.

»Mylady ist nicht zu Hause, Miss, und Sie wollten kein Mittagessen; deswegen haben sich Mr und Mrs Simms den Nachmittag frei genommen und sind nach Highbury gefahren, um ihren Sohn zu besuchen.«

»Oh?«, sagte ich. »Ich wusste gar nicht, dass Mr und Mrs Simms Kinder haben.« Obwohl es natürlich keinen Grund gab, warum sie keine haben sollten.

»Nur den einen Sohn«, sagte Wilkins. »Sie sind sehr stolz auf ihn. Er ist Angestellter bei einem Anwalt.«

»Meine Güte!«, sagte ich. »Sie müssen sehr glücklich sein, dass er es so weit gebracht hat.«

»Mrs Simms bildet sich einiges auf ihn ein«, sagte Wilkins überraschend bissig. »Aber ich nehme an, ich würde es genauso machen, wenn ich an ihrer Stelle wäre.«

Wir leben in einer Gesellschaft, die sich rasch verändert, dachte ich, während ich die Treppe hinaufstieg. Ben Ross, dessen Vater noch ein Bergmann gewesen war, hatte dank meinem Vater eine Ausbildung erhalten und war zu einem Police Inspector aufgestiegen. Der junge Simms, dessen Eltern sich etwas darauf einbildeten, in die höheren Ränge der Dienstbotenschaft aufgestiegen zu sein, strebte einem selbstständigen Beruf entgegen. Sie und ihresgleichen schnappen bereits nach den Fesseln der Frank Cartertons und James Bellings' dieser Tage, und in ein oder zwei Generationen würden sie sie überholt haben, dessen war ich sicher. Und die Frauen?, fragte ich mich. Wann würden wir uns von den Ketten befreien, die die Gesellschaft uns angelegt hatte, und zu neuen Ufern aufbrechen – und Dr. Tibbetts schlimmste Befürchtungen Wirklichkeit werden lassen?

Ich blieb vor Tante Parrys Schlafzimmertür stehen und lauschte. Ich glaubte, Bewegung hinter der Tür zu hören, und klopfte an.

Wie ich erwartet hatte, öffnete Nugent die Tür.

»Ich möchte Sie nicht bei der Arbeit stören«, sagte ich zu

ihr. »Ich wollte nur sagen, dass ich genau den richtigen Faden für die Änderungsarbeiten gefunden habe.« Ich zeigte ihr meinen Kauf.

Nugents mürrische Gesichtszüge wichen einem Lächeln. »Oh, der ist wirklich perfekt, Miss! Ich habe die Ärmel bereits aufgetrennt. Kommen Sie, und sehen Sie es sich an!«

Sie trat zur Seite, und ich ging ins Zimmer, um ihre bisherige Arbeit an meinem Seidenmantel in Augenschein zu nehmen.

»Ich habe ihn in Myladys Schlafzimmer mitgenommen«, gestand sie, »weil Mylady für den Nachmittag außer Haus ist und weil die Sonne so hübsch und warm ins Zimmer scheint. Ich arbeite gerne hier drin.«

Ich sagte ihr, dass ich ihr dankbar dafür sei, dass sie ihre wenige freie Zeit für mich opferte.

»Oh nein, Miss«, erwiderte sie. »Ich nähe gerne.«

Ich setzte mich auf den Samthocker, wo ich bereits früher am Tag gesessen hatte, um Tante Parry beim Schmieden ihrer Zukunftspläne für mich zu lauschen.

»Wilkins hat mir erzählt«, begann ich, »dass Mrs Parry die Garderobe von Miss Hexham dem Personal gegeben hat.«

Ein Schatten huschte über Nugents Gesicht. Ich sah, wie sie einen inneren Widerstreit ausfocht. Sie wollte nichts Kritisches über ihre Herrin sagen, doch ihre Ehrlichkeit drängte sie dazu. Es tat mir leid, sie in diesen Zwist zu bringen, doch das Verschenken von Madeleines Garderobe hatte mich von dem Augenblick an gestört, als ich davon gehört hatte.

»Es war nicht richtig in meinen Augen!«, platzte Nugent heraus. »Außer Ihnen würde ich das niemandem sagen, Miss Martin. Aber ich konnte nicht anders, ich habe immer wieder gedacht, Miss Hexham würde ihre Meinung noch ändern und nach ihren Kleidern schicken. Ich habe nicht geglaubt, dass sie zurückkommen würde, nicht mehr, seit Mylady mir erzählt hat, dass sie durchgebrannt ist.« Nugent schnalzte missbilligend mit der Zunge. »Wer hätte das gedacht? Sie schien mir eine so respektable junge Lady zu sein. Aber ich verstehe, dass sie Mylady nicht mehr gegenübertreten wollte – nicht, nachdem sie Mylady so enttäuscht hatte. Ich dachte allerdings, sie würde zumindest eine Nachricht senden, um mitzuteilen, was mit ihren Sachen geschehen soll.«

»Ich glaube, sie hat irgendetwas in dieser Richtung in ihrem Brief geschrieben«, sagte ich. »Dem Brief, in dem sie Mrs Parry ihr Durchbrennen gebeichtet hat.«

Nugent schüttelte den Kopf. »Das mag vielleicht sein. Aber es erscheint mir trotzdem irgendwie falsch.«

»Wie das?«, erkundigte ich mich vorsichtig.

Nugent schaute mich verlegen an. »Nun ja. Darf ich offen sprechen, Miss? Ich will nicht respektlos erscheinen. Miss Hexham hatte nicht viel Garderobe, ein wenig wie Sie selbst, Miss. Das, was sie hatte, war jedoch von guter Qualität, und sie pflegte ihre Sachen und stopfte alles sehr hübsch, wenn einmal etwas kaputtging. Aber sie hatte in ihrem Leben nie Geld für Leichtsinnskäufe übrig, das konnte man ihr ansehen. So ist es mit den meisten Leuten, denke ich. Nun ja …« Nugent atmete tief durch, bevor sie weitersprach. »Jemand, der einen Schrank voll Garderobe besitzt und genügend Geld, um alles neu zu kaufen, wenn ihm danach ist, würde vielleicht weggehen und alles zurücklassen und nicht danach schicken; aber jemand wie Miss Hexham bestimmt nicht, ganz bestimmt nicht … So, jetzt wissen Sie, was ich denke!«

Das war eine scharfsinnige Beobachtung, und sie beschrieb vollkommen zutreffend, was die ganze Zeit über in meinem Hinterkopf genagt hatte. »Vielleicht«, schlug ich vor, »hat der betreffende Gentleman versprochen, alles zu ersetzen.«

»Es ist eine Frage des Stolzes«, sagte Nugent leise. »Eine junge Frau brennt nicht durch und lässt alles zurück, selbst Strümpfe und Unterwäsche, um gleich von Anfang an um alles bitten zu müssen, selbst um diese Artikel. Es wäre einfach nur ungebührlich.« Nugent nickte vor sich hin; dann presste sie die Lippen aufeinander. Sie würde nichts mehr zu diesem Thema sagen. Doch sie hatte mir genug verraten.

Madeleine mochte den Brief an Mrs Parry geschrieben haben, doch die Worte waren nicht die ihren gewesen. Sie war weder frei gewesen, um wegen ihrer Garderobe zurückzukehren, noch hatte sie eine Adresse nennen dürfen. Der Mann, der neben ihr gestanden und ihr die Worte diktiert hatte, hatte ohne Zweifel geglaubt, jedes Detail bedacht zu haben, bis hin zu der Frage, was mit Madeleines Besitztümern geschehen sollte. Doch er hatte sich selbst und seine furchtbaren Absichten verraten. Der einzige Grund, warum Madeleine ihre Kleidung nicht mehr benötigte, war, weil sie bald tot sein würde.

Ben Ross

Bei meiner Rückkehr zum Scotland Yard wurde ich ins Büro von Superintendent Dunn bestellt, und es war keine angenehme Unterhaltung, die mich dort erwartete.

»Wie ich höre, haben Sie heute Morgen einen Zeugen verloren!«, begann er auf seine typisch brüske Art.

»Den Vorarbeiter Adams«, sagte ich. »Er ist verschwunden, und ich glaube, dass ihm etwas zugestoßen sein könnte. Ich hoffe, dass ich mich irre, doch um sicher zu sein, habe ich der Flusspolizei seine Beschreibung geschickt.«

»Einfach so oder wie?« Dunn kratzte sich den widerspenstigen Schopf.

»Jawohl, Sir. Es gibt zwar keinerlei Hinweise darauf, dass er nicht zurückkehren wird, aber ich halte es für unwahrscheinlich. Warum um alles in der Welt sollte der Mann ausgerechnet jetzt verschwinden? Ich bin noch einmal auf der Baustelle gewesen, um zu sehen, ob er seit meinem letzten Besuch heute Morgen rein zufällig wieder aufgetaucht ist, doch ich hatte kein Glück. Auf dem Rückweg hierher habe ich einen Umweg durch die Oxford Street gemacht, um wieder einen klaren Kopf zu bekommen, meine Gedanken zu ordnen und meine nächsten Schritte zu planen. Dort bin ich zufällig Miss Martin begegnet.«

»Ach, Sie sind also Miss Martin begegnet? Tatsächlich?«

Superintendent Dunns Tonfall mochte sich ein wenig von dem Dr. Tibbetts unterscheiden, doch ich sah, dass er den gleichen Verdacht hegte wie der alte Schulmeister.

»Ich versichere Ihnen, Sir, es war reiner Zufall.«

»Ich zweifle nicht an Ihrem Wort, Inspector. Was hatte Miss Martin Interessantes zu berichten?«

»Dass unser Freund Mr Fletcher am Dorset Square war und Mrs Parry besucht hat.«

»Ich werd verrückt!«, brummte Dunn. »Was hatte er dort zu suchen?«

»Wie sich herausgestellt hat, ist Mrs Parry Anteilseignerin bei der Midland Railway Company, die den neuen Bahnhof auf dem Gelände von Agar Town errichtet. Miss Martin glaubt, dass Mrs Parry, obwohl es ihr leid tut, dass Miss Hexham ein so trauriges Ende genommen hat, unsere Ermittlungen am liebsten im Sande verlaufen sehen würde. Sie mag die Aufmerksamkeit nicht, die ihrem Haushalt durch den Fall zuteil wird. Sie fürchtet die Öffentlichkeit eines Mordprozesses mehr, als sie nach Gerechtigkeit verlangt. Fletcher und seine Arbeitgeber denken genauso. Er war so gut wie sicher dort, um sich Mrs Parrys Unterstützung zu sichern, und wir sollten damit rechnen, von der Lady zu hören, Sir. Sie wird vermutlich versuchen, sich auch die Unterstützung von Miss Martin zu sichern, weil Lizzie, ich meine Miss Martin …«

Dunns Augenbrauen zuckten alarmierend.

»Miss Martin war gezwungen, ihr mitzuteilen, dass der verstorbene Dr. Martin mein Förderer war, und Mrs Parry gehört zu der Sorte von Frauen, die glauben, aus diesem Grund hätte Dr. Martins Tochter einen gewissen Einfluss auf mich. Weil ich ihr gegenüber eine Verpflichtung habe, meine ich.«

»Ich möchte doch klargestellt sehen, dass dem nicht so ist!«, grollte Dunn. »Obwohl es mir ebenfalls so scheint, als hätte Miss Martin einen gewissen Einfluss auf Sie, Inspector!«

Ich spürte, wie ich errötete, und blieb um eine Antwort verlegen.

Dunn ließ mich gnädigerweise vom Haken. »Ist das alles, was Miss Martin Ihnen erzählt hat?«

»Wir wurden unterbrochen, Sir, durch das Auftauchen eines aufgebrachten älteren Burschen namens Dr. Tibbett. Er ist ein guter Freund von Mrs Parry und ein regelmäßiger Gast in ihrem Haus. Ich würde gerne mehr über ihn in Erfahrung bringen. Ich weiß nicht, ob sein Doktortitel von einer medizinischen, geistlichen oder philosophischen Fakultät verliehen wurde. Wenn ich raten müsste, würde ich ein Pfund gegen einen Penny wetten, dass er ein Schulmeister ist oder zumindest war. Er muss sicherlich bereits die sechzig überschritten haben.«

»Ich werde mich darum kümmern«, sagte Dunn und kritzelte Tibbetts Namen auf ein Blatt Papier. »Sie suchen weiter nach diesem Vorarbeiter, diesem Adams.«

Ich war froh zu entkommen. Lizzie hatte Einfluss auf mich; damit hatte Dunn vollkommen Recht. Andererseits hatte sie mich seit jenem Tag beschäftigt, an dem ich sie als Knabe zum ersten Mal gesehen hatte. Für mich, einen Grubenjungen, der an die verkrüppelten, halb verwilderten und von Kohlenstaub verdreckten Kinder um sich herum gewöhnt gewesen war, hatte die Tochter des Doktors ausgesehen wie ein Wesen aus einer anderen Welt. Ich hatte ihr meinen Talisman in die Hand mit den sauberen Nägeln und der weichen Haut gedrückt und ein Gebet zu einem Gott gesandt, von dem ich nicht wusste, ob er die Bitten von Grubenjungen erhörte, dass sie mich nicht vergessen möge. Doch vielleicht hatte er mir zugehört, denn sie hatte sich an mich erinnert, was ich mir nur als ein Wunder zu erklären vermochte.

Als Lizzie mir vorgeworfen hatte, ich wäre skrupellos in meinem Bestreben, sie auszunutzen, hatte mich das zutiefst verletzt, und es machte mir immer noch zu schaffen. Ich hatte wirklich nicht diesen Eindruck bei ihr hervorrufen wollen. Selbstverständlich hatte sie Recht, wenn sie behauptete, ich hätte ihre Position im Haushalt von Mrs Parry ausgenutzt, um an Informationen zu gelangen. Doch schließlich war sie selbst es gewesen, die zuerst zu mir gekommen war mit ihren beiden Zeugen und die mir anvertraut hatte, was sie selbst herausgefunden hatte. Mrs Parry und der elende Fletcher waren nicht die Einzigen, die sich wünschten, die Sache wäre endlich vorbei und erledigt. Ich hatte das Gefühl, dass Lizzie nicht sicher war, solange sie in diesem Haus arbeitete.

KAPITEL SECHZEHN

Elizabeth Martin

Es war Sonntagmorgen, und Mrs Parry hatte am Vorabend nach ihrer Rückkehr von ihrem Besuch in Hampstead verkündet, dass sie am Morgen den Gottesdienst zu besuchen gedachte und ich mit ihr gehen solle.

Ich fragte mich, ob ich die einzige Person war, die sie begleiten würde. Meine Befürchtung war, dass Dr. Tibbett ebenfalls seine Dienste anbieten würde. Ich hatte das Gefühl, dass ich ihn so früh nach unserem Zusammenprall noch nicht wieder ertragen konnte. Möglich, dass er das Gleiche von mir dachte. Aber wie dem auch sei, Mrs Parry erwähnte ihn mit keinem Wort, und statt seiner, so schien es, würde Frank die Damen begleiten.

Ich vermutete, dass er nicht freiwillig angeboten hatte, dies zu tun, und dass seine Tante ihn hatte spüren lassen, was von ihm erwartet wurde. Er machte jedenfalls gute Miene zum bösen Spiel, und wir begaben uns auf den Weg zur St. Mary's Church, Mrs Parry am Arm ihres Neffen und ich hinter den beiden. Das Wetter war kühl geworden, und ich trug ein kleines Cape. Während meiner Expedition zum Kurzwarenhändler, um den Seidenfaden zu kaufen, hatte ich zugleich ein wenig Satinband erstanden und das Cape ordentlich mit drei Reihen gesäumt. So war London – auf meine eigene bescheidene Weise versuchte ich, ein wenig modischer zu erscheinen. Ich war sicher, dass Frank es bemerkt hatte. Er schaute sich mehrmals zu mir um, und ich hätte schwören können, dass er einmal sogar zwinkerte.

Wie sich herausstellte, gab es ein bestimmtes Protokoll, das befolgt werden musste, wenn Mr Carterton seine Tante zur Messe führte. Er saß zu Beginn des Gottesdienstes bei uns, bis der Pfarrer seine Röcke raffte und auf die Kanzel stieg. In diesem Augenblick erhob sich Frank unter kaum hörbarem Murmeln, das eine Entschuldigung sein mochte oder auch nicht, und schlüpfte aus dem Gotteshaus. Mrs Parry zeigte keinerlei Überraschung oder auch nur eine Spur von Neugierde, sondern lauschte aufmerksam und allem Anschein nach blind für Franks Desertion der Predigt.

Nach etwa dreißig Minuten schloss der Pfarrer seine Ansprache und stieg wieder von der Kanzel. In diesem Augenblick erschien Frank Carterton wie durch ein Wunder am hinteren Ende der Bänke und nahm seinen Platz wieder ein, die Augen starr geradeaus gerichtet und mit leerem Gesichtsausdruck. Erneut bemerkte ich keinerlei Reaktion bei Tante Parry.

Ich glaubte zu verstehen, was da vor sich ging. Es war eine stillschweigende Übereinkunft zwischen Tante und Neffe. Frank opferte seinen Sonntagmorgen, um seine Tante zur Kirche zu begleiten, unter der Bedingung, dass er sich die Predigt nicht anhören musste.

Mrs Belling war ebenfalls in der Kirche, begleitet von ihrem Sohn James und einer jungen Frau, die eine verblüffende Ähnlichkeit mit ihr besaß und ihre Tochter Dora sein musste. Dora Belling hatte die gleichen wachen Gesichtszüge und den gleichen unzufriedenen Mund, doch sie sah für meinen Geschmack trotzdem wie eine blasse, törichte Frau aus. James verbeugte sich leicht in meine Richtung, doch er verriet durch nichts, dass wir uns bereits kannten. Ich erwiderte seinen Gruß mit einem würdevollen Nicken. Mrs Belling ignorierte mich, und Miss Belling richtete, nachdem sie mich lange genug angestarrt hatte, ihre Aufmerksamkeit auf Frank und schenkte ihm ein gewinnendes Lächeln nach dem anderen. Sie hatte eine Art, die Lippen aufeinanderzupressen, die mich schlechte oder zumindest unregelmäßige Zähne vermuten ließ.

Die arme kleine Madeleine, dachte ich. Tag für Tag hatte sie diese skrupellose Missachtung erdulden müssen, und selbst ihr Freund James hatte sich verhalten, als würde er sie nicht kennen. Das musste ein Gefühl in ihr erweckt haben, als wäre sie genauso bedeutungslos wie die Bettlerin, die an der Kirchentür stand, als wir nach der Messe nach draußen kamen, und vergeblich eine schmutzige Hand aufhielt mit der Bitte um Almosen. Ich gab ihr ein Dreipencestück, alles an Kleingeld, was mir noch geblieben war, wofür sie mich segnete.

Mrs Parry sah mich dabei, und auf ihrer Stirn erschienen leichte Falten. Ich rechnete damit, dass sie mich später ermahnen würde, die Taugenichtse nicht auch noch zu ermuntern.

Draußen verabschiedeten sich die Bellings *en famille*. Miss Belling warf einen letzten sehnsüchtigen Blick zu Frank, doch der war sehr gut darin, so zu tun, als bemerke er es nicht. Andere Bekannte begrüßten Tante Parry. Nach einer Reihe lebhafter Unterhaltungen wandte sie sich zu mir um und sagte, ich könne schon nach Hause gehen, Frank ebenfalls. Gemeinsam machten wir uns auf den Weg.

»Wohin gehst du während der Predigt?«, fragte ich ihn offen. »Weit kann es ja nicht sein.«

»Ist es auch nicht«, antwortete er und deutete auf ein Etablissement, das wie ein preiswertes Lokal aussah.

»Ist das nicht riskant?«, fragte ich. Ich musste zugeben, dass ich schockiert war. Wir hatten bereits gefrühstückt, und so nahm ich an, dass er dieses Lokal besucht hatte, um wenigstens ein Glas Wein zu trinken. Ich wusste, dass Frank unberechenbar war, doch ich hätte ihn nicht für derart schamlos gehalten. Ich war erstaunt, dass Tante Parry es ihm durchgehen ließ.

»Nein, nein«, sagte Frank gleichgültig. »Die Predigt dauert immer genau dreißig Minuten, zusammen mit den drei Minuten, die der Pfarrer benötigt, um auf die Kanzel hinaufzusteigen und die richtige Stelle in seinen Notizen zu finden, sowie zwei weitere, um wieder nach unten zu klettern. Fünfunddreißig Minuten alles in allem, mehr als genug Zeit.«

»Angenommen, Tante Parry riecht, dass du Alkohol getrunken hast?«

Frank brach in Gelächter aus und schaute mich amüsiert

an. »Hör dich doch nur einmal an! Wie streng du doch bist, Lizzie! Und du nimmst immer das Schlimmste an. Sie kann keinen Alkohol riechen, weil ich nicht getrunken habe. Zumindest keinen Alkohol, heißt das. Ein Kollege von mir, der in der Gegend wohnt, kehrt jeden Sonntag zu einem späten Frühstück in diesem Lokal ein und liest dort seine Zeitung. Ich leiste ihm Gesellschaft, trinke eine Tasse Kaffee auf seine Rechnung und bin pünktlich zum Ende der Predigt wieder zurück an meinem Platz auf der Bank.«

Ich spürte, wie ich errötete. »Oh. Das tut mir leid; ich habe dich ungerechtfertigt verdächtigt.«

»Du musst dich nicht entschuldigen, Lizzie. Warum solltest du nicht das Schlimmste von mir denken? Dein Freund Ross tut es mit Sicherheit«, fügte er düster hinzu.

»Er ist nicht mein Freund!«, beeilte ich mich zu sagen.

»Ach? Tatsächlich nicht?« Frank musterte mich mit einem raschen Blick. »Aber ich dachte, du und er, ihr wärt alte Bekannte?«

»Lediglich in dem Sinne, dass wir uns ein einziges Mal als Kinder begegnet sind. Ich nehme an, deine Tante hat dir das erzählt. Ich musste ihr sagen, dass mein Vater ein freundliches Interesse an zwei Knaben entwickelt und ihre Ausbildung finanziert hat. Es gab nämlich noch einen Jungen, außer Ross, weißt du? Allerdings weiß ich nicht, was aus ihm geworden ist.«

»Ja, das hat sie mir erzählt, und sie schien mächtig beeindruckt deswegen.« Frank hob seinen Spazierstock, um einen Bekannten auf der anderen Straßenseite zu grüßen, der sich im Gegenzug an den Hut fasste. Der Fremde bedachte auch mich mit einem interessierten Blick.

»Dein Kollege aus dem Lokal?«, fragte ich.

»Ja, das war er. Norton, ein sehr guter Freund, auch wenn sein Humor bisweilen ein wenig anstrengend sein kann. Er wird mich jetzt damit aufziehen, dass er mich mit dir zusammen gesehen hat. Er hat mich einmal mit Madeleine zusammen gesehen, und damals habe ich eine Woche lang seinen Spott über mich ergehen lassen müssen. Als ich ihn endlich überzeugt hatte, dass ich keinerlei Beziehung zu ihr unterhielt und dass wir keineswegs gemeinsam ausgingen, ging er mir damit auf die Nerven, dass ich ihn ihr vorstellen sollte.«

»Und? Hast du es getan?«

»Selbstverständlich nicht!«, antwortete Frank entschieden. »Es ist nicht meine Art, junge Frauen, die im Haushalt meiner Tante leben, mit jungen Männern aus meinem Bekanntenkreis zu verkuppeln! Madeleine brauchte mich auch nicht für diese Dinge – oder zumindest sieht es so aus. Also, du und Ross, ihr seid Spielkameraden aus Kindertagen, ja? Was ist das doch für eine eigenartige Welt.«

»Wir waren keine Spielkameraden! Habe ich mich nicht deutlich genug ausgedrückt? Oder glaubst du mir etwa nicht?«

»Oh, ich glaube dir, Lizzie«, sagte er ernst. »Du und Ross, ihr kennt euch nur flüchtig.«

»Ganz recht, und genau wie dein Freund Norton interpretierst du viel zu viel in eine flüchtige Bekanntschaft hinein.«

Frank nahm meine scharfe Bemerkung mit guter Miene hin. Ich war nicht überrascht, dass Tante Parry ihm von der Wohltäterrolle erzählt hatte, die mein Vater vor vielen Jahren gegenüber Ross eingenommen hatte; doch ich fragte mich, was sie sonst noch erzählt haben mochte. Würde Frank versuchen, sich meine Hilfe zu verschaffen, wie es seine Tante getan hatte? Frank hatte seine eigenen Gründe, warum er Ross' Ermittlungen vom Dorset Square abgelenkt haben wollte; schließlich glaubte er, dass er ganz oben auf einer Liste von Verdächtigen stand, die Ross seiner Meinung nach führte. Aber wie dem auch sein mochte, Frank war noch nicht bereit, das Thema Ben Ross auf sich beruhen zu lassen.

Er blieb stehen und wandte sich mir zu. »Hör mal, Lizzie ... hat er irgendetwas zu dir gesagt ... über mich oder über irgendetwas, das mit dieser elenden Geschichte zu tun hat?«

»Er hat mir gegenüber keinerlei Verdacht gegen jemand geäußert«, antwortete ich.

»Und sonst auch nichts?« Ein scharfer Unterton hatte sich in seine Stimme geschlichen.

»Es gab wohl kaum eine Gelegenheit dazu«, entgegnete ich.

»Lizzie, du solltest Diplomatin werden. Du hast ein Talent dafür, Fragen auf eine Weise zu beantworten, die vollkommen erschöpfend scheint und in Wirklichkeit doch überhaupt nichts verrät.«

»Herrgott im Himmel!«, entfuhr es mir. »Wenn du es unbedingt wissen musst, ich bin Inspector Ross gestern Nachmittag rein zufällig in der Oxford Street begegnet! Wir wurden von Dr. Tibbett unterbrochen, bevor wir uns eingehend unterhalten konnten. Nachdem Ross gegangen war, habe ich Dr. Tibbett selbst meine Meinung gesagt. Wir haben uns ein paar Wahrheiten an den Kopf geworfen. Ich kann es dir genauso gut verraten. Er wird ohnehin zu Tante Parry gehen und sich bei ihr über mich beschweren!«

»Meine Güte!«, sagte Frank langsam. »Das war keine gute Idee, Lizzie, sich mit dem guten Dr. Tibbett zu überwerfen. Er ist ein heimtückischer, alter Mistkerl, wenn er jemanden zu seinem Feind erklärt hat.«

»Das glaube ich gerne«, sagte ich. »Ich denke, ich bin nicht ganz die Gesellschafterin, die Tante Parry sich erhofft hat.«

»Das mag ihre Meinung sein«, sagte Frank unerwartet, »doch es ist nicht meine.«

Ich war nicht sicher, was er damit sagen wollte, und ich spürte, wie ich nervös wurde. Eine Weile gingen wir schweigend nebeneinander her.

»Ich habe nach einer Gelegenheit gesucht, um mit dir zu reden, Lizzie …«, sagte Frank schließlich.

»Du hast reichlich Gelegenheiten, um mit mir zu reden«, entgegnete ich.

»Nein, nicht ernsthaft und länger. Ich sehe dich am Frühstückstisch, doch das ist wohl kaum der geeignete Ort mit Simms, der ständig ein und aus geht. Und bei jeglichen anderen Gelegenheiten riskieren wir, entweder von Tante Julia oder von Simms gestört zu werden. Er schleicht durch das Haus wie eine Katze. Ich bin sicher, er ist Tante Julias Spion«, schloss Frank seine Rede missmutig.

Also hielt Frank den Butler ebenfalls für einen Spion! Ich fragte mich, was er zu sagen hatte, dass seine Tante nichts davon erfahren durfte.

»Wir haben vor ein paar Abenden in der Bibliothek miteinander geredet, als du spät in der Nacht nach Hause gekommen bist«, erinnerte ich ihn unwillig, weil die Erinnerung an jenen Abend für mich eher unbefriedigend war.

»Du hast halb geschlafen«, entgegnete er unverblümt.

Ich war dieses Wortgefecht leid. Ich blieb am Eingang zum Dorset Square stehen und sah ihm in die Augen. »Nun dann, was willst du mir sagen?«, forderte ich ihn auf zu reden.

»Oh, Lizzie!«, erwiderte er, halb melancholisch und halb lachend. »Du hast vielleicht eine Art, einem Mann kaltes Wasser über den Kopf zu gießen!«

»Ich möchte nicht unhöflich erscheinen, Frank«, entschuldigte ich mich; »aber ich möchte wirklich wissen, wovon du redest!«

»Weißt du das denn nicht?«, entgegnete er. »Nun dann, es bleibt mir wohl nichts anderes übrig, als deutlicher zu werden. Du weißt, dass ich bald nach St. Petersburg versetzt werde.«

»Selbstverständlich weiß ich das! Hast du schon ein Datum für deine Abreise?«

»Ich werde in etwa einem Monat aufbrechen, nicht später. Ich weiß, dass Tante Julia aufgebracht sein wird, doch sie hat es von Anfang an gewusst, und sie hat akzeptiert, dass ich nicht endlos in ihrem Haus am Dorset Square wohnen werde. Deswegen frage ich dich, Lizzie, was du davon halten würdest, mit mir zu kommen?«

Diese Frage nahm mir jeglichen Wind aus den Segeln, und ich starrte ihn offenen Mundes an. »Wie ... Wie sollte ich denn mit dir kommen können?«, krächzte ich schließlich.

»Nun ja, ich meine natürlich, dass wir vorher heiraten sollten. Ich dachte nicht an irgendein anderes Arrangement ...«

»Frank«, begann ich. »Das ist Unsinn ...«

Er errötete aufgebracht. »Warum sollte es Unsinn sein? Oh, ich weiß, mein Verhalten ärgert dich recht häufig, aber ich kann absolut vernünftig sein! Wenn ich nach Russland gehe, muss ich es sein; schließlich repräsentiere ich dort die

Regierung Ihrer Majestät und alles. Hör zu, ich müsste imstande sein, dir ein behagliches Zuhause zu bieten und ein höchst unterhaltsames Leben obendrein. Es wird Partys und Bälle geben, und wir haben bestimmt eine wunderbare Zeit. Denk über meinen Vorschlag nach, Lizzie.«

»Es gibt mehr als genug junge Frauen, die du dir als Tanzpartnerin nehmen könntest!«, entgegnete ich scharf.

»Aber ich bin noch nie einer Frau begegnet, mit der ich zu einem Abenteuer aufbrechen würde«, sagte er ernst. »Du bist intelligent und einfallsreich und, nun ja, ich würde keine andere zur Ehefrau wollen.«

Er drehte nervös den Rand seines Hutes in den Händen, während er sprach und mich beobachtete. Mir wurde klar, dass er es tatsächlich ernst meinte. Ich hatte keine Ahnung, wie ich reagieren sollte. Das heißt, ich wusste, dass ich ablehnen musste, doch wie sollte ich es formulieren? Welche Erklärung sollte ich ihm geben, oder war ich überhaupt dazu verpflichtet?

»Ich fühle mich sehr geehrt«, sagte ich schließlich, »und zutiefst geschmeichelt, doch ich kann dein Angebot nicht annehmen, Frank. Das musst du doch sehen. Überleg nur, wie deine Tante reagieren würde!«

Ich konnte mir die hysterischen Ausbrüche sehr gut vorstellen. Sie plante, mich mit einem älteren Witwer zu verheiraten. Sie hatte nicht Frank für mich im Sinn. Für Frank hatte sie wahrscheinlich ebenfalls Pläne geschmiedet – Miss Belling vielleicht?

»Warum sollte sie Einwände haben? Du bist Onkel Josiahs Patentochter. Außerdem, sie wird sich schon wieder einkriegen, auch wenn sie zu Anfang einen Wirbel veranstaltet.«

Ich vermochte mich dieser Zuversicht nicht anzuschließen. »Das sehe ich nicht so, Frank«, sagte ich. »Abgesehen davon, kennst du mich doch kaum. Ich bin noch nicht einmal seit einer Woche in London!«

»Oh, ich wusste gleich am ersten Abend, wie du bist«, erwiderte er. »Oder sagen wir, ich hatte mich schon am ersten Abend halb entschieden und am nächsten Morgen, am

Frühstückstisch, war es endgültig. Ich bin kein Narr, Lizzie. Aber vielleicht hältst du mich ja für einen.«

»Selbstverständlich nicht, Frank! Aber ich kann dich nicht heiraten!«

»Weil du mich erst seit so kurzer Zeit kennst? Oder weil du dich vor Tante Julia fürchtest? Das glaube ich nicht. Du fürchtest dich vor niemandem; darauf gehe ich jede Wette ein!«

»Ich kann dich nicht heiraten, aus verschiedenen Gründen«, sagte ich. »Zum Ersten kennen wir uns beide erst seit weniger als einer Woche. Trotz allem, was du sagst, wäre deine Tante furchtbar wütend, und das wäre ein schlechter Start für eine Ehe: ein ernster Streit zwischen dir und deiner Tante. Ich vermute, obwohl du es verbirgst, dass du nicht ohne Ehrgeiz bist, und ich bin nicht die geeignete Frau für einen ehrgeizigen Mann, ganz gewiss nicht für jemanden vom Diplomatischen Korps. Zum einen bin ich dafür zu offen und unverblümt. Ich würde nichts mit in die Ehe bringen außer mir selbst, und bevor du galant protestierst, dass es keine Rolle spielt, so denke ich, dass es das doch irgendwann tun würde. Man wird von dir erwarten, einen gewissen Standard bezüglich deiner Kleidung und dergleichen in St. Petersburg einzuhalten, und das Gleiche würde auch für deine Frau gelten. Wer sollte dafür aufkommen? Wäre dein Gehalt so großzügig? Du hast kein eigenes Vermögen, Frank, außer dem Geld, das deine Tante dir gibt, und dieser Geldfluss würde in dem Augenblick versiegen, in dem du Tante Parry erzählst, dass wir uns verlobt haben. Selbst wenn wir all diese Hindernisse überwinden, passen wir einfach nicht zueinander. Wir würden uns beide unglücklich machen.«

»Warum denn?«, fragte er.

Die einfachsten Fragen sind oft diejenigen, die am schwierigsten zu beantworten sind. »Ich denke«, hörte ich mich sagen, »dass es mit dem wahren Preis der Kohle zu tun hat.«

»Was?« Frank starrte mich ungläubig an, wie nicht anders zu erwarten. »Ist das irgendein Sprichwort aus Derbyshire oder was?«

»Nein, ganz und gar nicht. Es ist etwas, das mein Vater einmal zu mir gesagt hat, in einem … in einem anderen Zusammenhang. Ich wollte damit sagen, dass wir die Welt rings um uns herum nicht mit den gleichen Augen betrachten. Wir schätzen unterschiedliche Dinge bei anderen Menschen. Angelegenheiten, die mir Sorge bereiten würden, wären für dich bedeutungslos.«

»Hör mal!«, sagte er verlegen, und die Hutkrempe wirbelte jetzt förmlich durch seine Finger. »Ich erwarte ja gar nicht, dass du sagst, dass du mich liebst. Aber glaubst du nicht, wenn ich mich anstrengen würde, vernünftig zu sein, und wenn du deine Sorgen wegen Tante Julia einmal beiseitelassen und den Mangel an Vermögen vergessen würdest, dass wir dann glücklich miteinander werden könnten und du mich vielleicht sogar eines Tages lieben würdest?«

»Nein, Frank«, antwortete ich sanft. »Das glaube ich nicht. Es tut mir leid, aber vielleicht spielt es keine Rolle. Wenn wir unbesonnen genug wären, um aus Liebe zu heiraten, wäre das der Gipfel der Dummheit! Keine Ehe kann auf dieser Basis lange überdauern. Die Liebe würde aus dem Fenster und die Rechnungen in den Briefkastenschlitz flattern. Stell dir nur einmal vor, wie wir beide Tausende von Meilen von hier entfernt in Russland hinter einem Fenster sitzen, eingeschneit bis zu den Simsen, und nichts anderes zu tun haben, als uns gegenseitig finster anzustarren.« Ich lächelte ihn an.

Nach einem Moment erwiderte er mein Lächeln. »Eine sanfte Antwort wendet alle Unbill ab, nicht wahr? Wie du siehst, bin ich nicht unreligiös, auch wenn ich etwas dagegen habe, mir Predigten anzuhören.«

»Es heißt, selbst der Teufel kann aus der Heiligen Schrift zitieren«, entgegnete ich.

»Puh! Ich hatte Recht, es ist eine Schande, dass nicht du an meiner Stelle täglich ins Foreign Office gehst. Oh, Lizzie, bitte komm mit mir nach Russland! Wir würden uns bestimmt nie langweilen, und ich glaube, Langeweile ist der größte Feind einer guten Ehe. Nein, antworte jetzt nicht. Ich muss deine Weigerung akzeptieren, auch wenn ich enttäuscht bin. Ich hoffe sehr, dass du es dir noch einmal anders überlegst.«

»Ich denke nicht, dass ich das tun sollte, Frank. Bitte warte nicht darauf.«

Wie in stillem Einverständnis hatten wir uns wieder in Bewegung gesetzt und legten den Rest unseres kurzen Weges schweigend zurück. Im Haus angekommen, ging ich sogleich nach oben, um meinen Hut abzunehmen. Ich bemerkte mein Spiegelbild und murmelte ihm zu: »Es gibt sicherlich Frauen, die dich eine ausgemachte Närrin nennen würden, Lizzie Martin! Du lehnst den Antrag eines jungen Mannes mit glänzenden Aussichten ab, du, die du schon fast dreißig Jahre alt und weder mit Schönheit noch mit einem Vermögen gesegnet bist!«

Ich drehte mich um und sah, dass das Kleid aus Tussahseide an der Bilderleiste hing. Wenn Tante Parry erfuhr, was sich an diesem Morgen ereignet hatte, würde sie es wahrscheinlich wieder zurückverlangen. Es war in jenem Augenblick, da zwei Gedanken in meinem Kopf materialisierten, von denen ich mir sehnlichst wünschte, sie wären mir nicht gekommen.

Einmal mehr fragte ich mich, warum Frank so begierig darauf war, London zu verlassen und nach Russland zu gehen … und ob er, obwohl er seinem Freund Norton gegenüber das Gegenteil beteuert hatte, Madeleine Hexham je gefragt hatte, ob sie ihn heiraten wollte.

KAPITEL SIEBZEHN

Ben Ross

Adams wurde nicht aus dem Fluss gezerrt, sondern am Ufer gefunden, im grünlichen stinkenden Schlamm. Er war zusammen mit alldem anderen Treibgut angeschwemmt und von den Straßenjungen entdeckt worden, die bei Ebbe entlang der Ufer nach Verwertbarem suchten.

Obwohl es keinen unmittelbaren Hinweis auf eine faule Geschichte gab und Tod durch Ertrinken nichts Ungewöhnliches war, war Adams als möglicher Zeuge im Zusammenhang mit einer Mordermittlung von der Polizei gesucht worden, und daher wurde mit einiger Dringlichkeit eine Obduktion des Toten erbeten.

Morris und ich waren in dieser Angelegenheit am Montagmorgen unterwegs in Richtung Fluss und Wapping Station.

»Ist das zu glauben?«, begann Morris. »Wir haben bald Juni! Hören Sie, Sir, merken Sie sich meine Worte, wir werden Nebel kriegen, noch bevor der Tag richtig angefangen hat.«

Die Luft ringsum wurde in der Tat bereits dicker, und wir marschierten so schnell wir konnten, in der Hoffnung, mit unserer Aufgabe fertig und wieder zurück in unserem Büro zu sein, bevor es noch schlimmer wurde. Es war unmöglich vorauszusagen, wie viel Zeit uns blieb, bevor sich der Nebel wie ein dichter gelber Schleier über die Stadt legen würde. Der Londoner Nebel ist unberechenbar. Er lauert in irgendeiner Ecke, zeigt sich als Dunstschwaden über dem Fluss oder in der Ecke eines Parks, und dann, bevor man sich's versieht, ist er aus seinem Versteck gekommen wie ein Oktopus auf der Jagd und hält die Stadt in seinen zahlreichen Armen fest.

Wir wurden von einem Sergeant der Flusspolizei begrüßt, einem raubeinigen, braungebrannten, wettergegerbten Seebären, der aussah, als wäre er aus Schiffsdielen gezimmert. Die Atmosphäre war eine unangenehme Mischung aus übelriechenden Dämpfen, die vom Fluss aufstiegen und sich mit dem verrauchten Himmel über der Stadt vereinten, mit sämtlichen Zutaten einer echten Londoner Waschküche. Der Kälteeinbruch hatte dazu geführt, dass mehr Haushalte am vorangegangenen Abend ihre Kamine entfacht hatten. Die Luft trug den Geruch von Bilgewasser und Teer und einen Hauch von Salz in sich und verriet uns, dass das offene Meer nicht sehr weit entfernt war, und fragte, warum wir Landratten uns am Ufer herumtrieben, wo wir doch zu fernen Ländern unterwegs sein konnten. Möwen kreisten über unseren Köpfen, einige sichtbar, andere bereits in Nebelschwaden verschwunden. Ihre Schreie mischten sich mit der Botschaft des Windes. Ich fragte mich, was sie so weit die Flussmündung hinaufgetrieben hatte. Raues Wetter draußen auf dem Meer vielleicht?

»Kein schöner Morgen, Gentlemen!«, begrüßte uns unser Führer und rieb sich die Hände. Er schien nicht allzu missmutig deswegen zu sein und war es wohl gewohnt, bei jedem Wetter draußen und auf dem Fluss unterwegs zu sein. Sein Humor wurde mitnichten durch die Tatsache beeinträchtigt, dass er uns zum Leichenschauhaus der Flusspolizei führte, wo die Unglücklichen hingebracht wurden, die aus ihrem nassen Grab geborgen worden waren. Der Tote war bereits obduziert worden.

Ich wünschte, der gute alte und verlässliche Carmichael hätte die Arbeit getan, doch es war ein Chirurg, den ich noch nicht kannte. Wenigstens blieb uns auf diese Weise die Gesellschaft von Carmichaels unangenehmem Assistenten erspart. Der Chirurg war ein kleiner, stämmiger und jähzorniger Bursche, der den Eindruck erweckte, in ständigem Hader mit der Welt ringsum zu leben, und er interpunktierte seine Worte mit streitlustigen »Hey! Hey!«-Rufen, als hätte ihm jemand die Stirn geboten.

»Ertrunken!«, verkündete er knapp als Antwort auf meine Frage nach der Todesursache.

»Kein Zweifel?«, fragte ich unklugerweise.

»Zweifel? *Zweifel?*«, bellte er. »Die Lunge ist voll mit Flusswasser! Wie kann es da einen Zweifel geben?«

»Ich meinte«, verbesserte ich mich hastig, »ob es vielleicht auch noch andere Verletzungen gibt?«

»Keine, die mit einem Sturz ins Wasser und Zusammenstößen mit festgemachten Booten oder Treibgut inkonsistent wären.«

»Ah. Also keine Verletzungen, die vor dem Tod verursacht wurden? Es hat beispielsweise keinen Kampf gegeben?«

»Hey! Hey!«, rief der Chirurg, und seine Augen quollen vor Zorn aus dem Schädel. »Nein, Sir, keine.«

Ich war entschlossen, mich nicht einschüchtern zu lassen. »Keine Schwellungen im Gesicht? Keine abgeschürften Knöchel?«, beharrte ich.

»Sind Sie taub, Sir?«, brüllte der Chirurg. »Ich sagte keine, und es gibt keine! Der Bursche war stockbetrunken, eine Mischung aus Weingeist und Bier. Er torkelte nach Hause und fiel in den Fluss. Das passiert andauernd. Ist es nicht so, Sergeant?«

Diese Frage galt dem Seebären von der Flusspolizei neben mir, der eifrig nickte. »Aye, aye, die ganze Zeit. Kein Hinweis, dass er gesprungen wäre, Sir. Kein Abschiedsbrief in seiner Kleidung. Sieht auch überhaupt nicht nach dieser Sorte aus. Meiner Erfahrung nach sind die meisten Springer arme Frauen, die ihr Leben nicht mehr ertragen, oder Mädchen, die verführt und im Stich gelassen wurden, sowie ruinierte Geschäftsleute und unglückliche Spieler.«

»Ganz recht!«, schnappte der Chirurg. »Ein Arbeiter, zweifellos auf seine Weise ein ehrlicher Bursche, aber dem Alkohol verfallen, wie es bei allen Arbeitern der Fall ist. Was seine Knöchel angeht, sehen Sie selbst.« Er hielt eine Hand des Toten in die Höhe, damit ich sie in Augenschein nehmen konnte. »Eine Haut wie Leder, aber unverletzt über den

Knöcheln. Kein Faustkampf. Die Nägel sind abgekaut«, fügte er beiläufig hinzu und ließ die Hand des Toten wieder fallen.

»Die Nägel sind abgekaut?«, fragte ich verblüfft.

»Hey! Hey! Muss ich alles zweimal sagen?«, heulte der Chirurg. »Manche Leute kauen ihre Fingernägel ab! Nerven. Schlechte Angewohnheit. Sollte eigentlich bereits im Kindesalter wieder aufhören.«

Ich öffnete den Mund zu einem Kommentar, doch dann verkniff ich mir meine Bemerkung angesichts meiner Gesellschaft. Ich wandte mich an den Mann von der Flusspolizei. »Wer hat den Toten identifiziert?«

»Ein Gentleman namens Fletcher, Sir, einer seiner Vorgesetzten, wenn ich recht informiert bin. Er war sehr betroffen. Wir mussten ihn ins Nebenzimmer führen und ihm einen Schluck Brandy geben, damit sich seine Nerven wieder beruhigten.«

»Der Kerl war ein Narr!«, bellte der Chirurg. »›Kommen Sie schon‹, hab ich zu ihm gesagt, ›das ist doch nur einer Ihrer Arbeiter und kein naher Verwandter! Haben Sie noch nie einen Toten gesehen, hey! Hey!‹«

»Er sagte, er hätte sehr wohl schon Tote gesehen«, warf der Flusspolizist ein, »aber keinen, der im Fluss gelegen hätte.«

»Und dieser Tote war im Fluss«, fuhr der Chirurg fort. »Ich wies diesen Fletcher darauf hin, dass er noch nicht sehr lange im Wasser gelegen hatte. ›Er ist in einem guten Zustand, kaum aufgedunsen und alles. Die Krabben hatten noch keine Gelegenheit, viel an ihm zu nagen, nur ein Teil des linken Augapfels fehlt.‹ Da wurde dieser Fletcher ganz grün im Gesicht!«

»Wir mussten ihm einen weiteren Schluck Brandy geben«, sagte der Flusspolizist.

»Und wie lange war er Ihrer Meinung nach im Wasser?«, fragte ich den Chirurgen. »Er wurde seit Samstagmorgen vermisst, als er nicht zur Arbeit erschien, und laut der Aussage seiner Wirtin ging er am Abend zuvor, also am Freitag, aus und kam nicht wieder zurück.«

»Die Leiche wurde bei Niedrigwasser gefunden, früh am

heutigen Morgen«, sagte der Flusspolizist. »Die Ratten waren noch nicht an ihm; deswegen schätze ich, dass er noch keine Stunde an Land gelegen hat. Es war Glück, dass er überhaupt angeschwemmt wurde, sonst hätten wir warten müssen, bis die Gase ihn an die Oberfläche treiben lassen. Das kann eine Weile dauern, insbesondere, wenn eine Leiche sich in irgendeinem Hindernis unter der Wasseroberfläche verfängt.«

»Meiner Meinung nach ist er am Freitagabend ins Wasser gefallen«, sagte der Chirurg. »Auf dem Nachhauseweg, wie ich bereits sagte.«

»Wie war das Wetter am Fluss in der Nacht von Freitag auf Samstag?«, wandte ich mich an den Sergeant von der Flusspolizei. »Wenn ich mich recht entsinne, hat es irgendwann frühmorgens geregnet.«

»Das ist richtig, Sir. Aber vorher hatten wir dichten Nebel, der wie eine Decke über dem Fluss lag, bis der Regen kam und ihn wegspülte. Man musste schon vorsichtig sein, wenn man entlang der Kais unterwegs war. Ein falscher Schritt, und man tritt ins Nichts und landet im kalten Nass der guten alten Themse. Sie lässt einen nicht mehr so ohne weiteres gehen.«

»Sehen Sie?«, sagte der Chirurg. »Sind Sie jetzt zufrieden, hey? Hey!«

»Nun«, sagte ich zu Morris, als wir uns auf den Rückweg zum Scotland Yard machten. »Ich bin *nicht* zufrieden. Was halten Sie von dieser Sache, hey, hey?«, fügte ich säuerlich hinzu.

Morris kicherte. »Es war, was wir erwartet hatten, Sir. Zum Glück wurde die Leiche so schnell an Land gespült. Manchmal dauert es eine ganze Weile, wie der Sergeant von der Flusspolizei gesagt hat. Dann wird eine Identifizierung problematisch.«

»Kauen Sie auf den Fingernägeln, Morris?«

»Nein, Sir. Ich habe es getan, als ich ein kleiner Junge war. Aber die Schule, die ich besucht habe, wurde von einer ältlichen, verwitweten Lady geführt, die sehr streng war. Sie wurde fuchsteufelswild, wenn sie eines von uns Kindern beim

Nägelkauen erwischte. Wir mussten die Hand ausstrecken, gleichgültig ob Junge oder Mädchen, und *Zack!* gab es eins mit dem Lineal auf die Finger! Das tat verdammt weh!«

Eine große, unfreundlich dreinblickende Seemöwe landete auf einem Pfosten in der Nähe und beäugte uns böswillig. Morris schien sich an ihr zu stören.

»Glauben die Seeleute nicht, dass diese Biester die Seelen der toten Seefahrer mit sich tragen?«, fragte er. »Oder war das ein anderer Vogel?«

»Ich denke, es ist der Sturmvogel«, sagte ich. »Auch wenn ich alles andere als eine Kapazität auf diesem Gebiet bin. Aber wenn ein Vogel wie dieser üble Geselle dort eine Seele in sich trägt, dann sicher die eines toten Piraten, den man am Galgen aufgehängt hat. Passen Sie auf Ihre Mütze auf, wenn er abhebt. Er ist wahrscheinlich ein verdammt guter Schütze.«

Die Möwe öffnete den bösartigen Schnabel und stieß ein misstönendes Kreischen aus.

»Sagen Sie mir, Sergeant«, fragte ich Morris, »hätten Sie unseren Toten, Jem Adams, als einen nervösen Mann bezeichnet?«

»Wohl eher nicht, Sir. Er hatte eher das Feingefühl eines Ochsen, wenn Sie mich fragen.«

»Ganz genau. Und doch hat er sich die Fingernägel abgekaut. Das lässt mich vermuten, dass er in jüngster Zeit unter außerordentlicher Anspannung gestanden hat, die ihn dazu brachte, zu einer Angewohnheit aus seiner Kindheit zurückzukehren. Nichts, womit er tagtäglich zu tun hatte und was er so ohne weiteres wegstecken konnte. Etwas völlig Außergewöhnliches, jenseits seiner Erfahrungen.«

»Nun ja«, sagte Morris. »Da war schließlich der Fund der Leiche auf der Baustelle und die Verzögerung der Arbeiten dort ...«

Die Seemöwe flatterte unter plötzlichem Flügelschlagen von ihrem Pfosten auf, und sowohl Morris als auch ich zogen instinktiv die Köpfe ein, als sie über uns hinwegschoss. Hinterher taten wir beide so, als wäre nichts gewesen.

»Die Verzögerung der Arbeiten dort war nichts, weswegen

sich Adams den Kopf hätte zerbrechen müssen«, sagte ich, »es sei denn, die Arbeiter unter seinem Kommando hätten sie verursacht. Doch dem war nicht so. Die Verzögerung wurde verursacht durch etwas, das außerhalb seiner Verantwortung lag. Fletcher ist der Baustellenleiter, und ihm mag es vielleicht schlaflose Nächte bescheren, doch von Adams' Standpunkt aus wäre es eine willkommene Entschuldigung für alle anderen Fehler. Er konnte jedes Problem unter den Arbeitern auf die Entdeckung von Madeleine Hexhams Leiche schieben. Nicht dass er an jenem ersten Morgen, als wir dort waren, sonderlich aus der Fassung gebracht gewirkt hätte. Nein, er hat über etwas anderes gebrütet, oder irgendetwas anderes hat sich seither ereignet, das ihn bedrückte und dazu veranlasste, wieder mit dem Nagelkauen anzufangen – einer Angewohnheit, die er längst abgelegt hatte.

Noch eine Sache. Der Chirurg hat von einer Mischung aus Weingeist und Bier gesprochen, die sich im Magen des Toten befunden hat. Wir wissen aus dem Mund von Mrs Riley, der Wirtin, dass Adams des Abends in Pubs verkehrt hat. Doch Mrs Riley hat auch gesagt, dass Adams nie sturzbetrunken nach Hause gekommen ist. Das lässt mich vermuten, dass er normalerweise keinen hochprozentigen Alkohol getrunken hat. Doch wenn wir glauben, was man uns eben in Wapping erzählt hat, dann hat er am Freitagabend so viel Bier und Schnaps in sich hineingeschüttet, dass er stockbetrunken war und den Heimweg nicht mehr gefunden hat und in die Themse gefallen ist. Klingt das nach den normalen Gewohnheiten von Jem Adams?«

»Nein, Sir.« Morris schüttelte den Kopf. »Denken Sie, dass er mit jemand anderem zusammen getrunken hat, Sir? Mit jemandem, der die Rechnung bezahlt hat? Es war Freitagabend und das Ende der Arbeitswoche. Ich wage zu behaupten, dass Adams nicht mehr viel Geld übrig hatte und auf den Zahltag wartete, den Samstag. Er hat nicht Nein gesagt, wenn jemand anders sich erboten hat, ihn einzuladen. Also versorgt dieser Jemand ihn mit Schnaps, den Adams normalerweise nicht zu sich nimmt, und macht ihn auf diese Weise betrunken.«

»Er bietet ihm an, ihn nach Hause zu begleiten, und an einer stillen Stelle, im Schutz des Nebels, stößt er ihn ins Wasser«, führte ich den Gedanken zu Ende.

»Er packt eine Latte oder irgendwas, das ihm gelegen kommt, und stößt ihn ins Wasser zurück, als er versucht, an Land zu gelangen«, schlug Morris vor. Seine Begeisterung wuchs, während wir das Bild des Tathergangs malten. »Kniet nieder und packt ihn bei den Haaren, um seinen Kopf unter Wasser zu drücken. Der Mann ist sturzbetrunken. Es kann nicht sonderlich schwer gewesen sein.« Morris vollführte die Pantomime eines Mannes, der einen anderen ertränkt.

»Aber warum, Morris? Warum?«

»Adams hat uns belogen, Sir. Oder sagen wir, er hat die Informationen nicht herausgerückt, die er besaß. Und Informationen hatte er. Was auch immer es war, er dachte darüber nach und kaute sich darüber die Fingernägel ab, bis er zu einem Entschluss kam, was zu tun war.«

»Und dann«, sagte ich leise, »ging er wie ein Narr damit zu dem Mörder, in der Hoffnung, einen finanziellen Vorteil daraus zu schlagen. Vielleicht nur deswegen, weil es das Ende der Woche war, wie Sie angemerkt haben, und er seinen gesamten Lohn bereits ausgegeben hatte und kein Geld mehr besaß für ein Pint. Doch unser Mörder hat bereits einmal getötet, und man kann nur einmal gehängt werden. Es gibt also nichts, was ihn daran hindern könnte, ein zweites Mal zu morden. Erpressung, Morris. Da haben wir unser Motiv. Ich könnte darauf schwören, auch wenn wir nichts von alledem beweisen können. Ich wünschte, ich hätte einen Grund, eine zweite Autopsie zu verlangen, diesmal durchgeführt von Carmichael. Aber ich habe keinen Grund, Herrgott noch mal!«

Die Seemöwe – oder eine, die ganz genauso aussah wie die erste – war zurückgekehrt und landete flatternd ein Stück von uns entfernt. Ich glaubte, etwas Vertrautes an ihrem missmutigen Gesichtsausdruck zu erkennen, und fragte mich kurz, ob es, falls sie eine arme Seele in ihrer nach Fisch stinkenden Brust beherbergte, die von Adams war.

Ich kehrte zum Scotland Yard zurück und klopfte an Dunns Tür.

»Ah, Ross«, sagte der Superintendent und schob die Papiere auf seinem Schreibtisch beiseite. »Sie sollten sich mit, äh …«, er kramte einen bekritzelten Notizzettel hervor, »… Inspector Watkins … Sie sollten sich mit Watkins von der St. James Division in Verbindung setzen. Er besitzt einige Informationen über Ihren Dr. Tibbett, die möglicherweise von Interesse sein könnten.«

»Tibbett?«, rief ich. »Ich mache mich sofort auf den Weg! Allerdings sollte ich Ihnen zuvor sagen, dass ich soeben aus Wapping zurückkomme und fürchte, dass der Zeuge Jem Adams endgültig für uns verloren ist.«

Dunn wusste genau, was ich damit meinte. »Hat man die Leiche gefunden?«

»Ja, Sir. Der Chirurg sagt, er wäre ertrunken. Seine Leiche wurde bei Niedrigwasser am Ufer gefunden. Er war offensichtlich betrunken, als er in den Fluss gestürzt ist. Keine weiteren Verletzungen.«

»Sehr schade«, sagte Dunn. »Nun ja, da kann man nichts machen, schätze ich.«

»Mit Verlaub, Sir – ich denke, trotz der Ergebnisse der Autopsie, dass jemand nachgeholfen hat. Ich bin sicher, dass Adams von jemandem eingeladen wurde, der die Rechnung bezahlt hat. Nachdem Adams sturzbetrunken war, hat unser Unbekannter ihn nach Hause begleitet und ihn in einem geeigneten Moment in den Fluss gestoßen. Allerdings habe ich keinerlei Beweise für diese Theorie.«

»Dann sollten Sie besser welche suchen«, lautete Dunns Kommentar.

Ich ging zu Morris und beauftragte ihn, ein paar Männer zu organisieren und in den Pubs am Fluss in der Gegend, wo die Leiche von Adams gefunden worden war, Erkundigungen einzuziehen, ob jemand am Freitagabend Adams gesehen hatte und falls ja, in wessen Begleitung.

»Das ist, als würden wir eine Nadel in einem Heuhaufen suchen, Sir«, sagte Morris trübselig.

»Ich weiß, Sergeant, ich weiß. Wenn die anderen Gäste

Adams gesehen haben, werden sie es aller Wahrscheinlichkeit nach nicht sagen. Trotzdem bleibt uns nichts anderes übrig, als zu fragen. Wir haben eine kleine Chance. Selbstverständlich wäre es möglich, dass unser Killer sich in einer Verkleidung mit Adams getroffen hat. Es ist sogar sehr wahrscheinlich. Wenn wir also eine Beschreibung erhalten, dann führt sie uns vielleicht noch weiter von der richtigen Spur weg. Aber auf diese Weise können wir wenigstens sicher sein, dass Adams nicht allein getrunken hat, und wenn sein Begleiter für alle ein völlig Fremder war, deutet dies auf ein faules Spiel hin, ganz gleich, was der Chirurg von Wapping dazu sagt. Also geben Sie sich Mühe, Morris.«

Und mit diesen Worten machte ich mich auf den Weg in die Gegend von Piccadilly.

In der Vine Street herrschte große Geschäftigkeit. Aus dem Eingang zur Polizeiwache drang schrilles Geschnatter, das meiste von Frauen zweifelhaften Charakters, die laut protestierend darauf beharrten, respektable Bürgerinnen zu sein, die ungerechtfertigt von den Constables auf dem Nachhauseweg oder während einer Besorgung festgenommen worden seien. Unter ihnen befanden sich auch zwei junge Mädchen, die ich auf kaum mehr als zehn Jahre schätzte. Doch das war bereits alt genug, um sie auf die Wache zu bringen. Sie waren in schmuddelige Kleidung gehüllt, und ihre Gesichter waren kantig, ihre Leiber mager. Sie standen dicht beieinander und beobachteten die Vorgänge ringsum mit nervösen Blicken. Ich war wütend, dass sie hier waren, nicht nur wegen der Art, wie sie von ihren Familien ausgenutzt und an Männer verkauft wurden, die begierig auf ihre Dienste waren, sondern auch, weil ein Polizeirevier nicht der richtige Ort war, an den man derart unglückliche Opfer der Gesellschaft verbringen sollte, um sie einer Strafe zuzuführen.

Watkins war ein Mann von etwa vierzig Jahren mit einer gelblichen Hautfarbe und einer weltverdrossenen Aura. Er empfing mich, als wäre mein Besuch eine weitere Bürde auf seinen überlasteten Schultern. Er lauschte leidenschaftslos, während ich den Zweck meines Besuchs erläuterte und sagte, dass er meines Wissens imstande sei, mir ein paar Informationen über einen gewissen Dr. Tibbett zukommen zu lassen.

»Ja, ich kann Ihnen etwas über einen Dr. Tibbett verraten«, antwortete er. »Ob es allerdings der gleiche Dr. Tibbett ist, werden Sie schon selbst herausfinden müssen. Das Ganze ist zwei Jahre her. Es gibt mehrere teure Freudenhäuser in diesem Bezirk. An jenem speziellen Abend stolperte ein neuer Kunde eines dieser Etablissements auf dem Korridor über den ermordeten Leichnam einer der Frauen, die dort arbeiteten. Sie war halb ausgezogen und schlecht versteckt hinter ein paar Vorhängen. Der unglückliche Kunde war sozusagen ein Novize in derartigen Etablissements. Wäre er erfahrener gewesen, und hätte er einen klareren Kopf behalten, würde er gemacht haben, dass er von dort verschwindet, so schnell er nur konnte. Stattdessen und zu unserem Glück geriet er in Panik und rannte schreiend auf die Straße hinaus, bevor die Bordellwirtin ihn daran hindern konnte. Dort lief er durch Zufall direkt in eine Polizeistreife. Sie kamen sofort ins Haus und hinderten jeden anderen Gast daran, es zu verlassen. Sie können sich vorstellen, welchen Aufruhr sie damit verursachten.«

Watkins erlaubte sich ein schwaches Grinsen.

Ich konnte es mir in der Tat sehr gut vorstellen. Nach außen hin respektable Männer in allen möglichen Berufen, die sich vor Angst in die Hosen machten und auf jede nur erdenkliche Weise versuchten, das Etablissement zu verlassen, ohne ihren Namen und ihre Adresse zu nennen.

»Tibbett war unter ihnen?«, vermutete ich.

»Das war er. Ich wurde zum Tatort gerufen, und ich habe ihn persönlich vernommen. Ich erinnere mich sehr gut an ihn. Ich habe noch nie zuvor so viel hochgestochene Rhetorik und Bombast gehört. Er bestritt vehement, als Kunde in jenem Etablissement gewesen zu sein, und wehrte sich mit allen Mitteln gegen die Aufnahme seiner Personalien. Er sagte, er wäre lediglich zu Forschungszwecken dort gewesen, weil er die organisierte Unmoral in London im Hinblick auf eine Kampagne untersuchen wollte, welche zum Ziel hätte, die betroffenen jungen Frauen zu bessern und aus diesem Sumpf zu erretten. Ich sage Ihnen, Mr Ross, unter diesen Umständen hört man so gut wie jede Ausrede, doch das verschlug mir die Sprache!«

»Haben Sie den Mörder gefunden?«

»Haben wir. Es war ein Bursche namens Phelps. Er war Stammgast in diesem Freudenhaus und hatte immer nach dem gleichen Mädchen gefragt. Wie es hin und wieder geschieht, wenn ein Mann ein regelmäßiger Kunde bei der gleichen Prostituierten ist, wurde er ein wenig besitzergreifend und entwickelte ein gewisses Maß an Eifersucht. Phelps war ein Geschäftsmann und auf seinem Gebiet einigermaßen erfolgreich, doch er war gehemmt in Gegenwart von Frauen. Er hatte angefangen, sich einzubilden, dass diese Prostituierte ihn mehr mochte als ihre anderen Kunden, und er hatte ihre professionellen Worte der Freude, wenn er sie besuchen kam, als echte Zuneigung interpretiert. Er wollte, dass sie das Bordell verließ, und ihr eine Wohnung einrichten, doch sie weigerte sich. Vor jenem fatalen Abend hatte sie mit den anderen Mädchen über Phelps geredet und ihnen erzählt, dass sie ihn eigentlich überhaupt nicht mochte und sein Verhalten eigenartig fand, hartnäckig und ein wenig bedrohlich. Als Phelps schließlich einsah, dass sie nicht mit ihm kommen würde, geriet er in Rage und erdrosselte sie.«

»Erdrosselte sie?«, fragte ich rasch.

»Ja, erdrosselte sie«, wiederholte Watkins ein wenig irritiert. »Er war nur allzu begierig darauf, uns alles zu erzählen. Wie nicht anders zu erwarten, bedauerte er später seine Bereitwilligkeit zu einem Geständnis und versuchte, alles zu widerrufen. Der Richter und die Geschworenen ließen es ihm aber nicht durchgehen, und er wurde zum Galgen verurteilt. Es war ein ziemlich trauriger Fall, glauben Sie mir. Phelps war ein einsamer Mann, und die Gesellschaft dieser Mädchen war die einzige weibliche Gesellschaft, die er je gekannt hatte.«

Watkins zeigte einen Funken von Interesse. »Ist Tibbett in Ihren Mordfall verwickelt?«

»Das weiß ich nicht. Bisher kann ich lediglich sagen, dass ich reichlich Verdächtige, aber keinerlei Beweise habe. Doch das, was Sie mir über Tibbett erzählt haben, klingt äußerst interessant.«

»Geben Sie mir Bescheid, falls Tibbett Ihr Mann ist«, sagte Watkins. »Ich empfand ihn als grässlichen, alten Hochstapler.«

Als ich die Wache in der Vine Street verließ, war der Nebel noch dichter geworden, als ich befürchtet hatte. Die wirbelnden Schwaden hatten einen kränklichen Gelbton, als wären sie vollgesogen mit Nikotin, und sie hüllten alles und jeden ein, raubten einem den Atem und betäubten die Sinne. Fußgänger eilten vorbei, hustend und mit Schals vor den Gesichtern, einige auch nur mit Taschentüchern in dem vergeblichen Bemühen, den alles durchdringenden Gestank abzuwehren. Droschken fuhren in dem gleichen langsamen Tempo vorbei wie die Fuhrwerke der Brauereien. Die Luft roch faul. Verzerrte Geräusche hallten körperlos durch die Luft, ohne dass man ihren Ursprung hätte erkennen können. Es war, als wäre ich von Geistern umgeben.

Inmitten dieser Umgebung, während ich in Richtung Scotland Yard eilte, so schnell ich konnte, hörte ich meinen Namen rufen. Ich blieb stehen, schaute mich vergeblich nach dem Rufer suchend um und fühlte mich schließlich veranlasst, selbst zu rufen: »Ja? Wer ist da? Hallo?«

»Ich bin es, Inspector Ross!«, antwortete eine Stimme, die zwar nicht vertraut war, doch die ich erst vor kurzer Zeit gehört hatte. Eine Gestalt materialisierte im Zwielicht, und ich sah, dass es der Assistent von Carmichael war, ausgerechnet.

»Ich bin es, Sir, Scully«, sagte er, als ich seinen Gruß nicht erwiderte. »Sie kennen mich, Sir. Ich bin der Gehilfe von Dr. Carmichael.«

Der Nebel kroch mit feuchten, kalten Fingern hinten in meinen Mantelkragen und an meinem Rückgrat nach unten

– oder war es Scullys Gegenwart, die dieses Gefühl verursachte? Ich hatte vorher nicht einmal seinen Namen gekannt, doch selbstverständlich kannte ich sein teigiges Gesicht und die Art, wie er sich bewegte, als würde er über dem Boden schweben. Was zum Teufel hatte er hier zu suchen, und wieso hatte er mich erkannt? Wie hatte er mich überhaupt sehen können, wo ich ihn nicht sehen konnte? Hatten seine Augen die Gabe, das Zwielicht zu durchdringen, im Gegensatz zu den meinen?

»Was bringt Sie an einem solchen Tag in diese Gegend?«, erkundigte ich mich gereizt.

»Glauben Sie mir, Sir, ich wäre bestimmt nicht draußen, wenn ich nicht arbeiten müsste«, erwiderte er. »Ich wage zu sagen, dass es bei Ihnen das Gleiche ist, Sir.«

»Ja, sicher. Verzeihen Sie bitte, aber ich habe es eilig«, sagte ich, wandte mich ab und setzte mich wieder in Bewegung.

»Vielleicht bleiben die Bösewichter ja bei diesem Wetter in ihren Schlupflöchern, Inspector Ross, wie?«, rief Scully mir hinterher.

Vielleicht aber auch nicht, dachte ich mürrisch. Der dichte Nebel bot jedem Deckung, der unerkannt bleiben wollte.

Anonymität verschleiert Geheimnisse. Was hatte Scully nach draußen in den Nebel getrieben? Andererseits hatte selbst die aufrechteste Säule der Gesellschaft ihre Geheimnisse, über die sie eifersüchtig wachte. Wie jener alte Halunke Tibbett, der sich einbildete, mich tadeln zu können, als er mich bei meiner Unterhaltung mit Lizzie gesehen hatte, und seinerseits des Nachts durch die Bordelle zog und sich Gott weiß welchen perversen Vergnügungen hingab. Watkins' Informationen waren eine richtige Offenbarung gewesen, dachte ich, während ich meinen Weg zum Scotland Yard fortsetzte. Dennoch musste ich darauf achten, mich nicht von meiner persönlichen Abneigung auf eine falsche Fährte führen zu lassen und in eine Sackgasse zu geraten. Watkins' Bericht über den Mord im Bordell und Dr. Tibbetts Anwesenheit unter den Kunden hatte mich erschüttert, doch die unglückselige Prostituierte war stranguliert und nicht erschlagen worden. Ein mehrfacher Mörder tötet nicht unbedingt immer auf die gleiche Weise, doch häufig ist es so. Er hat eine Methode gefunden, die für ihn funktioniert, und er bleibt dabei. Bei dem früheren Mord jedoch hatten vielleicht die Umstände eine besondere Rolle gespielt. Hätte er wild auf die Prostituierte eingeschlagen, hätte sie vielleicht noch Zeit gefunden, laut genug zu schreien, um Aufmerksamkeit zu erregen. Beim Strangulieren war das sicher nicht der Fall. Andererseits – warum hatte der Mörder die arme Miss Hexham dann nicht ebenfalls stranguliert?

Wie verlockend es auch sein mochte, diese schmutzige, doch nicht ungewöhnliche (und auf ihre Weise erbärmliche) Geschichte von der dunkleren Seite des Lebens in London mit dem Mord an Madeleine Hexham zu verbinden, den ich gegenwärtig untersuchte, es konnte auch unnötige Komplikationen hervorrufen. Tibbett erschien mir jedoch als eine Gemeinsamkeit, und bei einer Arbeit wie der meinen geht man Gemeinsamkeiten grundsätzlich nach.

Was, wenn ich den Mord an Madeleine Hexham und der Prostituierten zunächst einmal beiseiteließ und mich stattdessen auf den rätselhaften Tod von Jem Adams konzentrierte? Wie passte Tibbett dort rein? Wäre er das Risiko eingegangen, sich mit Adams in einem billigen Pub zu treffen und mit ihm zusammen zu trinken, wo er offensichtlich ein Fremder war und selbst in Verkleidung auffallen musste? Seine beeindruckende Gestalt und sein auffallendes Verhalten zusammen mit der silbernen Mähne würden gewiss in Erinnerung bleiben. Nein, das schien unmöglich. Andererseits ist ein verzweifelter Mann erfinderisch, und ein Mann, der nichts mehr zu verlieren hat, geht höhere Risiken ein … abgesehen davon gab es solche Dinge wie Perücken.

KAPITEL ACHTZEHN

Elizabeth Martin

Am Montagmorgen beugte ich mich aus meinem Schlafzimmerfenster und sah, dass der Himmel über dem Dorset Square ein stumpfes, schmutziges Weiß zeigte. Die Luft war unangenehm zu atmen. Die Sonne war nicht stark genug, um den Dunst zu durchdringen, und die Wolkendecke hielt den Qualm aus den Schornsteinen und die Gerüche der Stadt fest, sodass sie nicht in die höheren Schichten der Atmosphäre entkommen konnten.

Bessie kam mit ihrer Kanne heißen Wassers herein. »Bis heute Abend haben wir richtig dichten Nebel, Miss«, bemerkte sie. »Darauf können Sie wetten. Eine richtige Waschküche wird das. Halten Sie das Fenster geschlossen, sonst kommt er herein und erstickt Sie.«

Tante Parry, so wurde mir von Nugent mitgeteilt, der ich auf dem Weg nach unten zum Frühstück begegnete, würde sich wahrscheinlich an diesem Tag nicht zeigen, zumindest nicht vor dem Abendessen.

»Es ist der niedrige Luftdruck, Miss. Mylady leidet unter einer Migräne. Sobald das Barometer fällt, muss sie sich zu Bett begeben.«

Der Gedanke, den ganzen Tag zur freien Verfügung zu haben, hätte mich aufmuntern sollen, doch falls das Wetter zu unfreundlich wurde, um nach draußen zu gehen, wäre ich gezwungen, den Tag im Haus zu verbringen mit niemandem außer mir selbst als Gesellschaft.

Zumindest beim Frühstück war ich nicht allein. Frank war ebenfalls da. Seit unserer Unterhaltung auf dem Heimweg vom Gottesdienst am Vortag waren wir nicht mehr unter vier Augen gewesen. Ich hatte den Moment unserer nächsten Begegnung ohne Dritte gefürchtet, die ein Gesprächsthema vorgaben. Unter den gegebenen Umständen konnte es nur Verlegenheit geben.

Doch Frank verzehrte wie üblich sein herzhaftes Frühstück und wünschte mir einen guten Morgen, als wäre nichts geschehen. Ich fragte mich bereits, ob er, nachdem er Zeit zum Nachdenken gefunden hatte, zu dem Schluss gekommen war, dass sein Antrag überstürzt gewesen war. Vielleicht verspürte er nun Erleichterung, dass ich ihn nicht angenommen hatte.

Auch ich war erleichtert, weil er die Angelegenheit offensichtlich auf sich beruhen ließ. Andererseits fühlte ich mich ein wenig gekränkt, ganz ähnlich wie bei meiner Ankunft in London, als mich der Herumtreiber auf dem Bahnsteig abschätzend angesehen und dann abgetan hatte. Man rechnete einfach nicht damit, dass ein abgewiesener Bewerber mit so viel Appetit über einem Teller Kidneybohnen und Schinken saß.

»Bessie glaubt, dass es bis heute Abend Nebel gibt«, sagte ich, entschlossen, ihm zu zeigen, dass ich gleichermaßen mit mir im Reinen war – selbst wenn es nicht stimmte.

»Wird schon so sein«, erwiderte Frank und schnitt schwungvoll eine dicke Scheibe fetten gebratenen Schinkens durch. »Du hast ihn bisher noch nicht erlebt, aber der Londoner Nebel ist berüchtigt. Sehr schlecht für die Brust. Du solltest im Haus bleiben, wenn du nicht für den Rest der Woche schnaufen und husten willst wie ein altes Nilpferd.«

Dieses wenig anziehende Bild sollte ausreichen, um jeden davon zu überzeugen, dass er besser zu Hause blieb, doch es machte mich nur noch unruhiger, und ich wollte unbedingt nach draußen. Nachdem Frank zur Arbeit im Foreign Office gegangen war, wurde ich zunehmend nervöser. Ich wünschte, ich hätte eine Beschäftigung, die mir eine größere tägliche Herausforderung bot, als mit Tante Parry Karten zu spielen und mir ihr Geplauder anzuhören. Selbst das wurde mir heute verweigert. Ich war im Haus in Einzelhaft gefangen, und die langen Stunden, die sich vor mir dehnten, erfüllten mich mit Frust und Verzweiflung.

Ich kehrte nach oben zurück und blieb vor Tante Parrys Zimmer stehen, um leise anzuklopfen. Nugent öffnete.

»Es tut mir leid zu hören, dass es Mrs Parry nicht gut geht. Ich bin gekommen, um zu fragen, ob es etwas gibt, das ich für sie tun kann?«

Nugent blickte über die Schulter nach hinten. Das Zimmer lag in Dunkelheit hinter zugezogenen Vorhängen. Ein muffiger frühmorgendlicher Geruch sickerte nach draußen in den Gang, wo ich stand. Ich hörte ein leises Stöhnen.

»Es ist alles in Ordnung, Miss«, sagte Nugent. »Ich kümmere mich um sie. Sie möchte niemanden sehen außer mir, wenn sie in diesem Zustand ist. Warum machen Sie nicht mit Ihrem Kleid weiter? Das ist genau der richtige Tag, um im Haus zu bleiben und vor dem Kaminfeuer zu sitzen, glauben Sie mir.«

Ich tat mein Bestes, ihren Rat zu befolgen. Ich nahm den Hausmantel aus Tussahseide mit in den Salon im Erdgeschoss hinunter und machte es mir dort gemütlich. Doch das Licht war zu schlecht für eine derart feine Arbeit, selbst am Fenster, und ich merkte bald, dass ich eine Lampe benötigen würde, wenn ich weitermachen wollte. Mein Sparsamkeitssinn rebellierte gegen diesen Gedanken. Schließlich packte ich mein Nähzeug zusammen, trug es nach oben und legte es weg.

Mein nächster Versuch war zu lesen, und bald stand ich vor dem gleichen Problem wie beim Nähen. Das Licht war einfach zu schlecht. Außerdem war ich nicht in der richtigen Stimmung. Simms kam herein und erkundigte sich, was ich zu Mittag essen wollte, und ich antwortete, dass eine einfache Suppe völlig ausreichen würde.

Er erhob keine Einwände, und kurz darauf stand ein Tablett mit der Suppe im Salon. Das Feuer im Esszimmer, sagte Simms, sei noch nicht angezündet worden, weil es unwahrscheinlich wäre, dass Mylady an diesem Tag überhaupt nach unten kommen würde.

Nachdem ich meine Suppe aufgegessen hatte, kehrte ich

auf mein Zimmer zurück und setzte mich vor die Rokoko-Kommode, während ich überlegte, was um alles in der Welt ich mit meiner freien Zeit anfangen sollte. Ich könnte Briefe schreiben. Mrs Neale würde sich bestimmt über eine Nachricht von mir freuen. Andererseits, wie sollte ich ihr all das erklären, was sich hier in so kurzer Zeit ereignet hatte? Sie war sehr besorgt gewesen über meine Abreise nach London mit all den dort lauernden Gefahren und dem unberechenbaren Verhalten seiner Bewohner. Mein Brief würde nur ihre schlimmsten Befürchtungen bestätigen: »Ich habe herausgefunden, dass meine Vorgängerin entführt und ermordet wurde.« »Ich habe ein wunderbares Heiratsangebot erhalten und es abgelehnt« war gleichfalls unmöglich. Ich wusste nicht, welche von beiden Zeilen Mrs Neale mehr schockieren würde. Also kein Briefeschreiben.

Doch wenn ich gegenüber Mrs Neale nicht rechtfertigen konnte, warum ich Franks Antrag abgelehnt hatte, konnte ich es dann vor mir selbst? Sicher, es gab all die exzellenten, wahren Gründe, die ich Frank am gestrigen Tag aufgezählt hatte. Mrs Parry würde einen hysterischen Anfall erleiden und ihren Neffen ohne einen Shilling auf die Straße setzen. Frank würde keine glänzende Karriere machen, dafür aber eine mittellose Ehefrau aus der Provinz haben. Es würde kleinliche Streitereien geben, und alles würde in Bitterkeit enden. Frank sah es jetzt vielleicht noch nicht, doch ich konnte es sehen.

Waren das all meine Gründe? Ich versuchte, mir einzureden, dass es so war – und doch steckte noch mehr dahinter, etwas, das schwieriger in Worte zu fassen war und das unausgesprochen und uneingestanden in meinem Hinterkopf lauerte. Es war nichts falsch an Frank, außer, dass er der falsche Mann war. Ich konnte mir nicht vorstellen, mein ganzes Leben mit ihm zu verbringen. So einfach war das. Ich stieß einen unzufriedenen Seufzer aus.

»Wenn du so weitermachst, Lizzie Martin, endest du noch in der Leihbücherei wie die arme Madeleine Hexham!«, sagte ich laut.

Gedankenverloren strich ich mit dem Finger am Rand

der Frisierkommode entlang und folgte den Umrissen der Blumenintarsie in Girlandenform. Wie hübsch dieses Möbelstück früher einmal gewesen sein musste! Ich stellte mir die georgianische Lady vor, die hier gesessen hatte, während ihre Zofe ihr das Haar gepudert hatte.

Ein beinahe unhörbares Klicken riss mich aus meinen Gedanken. Es war aus der Kommode gekommen, und es rührte nicht von einem lockeren Verbindungsstück oder einem losen Element der Intarsie her. Ich wiederholte die Bewegung, die ich mit dem Finger vollführt hatte, doch es erklang nicht noch einmal. Nichtsdestotrotz, meine Bewegung hatte irgendeinen Mechanismus in der Kommode ausgelöst.

Ich begann, systematisch mit den Händen über die Tischplatte zu streichen, an den Kanten entlang und unter dem Rand. Da! Eine kleine Schublade glitt hervor. Sie war durch ein geschicktes Muster und Schichten aus alter Politur und Schmutz verborgen gewesen.

Es war eine flache Schublade, ein Versteck, in dem meine georgianische Lady ihre Korrespondenz vor den neugierigen Augen von Dienern oder vielleicht auch des Ehemannes verborgen hatte. Sie enthielt ein kleines, in Seide eingeschlagenes Buch. Ich zog es hervor und schlug es auf.

Es war ein Tagebuch, allerdings kein altes. Die Eintragungen fingen im Juni des vorangegangenen Jahres an. Es musste Madeleines Tagebuch sein! Die meisten Tagebücher fangen im Januar an; im Juni mit den Eintragungen zu beginnen erschien mir ein wenig seltsam, aber vielleicht war sie eben erst in London angekommen und hatte deswegen mit einem neuen Tagebuch angefangen.

Ich hatte nie ein Tagebuch geführt, obwohl ich wusste, dass es für die meisten jungen Frauen normal war. Doch was hätte ich in meines schreiben sollen, wäre ich je auf den Gedanken gekommen? Ich ging nicht auf Partys oder zu Bällen. Das einzige Theater in unserer Stadt war ein zweifelhaftes Varieté gewesen, auf dessen Bühne, wie ich von Mary Newling erfahren hatte, Frauen in fleischfarbenen Strümpfen und Satinkorsagen unzüchtige Lieder sangen und rotnasige Männer in grellen Jacketts obszöne Witze erzählten. Ich war vielleicht neugierig, mich selbst davon zu überzeugen, doch das wäre wohl kaum schicklich gewesen. Mir waren keine interessanten Leute bekannt, keine Reisenden, die aus exotischen Ländern zurückgekehrt waren, und Flirts waren etwas, das ich nur vom Hörensagen kannte.

Was hatte ich stattdessen getan? Vor dem Tod meines armen Vaters, kaum dass ich alt genug gewesen war, hatte ich die Haushaltsbücher und die Verwaltung des Hauses im Allgemeinen übernommen. Die alternde Mary Newling hatte bis zum Schluss über ihre Küche geherrscht. Ich hatte über den Rechnungen von Metzger und Gemüsehändler gebrütet. Ich hatte nach Handwerkern gesucht, die auf das Dach geklettert waren und die von den Winterstürmen gelockerten Ziegel gerichtet hatten. Ich hatte repariert, gestopft und kleine Schäden an den Möbeln ausgebessert. Ich hatte mich um die Patienten gekümmert, wenn mein Vater unterwegs gewesen war und anderswo gebraucht wurde. Ich hatte ihre Nachrichten entgegengenommen und Nachrichten von Vater an sie weitergeleitet. Ich war todmüde gewesen am Ende eines jeden Tages und hatte sicherlich keinerlei Neigung verspürt, all dies einem Tagebuch anzuvertrauen. Ganz bestimmt nicht!

Und zwischen dem Tod meines Vaters und meiner Ankunft in London hatte ich alle Hände voll zu tun gehabt, um nicht ins Armenhaus zu müssen. Ich hatte nicht einen Gedanken daran verschwendet, ein Tagebuch zu schreiben. Doch Madeleine hatte eines geführt, und hier lag es, in meinen Händen. Hier in diesem Buch standen ihre geheimsten Gedanken, ihre Wünsche und Träume. Ich würde erfahren, wie sie ihre Tage verbracht und wen sie kennen gelernt und mit wem sie gesprochen hatte.

Aufregung veranlasste mein Herz zu wildem Pochen; trotzdem verspürte ich eine natürliche Abneigung bei dem Gedanken, die geheimsten Gedanken und intimsten Enthüllungen eines anderen Menschen zu lesen. Andererseits musste sich hier doch wohl ein Hinweis auf ihren späteren Mörder finden, oder nicht? Ich klappte Madeleines Tagebuch auf.

Die Handschrift war winzig, doch regelmäßig, jeder Buchstabe sorgfältig geformt, als hätte sie sich im Klassenzimmer damit abgemüht. Die ersten Einträge waren recht langweilig. Mrs Parry hatte unter Migräneanfällen gelitten, und Madeleine hatte sich, wenn sie ihr nicht dienlich gewesen war, mit dem Lesen ihrer bevorzugten Lektüre die Zeit vertrieben. Es gab eine Reihe von Zusammenfassungen der Handlungen der Bücher, die sie sich aus der Leihbibliothek mitgebracht hatte. Nicht dass diese langweilig gewesen wären, all die edlen Damen, die von Straßenräubern überfallen wurden und sich in die Missetäter verliebten, welche sich unweigerlich als Gentlemen erwiesen, oder die armen Mädchen von bewundernswertem Charakter, die sich den Avancen widerlicher Lebemänner widersetzten, bis sie schließlich von einem galanten Bewunderer mit gutem Charakter errettet wurden ... das heißt, wenn sich der Lebemann nicht unter dem Einfluss des armen, aber respektablen Kindes änderte und ihm die Heirat anbot, zusammen mit einem Landhaus, einem Wohnsitz in der Stadt und einem privaten Fuhrwerk. Das Leben in Madeleines Phantasie war jedenfalls alles andere als langweilig gewesen. Doch es wurde rasch offensichtlich, dass die Linie zwischen Phantasie und Wirklichkeit bei der Tagebuchschreiberin verschwamm. Die arme Madeleine, sie hatte nicht nur eine kindliche Handschrift behalten, sondern war auf mehr als eine Weise stets ein Schulmädchen geblieben.

Denn Madeleine glaubte fest daran, dass diese Dinge wirklich passierten. Sie sehnte sich danach, selbst ein solches glückliches Abenteuer zu erleben. Schlimmer noch, irgendwann erschien ein Held auf den eng beschriebenen (und, wie ich sagen muss, fehlerstrotzenden) Seiten.

Er wurde nicht namentlich genannt, das war das Frustrierende daran. Mit einer Schüchternheit, die mich zornig machte, schrieb sie nur in der dritten Person von ihm. *Er*! Und das Fürwort war stets unterstrichen.

Er saß mir heute Nachmittag beim Whist gegenüber, und seine Blicke ruhten ununterbrochen auf mir.

Wahrscheinlich hatte er überlegt, welchen Fehler seine Mitspielerin als Nächstes machen würde.

Heute Nachmittag kam Besuch, und die Unterhaltung war sehr lebhaft, wenngleich sie die meiste Zeit über von Mrs B beherrscht wurde. Ich saß schweigend in meiner Ecke, doch Er hat mich ständig beobachtet.

Heute Morgen kam ich von der Bücherei zurück und bin Ihm durch den glücklichsten aller Zufälle begegnet …

Mrs B? Das war so gut wie sicher Mrs Belling, eine Dame, die dazu neigte, jede Konversation zu dominieren. Die ›zufällige‹ Begegnung? Wer war geschickt darin, zufällige Begegnungen zu arrangieren? Dieser *Er* konnte nur James Belling sein, dachte ich bestürzt. Genau das, was ich insgeheim befürchtet hatte. Madeleine hatte James' freundlich gemeintes Interesse falsch gedeutet. Sie hatte ihr eigenes Interesse gezeigt und erwidert, was sie für ernsthafte Avancen gehalten hatte. War James der Versuchung erlegen zu akzeptieren, was diese vernarrte junge Frau ihm so offensichtlich angeboten hatte, und dann in Panik geraten?

Ich saß mit dem Tagebuch in den Händen da und dachte eine Weile nach. Ross musste dieses Tagebuch unbedingt sehen, und ich musste es so schnell wie möglich zu ihm bringen. Glücklicherweise, wie sich jetzt herausstellte, war Tante Parry für den Rest des Tages in ihrem Schlafzimmer und wollte nicht gestört werden; also hatte ich eine exzellente Ausrede, warum ich ihr nicht vorher sagte, was ich vorhatte. Sie würde darauf bestehen, das Tagebuch zu sehen, und wenn sie zu der gleichen Schlussfolgerung gelangte wie ich, würde ich es nicht wieder zurückbekommen, und weder Ross noch irgendjemand sonst es jemals lesen. Tante Parry würde alles unternehmen, um ihre Freundin Mrs Belling zu schützen und die Polizei von einem erneuten Auftauchen in ihrem Haus am Dorset Square und in ihrem engen Freundeskreis abzuhalten. Ich wusste inzwischen, dass sie in diesen Dingen sehr skrupellos sein konnte. Es war ihr völlig gleichgültig, ob Madeleines Mörder vor Gericht gestellt wurde, oder zumindest wollte sie es nicht, solange es die Gefahr eines Skandals bedeutete, in den sie hineingezogen wurde.

Rasch setzte ich mir einen Hut auf, steckte ihn fest und nahm eine leichte Wolljacke in Anbetracht des kühlen Wetters, um anschließend aus dem Haus zu schlüpfen, ohne dass es einer der Dienstboten bemerkte. Ich hatte eine Handtasche mit einem Durchziehband bei mir, doch das Tagebuch war gut versteckt in einer Tasche meines Kleids. Ich hatte mich rechtzeitig an die Episode mit dem älteren Gentleman erinnert, der auf der Oxford Street bestohlen worden war, und ich durfte nicht riskieren, dass irgendein flinkfüßiger Dieb mir das Tagebuch aus den Händen riss und wegrannte.

Während ich mich auf das Lesen konzentriert hatte, war mir nicht bewusst gewesen, dass das Wetter draußen immer schlimmer geworden war. Wie es schien, hatte sich der Nebel viel schneller herabgesenkt, als Bessie vorhergesagt hatte. Die Sicht war bereits behindert, und ich konnte die Häuser auf der anderen Seite des Dorset Square kaum noch erkennen. Weder Kinder noch Kindermädchen waren heute in dem kleinen Park zu sehen. Niemand würde freiwillig nach draußen gehen, wenn es nicht unbedingt sein musste. Die Nebelschwaden kühlten meine Wangen rasch aus. Sie trugen einen Geruch nach Kohlefeuer und Schwefel mit sich. Ich eilte weiter. Winzige Schmutzflecken vermehrten sich wie durch Geisterhand auf meiner Garderobe, kondensierter Ruß aus der Luft. Andere unerschrockene Fußgänger und ein paar Pferdefuhrwerke tauchten geisterhaft aus dem gelblichen Nebelschleier auf und verschwanden wieder. Das Geklapper der Pferdehufe klang eigenartig gedämpft.

Die schlechte Sicht führte zu einer Begegnung, der ich um beinahe jeden Preis ausgewichen wäre, hätte es eine rechtzeitige Vorwarnung gegeben. Im trüben Licht näherte sich mir eine dunkle Gestalt, und trotz der Schwierigkeiten, die alle übrigen Fußgänger hatten, bewegte sie sich voller Zuversicht und Selbstvertrauen. Zu meinem wachsenden Entsetzen nahm sie nach und nach die stattlichen Umrisse von Dr. Tibbett an. Meine Stimmung sank, doch es war zu spät. Er hatte mich gesehen. Ich blieb stehen und wartete, während er immer näher und näher kam, bis er schließlich vor mir stand.

»Nun, Miss Martin«, sagte er auf seine unangenehme Art. »Eine weitere unerwartete Begegnung. Sie wandern umher, wie Sie gerade Lust und Laune haben, will mir scheinen. Dürfte ich erfahren, was Sie bei diesem unwirtlichen Wetter nach draußen führt?«

»Ich suche einen Nähladen«, antwortete ich, als ich mich an den Grund für meinen Besuch in der Oxford Street erinnerte, wo ich Tibbett beim letzten Mal begegnet war. »Ich nehme an, es gibt einen ganz in der Nähe.«

Ich war ziemlich sicher, dass Dr. Tibbett sich nicht gut genug mit Kurzwarengeschäften auskannte, um mir zu widersprechen.

Er versuchte es auch erst gar nicht, obwohl er mir offensichtlich nicht glaubte. Stattdessen rümpfte er missbilligend die Nase. »Das ist sehr unklug«, stellte er fest. »Der Nebel legt sich auf die Lunge und führt zu ernsten Stauungen.«

»Umso mehr überrascht es mich, Sie hier zu sehen!«, entgegnete ich mutig. »Ein Gentleman Ihres Alters sollte noch viel vorsichtiger sein bei diesem Wetter als ein junger Mensch.«

Er bedachte mich mit einem Blick von unverhohlener Abneigung. »Ich bin auf dem Weg zu meiner lieben Freundin Mrs Parry. Ich bin überrascht zu sehen, dass Sie Ihre Wohltäterin an einem so tristen Tag im Stich gelassen haben.«

»Ich habe Tante Parry nicht im Stich gelassen«, widersprach ich. »Sie ist krank und leidet unter schlimmen Kopfschmerzen. Sie ist den ganzen Tag in ihrem Zimmer geblieben. Sie werden enttäuscht sein, wenn Sie bei ihr zu Hause läuten, Sir. Wie gut, dass ich Sie getroffen habe, Dr.

Tibbett«, besaß ich die Frechheit hinzuzufügen, doch ich war so wütend auf ihn, dass ich der Verlockung nicht widerstehen konnte. »Auf diese Weise konnte ich Ihnen einen überflüssigen Weg ersparen.«

»Ganz im Gegenteil«, konterte er unverzüglich. »Mein Weg ist alles andere als überflüssig, Miss Martin, weil ich Sie nun nach Hause begleiten kann.«

»Aber ich habe Ihnen bereits gesagt ...«, begann ich indigniert.

Er hob eine majestätische Hand, und ich schwieg verblüfft. »Kein Wenn und Aber, Miss Martin! Ich werde nicht dulden, dass Sie an einem Tag wie diesem Ihre Gesundheit riskieren! Kein Besuch bei einem Kurzwarenladen kann so dringlich sein. Darf ich Ihnen meinen Arm anbieten?«

Seine Worte wurden von der entsprechenden Geste begleitet.

»Nein, Sir, das dürfen Sie nicht«, antwortete ich mit Nachdruck. »Es mag unangenehm sein draußen, doch ich bin durchaus in der Lage, selbst auf mich aufzupassen. Sie haben Ihre Meinung über mich recht deutlich gemacht. Ich werde Sie nicht mit meiner Gesellschaft belästigen! Guten Tag, Sir.«

Mit diesen Worten wandte ich mich ab und rannte blindlings über die Straße, darauf vertrauend, dass der Verkehr bei dieser schlechten Sicht im Schneckentempo fuhr. Ich glaubte, ihn hinter mir herrufen zu hören, doch ich rannte weiter so schnell ich konnte, bog um die erste Ecke, die ich erreichte, hastete die Nebenstraße entlang, bog erneut ab und noch einmal, in der Hoffnung, dass ich mich noch immer in die von mir beabsichtigte allgemeine Richtung bewegte, bis er weit hinter mir zurückgeblieben war.

Leider hatte ich auf diese Weise nicht nur Tibbett, sondern auch die Orientierung verloren und wusste nicht mehr genau, wo ich war. Der dichter werdende Nebel bedeutete, dass es keine Punkte mehr gab, an denen ich mich hätte orientieren können. Ich war allerdings immer noch überzeugt, dass ich in der richtigen Richtung unterwegs war, und so setzte ich meinen Weg fort. Bald jedoch schwand meine

Zuversicht. Ich war gezwungen einzusehen, dass mein Richtungssinn mich im Stich ließ. Der Nebel hatte mich von allen Seiten eingehüllt wie ein neugeborenes Baby. Ich stellte fest, dass ich die Verwirrung dieses Babys teilte und mich in einer fremdartigen Welt wiederfand. Ich vermochte Nord und Süd nicht voneinander zu unterscheiden, nicht Ost und West, und ich wusste kaum, wo oben und unten war. Bewegte ich mich eine leichte Steigung hinauf? Oder hinunter in eine Seitengasse? Ich glaubte, mich in der Nähe der Oxford Street zu befinden, doch es war genauso gut möglich, dass ich mich von ihr entfernt hatte. Ich hörte keinen Lärm von Fuhrwerken, doch der Nebel erstickte jedes Geräusch und verlangsamte jegliches Vorankommen auf Kriechtempo, ob es nun auf zwei Beinen war oder in einem Fuhrwerk mit Rädern.

Ich streckte die Hand aus und ertastete zu meiner Rechten die raue Oberfläche einer Wand. Von nun an bemühte ich mich, ständigen Kontakt mit diesem einzigen festen Objekt zu behalten.

Dann, ohne Vorwarnung, rannte ich in eine andere Person.

»Es … Es tut mir leid!«, ächzte ich.

»Entschuldigen Sie sich nicht, meine Liebe«, sagte eine Männerstimme. »Sie haben sich doch hoffentlich nicht weh getan?«

»Nein, nein«, antwortete ich nervös. Irgendetwas gefiel mir nicht an dieser Stimme. Der Sprecher war nicht Tibbett – so viel stand fest –, und dafür war ich dankbar. Aber wer war dieser Mann?

Er war näher gekommen und ragte als dunkler Schatten in dem wirbelnden Nebel vor mir auf. Ein neuer Geruch drang in meine Nase, zusätzlich zu dem Gestank des rauchigen Nebels. Es war ein süßlicher, fauliger Geruch, der mich an die nasse Erde auf regengetränkten Friedhöfen erinnerte.

Er brachte seinen Mund dicht an mein Ohr. Ich spürte seinen schauderhaften Atem auf meiner Haut. Der Geruch wurde noch stärker, doch ich vermochte nicht zu sagen, ob es sein Atem war oder seine Kleidung, an der der Geruch von Toten haftete.

»Das ist kein Wetter, um allein durch die Straßen zu laufen«, sagte er beinahe flüsternd. »Kann ich Ihnen behilflich sein, meine Liebe? Warum kommen Sie nicht mit mir?«

Zu meinem Entsetzen kam eine Hand aus der Dunkelheit und packte mich am Ellbogen.

Ich versuchte, sie abzuschütteln, doch der Fremde packte mich nur umso fester. »Nein!« Ich brüllte fast. »Nein danke! Ich bin fast zu Hause!«

Er kicherte leise. Ich handelte instinktiv. Ich wirbelte herum und stieß mit den ausgestreckten Fingern meiner freien Hand in die Richtung, in der ich sein Gesicht vermutete. Ich hatte Glück. Wenigstens einer meiner Finger traf ihn im Auge.

Er fluchte laut und ließ mich los. Ich rannte in den erstickenden Nebel hinein, ohne zu wissen, was vor mir lag oder unter meinen Füßen und ob ich im nächsten Augenblick in ein Hindernis rennen oder in einen offenen Keller stürzen würde. Mein einziges Ziel war, dem Fremden zu entkommen.

Als ich endlich meine Schritte wieder verlangsamte und anzuhalten wagte, hämmerte mein Herz schmerzhaft in der Brust, doch es war nichts mehr zu hören. Keine Schritte, die mich verfolgten, kein Geräusch von Atem außer meinen eigenen, abgehackten Zügen. Er hatte es nicht geschafft, mir zu folgen – oder doch? War mein grauenvoller Angreifer näher, als ich ahnte? Stand er bewegungslos im Nebel wie ich und lauschte angestrengt auf das Geräusch meiner hastenden Schritte?

Und wo war ich jetzt, wo um Himmels willen? In einer irrsinnig gewordenen Welt voller Gefahren von allen Seiten. Ich würde nie den Weg nach Hause finden, und ich betete verzweifelt um Rettung. Ich hätte sogar Dr. Tibbett voller Erleichterung begrüßt, wenn er jetzt wieder aufgetaucht wäre.

Ein Rumpeln von Rädern und das Klappern von Hufen rissen mich aus meinen Gedanken. Irgendein Fuhrwerk näherte sich im Schritttempo. Die schwarzen Umrisse einer geschlossenen Kutsche schälten sich aus dem Nebel. Das Fuhrwerk verfolgte einen Weg, der es dicht an mir vorbeiführen würde. Ich drückte mich eng an eine Wand hinter mir, weil ich nicht überfahren werden wollte. Die Kutsche erreichte mich und kam erschreckend nah vorbei. Ein Ruf ertönte aus dem Innern, dann ein weiterer, und der Kutscher hielt an. Die Tür wurde geöffnet, und eine Gestalt beugte sich heraus.

»Sind Sie das etwa, Miss Martin?«

Die Stimme war mir nicht unmittelbar vertraut, und ich konnte den Rufer nicht genau erkennen. Doch er kannte meinen Namen. Das war kein unbekannter Herumtreiber. Ich näherte mich vorsichtig.

»Ich dachte mir gleich, dass Sie es sind«, sagte der Mann. »Was machen Sie nur bei diesem grauenhaften Wetter hier draußen?«

»Oh, Mr Fletcher!«, sagte ich mit einiger Erleichterung, nachdem ich nahe genug war, um ihn zu erkennen. Ich hatte befürchtet, dass es James Belling sein könnte, weil ich wusste, dass Mrs Belling ein privates Fuhrwerk unterhielt.

»Was machen Sie an so einem Tag nur hier draußen?«, wiederholte er seine Frage. »Darf ich Sie vielleicht zu Ihrem Ziel mitnehmen? Sie verlaufen sich sonst noch.«

»Oh ja, bitte, sehr gerne!«, ächzte ich. »Ich wusste nicht, dass der Nebel so schnell so dicht werden würde.«

»Oh, wenn er sich erst einmal senkt, dann mit hoher Geschwindigkeit, und man wird rasch davon überrascht. Warten Sie, ich lasse die Trittstufe herunter. Erlauben Sie mir, Ihnen behilflich zu sein. Was soll ich Mullins sagen, wohin er Sie bringen darf?«

»Oh, irgendwo in die Nähe vom Scotland Yard, wenn es recht ist.«

»Zum Scotland Yard, wie?« Fletcher entfernte sich, um seinen Kutscher zu instruieren. Ich stieg dankbar ins Fuhrwerk.

KAPITEL NEUNZEHN

Ben Ross

Während des gesamten Rückwegs zum Scotland Yard lauschte ich unwillkürlich auf das Scharren von Stiefeln auf dem Pflaster und spähte angestrengt in die Suppenküche ringsum. Zu welchem Zweck? Ich hatte die absurde Idee, dass Scully irgendwo dort draußen lauerte, dass er mir folgte wie einer jener räudigen herrenlosen Hunde, die sich manchmal an die Fersen eines Passanten heften. Doch warum sollte er das tun? Der Nebel hat etwas Desorientierendes an sich und spielt dem Verstand Streiche. Ich würde nicht zulassen, dass Scully weiter in meinem Kopf herumspukte. Entschlossen verbannte ich jeden Gedanken an seine unsichtbare Gegenwart.

An meinem Ziel angekommen, stellte ich fest, dass das Gebäude ungewöhnlich still lag. Sämtliche Gaslaternen brannten munter zischend vor sich hin. Morris war unterwegs, um die Truppe zu organisieren, welche die Befragung in den Tavernen am Fluss durchführen sollte, in der Hoffnung, jemanden zu finden, der Adams am Freitagabend in Begleitung gesehen hatte. Ich wünschte ihm viel Glück und hoffte, dass er aufpasste, wohin er seinen Fuß setzte, und nicht wie Adams in die Themse fiel.

Einzig Biddle war draußen im Vorzimmer und saß über seinen Schreibtisch gekauert, wo er tief konzentriert irgendeinen Bericht kopierte. Seine Zungenspitze ragte zwischen den Lippen hervor, und sein Atem ging schwer von der anstrengenden Arbeit.

Während ich meinen Hut abnahm und heftig ausschlug,

um die Feuchtigkeit zu vertreiben, die am Flor haftete, fragte ich ihn mehr aus Gewohnheit, wie es ihm ging.

»Oh, es geht mir schon viel besser, Sir!«, antwortete er eifrig und nutzte die Gelegenheit, um seinen Stift hinzulegen und auf die Beine zu springen. »Sehen Sie nur!«, rief er.

Er marschierte auf und ab, um zu demonstrieren, dass es seinem Knöchel tatsächlich schon besser ging.

»Ausgezeichnet, Biddle!«, sagte ich und wollte zur Tür meines Büros.

»Darf ich wieder in den normalen Dienst zurück, Sir?« Er hatte mich abgefangen, und sein rundes jungenhaftes Gesicht starrte mich flehend an. »Ich mache alles, Mr Ross, Sir, solange ich nur nach draußen darf! Ich meine, Sergeant Morris hat gesagt, Sie wären knapp an Leuten, um die Befragungen in Limehouse durchzuführen. Ich hätte nichts dagegen, nach Limehouse zu gehen, Sir!«

Alles und jedes, nur um von diesem Schreibtisch wegzukommen und der ermüdenden Arbeit, die er dort zu verrichten hatte. Ich konnte es ihm nicht verdenken. Abgesehen davon hatte ich keine Zeit, um mit ihm eine Diskussion zu führen.

»Oh, warum nicht? Sprechen Sie mit Sergeant Morris, sobald er zurück ist.«

Biddle strahlte mich dankbar an. Ich hätte mir gewünscht, dass jeder meiner Constables so begeistert an seine Arbeit gehen würde wie der junge Biddle.

Ich ging in mein Büro und setzte mich an den Schreibtisch, um einmal mehr alles durchzugehen, was ich bisher über den Fall wusste. Je länger ich nachdachte, desto überzeugter war ich davon, dass ich den Mörder, falls überhaupt, nur über den Tod von Adams finden würde. Jeder Mörder begeht früher oder später einen Fehler, und der Mord an Adams war mit großer Wahrscheinlichkeit solch ein Fehler gewesen.

Doch wenn Adams der Schlüssel war, dann führte uns das zurück zu der Baustelle in Agar Town. Nehmen wir einmal an, dachte ich, dass Madeleine während der letzten Wochen vor ihrem Tod dort festgehalten worden ist. Nehmen wir weiter an, dass sie in einem der Häuser festgehalten wurde, dem Haus, in dem auch ihre Leiche gefunden wurde. Wo in diesem Haus? Höchstwahrscheinlich im Keller. An ihrem Kleid waren Moderflecken gewesen, wie sie von den feuchten Wänden eines Kellers herrühren mochten. In einem Keller hätte niemand ihre Hilferufe gehört.

Ein Keller!

Ich sprang auf und rannte ins Vorzimmer hinaus. Biddle ließ erschrocken seinen Stift fallen und starrte mich offenen Mundes an.

»Constable!«, rief ich. »Erzählen Sie mir ganz genau, wie es zu Ihrem Unfall gekommen ist!«

»Es … Es war wirklich nicht meine Schuld, Sir!«, stammelte Biddle.

»Das sage ich doch gar nicht! Erzählen Sie mir einfach nur, wie es passiert ist, Junge!«

»Nun ja, Sir …« Biddle schluckte und runzelte die Stirn. »Ich habe es leider nicht notiert, fürchte ich, Sir, wie Sie es zu tun pflegen.«

»Dann lassen Sie sich das fürs nächste Mal eine Lehre sein!«, sagte ich streng. »Wenn Sie ein Detective werden wollen, müssen Sie lernen, alles aufzuschreiben, was Sie beobachten und was Ihnen oder anderen widerfährt. Jede Information kann sich als wertvoll erweisen; nichts ist zu trivial.«

»Jawohl, Sir … ganz recht, Sir …« Langsam und stockend begann Biddle zu erzählen. Ich hielt meine Ungeduld im Zaum und lauschte aufmerksam. Es war mir gleichgültig, wie lange er brauchte, vorausgesetzt, er ließ nichts aus.

»Wir waren zu diesen Häusern zurückgekehrt, Sie wissen schon, Sir, wo die Leiche gefunden wurde. Doch sie waren bereits abgerissen worden; flach wie Pfannkuchen lagen sie da, und Arbeiter waren damit beschäftigt, die Trümmer auf große Karren zu laden und abzutransportieren. Deswegen lagen die Keller frei an der Luft, Sir. Ich war neugierig, Sir, und wollte mir einen der Keller ansehen, den Keller des Hauses, in dem die Tote gefunden worden war. Wir hatten selbstverständlich schon vorher das ganze Haus mit unseren

Lampen vom Dachboden bis zum Keller abgesucht. Aber jetzt schien Tageslicht hinunter, und ich sah, dass es wirklich nur eine feuchte Erdhöhle unter dem Haus war, kein richtig gebauter Keller …« Biddles Tonfall klang missbilligend ob der laschen Baustandards. Die Häuser von Agar Town waren billig und in aller Hast errichtet worden.

»Die Wände bestanden aus rohen Ziegeln mit Lücken im Mörtel dazwischen. Ich hätte selbst besser bauen können, und das ist eine Tatsache, Sir. Doch weil sie so schlecht gemauert waren, boten sie reichlich Halt für Finger und Zehen. Also dachte ich mir, ich klettere hinunter und sehe mich um. Ich bin ein guter Kletterer, Sir. Ich konnte schon immer jeden Baum hinaufklettern. Einmal bin ich in unserem Haus aus einem Fenster im oberen Stock auf den Ast eines großen alten Baums geklettert und so heimlich nach draußen abgehauen. Mutter hatte mich in mein Zimmer eingesperrt, weil ich etwas angestellt hatte. Nun ja, jedenfalls dachte ich, dass es nicht schwer wäre, in diesen Keller hinunterzuklettern, und so zog ich meine Stiefel aus …«

Ich hatte Biddle nicht unterbrechen wollen, doch an dieser Stelle konnte ich nicht anders. »Sie haben Ihre Stiefel ausgezogen?«, rief ich ungläubig.

»Jawohl, Sir. Ich dachte mir, dass ich mit den Zehen Halt finden würde, aber nicht mit den Stiefeln. Sie sind zu klobig, Sir, wissen Sie? Nun ja, ich hatte gerade mit meinem Abstieg angefangen, als von oben eine zornige Stimme rief. ›Was glauben Sie eigentlich, was Sie da tun?‹ Ich blickte nach oben und sah das Gesicht eines Mannes, rot und wütend und zugleich richtig erschrocken. Ich sagte ihm, dass er keine Angst haben müsse. Ich sei ein guter Kletterer und würde schon nicht fallen. Doch er hörte nicht auf zu brüllen und meinte, ich solle auf der Stelle wieder nach oben kommen. ›Hier, nehmen Sie meine Hand!‹, rief er und streckte mir die Hand entgegen, um mir aus dem Loch zu helfen. Ich rief zurück, dass er nicht versuchen solle, meine Hand zu nehmen, sonst würde ich den Halt verlieren. Doch es war zu spät, und er riss meine Hand von der Mauer los, und ich konnte nichts mehr tun. Ich fiel rückwärts in das Loch. Weil ich meine Stiefel nicht anhatte, habe ich mir den Knöchel verstaucht, Sir. Und das Handgelenk obendrein. Aber ich schätze, ich hatte Glück. Ich wäre bestimmt nicht gefallen, Mr Ross, Sir, ehrlich nicht, wenn dieser Mann sich nicht eingemischt hätte!« Biddle fixierte mich ernst aus großen runden Augen.

Ich glaubte ihm. »Wer war der Mann?«, fragte ich ihn. »Wer war schuld an Ihrem Sturz? Kannten Sie ihn? War es der Vorarbeiter Adams?«

»Oh nein, Sir, nicht Adams«, antwortete Biddle. »Es war dieser Gentleman, Mr Fletcher. Als ich unten lag, ist er einfach weggelaufen, als wolle er nicht, dass man ihm die Schuld an dem Sturz gibt. Richtig feige, würde ich sagen. Aber entweder hat er den Vorarbeiter Adams und Constable Jenkins zu mir geschickt, oder sie haben mich rufen gehört und sind herbeigekommen. Jedenfalls haben sie mich aus dem Loch geholt. Ich habe Sergeant Morris nicht gesagt, dass der Gentleman schuld war an meinem Sturz, weil ich wusste, dass Mr Fletcher bereits wütend auf uns war – auf die Polizei, meine ich. Ich wollte nicht, dass die Stimmung noch schlechter wird, Sir.«

Elizabeth Martin

»Nun«, sagte Fletcher, nachdem er wieder zu mir in die Kutsche gestiegen war und wir uns in Bewegung gesetzt hatten. »Dürfte ich die Kühnheit besitzen zu fragen, Miss Martin, was Sie an einem Tag wie diesem zum Scotland Yard führt, wo man meinen sollte, dass es viel angenehmer ist, zu Hause zu bleiben?«

Ich überlegte einigermaßen ungehalten, dass sich diese Begegnung, so angenehm es war, errettet worden zu sein, im Nachhinein durchaus als Ärgernis erweisen könnte. Ich war diesem Fletcher nicht sonderlich wohlgesinnt. Er war jedoch freundlich genug gewesen, mir zu helfen, und so blieb mir nichts anderes übrig, als mich höflich zu verhalten.

»Ich wollte Inspector Ross besuchen, und ich habe die Gelegenheit genutzt, weil Mrs Parry heute indisponiert ist und mich nicht braucht.«

»Ich verstehe«, sagte er. »Ich nehme an, es hat mit den Ermittlungen wegen des Todes der unglücklichen Miss Hexham zu tun.« Fletcher beugte sich eifrig vor. »Haben Sie vielleicht irgendwelche Neuigkeiten? Wie Sie sicher wissen, bin ich sehr daran interessiert, wie sich dieser Fall entwickelt.«

»Keine Neuigkeiten, nein, das kann man nicht sagen«, antwortete ich verlegen.

Er lehnte sich seufzend zurück. »Sie können sich nicht vorstellen, was diese schreckliche Geschichte für mich bedeutet«, sagte er. »Meine Arbeitgeber sitzen mir im Nacken und machen mich noch ganz verrückt! Wenn ich wüsste, dass dieser Ross Fortschritte macht und alles bald aufgeklärt ist, könnte ich ihnen zumindest so viel sagen. Doch wann immer die Direktoren nachfragen, kann ich ihnen nur sagen, dass alles in den Händen der Polizei liegt. Sie verlangen von mir, dass ich herausfinde, was die Polizei unternimmt, doch die Polizei verrät es mir nicht!« Sein Ton wurde missmutig. »Als würde sie glauben, ich hätte keine Veranlassung zu fragen. Und so werde ich von allen Seiten unter Druck gesetzt. Es ist unerträglich!«

Ich bekam fast ein schlechtes Gewissen ob meiner Vorbehalte gegen ihn. Der arme Mann hatte schließlich auch nur seine Arbeit zu machen.

»Es tut mir so leid«, sagte ich, obwohl ihn das sicher nicht aufmuntern würde. »Aber wenigstens kommen an einem Tag wie heute keine Neugierigen zur Baustelle«, fügte ich hinzu.

Es war zu düster in der Kabine, um seine Gesichtszüge auszumachen, doch ich fühlte die Unzufriedenheit, die sie zeigen mussten, und sie war seiner Stimme auch anzuhören. »Andererseits können wir an einem solchen Tag auch nicht sonderlich viel schaffen. Die Verzögerungen drohen inzwischen zu einer ernsthaften Störung des Zeitplans zu führen. Sie sagen, Sie sind auf dem Weg zu dem Inspector? Ich hoffe doch sehr, um ihn im Namen von Mrs Parry zu bitten, seine Anstrengungen zu beschleunigen.«

»Das kann ich nicht!«, entgegnete ich. »Abgesehen davon hat Mrs Parry mich nicht darum gebeten, wenigstens nicht direkt«, fühlte ich mich gezwungen, der Wahrheit halber hinzuzufügen. Fletcher stieß einen so tiefempfundenen Seufzer aus, dass ich übereilt fortfuhr: »Doch ohne Ihnen falsche Hoffnungen machen zu wollen, stehe ich im Begriff, Inspector Ross etwas auszuhändigen, das möglicherweise den ein oder anderen Hinweis enthält.«

»Oh?« Fletcher beugte sich in frisch erwachendem Interesse vor. »Dürfte ich erfahren, um was es sich handelt?«

Ich bedauerte augenblicklich meine vorlaute Zunge, die stets ohne meinen Willen Worte von sich gab, die mein Gehirn, hätte ich es denn benutzt, niemals geäußert hätte. Ich wünschte, wir wären schon beim Scotland Yard und ich von dieser Konversation erlöst, doch es schien eine Ewigkeit zu dauern, dorthin zu gelangen. Der Nebel verlangsamte unser Vorankommen, wie nicht anders zu erwarten; aber er schien zugleich die Zeit auf eigenartige Weise nahezu zum Stillstand zu bringen. Ich stellte überrascht fest, dass ich nicht zu sagen vermochte, wie lange ich bereits in Mr Fletchers Kutsche saß. Mehr noch, die Nebelschwaden isolierten uns vom Rest der Welt und schufen eine eigenartige Intimität zwischen Fletcher und mir. Zwei einsame Reisende in einer Welt aus waberndem Dunst.

»Nun ja«, gestand ich zögernd. »Ich habe ein Tagebuch gefunden, von dem ich annehme, dass es Miss Hexham gehört hat.«

Fletcher schwieg für einen langen Moment. »Sie haben darin gelesen?«, fragte er sodann. Seine Stimme klang angespannt.

»Nein. Ich habe nur einen flüchtigen Blick hineingeworfen, um herauszufinden, was es war.« Ich besaß nicht die Absicht, ihm von meinem Verdacht in Bezug auf James Belling zu erzählen.

»Und Mrs Parry? Hat sie dieses Tagebuch ebenfalls gesehen?«

Ich antwortete, dass sie es nicht gesehen hätte.

»Hmmm«, sagte er nachdenklich. »Nun, dann wollen wir hoffen, dass es sich als hilfreich erweist.«

Die Kutsche war endlich schaukelnd zum Stehen gekommen, und der Kutscher sprang herbei, um die Stufe auszuklappen. Fletcher folgte mir nach draußen, und wir standen in der milchig gelben, faulig riechenden Atmosphäre der Straße. »Los, weg mit Ihnen, Mullins!«, rief Fletcher, und zu meiner Überraschung setzte sich die Kutsche in Bewegung und fuhr davon.

»Warum haben Sie den Kutscher weggeschickt?«, fragte ich.

»Weil ich denke, dass ich mit Ihnen zu dem Inspector gehen sollte. Oh, passen Sie auf, wo Sie hintreten …!« Und mit diesen Worten packte er mich fest am Ellbogen.

Mittlerweile kehrten meine Sinne allmählich zurück, und der Nebel hatte sich, bildlich gesprochen, in meinem Kopf gelichtet, obwohl er mich noch immer von allen Seiten umgab.

Vor uns in der massiven Fassade brannten keinerlei Lichter. Ein geschäftiges Gebäude voller Menschen, die mit Papier und Stift arbeiteten und in dem ständig Besucher ein und aus gingen, würde an einem so grauenhaften Tag nicht in Dunkelheit liegen, wo sämtliches natürliche Licht wie ausgelöscht schien. Noch würde jegliches Geräusch von Bewegungen und Unterhaltungen fehlen.

»Wir sind nicht beim Scotland Yard«, sagte ich gepresst.

Mein Herz pochte wie wild. Ich wusste, dass ich in großer Gefahr schwebte. Ich hatte eine Reihe von ernsten Fehlern begangen. Mein größter Fehler war gewesen, eine voreilige Schlussfolgerung in Bezug auf die Identität von Madeleines Bewunderer zu treffen, jenes ›*Er*‹. Ich hatte zu schnell vergessen, was ich erst kürzlich herausgefunden hatte: Auch Fletcher gehörte zum Kreis der Besucher am Dorset Square.

Sein Verdacht musste in jenem Augenblick erwacht sein, als ich ihm erzählt hatte, dass ich zum Scotland Yard wollte. Was konnte mich an einem so grauenhaften Nachmittag wie diesem zu Fuß auf die Straße bringen – außer der Entdeckung einer Information, von der ich glaubte, dass Ross so unverzüglich davon erfahren sollte, dass ich meine Gesundheit und einen Unfall riskierte, indem ich durch den Nebel irrte? Fletcher musste herausfinden, was ich wusste, und hatte seinen Kutscher angewiesen, uns zu einem anderen Ort zu bringen. Und dank meiner vorlauten Zunge wusste er inzwischen auch, welche Information das war: die Existenz eines Tagebuchs.

»Hören Sie«, sagte er mit einer ruhigen, ausdruckslosen Stimme, die mit den einförmigen Nebelschwaden in merkwürdigem Einklang zu stehen schien. »Ich denke, Sie sollten mir dieses Tagebuch geben.«

Mein Gehirn raste, während ich versuchte, mir eine Strategie zu überlegen, um ihn abzulenken und im Nebel zu fliehen. Er würde mich hartnäckiger verfolgen als jener Mann, der nach Friedhof gerochen hatte. Es war Fletchers Leben, das nun auf dem Spiel stand.

Es wäre zwecklos, ihm zu erzählen, dass ich das Tagebuch nicht bei mir hatte. Ohne es hätte ich wohl kaum meinen gefährlichen Weg zu Ross angetreten. Es gab nur eine Hoffnung. Er wollte mich daran hindern, Ross zu sehen, doch das Tagebuch war noch wichtiger für ihn.

Mein Vater war als junger Mann ein eifriger Kricketspieler gewesen. Als ich ein kleines Mädchen war, hat er mich manchmal an einem sonnigen Nachmittag, wenn er keine Patientenbesuche machen musste, mit auf den Hof genommen und mir den kleinen Schläger in die Hand gedrückt, den er selbst als Knabe benutzt hatte, und mir vorsichtige Würfe zugespielt. Manchmal hatte er auch mich werfen lassen und mir gezeigt, wie man es richtig machte. Mary Newling pflegte dann immer zur Küchentür zu kommen und ungehalten zu rufen: »Doktor! Das ist keine Beschäftigung für eine junge Lady!«

Doch es war eine Beschäftigung, welche die junge Lady von damals heute gut gebrauchen konnte. Glücklicherweise hielt Fletcher mich am linken Arm. Ich drehte mich von ihm weg, indem ich meinen rechten Arm hob, und schleuderte meine Handtasche in den Nebel davon, so kräftig ich konnte. Ich hörte, wie die Naht meines Kleides an der Schulter riss, doch mein Vater hätte mich zu diesem Wurf beglückwünscht. Die kleine Tasche segelte aus meiner Hand und verschwand in der Wand aus Nebel. Ich hörte nicht einmal, wie sie auf dem Boden landete.

»So«, ächzte ich zu Fletcher gewandt. »Wenn Sie das Tagebuch wollen, dann müssen Sie es schon suchen. Es war in dieser Tasche.«

Er fluchte und zögerte. Ich erkannte sein Dilemma. Im Nebel konnte er wohl kaum darauf hoffen, die Tasche schnell zu finden, wenn überhaupt. Hatte sich der Nebel aber erst einmal gelichtet, bestand die Möglichkeit, dass jemand anders die Tasche vor ihm fand: Eine verlorene Handtasche in einer Londoner Straße bleibt nicht lange herrenlos liegen.

Doch mein Fluchtplan war gescheitert. Fletcher stürzte nicht gleich davon, sondern hielt mich noch fester am Arm gepackt als zuvor.

»Das war sehr töricht, Miss Martin«, sagte er. »Ich muss selbstverständlich los und nach dieser Tasche suchen. Doch ich kann nicht zulassen, dass Sie in diesem Wetter herumlaufen, bis jemand Sie findet und zu Ihrem Freund Ross bringt. Los, kommen Sie!«

Er zerrte mich mit sich, und ich stolperte einige Schritte neben ihm her. Er suchte in seiner Tasche und zückte einen Schlüsselbund. Während er mich unverwandt und schmerzhaft am Arm gepackt hielt, machte er sich daran, die Tür vor uns aufzusperren.

Ich stieß einen Hilfeschrei aus, doch er sagte nur schroff: »Es ist niemand in der Nähe, der Sie hören könnte. Alle warten darauf, dass sich der Nebel verzieht, und bleiben so lange in ihren Häusern.«

Seine eigene Tür stand nun offen – ich nahm an, dass es sein Haus war –, und er stieß mich vor sich her ins Innere und warf die Tür krachend hinter uns zu.

»Los, weiter!«, herrschte er mich an und schob mich durch einen langen dunklen Flur.

Ich stolperte weiter so gut ich konnte, wobei ich immer wieder mit Möbelstücken zusammenstieß, und wir kamen durch eine weitere Tür. Fletcher schloss die Tür hinter uns, und ich hörte, wie sich ein Schlüssel im Schloss drehte.

»Einen Augenblick«, sagte er.

Ich wartete, während er sich in der Dunkelheit von mir entfernte. Das Ratschen eines Sicherheitszündholzes ertönte, und ein weiches Licht flammte auf und tauchte den Raum in seinen trüben Schein. Fletcher hatte eine Öllampe entzündet. Ich sah, dass wir uns dem Augenschein nach in einem Esszimmer befanden, auch wenn es nicht danach aussah, als würde es häufig benutzt. Der Geruch von Staub hing in der Luft, und das Zimmer wirkte verlassen. Es gab einen Esstisch und Stühle, doch davon abgesehen nur einen kleinen Geschirrschrank. Ich sah keinerlei Geschirr, und die Wände waren kahl.

Fletcher drehte sich zu mir um, und ich bemerkte, dass er irgendwo zwischen der Straße und diesem Zimmer seinen Hut verloren hatte. Das Haar hing ihm wirr in die Stirn. Sein Gesicht war weiß und wirkte angespannt, und die Gläser seiner Brille vermochten die Wildheit in seinen Augen nicht zu verbergen. Wenn überhaupt, dann wirkte sie durch das Glitzern nur noch größer. Mit sinkender Hoffnung erkannte ich, dass ich nie imstande sein würde, vernünftig mit ihm zu reden.

»Sie haben die arme Madeleine ermordet!«, klagte ich ihn an. Es gab nichts mehr zu gewinnen außer durch schonungslose Direktheit. Ich hatte Angst, doch ich sagte mir, dass es ein Fehler war, ihm diese Angst zu zeigen. Er hatte ebenfalls Angst, vermutete ich. Ich hatte vor langer Zeit einmal eine Ratte in Mary Newlings Küche gesehen, die in die Enge getrieben worden war. Ihre Angst hatte sie nur umso gefährlicher gemacht. Mary hatte sie durch einen Schlag mit einer gusseisernen Pfanne erledigt. Hier in diesem trostlosen Raum gab es nichts, was ich als Waffe hätte einsetzen können.

Fletcher, der meine Entschlossenheit bemerkte, wirkte nervös und unsicher.

»Sie hat sich das alles selbst zuzuschreiben! Es war ihre eigene Schuld!«, verteidigte er sich zu guter Letzt in weinerlichem Ton.

»Sie trug *Ihr* Kind in sich. Indem Sie sie ermordet haben,

haben Sie auch Ihr eigenes Kind umgebracht! Und Sie geben ihr die Schuld? Dem Opfer? Sie sind nicht nur ein gemeiner Mörder, sondern obendrein auch noch ein elender Feigling! Wie kann sie sich da noch alles selbst zuzuschreiben haben?«

»Ich hätte ihr Geld gegeben, um wegzugehen und das Kind anderswo zur Welt zu bringen! Es wäre in einem Waisenhaus aufgewachsen, und sie hätte zurückkehren können, ohne dass jemand etwas erfahren hätte. Natürlich nicht zum Dorset Square. Aber ich hätte ihr geholfen, eine andere Anstellung zu finden.« Sein Ton war immer noch weinerlich, als wüsste er selbst, wie offensichtlich die Fehler in seiner Argumentation waren.

»Wie hätte sie ihr normales Leben weiterführen können? Irgendwie hätte sie die Lücke von mehreren Monaten erklären müssen. Und was ist mit ihren Gefühlen? Sie hat Sie geliebt!«

»Sie war ein dummes kleines Nichts mit einem Verstand voller lächerlichem Unsinn, den sie aus den Büchern hatte, die sie immer las!«, entgegnete er.

»Und trotzdem haben Sie nicht gezögert, dies für sich auszunutzen!«, schleuderte ich ihm an den Kopf.

»Sie wollte es doch so«, sagte er kalt.

»Sie glaubte, Sie würden sie heiraten.«

»Pah!« Er wandte den Kopf zur Seite, als wolle er der Verachtung in meinem Gesicht entgehen. Als er schließlich wieder sprach, hatte seine Stimme einen schmeichelnden Ton angenommen, als versuche er, mich zu überreden, seine Ausflüchte zu glauben – die er sich ohne Zweifel selbst eingeredet hatte, um seine unaussprechlichen Taten zu rechtfertigen. »Wie hätte ich das tun können? Ich bin ein ehrgeiziger Mann. Was für eine Frau wäre sie mir gewesen? Abgesehen davon bin ich bereits mit einer jungen Lady verlobt, die genau die Art von Frau sein wird, die ich benötige, und ich habe nicht vor, mir das kaputt machen zu lassen!«

»Vielleicht hätten Sie vorher darüber nachdenken sollen, bevor Sie Ihre verderbte Affäre mit Madeleine angefangen haben!«

Er stockte für einen Moment. »Es war so einfach«, sagte er dann.

Ich hatte Madeleines Mörder Ross gegenüber als ein ›Monster‹ beschrieben. Ross hatte geantwortet, dass er zwar in seiner Zeit bei der Polizei eine Reihe von Monstern getroffen hätte, doch es wären häufiger die verängstigten Männer gewesen, die zu einem Mord getrieben worden waren. Jetzt sah ich, dass Fletcher so ein Mann war – doch das machte seine Taten nicht weniger schrecklich oder entschuldbarer oder die Gefahr, in der ich schwebte, weniger real.

»Heiraten?«, sagte er nun nachdenklich, fast wie zu sich selbst. »Sie wollte unbedingt heiraten, sonst nichts.« Er klang verwirrt. »Selbst als ich ihr klargemacht hatte, dass ich sie niemals, unter gar keinen Umständen heiraten würde, ließ sie nicht locker. Selbst ganz am Ende noch nicht …« Seine Stimme verhallte.

Selbst ganz am Ende, als die halb verhungerte, erschöpfte Madeleine seine Gefangene gewesen war, geschlagen und bedroht und vielleicht einen Teil der Zeit unter Drogen, um sie ruhig zu halten, während Fletcher nicht zu Hause gewesen war … Selbst ganz am Ende hatte sie sich noch an ihren Traum geklammert.

»Sie hatte nichts anderes«, sagte ich zu ihm. »Sie hatte weder eine Familie noch Freunde; sie hatte kein Geld, und sie hatte keine Aussichten. Ihr Leben war voll tapfer ertragener Verzweiflung. Doch dann haben Sie ihr ein Fenster geöffnet in die Welt ihrer Tagträume, in der sie glücklich war. Wie konnten Sie da erwarten, dass sie dieses Fenster von sich aus wieder schließen würde? In welches Leben wäre sie zurückgekehrt?«

Er schüttelte heftig den Kopf, als wolle er meine Worte nicht hören. Als er mich wieder ansah, stellte ich fest, dass sein Gesichtsausdruck ruhiger geworden war, doch nicht weniger beängstigend. Jetzt lag eine Entschlossenheit darin, die mich erstarren ließ. Madeleine hatte in diese Augen geblickt und ihren Tod darin gesehen. Ich tat das Gleiche. Madeleine war damals halb von Sinnen gewesen wegen der schlimmen Behandlung, die er ihr zugefügt hatte, und sie hatte sich in ihre Phantasiewelt geflüchtet, in welcher sie sowohl geheiratet hatte als auch glücklich war, und sich geweigert, sie wieder zu verlassen. Doch ich war nicht Madeleine.

»Sie können meine Leiche nicht in Agar Town liegen lassen«, sagte ich mit, wie ich hoffte, beherrschter Stimme.

»Dessen bin ich mir durchaus bewusst!« Seine Stimme brach bei den letzten Worten. »Ich werde Sie hier liegen lassen.«

»In diesem Haus?« Ich war auf beinahe alles gefasst, doch das machte mich sprachlos.

»Ich kann Sie nicht nach draußen schaffen, weder tot noch lebendig.« Er zögerte, runzelte die Stirn und schien über das Problem nachzudenken. »Ich werde Sie hier begraben«, sagte er schließlich im Tonfall von jemandem, der ein kniffliges Rätsel gelöst hatte. »Verdammt, es wird zwar eine schwierige Aufgabe, aber nicht unlösbar. Doch zuerst muss ich dieses Tagebuch finden, das Sie weggeworfen haben. Los, kommen Sie!«

Er trat auf mich zu und zerrte mich zur Tür, die er mit einer Hand aufsperrte, während er mich mit der anderen in schmerzhaftem Griff gepackt hielt. Gemeinsam stolperten wir in den Hausflur zurück. Unter der Treppe befand sich eine schmale Holztür. Fletcher riss sie auf und stieß mich nach vorn.

Ich sah den Anfang einer hölzernen Stiege, die nach unten in die Dunkelheit führte, und erkannte, dass es ein Keller war. Ich konnte nicht entkommen – ich wäre lebendig begraben. Mein Leichnam würde in einem Loch verschwinden, das er in den Boden hackte, oder er würde mich einmauern. Er war ein Mann, dessen Beruf Baustellen waren. Er würde keine Mühe haben, die Steine zu besorgen. Er wusste wahrscheinlich recht genau, wie man mauerte. Er hatte die Arbeiter auf seinen vielen Baustellen oft genug dabei beobachtet.

All diese Gedanken jagten durch meinen Kopf, als ich mich zur Wehr setzte. Vergebens. Fletcher stieß mich durch die Tür, und ich streckte abwehrend beide Hände aus, um nicht mit dem Kopf zuerst die Treppe hinunter und in die Dunkelheit zu stürzen.

KAPITEL ZWANZIG

Ben Ross

Ich platzte so ungestüm in Dunns Büro, dass der Superintendent erschrocken von seinem Platz aufsprang.

»Gütiger Himmel, Ross!«, rief er. »Was ist denn passiert, Mann?«

»Fletcher, Sir!«, sagte ich aufgeregt. »Ich brauche sofort einen Haftbefehl für Fletcher!«

»Fletcher? Was hat er denn jetzt wieder getan?« Dunn schaute mich stirnrunzelnd an. »Hören Sie, Inspector, der Mann war für mich genauso sehr ein Ärgernis wie für Sie, aber ich glaube kaum, dass das ausreicht, um ihn zu verhaften.«

»Er hat Madeleine Hexham ermordet«, entgegnete ich. »Ich bin absolut sicher. Und den Vorarbeiter Adams ebenfalls, ja, ja, er hat Adams ermordet.«

Bei diesen Worten öffnete Dunn den Mund, schloss ihn wieder, setzte sich auf seinen Stuhl, legte die breiten Bauernhände flach auf den Schreibtisch und sagte schließlich: »Reden Sie.«

Ich setzte mich auf die vorderste Kante des Stuhls vor seinem Schreibtisch, und die Worte sprudelten aus mir hervor. »Er hat uns von Anfang an behindert und versucht, uns zum Verlassen der Baustelle zu bewegen. Er hat die Entfernung der Leiche organisiert, bevor ich zum Tatort gelangen konnte. All das tat er nach außen hin im Namen der Eisenbahngesellschaft, doch ich glaube, in Wirklichkeit hat er es um seiner selbst willen getan und nicht, weil er Verzögerungen bei den Arbeiten verhindern wollte. Es war äußerst praktisch für ihn, sagen zu können, er würde nur die Interessen seiner Auftraggeber wahren. Jetzt, nachdem ich dies alles weiß, gibt es so viele Indizien, die meinen Verdacht hätten erwecken müssen, dass es mir beinahe peinlich ist, ihn nicht gleich in den Kreis der Verdächtigen aufgenommen zu haben. Ich wusste natürlich, dass der Täter jemand sein musste, der sich auf der Baustelle einigermaßen auskannte. Irgendwie ist es Fletcher, der ständig durch das Bild lief, wenn ich das so sagen darf, der ständig zugegen war und lautstark protestierte; irgendwie ist es ihm gelungen, mich von sich als möglichem Täter abzulenken. Mörder suchen normalerweise Anonymität und trachten danach, sich vor uns zu verstecken.

Ich nehme an, erst als Lizzie – ich meine Miss Martin …«

Dunns buschige Augenbrauen gingen in die Höhe, doch er schwieg.

»… erst als Miss Martin mir erzählte, dass Fletcher und Mrs Parry sich kannten und dass er sie mehrfach zu Hause besucht hatte, fing ich an, ihn mit anderen Augen zu sehen, wenn Sie so wollen. Plötzlich war er ebenfalls im Bild, und was mich störte, war die Tatsache, dass er nicht mit einem Wort erwähnt hatte, dass er Madeleine gekannt hatte, sehr wahrscheinlich von seinen Besuchen bei Mrs Parry. Er spekulierte darauf, dass es nicht herauskommen würde. Er schätzte, Mrs Parry würde nicht erzählen, dass sie ein Interesse an den Bauarbeiten in Agar Town hatte. Niemand möchte als Slumvermieter verschrien sein, und nachdem Madeleines Leichnam dort gefunden worden war, gefiel Mrs Parry der Gedanke noch weniger, dass die Menschen sie mit jener Gegend in Verbindung bringen könnten. Deswegen konnte Fletcher ziemlich sicher sein, dass sein Name nicht von ihr erwähnt werden würde. Doch er wusste nichts von Miss Martin, und es muss ein rechter Schock für ihn gewesen sein, als sie an jenem Tag ins Speisezimmer kam und ihn beim Mittagessen mit ihrer Arbeitgeberin vorfand. Er wusste nicht, dass sie es mir erzählen würde, doch ihm war klar, dass sie es irgendwann erwähnen könnte und dass es schließlich an meine Ohren dringen würde.

Ich glaube, zuerst hat er Madeleine an einem anderen Ort

versteckt, nicht in Agar Town, wahrscheinlich in irgendeinem Privathaus. Seinem eigenen vielleicht. Er ist ein Mann mit Vermögen und plant, sich entsprechend zu verheiraten, und ich wage zu behaupten, dass er bereits daran gedacht hat, sich ein Haus zu kaufen. Nach einer Weile wurde es zu gefährlich, Madeleine noch länger dort gefangen zu halten, und er brachte sie nach Agar Town. Ich glaube, er hatte zu diesem Zeitpunkt schon beschlossen, dass sie sterben musste. Aber er konnte das nicht ohne Hilfe tun, und die Person, deren Hilfe er in Anspruch nahm, war der Vorarbeiter Adams.«

Ich hatte meine Erklärungen in hastigem Ton vorgetragen, weil ich fürchtete, Dunn könnte mich unterbrechen, doch er machte keine diesbezüglichen Anstalten, und ich konnte endlich langsamer reden und die nächsten Punkte gelassener angehen.

»Fletcher kannte Adams wahrscheinlich von früheren Begebenheiten und wusste, dass der Mann keine Skrupel hatte, solange das Geld stimmte. Von Adams Standpunkt aus betrachtet brachte es ihm Vorteile, Fletcher zu helfen, sollte es auf dieser oder irgendeiner anderen zukünftigen Baustelle Schwierigkeiten geben. Was auch immer in Zukunft geschehen würde, Fletcher würde ihn schützen. Er musste nicht fürchten, jemals entlassen zu werden, solange Fletcher die Bauarbeiten leitete. Sie wären aneinandergekettet und mussten sich gegenseitig schützen. Wie auch immer ... irgendwie wurde Madeleine nach Agar Town geschafft, wahrscheinlich in betäubtem Zustand. Das würde erklären, warum sie während der letzten Tage ihres Lebens keine Nahrung mehr zu sich genommen hat. Ich kann das alles zwar noch nicht beweisen, Mr Dunn, Sir, doch ich bin fest davon überzeugt, dass ich mehr oder weniger richtig liege.«

»Mehr oder weniger reicht aber nicht«, grollte der Superintendent.

»Ich habe mit Constable Biddle gesprochen, Sir«, sagte ich und berichtete, was der Constable mir erzählt hatte. »Fletcher sah, wie Biddle in den Keller klettern wollte, wo er, wie ich glaube, Madeleine vor ihrem Tod versteckt und schließlich ermordet hat. Er konnte nicht sicher sein, ob wir nicht im hellen Tageslicht den ein oder anderen Hinweis finden würden. Vielleicht hatte er etwas verloren oder etwas fallen gelassen oder vergessen. Er durfte das Risiko nicht eingehen. Also eilte er zu der Stelle, in der Hoffnung, Biddle davon überzeugen zu können, sein Vorhaben aufzugeben und wieder nach oben zu steigen. Doch Biddle war fest entschlossen, den Keller in Augenschein zu nehmen, und Fletcher geriet in Panik. Er reagierte instinktiv und richtete es so ein, dass der junge Constable stürzte. Es war töricht, doch falls Biddle sich verletzte und von der Baustelle abgezogen werden musste, würde man dem Constable die Schuld geben, und Fletcher wäre wieder einmal davongekommen.«

»Panik«, sagte Dunn nachdenklich. »Es wäre in der Tat töricht, so etwas zu tun, doch wenn Fletcher in Panik geriet, könnte es so gewesen sein.«

»Ja, Sir. Letztendlich hätte mich sein Verhalten in Limehouse endgültig misstrauisch machen müssen«, fuhr ich fort. »Ich glaube, Adams wurde gierig und erwähnte auf die ein oder andere Weise, dass Fletcher nicht vergessen sollte, dass er ihm etwas schuldete. Er forderte ihn auf, seine Dankbarkeit in Form des ein oder anderen Geschenks zu demonstrieren, wahrscheinlich Geld. Vielleicht kam Fletcher auch zu der Erkenntnis, dass er Adams nicht trauen konnte und dass der Vorarbeiter sterben musste. Er arrangierte ein Treffen in Limehouse am Freitagabend. Fletcher ging verkleidet zu dem Treffen. Sie tranken gemeinsam. Fletcher hielt sich zurück und sorgte dafür, dass Adams reichlich Alkohol zu sich nahm. Vielleicht hat er ihm sogar ein Betäubungsmittel ins Bier geschüttet. Ich wünschte wirklich, Carmichael hätte diese verdammte Autopsie durchgeführt!

Wie dem auch sei, Adams wurde irgendwie in den Fluss gestoßen oder ist gestolpert oder gefallen, und entweder war er zu betrunken, um sich ans Ufer zu retten, oder Fletcher stand dabei und stieß ihn mit einer Stange oder einem Paddel immer wieder zurück und drückte ihn unter Wasser. Anschließend ging er im Vertrauen auf den Nebel, der an jenem Abend am Fluss herrschte, und auf die natürliche

Neigung der Anwohner, den Blick von allem abzuwenden, was die Polizei in die Gegend bringen könnte, wieder nach Hause.

Er glaubte, er hätte sich des Mannes entledigt. Doch als er am nächsten Morgen zur Baustelle kam, stellte er zu seinem Entsetzen fest, dass ich dort war und nach Adams fragte. Als ich ihm sagte, dass ich beabsichtigte, herauszufinden, warum Adams verschwunden war, und zu ihm nach Hause zu fahren, sah Fletcher sich in einer Zwickmühle. Er wollte nicht so bald nach Limehouse zurück, doch falls er sich mir nicht anschloss, würde er nicht erfahren, was ich herausfand. Also kam er mit. Im Nachhinein betrachtet war sein Verhalten mehr als eigenartig. Er jammerte unablässig und sorgte sich um seine Sicherheit; doch als wir dort angekommen waren, führte er mich durch die Straße und blieb zielsicher vor der Pension stehen, als wäre er schon häufiger dort gewesen. Er hielt sich das Taschentuch vors Gesicht, kaum dass die Wirtin uns öffnete, und behielt es die ganze Zeit über dort, angeblich wegen des Gestanks, der im Haus herrschte, doch in Wirklichkeit, weil er fürchtete, dass die Wirtin ihn trotz seiner Verkleidung am Vorabend wiedererkennen könnte. Aber mehr noch als das war es sein Verhalten gegenüber dem Bettler.«

»Bettler?«, fragte Dunn. »Was für ein Bettler?«

»Ein Krüppel, Sir. Ein selbsternannter ehemaliger Soldat, der angeblich König und Vaterland gedient hatte. Er wartete bei der Kutsche auf uns und bettelte Fletcher um Almosen an. Fletcher hatte zuvor sehr gezögert, Mrs Riley, der Wirtin von Adams, auf meine Bitte hin zwei Shilling zu geben, und beschwerte sich auf dem Rückweg zur Kutsche unablässig darüber. Doch dann kam der Bettler, und er gab ihm bereitwillig noch mehr Geld. Woher diese plötzliche Großzügigkeit? Dann fielen mir die Worte des Bettlers wieder ein …«, ich räusperte mich und rezitierte sie so gut ich mich erinnerte. »›Sie sind ein feiner Gentleman, nicht wahr, Sir? Sie sind kein Polyp. Ich versuche doch nur, Leib und Seele beisammenzuhalten. Das verstehen Sie doch sicher, Sir, nicht wahr?‹«

»Ah«, sagte Dunn leise. »Sie glauben, dass der Bettler Fletcher entweder wiedererkannt hatte oder dass Fletcher mit seinem schlechten Gewissen fürchtete, es könnte so sein.«

»Genau das glaube ich, Sir.«

Dunn lehnte sich auf seinem Stuhl zurück und legte die Fingerspitzen zusammen. Ich wartete ungeduldig. Endlich sprach der Superintendent wieder.

»Wir können ihn nicht auf bloße Mutmaßungen hin verhaften, ohne jegliche Beweise. Sie mögen durchaus Recht haben, Ross, doch Fletcher gehört zu der Sorte, die einen guten Anwalt haben, und wenn wir unsere Anklage nicht beweisen können, stecken wir nicht nur in Schwierigkeiten, sondern machen uns obendrein auch noch lächerlich!« Er fuhr sich mit einer Hand durch das widerborstige Haar. »Denken Sie nur an die Herren von der Presse!«, sagte er grimmig.

»Aber Sir …!«

»Langsam, Ross, langsam«, unterbrach Dunn mich freundlich, doch auf eine Weise, die mich innehalten ließ. »Sie sind ein äußerst vielversprechender junger Beamter, Ross, und ich möchte nicht, dass Sie die zweifellos exzellente Karriere, die noch vor Ihnen liegt, durch einen dummen und vor aller Augen sichtbaren Fehler ruinieren. Sie haben Ihren gegenwärtigen Rang in jungen Jahren erreicht, und ich würde gerne sehen, wie Sie noch weiter aufsteigen. Also hören Sie mir zu. Es gibt mehr als eine Art, eine Katze zu häuten. Nach dem, was Sie mir über den Zwischenfall mit Constable Biddle erzählt haben, gerät Fletcher bei jeder unerwarteten Entwicklung leicht in Panik. Gehen Sie, finden Sie Fletcher, und bitten Sie ihn höflich, aber bestimmt, sofort zum Scotland Yard zu kommen, weil wir mit ihm über den Fall sprechen möchten. Er mag Verdacht schöpfen, doch er wird sich nicht weigern. Schließlich war er beinahe täglich aus freien Stücken hier, um uns das Leben schwer zu machen. Es würde sehr merkwürdig aussehen, sollte er sich jetzt weigern. Sobald wir ihn hier haben, fangen wir damit an, ihn über Adams' Verschwinden zu befragen, über die Gewohnheiten des Mannes und vor allem darüber, in welcher Beziehung

Fletcher zu ihm stand. Wie lange hat er ihn schon gekannt? Hat er sich je außerhalb der Arbeit mit ihm getroffen? Sobald wir ihn richtig nervös gemacht haben, wenden wir uns Mrs Parry zu und erkundigen uns, wie gut er mit ihr bekannt ist und wie häufig er sie am Dorset Square besucht hat. Warum hat er das uns gegenüber nie erwähnt? Ist er sicher, dass er der Toten dort nie begegnet ist? Er weiß, dass wir in einer Position sind, seine Aussagen bei Mrs Parry zu überprüfen. Wenn er zugibt, dass er sie kannte, fragen wir ihn, warum er nichts gesagt hat. Hat er ihren Leichnam nicht erkannt? Sie war nicht so entstellt, als dass man sie nicht mehr hätte erkennen können. Hat er gewusst, dass Mrs Parry ihre Gesellschafterin bei der Polizei als vermisst gemeldet hat? Entweder wird er an dieser Stelle die Fassung verlieren und brechen, oder er wird halsstarrig an seinen bisherigen Aussagen festhalten und uns möglicherweise sogar mit seinem Anwalt drohen, in der Hoffnung, dass wir ihn gehen lassen. Wir halten Männer bereit, die ihn beschatten, weil er, merken Sie sich meine Worte …« Bei diesen Worten beugte sich Dunn mit einem wölfischen Grinsen vor. »… weil er die Hosen voll hat, und ich glaube, wenn er schuldig ist, wird er versuchen zu fliehen. Und dann haben wir ihn!«

»Das ist sehr riskant, Sir!«, wagte ich zu protestieren.

Dunn schüttelte den zerzausten Schopf. »Nein, nein. Er wird fliehen wollen. Ich bin ein alter Hase, Ross, und ich erlebe das nicht zum ersten Mal. Er hat darauf gesetzt, dass wir nie auf den Gedanken kommen würden, ihn für den Mörder zu halten. Doch genauso, wie er die Worte dieses Bettlers in Limehouse dahingehend interpretiert hat, dass er erkannt worden ist, und Constable Biddles Neugier dahin, dass der Junge irgendwas unten im Keller gesehen hat, wird er unsere Worte dahingehend deuten, dass wir ihn im Visier haben. Er wird versuchen, seine Haut zu retten. Ich denke, das ist unsere einzige Chance, ihn zu fassen – wir müssen ihn genügend verängstigen, sodass er die Nerven verliert und versucht zu fliehen.«

Dunn lehnte sich wieder auf seinem Stuhl zurück. »Nun, Mr Ross, worauf warten Sie noch? Sie sollten sich besser auf den Weg machen und diesen Fletcher suchen. Und sagen Sie ihm, dass wir ihn ganz dringend hier im Scotland Yard zu sprechen wünschen.«

Elizabeth Martin

Ich wäre wahrscheinlich mit dem Kopf zuerst aufgeschlagen und hätte mir sicherlich ein paar Knochen, wenn nicht sogar den Hals gebrochen, doch meine Hand, die in der leeren Luft ruderte, schlug gegen ein wackliges Geländer. Ich packte es mit der Verzweiflung eines ertrinkenden Mannes, der nach einem schwimmenden Stück Holz greift, und das rettete mich. Hinter und über mir wurde die Tür zugeschlagen, und ich hörte, wie sich der Schlüssel im Schloss drehte. Ich blieb in der Dunkelheit zurück und hielt mich an dem wackligen Geländer fest. Langsam lösten sich meine schwitzenden Finger, und ich sank auf die Stufen, wo ich sitzend nach Atem rang, in dem Bewusstsein, dass ich nur noch sehr wenig Zeit hatte.

Fletcher würde draußen im Nebel nach meiner Handtasche suchen. Mit ein wenig Glück würde es eine Weile dauern. Doch wenn das Glück auf Fletchers Seite war, würde er gleich zu Anfang über sie stolpern, und dann würde er sehen, dass das Tagebuch nicht in ihr war, und erkennen, dass ich ihn belogen hatte. Ich hatte das Tagebuch, und es war noch immer an meiner Person. Er würde zurückkommen, wütend über mein Täuschungsmanöver, und mein Schicksal wäre besiegelt.

Allmählich gewöhnten sich meine Augen an die Dunkelheit, und ich stellte fest, dass sie nicht so vollkommen war, wie ich geglaubt hatte. Ein Lichtschimmer fiel von irgendwo herein, und ich konnte die Umrisse des Kellers unter mir erkennen. Vorsichtig stieg ich die restlichen Stufen nach unten, und ich sah, dass das Licht durch eine rechteckige Öffnung hoch über meinem Kopf kam und offensichtlich ein Kellerfenster war. Wie sollte ich es erreichen? Und falls ich es schaffte, konnte ich mich auch hindurchzwängen? Ich bewegte mich vorwärts und war noch keinen Schritt weit gekommen, als ich über etwas stolperte und nach vorne fiel. Ich riss die Hände hoch, um mich zu schützen.

Ich landete schmerzhaft und leicht schräg. Mein Sturz war von etwas aufgefangen worden, das sich anfühlte wie ein Berg Steine. Ich lag auf diesem Berg, und meine tastenden Finger entdeckten die verschiedensten Umrisse, einige größer, andere kleiner, von unregelmäßiger Form, doch mit glatter Oberfläche. Staub war von meinem Sturz aufgewirbelt worden und füllte meine Nase nun mit einem vertrauten Geruch. Kohle!

Jetzt wusste ich, was für eine Öffnung das war! Es war der Zugang zur Kohlenschütte, durch welche der Brennstoff ins Haus gebracht wurde. Wenn es mir gelang, dort hinaufzuklettern, war ich zwar vielleicht nicht imstande, nach draußen zu gelangen, aber wenigstens würde ich einen Passanten mit meinen Hilferufen alarmieren können. Aber andererseits … waren bei diesem grauenvollen Wetter überhaupt Fußgänger unterwegs? Oder war Fletcher der einzige Mensch draußen und rannte auf der Suche nach meiner Handtasche die Straße hinauf und hinunter? Und wenn es andere gab, würden sie meine Schreie hören, obwohl der Nebel jedes Geräusch verschluckte, und falls ja, würden sie herausfinden, woher die Rufe kamen?

Die Chancen standen für mich nicht gut, doch ich musste es riskieren. Zuerst musste ich mir jedoch Gedanken über das Tagebuch von Madeleine machen. Fletcher durfte es auf keinen Fall in die Finger bekommen.

Ich nahm es aus der Tasche und ging zu der Wand, wo der Kohlenberg lag, um es im hinteren Bereich des Haufens tief zwischen die Klumpen zu schieben. Dann bereitete ich mich auf meinen Kletterversuch vor.

Mein Rock würde meine Anstrengungen hoffnungslos behindern. Jetzt war nicht die Zeit für Sittsamkeit. So schnell ich konnte stieg ich aus meinem Kleid, dem Petticoat und dem Korsett, wobei ich mir in der Eile mehr als nur einen

Knopf und zahlreiche Haken abriss, die in die Dunkelheit sprangen und verschwanden. Endlich war ich bis auf Unterhose und Unterkleid ausgezogen und bereit, den Aufstieg zu wagen.

Zuerst hatte ich keinen Erfolg, weil die Kohle unter meinen Füßen immer wieder nachgab und ich wieder hinunterrutschte. Bald schwitzte ich und war den Tränen nahe vor Frust. Kohlenstaub stieg in dicken Wolken auf und füllte meine Nase und meine Lunge. Ich hustete und spuckte, und als ich mit aufgerissenem Mund nach Atem rang und sich der Staub auch noch auf meine Zunge und meinen Gaumen legte, würgte ich so lange, bis mein Mund vollkommen trocken war und ich selbst das nicht mehr konnte. Ich war am ganzen Leib zerschrammt von Kohlenbrocken und hatte mein Versagen vor Augen. Die Zeit und meine Kraft gingen mir aus.

Nachdem ich zum dritten Mal schändlich wieder zurückgerutscht war, setzte ich mich hin und zwang mich, über eine andere Strategie nachzudenken. Was, wenn ich wie ein Krebs auf allen vieren und seitwärts nach oben kletterte? Wäre mein Körpergewicht auf diese Weise nicht besser verteilt? Ich unternahm einen neuen Versuch, diesmal jedoch nicht direkt unter der Schüttöffnung. Stattdessen arbeitete ich mich von der Seite her nach oben. Kleinere Brocken lösten sich von dem Haufen und kullerten nach unten, und größere folgten ihnen mit ohrenbetäubendem Klappern, doch die Hauptmasse des Kohlenbergs blieb diesmal glücklicherweise stabil.

Trotzdem kam ich nur furchtbar langsam voran. Sicher war Fletcher jeden Moment zurück! Das Licht kam näher. Neben der Kohle konnte ich inzwischen auch den Nebel riechen. Die Luft war feucht. Endlich hatte ich die Spitze des Bergs erreicht! Oder wenigstens war ich so weit oben, wie es nur ging, mit genügend Kohle unter mir, um mich zu tragen. Die Schüttöffnung war eine Art Rinne im Pflaster, offen für die Luft, doch zu meiner Bestürzung mit einem stabilen Metallgitter verschlossen.

Ich drückte dagegen, aber es rührte sich nicht. Also packte ich es und benutzte es, um mich nach oben in die Rinne zu ziehen. Ich hielt mich mit einer Hand fest und schob die andere durch das Gitter nach draußen. Doch welche Chance hatte ich schon, dass irgendein Passant in diesem dichten Nebel meine winkende Hand unten am Boden sehen würde?

Ich saß voller Verzweiflung dort und klammerte mich am Gitter fest, um nicht zurück auf den Kohlenhaufen und von dort aus weiter zum Kellerboden zu rutschen. Wenn Fletcher zurückkam und die Handtasche, aber kein Tagebuch darin gefunden hatte, würde er mich zu zwingen versuchen, ihm zu verraten, wo es war. Vielleicht konnte ich ihn davon überzeugen, dass es doch im Haus von Tante Parry am Dorset Square lag? Oder würde er erraten, dass ich es unter dem Kohlenberg versteckt hatte? Wie dem auch sei, er würde sicher außer sich vor Wut sein.

Plötzlich hörte ich das Geräusch von Schritten über meinem Kopf auf der Straße. Er kam zurück!

Aber nein, es waren mehr als ein Paar Füße, das sich dem Haus näherte! Es waren andere Passanten dort oben unterwegs, trotz des Wetters!

»Hilfe!«, brüllte ich, so laut ich konnte, durch das Gitter. »Helfen Sie mir! Ich bin im Keller eingesperrt! Hilfe!«

Die Schritte stockten. Eine Männerstimme, verzerrt und gedämpft vom Nebel, rief etwas, das wie eine Frage klang.

Ein anderer Mann antwortete: »Ja, Sir …« und dann einige Worte, die ich nicht verstehen konnte.

Ich brüllte erneut verzweifelt um Hilfe. Meine Kehle war heiser von der Anstrengung, und meine Stimme versagte. Ich musste husten.

Die Schritte näherten sich rasch. Dann waren sie über mir.

»Hier unten!«, krächzte ich. »Ich bin hier unten!« Ich schob meine Hand durch das Gitter nach draußen.

Zu meiner unbeschreiblichen Erleichterung hörte der Mann mich diesmal und fand auch die Stelle, wo ich meine Hand nach oben streckte.

Er musste sich auf den Bürgersteig gekniet und das

Gesicht auf das Gitter gepresst haben, denn plötzlich war seine Stimme ganz nah an meinem Ohr.

»Wer sind Sie?«

Die Stimme klang vertraut, doch ich hatte nicht die Zeit, darüber nachzudenken, wem sie gehörte. »Oh, Sir!«, ächzte ich. »Mein Name ist Elizabeth Martin, und ich werde gegen meinen Willen in diesem Keller gefangen gehalten! Der Hausbesitzer kehrt gleich zurück und …«

»Oh mein Gott, Lizzie! Sind Sie das wirklich?«, rief die Stimme, und ich wusste, dass sie Ben Ross gehörte. »Wie zum Teufel sind Sie denn in diesen Keller gekommen? Sind Sie verletzt?«

Meine kalte Hand, die ich durch das Gitter streckte, wurde von einer starken Männerhand gepackt, die Wärme und neues Leben durch meine Adern sandte.

»Oh, Ben«, weinte ich los. »Sie sind keine Fata Morgana, Sie sind es wirklich!« Ein Gefühl von unendlicher Erleichterung breitete sich in mir aus. *Ben ist da*, dachte ich, *jetzt wird alles wieder gut*. Doch eine Sekunde später wich der Gedanke neuer Nervosität und Angst. Ben war da, doch der mörderische, verzweifelte Fletcher war ebenfalls noch dort draußen … Zu meiner Angst um mich selbst kam nun die Angst um Ross hinzu. Vielleicht schlich sich Fletcher in diesem Moment von hinten durch den Nebel an ihn heran …

Ben rüttelte mit der freien Hand heftig an dem Gitter, und ich hörte, wie er seinem Begleiter etwas zurief. »Morris, kommen Sie her! Helfen Sie mir! Verdammt, dieses Ding ist verschlossen!«

»Er ist irgendwo dort draußen, Ben!«, rief ich nach oben. »Jetzt ist keine Zeit, um mich zu befreien oder zu erklären, wie ich hierhergekommen bin! Sie müssen aufpassen! Fletcher ist der Mörder! Er ist der Mann, den Sie suchen!«

»Ich weiß, Lizzie, ich weiß«, antwortete Ben grimmig. »Hat dieser Mistkerl Ihnen etwas angetan, Lizzie? Falls ja, dann schwöre ich …«

»Nein, nein, er hat mich nur eingesperrt, das ist alles.«

Unter mir geriet der Kohlenhaufen in Bewegung und verdichtete sich. Ich glitt nach unten, und hätte Ross nicht meine Hand gepackt, wäre ich noch weiter gerutscht. Seine Finger umschlossen die meinen und zerrten mich wieder nach oben zum Gitter. Mein Arm schmerzte, wie seiner inzwischen sicherlich auch, und bald würde ich nicht mehr imstande sein, mich festzuhalten oder er mich.

»Er sucht Madeleines Tagebuch!«, ächzte ich. »Ich habe es gefunden und war unterwegs zu Ihnen, um es Ihnen zu bringen! Er wird es nicht finden, weil es nicht in meiner Handtasche ist! Ich habe ihm gesagt, es wäre dort drin, und habe sie im Nebel weggeworfen! Das Tagebuch ist in Sicherheit. Ich habe es hier im Kohlenhaufen versteckt! Ben, was auch immer passiert, Sie müssen das Tagebuch im Kohlenhaufen suchen!«

»Lizzie, nur Mut! Wir holen Sie da ganz schnell raus!«, antwortete er. »Sergeant Morris ist bei mir, und wir brechen die Tür auf.«

»Ich kann warten!«, rief ich zurück. »Jetzt, da ich weiß, dass Sie hier sind. Sie müssen Fletcher fassen, Ben! Er ist gefährlich! Seien Sie vorsichtig!«

»Ich weiß. Ich hätte es von Anfang an wissen müssen! Wo ist er? Auf der Straße, sagen Sie? Ich kann nichts sehen in diesem verdammten Nebel.«

»Er ist sicher bald zurück«, rief ich nach oben.

»Lizzie!« Ross' Stimme wurde noch drängender. »Morris und ich werden uns in der Nähe der Vordertür verstecken und ihn schnappen, sobald er ins Haus zurückkehren will. Warten Sie hier.«

Aufmunternd drückte er ein letztes Mal meine Hand, dann ließ er mich los. Ich hörte, wie er sich erhob und sich gemeinsam mit Morris entfernte.

Ich wusste, dass sie mich nicht im Stich lassen würden, und doch fühlte ich einen Teil meiner früheren Verzweiflung zurückkehren, kaum dass ich wieder allein war. Ich hatte meine gesamte Kraft verausgabt. Ich konnte mich nicht mehr am Gitter festhalten. Die Kohle unter mir geriet ins Rutschen. Ich stieß einen unkontrollierten Schrei aus und schlitterte inmitten einer Kaskade von Brocken zum Kellerboden zurück. Ich wurde am ganzen Leib von kleinen und großen

Kohlestückchen getroffen, und Staub füllte meine Nase und meinen Mund. Ich war halb betäubt, als ich auf dem Boden ankam.

Ich war kaum wieder bei Sinnen und auf den Beinen, als ich oben auf der Straße Geräusche vernahm. Stimmen gerieten in einen heftigen Streit. Es gab eine Rauferei, und dann ertönte eine durchdringende Polizeipfeife, ohne Zweifel die des tapferen Sergeant Morris.

Die Rauferei ging noch ein paar Sekunden weiter, bis ich schließlich wieder die Stimme von Ben Ross oben am Gitter vernahm.

»Lizzie, alles in Ordnung? Wo sind Sie?«

»Hier unten!«, rief ich zu ihm hinauf. »Ich bin abgerutscht und wieder auf dem Fußboden. Haben Sie Fletcher geschnappt?«

»Oh ja, das haben wir«, sagte Ross mit zufriedener Stimme. »Wir haben ihn. Warten Sie noch ein paar Minuten, und wir holen Sie da raus.«

Erleichterung überschwemmte mich, und meine Knie gaben nach. Ich sank zu Boden. Nach einer kurzen Weile ertönte eine Serie heftiger Schläge oben an der Tür zur Kellertreppe, und dann flog sie auf. Eine Männergestalt stand in der Öffnung und polterte die Treppe hinunter.

»Lizzie! Lizzie! Wo zum Teufel stecken Sie? Sind Sie verletzt?« Ross kam atemlos unten in meiner Zelle an.

Es gelang mir, mich aufzurappeln. Ich rannte ihm entgegen. »Ich bin einigermaßen unverletzt. Ich … ah, ich bin ja so froh, Sie zu sehen!«

Ich streckte ihm die Hände entgegen, und er nahm sie und drückte sie fest, während er sie zu sich zog und ich mich an seiner Brust wiederfand.

»Sie können sich gar nicht vorstellen, wie überglücklich ich bin, Sie gefunden zu haben, Lizzie! Der Gedanke, vielleicht nicht rechtzeitig hier zu sein, und dass Sie in der Hand dieser Bestie waren! Aber durch puren Zufall und Biddles Geschichte … Nein, der Gedanke ist unerträglich! Sie sind in Sicherheit, und das ist alles, was zählt.«

»Oh, Ben«, murmelte ich in seinen Mantel.

»Sir?«, rief Morris von oben herab. »Ist alles in Ordnung dort unten, Sir? Ist die Lady in Sicherheit?«

»Ja, Gott sei Dank!«, rief Ben nach oben.

Unsere gemeinsame Reaktion auf das Eintreffen einer dritten Partei war, dass wir uns blitzartig voneinander lösten. Ross blickte über die Schulter in Richtung der Stelle, von der die Stimme des Sergeants gekommen war, zögerte und sah mich rasch an. »Hören Sie, Lizzie, dürfte ich vorschlagen, dass Sie sich wieder anziehen, bevor jemand anders hier herunterkommt?«

KAPITEL EINUNDZWANZIG

»Ich bin sehr froh, dass Miss Martin sich so gut erholt hat«, sagte Inspector Ross höflich. »Sie leiden doch nicht an irgendwelchen Nachwirkungen, Ma'am, wie ich hoffe, oder?« Er schaute mich quer durch das Zimmer unter erhobenen Augenbrauen an.

Wir waren eine ziemliche Gesellschaft in Tante Parrys Salon im ersten Stock. Frank war da; er hatte sich extra frei genommen von seinen Verpflichtungen im Foreign Office und seinen Vorbereitungen für die Abreise nach Russland. Er saß mit dem Rücken zum Fenster, ein Bein übers andere geschlagen, und musterte Ross mit harten Blicken. Dr. Tibbett war ebenfalls anwesend, wie nicht anders zu erwarten, und stand mit hinter dem Rücken verschränkten Händen vor dem Kamin. Er sah ganz danach aus, bildete ich mir zumindest ein, als würde er bereits die Rolle des Hausherren üben. Ich hoffte nur, dass Frank Recht behalten und Tante Parry nicht so dumm sein würde, sich diesem alten Halunken anzuvertrauen und ihn zu heiraten. Andererseits war es gut möglich, dass meine Arbeitgeberin, sobald Frank erst in Russland war, einen Mann im Haus vermisste und in Versuchung geriet, Tibbetts Antrag anzunehmen, sollte er ihr einen machen.

Auf Ross' an mich gerichtete Frage hin räusperte Tibbett sich auf missbilligende Weise. Mrs Belling saß kerzengerade neben Tante Parry, gekleidet in ein kariertes Straßenkleid und mit einem jener kleinen Hüte auf ihrer falschen Haarpracht, die sie so sehr liebte. Hinter ihr stand zur Unterstützung ihr Sohn James und blickte unglückselig drein.

Miss Belling war nicht zugegen, obwohl es eine weitere Gelegenheit gewesen wäre, sie Frank vor Augen zu führen.

Wahrscheinlich hielt es ihre Mutter nicht für angebracht, dass Dora zugegen war, um sich die Einzelheiten eines derart schockierenden Abenteuers anzuhören.

Ross saß vor uns allen, als wären wir ein Komitee, das zu seiner Befragung zusammengetreten war. Ich fand, dass er sich ganz besonders schick angezogen hatte, und seine Stiefel – die bei seinem ersten Besuch Mrs Parry einige Sorge um die Teppiche bereitet hatten – waren auf Hochglanz poliert. *Er beschämt sie alle!*, dachte ich stolz. *Und schämen sollen sie sich auch. Doch das tun sie natürlich nicht. Dafür haben sie nicht genügend Feingefühl in sich. Er ist ein fähiger, intelligenter, tapferer und erfolgreicher Mann, der unbeirrt sein Ziel verfolgt hat, trotz all ihrer Bemühungen, ihn daran zu hindern. Was für eine traurige Bande sie doch sind!*

»Ich danke Ihnen für Ihre Nachfrage, Inspector«, antwortete ich höflich. Ich ignorierte Tibbett und verneigte mich freundlich in Richtung des Inspectors. Ich war am ganzen Leib grün und blau von den Kohlenklumpen, doch das konnte ich selbstverständlich nicht sagen. »Es geht mir den Umständen entsprechend gut.« Zu Tibbetts sichtlich wachsendem Zorn fügte ich hinzu: »Das verdanke ich Ihnen, und natürlich dem tapferen Sergeant Morris. Wie dankbar wir *alle* Ihnen sein müssen!«

Tibbett legte die Stirn in Falten und fummelte an seiner Uhrkette. Mrs Belling schaute verständnislos drein. Frank hatte die Geistesgegenwart, ein leises »Ja, in der Tat« zu murmeln.

»Wenn ich an die Gefahr denke, in der die arme Elizabeth geschwebt hat!«, rief Tante Parry aus. »Was für ein gewaltiges Glück, dass Sie rechtzeitig eingetroffen sind, um sie zu retten!«

»Ein gewaltiges Glück, in der Tat!«, schnappte Frank nun. »Vor allem angesichts der Tatsache, dass die Polizei diesen Fletcher überhaupt nicht auf ihrer Liste von Verdächtigen hatte. Es war der reinste Zufall, dass Sie rechtzeitig dort waren.«

»Ich fing an, Fletcher zu verdächtigen«, entgegnete Ross milde, »nachdem Miss Martin mich darüber informiert hatte, dass er ein vertrauter Besucher in diesem Haus war, was mir vorher niemand gesagt hat.«

Verlegenes Schweigen breitete sich aus. Dr. Tibbett steckte seine Taschenuhr weg und übernahm es, für alle zu antworten.

»Er war kein so vertrauter Besucher, Inspector. Er kam rein geschäftlich in dieses Haus. Man kann ihn gewiss nicht als einen Freund beschreiben.«

»In der Tat!«, beeilte sich Tante Parry, Tibbett beizupflichten. »Er war immer nur rein geschäftlich hier. Als Elizabeth an jenem Tag nach Hause kam und ihn hier beim Essen antraf, war er ebenfalls geschäftlich hier. Es war reiner Zufall, dass er zum Essen blieb und mir Gesellschaft leistete.«

»Zweifelsohne«, sagte Ross noch immer auf jene milde Weise. »Wahrscheinlich hat er gehofft, Sie davon zu überzeugen, Ihren Einfluss geltend zu machen, damit wir unsere Nachforschungen auf der Baustelle beenden.«

Tante Parry lief puterrot an. Frank starrte finster drein, und Dr. Tibbetts Stirn legte sich in jene für ihn so typischen olympischen Falten. »Meine liebe Freundin Mrs Parry hätte niemals etwas so Unkorrektes getan! Ich hoffe, Sie wollen damit nicht andeuten, dass es anders sein könnte.«

»Selbstverständlich nicht!«, beeilte sich Ross, ihm zu versichern. »Verzeihen Sie mir, Ma'am! Ich habe lediglich festgestellt, dass es ohne Zweifel in Fletchers Absicht lag.«

Tante Parry blickte womöglich noch unbehaglicher drein, und Frank sah aus, als würde er gleich explodieren.

»Niemand kann von meiner Tante erwarten, dass sie die Gedanken dieses Halunken liest!«, giftete er.

»Nein, Mr Carterton, selbstverständlich nicht.«

»Ich wusste jedenfalls nicht, dass er immer noch zu Besuch kam«, fuhr Frank fort, indem er sich an seine Tante wandte.

»Nun ja, Frank, mein lieber Neffe …«, begann Tante Parry.

Dr. Tibbett räusperte sich warnend.

Frank errötete und sagte steif: »Ich versuche lediglich, den guten Ruf meiner Tante zu verteidigen.«

»Hat er gestanden?«, verlangte Mrs Belling zu erfahren und beendete damit die Peinlichkeit eines aufkommenden Familiendisputs vor Zeugen.

Sie hatte sich länger aus der Konversation zurückgehalten als für gewöhnlich und war in dieser Zeit sichtlich nervös geworden. Ihre wachen Augen funkelten mit einem beinahe hungrigen Ausdruck darin. Mir wurde bewusst, dass es keinen Unterschied gab zwischen ihr und jenen unverhohlen neugierigen Gaffern, die an der Stelle aufgetaucht waren, wo der Leichnam von Madeleine Hexham gefunden worden war, oder die am Dorset Square vor Tante Parrys Haus auf und ab spaziert waren. Ich hatte sie noch nie gemocht, doch jetzt bemerkte ich, dass sie eine widerwärtige Person war. Ich hoffte sehr, dass Frank nie mit Mrs Belling als Schwiegermutter enden würde.

»Das hat er, Ma'am«, antwortete Ben Ross höflich. »Mr Fletcher scheint mit einem Mal recht begierig darauf zu sein, über alles zu reden, und er hat uns alles erzählt. Er hat alles verloren, und es gibt keinen Grund mehr für ihn, irgendetwas zu verbergen. Seine Verlobte hat die Verlobung gelöst, und ihr Vater hat darauf bestanden, dass die Midland Railway Company ihn entlässt. Selbst wenn er weiterhin seine Schuld abgestritten hätte – was unter den gegebenen Umständen schwierig gewesen wäre –, ist sein Ruf ruiniert. Seine Welt ist um ihn herum eingestürzt.«

»Genau wie die Welt der armen Madeleine, als er sie abgewiesen hat«, bemerkte ich.

Alle wandten sich zu mir.

»Ich habe meine Meinung über jene junge Frau nicht geändert!«, verkündete Dr. Tibbett.

»Nein, Sir, das dachte ich mir«, murmelte Ross.

»Böses zieht Böses nach sich!«, deklarierte Tibbett. »Die Sünde öffnet Tür und Tor für mehr von ihresgleichen. Ihr Mangel an Moral und ihre Doppelzüngigkeit waren der Anfang von alledem. Das vermag niemand zu bestreiten!«

»Sie wurde verführt und getäuscht«, widersprach James unerwartet und überraschend heftig. »Das war nicht ihre Schuld. Man könnte genauso gut sagen, weil sie so unschuldig war, konnte ein Mann wie Fletcher sie vom rechten Weg abbringen. Niemand kann sie für das verantwortlich machen, was er später getan hat!«

»Unsinn, James!«, unterbrach ihn seine Mutter. »Du weißt überhaupt nichts darüber. Halt den Mund!«

James öffnete den Mund, und für eine Sekunde glaubte ich, dass er ihr offen widersprechen würde. Selbst Frank schien überrascht und setzte sich kerzengerade auf in der Erwartung des Unfassbaren.

Doch es geschah nicht. James schloss den Mund wieder und verstummte.

»Wir sind Ihnen jedenfalls alle sehr dankbar, Inspector Ross«, erklärte Tante Parry unvermittelt und mit klarer, fester Stimme.

Ross fühlte, dass er entlassen war. Er erhob sich. »Ich freue mich, dass ich Ihnen zu Diensten sein konnte, Ma'am. Wenn Sie mich jetzt entschuldigen würden, ich muss gehen.«

»Ja, ja«, sagte Tibbett gereizt. »Sie haben Ihre Pflichten und alles, und wir dürfen Sie nicht länger aufhalten.«

An diesem Punkt konnte ich nicht länger schweigen. Diese Leute waren unerträglich. Ich erhob mich. »Nicht nötig, Simms zu rufen«, sagte ich laut. »Ich bringe den Inspector zur Tür.«

Ich will gar nicht erst versuchen, die Grimasse zu beschreiben, mit der Dr. Tibbett auf diese Ankündigung reagierte. Mrs Belling schaute missbilligend drein, und Frank brütete noch wütender als zuvor. »Ja, selbstverständlich«, murmelte Tante Parry und blickte mich nicht wenig nervös an.

Ich führte Ross schweigend nach unten in die Eingangshalle. Von Simms oder einem anderen der Dienstboten war nichts zu sehen. Die hohe Standuhr in der Ecke tickte leise vor sich hin. Staub tanzte in dem Sonnenstrahl, der durch das Oberlicht über der Haustür fiel. Ich erinnerte mich daran, wie ich hier mit meinem bescheidenen Gepäck zu meinen Füßen gestanden und gewartet hatte, während Simms Wally Slater bezahlt hatte, vor so kurzer und doch auch vor so langer Zeit.

Obwohl Simms nirgends zu sehen war, konnte man nie wissen, ob er nicht unvermittelt und lautlos irgendwo auftauchte. Ich öffnete die Tür zur Bibliothek, und Ross und ich gingen ohne ein Wort hinein. Ich schloss die Tür hinter mir. Dr. Tibbett würde sicherlich seine eigene Interpretation dieses Verhaltens zum Besten geben. Doch ich hatte den alten Schulmeister als das durchschaut, was er war. Tibbett hatte kein Recht, mich zu kritisieren, und sollte er es je wieder versuchen, würde ich ihn das in aller Deutlichkeit wissen lassen.

Ich drehte mich zu Ross um. »Ich wollte Ihnen noch einmal persönlich danken«, sagte ich. »Nicht nur dafür, dass Sie mich gerettet haben, sondern auch, weil Sie dafür Sorge getragen haben, dass der armen Madeleine Hexham nun endlich Gerechtigkeit widerfahren kann. Ich möchte mich außerdem dafür entschuldigen, weil alle oben so unhöflich zu Ihnen waren.« Meine Empörung darüber ließ meine Stimme zittern.

Er sah mich gelinde amüsiert an. »Ich bin es gewöhnt, dass man mich auf diese Weise attackiert. Die Geringschätzung durch Dr. Tibbett und die anderen lässt mich völlig unbeeindruckt.« Ross zuckte mit den Schultern.

»Sie mögen ja so großzügig sein, ihnen zu vergeben, *ich* bin es nicht!«, platzte ich heraus. »Sie sind scheinheilige Heuchler, alle zusammen, außer vielleicht Frank, und Frank ist nur deswegen nicht unter ihnen, weil er sich damit zufriedengibt zu glauben, dass alle ihn genauso lieben, wie er sich selbst liebt, und dass er es nicht nötig hat, sich um ihre Zuneigung zu bemühen! Mrs Parry wusste, dass Madeleine in London eine Fremde war. Sie war verantwortlich für sie! Sie hat kein Recht, mit derartiger Verachtung über Madeleine zu richten! Sie war selbst die Tochter eines Landgeistlichen, genau wie Madeleine. Wenn nicht mein Patenonkel Josiah, dort oben in diesem Porträt …« Ich streckte die Hand aus und zeigte auf das Bild. »Wenn nicht mein Patenonkel gewesen wäre und sie geheiratet hätte, wäre sie wahrscheinlich in der gleichen Position gelandet wie Madeleine, als Gesellschafterin oder Gouvernante. Da reißt mir der Geduldsfaden!«

Ich war so ungehalten beim Gedanken an die anderen

oben, dass ich wütend mit dem Fuß aufstampfte, was Ross noch mehr zu amüsieren schien. Doch dann wurde er unvermittelt ernst.

»Sie sind nicht die Einzigen mit einer großen Verantwortung auf den Schultern. Vielleicht hat Mr Carterton ja Recht, und ich hätte mir diesen Fletcher schon viel früher ansehen sollen. Dann wären Sie erst gar nicht in so große Gefahr geraten. Ich mache mir die größten Vorwürfe deswegen. Ja, ja, es *ist* meine Schuld. Ich weiß nicht, wie ich so dumm sein konnte, Fletcher nicht sogleich als das zu durchschauen, was er war. Meine liebe Lizzie, wenn ich daran denke, was er hätte tun können … ich meine natürlich, liebe Miss Martin … ich …« Er geriet ins Stammeln und verstummte.

»Warum hätten Sie ihn verdächtigen sollen?«, tröstete ich ihn. »Sie wussten schließlich nicht, dass Fletcher schon häufiger in diesem Haus gewesen ist. Es ist keine Überraschung, dass er es Ihnen nicht gesagt hat, aber einer von den anderen, entweder Tante Parry oder Frank, hätte es tun müssen. Einer von beiden hätte merken müssen, dass Fletcher ein falsches Spiel spielt.«

»Ich nehme an, Mrs Parry spricht nicht mit der Polizei über ihre geschäftlichen Angelegenheiten. Was Mr Carterton angeht, so ist es ihm wahrscheinlich gar nicht in den Sinn gekommen.« Ross gestattete sich ein leichtes Lächeln.

Ich fühlte mich veranlasst, Frank zu verteidigen, auch wenn ich selbst ihn vorhin kritisiert hatte. »Sie dürfen nicht meinen, dass Frank Carterton ein Dummkopf ist«, sagte ich. »Er kann recht vernünftig sein, und ich hoffe, dass er sich einen achtbaren Ruf erwirbt, wenn er erst in St. Petersburg ist.«

»Werden Sie ihn vermissen, Lizzie?«, fragte Ross und beobachtete mich genau.

»Nein«, antwortete ich leise. »Ich werde ihn nicht vermissen. Verstehen Sie mich nicht falsch. Ich habe keinerlei persönliches Interesse an Mr Frank Carterton.«

Ein leises, erleichtertes Seufzen entwich Ross. »Werden Sie in diesem Haus bleiben, Lizzie?«

Ich schüttelte den Kopf. »Nein. Für den Augenblick bleibt mir nichts anderes übrig, doch ich habe vor, nach einer

Alternative zu suchen, sobald ich die Zeit dazu finde. Ich glaube nicht, dass Tante Parry versuchen wird, mich davon abzubringen. Sie wird mich nicht sogleich gehen lassen wollen, weil jemand vermuten könnte, dass etwas nicht stimmt in diesem Haushalt, und sie hat eine furchtbare Angst vor dem Geschwätz der Leute. Doch sie weiß andererseits, dass ich sie durchschaut habe. Dass ich alle durchschaut habe.«

Abgesehen davon würde Tibbett, nachdem Frank erst abgereist war, alles daransetzen, sie davon zu überzeugen, dass sie mich entlassen musste; daran hatte ich nicht den geringsten Zweifel. Ich würde jedoch schon vorher auf meinen eigenen Füßen und aus freiem Willen aus dem Haus gehen und ihm diesen erbärmlichen Triumph nehmen.

»Wissen Sie …«, begann Ross und sah sichtlich unbehaglich drein. »Es … Es war ein großes … Ich schätze, es wäre eine starke Untertreibung, ›ein großes Vergnügen‹ zu sagen. Ich war sehr glücklich, Sie wiederzusehen.«

»Und ich habe mich sehr gefreut, Sie wiederzusehen«, sagte ich ernst. Kurz erinnerte ich mich daran, wie ich mein Gesicht im Keller von Fletchers Haus an seinem Mantel vergraben hatte, und spürte, wie meine Wangen brannten.

»Ah.« Er grinste zaghaft, kratzte sich den lockigen Schopf schwarzer Haare und – ich schwöre es! – errötete ebenfalls. »Als ich nach London kam, als junger Mann, wie ich Ihnen erzählt habe, träumte ich davon, mein Glück zu finden.« Erneut lächelte er verlegen. »Ich habe es noch nicht ganz geschafft. Auf der anderen Seite ist es mir nicht gerade schlecht ergangen. Es gab einen Motor, der meinen Traum angetrieben hat. Sie haben mich nicht bemerkt. Doch als ich aufwuchs, sah ich Sie ebenfalls aufwachsen. Ich habe Sie gesehen, in unserer Stadt, wenn Sie unterwegs waren. Als Erstes bei dieser französischen Gouvernante, die der Doktor eingestellt hatte. Was für eine eigenartige Frau das war! Die Jungen in der höheren Schule haben sich über sie lustig gemacht, wie ich leider gestehen muss, aber nie über Sie. Jedermann hat Dr. Martin respektiert. Abgesehen davon hätte ich niemals zugelassen, dass einer von ihnen etwas Respektloses gegen den Doktor sagt. Später habe ich Sie zusammen mit dieser älteren Haushälterin beim Einkaufen gesehen, oder wie Sie im besten Sonntagsstaat aufgebrochen sind, um eine Freundin zu besuchen oder sonntags in die Messe zu gehen. Sie haben mich nie gesehen. Ich habe mich abseits gehalten. Doch mein Traum war immer, sobald ich in London mein Glück gemacht hatte, nach Hause zurückzukehren und Lizzie Martin zur Frau zu nehmen – falls sie mich denn haben wollte und falls niemand anders sie vorher genommen hätte.«

Ich konnte ihm nicht in die Augen sehen. Seit jenem Augenblick, als er mich in meinem Kellergefängnis entdeckt und meinen Namen gerufen hatte, hatte ich genügend Zeit gefunden, um über die Gefühle nachzudenken, die ich empfunden hatte, als ich seine Stimme vernahm. Erleichterung angesichts der Aussicht auf Rettung, selbstverständlich, doch da war noch etwas anderes gewesen – und war immer noch da –, das über Erleichterung hinausging. Es war eine neue, eigenartige Unsicherheit, die mich erschreckte und zugleich in Hochstimmung versetzte. Sie war es auch, die mich meine übliche Selbstsicherheit verlieren ließ.

Ich starrte angestrengt auf den türkischen Teppich zu meinen Füßen. »Es hat sie niemand anders vorher genommen«, hörte ich mich leise flüstern.

»Glauben Sie«, fuhr er zögernd fort, »glauben Sie, Mrs Parry hätte etwas dagegen, wenn ich Sie besuchen komme, solange Sie noch hier wohnen?«

Ich schüttelte den Kopf, und es gelang mir, wenigstens einen Teil meiner üblichen Forschheit zurückzugewinnen. »Ob sie etwas dagegen hat oder nicht – sie ist wohl kaum in der Position, Einwände zu erheben.«

»Ah«, sagte Ben bereits ein klein wenig zuversichtlicher. »Und Sie? Würden Sie Einwände erheben? Dagegen, mit mir befreundet zu sein, meine ich?«

Da erst hob ich den Kopf und sah ihm direkt ins Gesicht. »Nein, Ben«, antwortete ich. »Ich hätte überhaupt keine Einwände. Ich denke, es würde mir im Gegenteil sogar sehr gut gefallen.«